2024中国年选系列

2024年
中国报告文学精选

中国作协创研部　选编

长江出版传媒　长江文艺出版社

图书在版编目（CIP）数据

2024 年中国报告文学精选 ／ 中国作协创研部选编.
武汉 ： 长江文艺出版社，2025.1. -- （2024 中国年选系
列）. -- ISBN 978-7-5702-3871-2

Ⅰ. I25

中国国家版本馆 CIP 数据核字第 2024NQ6929 号

2024 年中国报告文学精选

2024 NIAN ZHONGGUO BAOGAOWENXUE JINGXUAN

责任编辑：黄海阔　　　　　　　责任校对：程华清
封面设计：胡冰倩　　　　　　　责任印制：邱　莉　丁　涛

出版：长江出版传媒 | 长江文艺出版社
地址：武汉市雄楚大街 268 号　　　邮编：430070
发行：长江文艺出版社
http://www.cjlap.com
印刷：崇阳文昌印务股份有限公司

开本：680 毫米×980 毫米　　1/16　　印张：19.375
版次：2025 年 1 月第 1 版　　　2025 年 1 月第 1 次印刷
字数：332 千字

定价：36.00 元

编选说明

  每个年度，文坛上都有数以千万计的各类体裁的新作涌现，云蒸霞蔚，气象万千。它们之中不乏熠熠生辉的精品，然而，时间的波涛不息，倘若不能及时筛选，并通过书籍的形式将其固定下来，这些作品是很容易被新的创作所覆盖和湮没的。观诸现今的出版界，除了长篇小说热之外，专题性的、流派性的选本倒也不少，但这种年度性的关于某一文体的庄重的选本，则甚为罕见。也许这与它的市场效益不太丰厚有关。长江文艺出版社出于繁荣和发展文学事业的目的，不计经济上一时之得失，与我部合作，由我部负责编选，由他们负责出版，向社会、向广大读者隆重推出这一套选本，此举实属难能可贵。

  这套丛书的选本包括：中篇小说选、短篇小说选、报告文学选、散文选、诗歌选和随笔选六种。每年一套，准备长期坚持下去。

  我们的编辑方针是，力求选出该年度最有代表性的作品，力求选出精品和力作，力求能够反映该年度某个文体领域最主要的创作流派、题材热点、艺术形式上的微妙变化。同时，我们坚持风格、手法、形式、语言的充分多样化，注重作品的创新价值，注重满足广大读者的阅读期待，多选雅俗共赏的佳作。

  我们认为，优良的文学选本对创作的示范、引导、推动作用是非常重要的，对读者的潜移默化作用也是十分突出的。除了示范、引导价值，它还具有文学史价值、资料文献价值、培育新人的价值，等等。我们不会忘记许多著名选本对文学发展所起到的巨大作用，我们也希望这套选本能够发挥它应有的作用。

这套书由中国作家协会创作研究部编选，具体的分工是：

中篇小说卷由何向阳、聂梦同志负责；

短篇小说卷由贺嘉钰、贾寒冰同志负责；

报告文学卷由李朝全同志负责；

散文卷由王清辉同志负责；

诗歌卷由李壮同志负责；

随笔卷由纳杨、刘诗宇同志负责。

中国作协创研部

时代的召唤与作家的担当

——2024年中国报告文学创作概述

李朝全

2024年,世界依旧动荡不安,百年未有之大变局加速演进。俄乌冲突,巴以冲突,黎巴嫩、伊朗、也门等纷纷卷入战火,中东地区火药味十足,朝鲜半岛局势突然紧张,人工智能治理成为全球亟需共同面对的重大事件,"星舰"试飞取得突破……世界未来的不确定性大大增加。国内,党的二十届三中全会作出进一步全面深化改革,以中国式现代化推进强国建设、民族复兴伟业的重大决定,举国上下咬紧牙关,在经济的巨大压力下坚定践行新发展理念,挺进改革深水区,在乡村振兴、生态文明、重大工程建设、科技创新创造等各方面陆续取得长足进步,中华民族共同体更加巩固。时代巨变,世事弥艰,问题叠加,这一切都为报告文学作家创造了无比丰富的创作素材。自觉响应时代召唤,勇于承担新的文化使命,敢于直面真正的社会现实,去记录、去反映、去书写、去抒发、去思索,正是报告文学这一支文学轻骑兵、侦察兵和尖兵理应担负的职责任务。一年间,报告文学创作在多个领域不断拓展,作家们精神抖擞,各显身手,在各自的创作对象、题材领域上深入开掘,推出了一批令人难忘的佳作力作。

时代报告与报告时代

2024年,中宣部开展第十七届精神文明建设"五个一工程"评奖,其中,报告文学、纪实文学在图书类中占据较大比重。加上由中国图书评论学会具体组织的每月和年度评选的"中国好书",中国作协组织评选的国家级文学奖、报告文学奖等,这些由中央宣传思想文化部门主管主办的评选活动,对于报告文学作家的题材选择以及出版社的选题策划取舍,都起到了很大的召唤、引领、激励作用。因此,报告文学作家在选择创作题材时有意地、更多地选择与现实生活、当今时代密切相关的正向主题也就成为必然。诸多因素共同作用,促使弘扬社会主义核心价值观、弘扬中国共产党人精神谱系、表现中国精神的主题创作成为一支主脉,在当下的报告文学创作中,时代报告、时政报告事实上已成主潮。此类报告涉及国家经济社会文化发展的方方面面,尤其重视关注和反映新时代、新征程、新成就、新气象、新作为的及时而鲜活的报告,包括描写和反映乡村振兴、农村变迁、新山乡巨变,国家大事件、大工程、大项目、大建设,科技强国、科技创新创造,民族团结、铸牢中华民族共同体,"一带一路"建设、构建人类命运共同体,反腐倡廉、廉洁政治文化建设,绿水青山、生态文明建设等各领域各方面。

继脱贫攻坚决战决胜之后,全国广大农村跨入了乡村振兴的历史新阶段。对于新阶段农村的变化、新时代的山乡变迁,作家们倾注了极大的创作热情,涌现出了一批新作,令人印象深刻。欧阳黔森的《黔村行记》堪称其《江山如此多娇》的续篇,作者继续其在贵州大地上的行走,记录和描绘脱贫后的贵州几个颇具代表性村庄的新变,清新之风扑面。李英的《群山回响》则聚焦东部浙江省那些比较偏僻落后山区的振兴与变化,突出各地因地制宜、出奇制胜谋发展的特色。余艳的《又是茶子花开时》等文延续其对湖南益阳清溪村的关注、跟踪与描述,不断书写周立波笔下这座村庄的今昔巨变,表现当下新农人的精神风貌。陈崎嵘的《远方的山水》则记录了浙江对口援建四川广元的历程。

乡村振兴题材创作忌千人一面、同质化刻板化缺陷。在这方面,从事新闻工作的劳罕等人的创作蹚出了一条可取的路径。

劳罕、邢宇皓、卢泽华、常河的《山这边,山那边》是一部兼具文学性、思想性和时政性的乡村调研报告。作品回溯了安徽、江苏两省交界的伍员山西边的安徽下吴村与东边的江苏洑家村两个村子在农村改革中的艰辛探索,在市场经济里的摸爬前行,浓墨刻画两个村子在脱贫攻坚时的你追我赶、乡村振兴下的创新蝶变,以一斑窥全豹,烛照中国乡村变革史和乡村建设发展历程,揭示了中国乡村变革的内在动力——自强不息、奋发图强的内驱力。劳罕、邢宇皓、王斯敏、卢泽华联手采写了长篇报告文学《神山星火》,这几年四位记者"住农家、走田埂、沐山风、浴晨露",用心触摸土地的脉动,感受乡村的风雨历程,采用一种以小见大、"解剖麻雀"的写作方式,通过井冈山下神山村这个小切口、小窗口,烛照中国脱贫攻坚的主战场和乡村振兴整体的格局,包括美丽中国、乡村建设、乡村变革以及正在进行中的新山乡巨变的广阔天地。作品很好地揭示了乡村振兴究竟是怎样的——乡村振兴应该是物质和精神协调发展、共同富裕的振兴,既要物质上自足富足,心态上也要自强,精神上更要自立。

大工程、大项目建设题材相当重要,而其技术性内容往往占据相当比重。此类作品应聚焦于科研专家和普通建设者,才容易写得生动而有感染力。赵川的《脉动大湾》描写一项潜伏于地下的向深圳、香港等大湾区城市供水工程艰难曲折的建设历程,为工程写史,为建设功臣们作传。李玉梅的《大道》反映我国西南陆海新通道的建设过程,许晨的《龙舞南北极》讲述中国进行南极、北极科考并建立科考工作站的经过。这些作品都注意写人叙事,努力在坚硬的报告中写出柔软的人性。

科技创新是报告文学创作的一个重大主题。科技报告源远流长、一脉传承,有着深厚的传统。何建明的《一路惊"芯"》描写华虹集团在芯片研制方面取得的新突破,表现科研人员为国争光的风采。徐剑、李玉梅的《强国记——中国知识产权的力量》描绘那些获得国家专利金奖的发明创造在神州大地上所产生的巨大的生产力,指明了科技兴国、科技强国的方向。黄传会的《火星,我们来了》,继续其对航空航天题材的深入开掘,描写中国"祝融号"火星探测器的研制发射过程,题材新颖鲜活。黄传会亦因此成为继李鸣生之后,在这一领域挖掘甚深并卓有建树的一位作家。

"一带一路"题材的报告文学,有曾平标的作品《命运与共——中国高质量共建"一带一路"纪实》;高洪雷的《海上丝路——从青岛到红海》,继续其对陆上丝路的书写,是其作品《丝绸之路——从蓬莱到罗马》的续篇。还有对中老铁路建设、河钢收购塞尔维亚钢铁公司的描写,如龚盛辉的《青春莫负好时光——"一带一路"标志性工程中老铁路纪实》、王立新的《又见多瑙河》等。

生态文学是近十年来文学创作的一大热门。在这方面作家们用力甚多。陈谨之的《国家公园》追溯我国几大国家公园建设的曲折历程,和陈新聚焦成都公园城市建设的《城市春晖》相互呼应。题材上可谓异曲同工,都是对生态文明建设新理念指导下的新实践的生动记录。张庆国聚焦云南观鸟业,在颇受好评的《犀牛启示录》之后,又创作推出了《鹦鹉环绕》《看不见的鸟》等鲜活可读的作品。李青松的《在车八岭森林里》描写岭南森林里独特的动物群落。还有像纪红建描写大兴安岭森林防火队员动人事迹的《大兴安岭深处》,通过这群护林消防员来描绘国家对森林的保护养育,以及封山育林禁伐践行

"绿水青山就是金山银山"以后的巨大变化。

江河湖海传、草原森林戈壁荒漠无人区的纪传是生态报告文学的重要创作领域。如任林举的《江如练》为八百里漓江立传作记，陈启文的《可可西里》为青藏高原无人区里守护野生动植物资源的环保斗士们作传。

人物传记与书史立传

人物传记是报告文学创作的重要方面。本年度人物传记继续凸显两极分流的倾向。一是对时代楷模、英雄模范先进人物的刻画和描写。这类作品易写难工，关键在于写出"这一个"，写出独特性、差异性和辨识度。如张雅文的《永不言败》，走进了十几位中国冬奥冠军的生活和精神世界，故事鲜活，感染力强。李春雷的《青春的方向》讲述保定学院支援新疆且末的一批援疆支教毕业生的故事，他们在茫茫戈壁沙漠深处开辟自己的人生，为当下年轻人的发展指明了一个充满正能量的前进方向。钟法权的《为珠峰测高的人们》和高鸿的《大地英雄》书写的都是国测一大队的动人事迹，关注测绘队员的生活，写出了国测一大队"最美奋斗者"的精神风貌。袁敏的《月光妈妈》描写以月光妈妈为代表的一支爱心团队在西部建设希望小学，培育失学或面临辍学危险的女童，改变当地的教育状况，提升新一代的知识结构和文明水平，截断贫困传代，让爱在大地上流淌、传递与接力，故事情节生动，人物鲜活真实，彰显了大爱无疆的力量，体现了文明社会的公民意识和社会公德。徐锦庚的《天封宝珠》讲述共和国功勋屠呦呦的故事，情节生动。李朝全的《雪域丰碑》塑造援藏干部杰出代表的形象，《身为一叶》《国家需要，我一定全力以赴》刻画两弹元勋于敏的光辉形象。这些作品皆有其可圈可点之处。

尤为令人感动的是，本年度出现了一批描写普通人生存的报告文学。此类作品更接地气，更有人气，也更易引起共鸣和共情。老作家陈建功的《我们脏的时候》回首自己青年时代在北京门头沟煤矿当矿工的真实经历。当他们浑身沾满乌黑煤渣的时候，他们没有放弃对于生活的热爱，依旧满怀着对未来的憧憬和坚定的信念，心里鼓荡着激情和抱负，这是对一个人、一代人的一段人生的回溯，更是对一个人、一代人来处的回望与省思，让人特别动情。袁凌一直聚焦普通人生存，《寂静的孩子》关注那些鲜为人知或残障或留守孩子的生活状况，《环形成长》关注漂泊在他乡都市、生活流离颠沛的普通知识分子的生存状态。阿依努尔的《单身母亲日记》是对于个人经历和生命体验的描述;胡平的《我的城,我的镇》是对于"景漂"一族的书写;佟丽霞的《春山可望》是对一名优秀的中学女校长的描画。这些对于普通人的书写,都能深入肺腑肌理,切近他们生活的艰辛不易,同时也努力开掘其在艰难困厄中焕发出的生命光芒,尽管它可能只是微尘、微光,但是让我们看到了普通中国人的真实处境,也看到了一个国家基础的建设力量和无限的生机。

钩沉历史与以古鉴今

历史题材的书写是报告文学的重要方面,具有重要意义。现实与历史堪称报告文学之两翼。历史题材需要进行深入的实地行走与踏寻,同时也需要对相关历史档案和史料进行细致深入的爬梳整理、质证核实。李发锁的《铁血:抗联故事》对东北抗联的历史进行重新梳理,用文学的笔法予以还原和再现。何建明的《炼狱》对贵州息烽国民党监狱的历史进行了生动的描绘,实际上是他所写的关于重庆渣滓洞革命往事《忠诚与背叛》的前章,同样彰显了革命者视死如归英勇就义的壮烈和信仰的坚定不渝。陈聪的《"八百壮士"今何在——我们时代的哈工大》讲述哈工大的发展历程,刻画了一批优秀的教育科研工作者形象。陈果的《大成昆》描写当年在经济困难国力衰微的情况下建设成昆铁路的艰难过程,突出了无数普通建设者的悲壮牺牲与无私奉献,以今昔对比的手法反映国家的发展与变迁。杨黎光的《奔腾的深圳河》描写深圳河两岸香港和深圳数十年来的发展历程,用"双城记"对比的手法描绘祖国内地改革开放所带来的时代巨变。

艾蔻的《女兵方队》以改革开放后五次重大阅兵式中的女兵方队为题材。女兵的风采展示既是威武之师的有力展现,更具玫瑰般温柔靓丽、光彩照人的一面,堪称是力与美的展示、艺术和军事的结合。艾蔻通过深入细致的采访,揭开女兵方队的神秘面纱,真实反映了女兵方队从选拔、训练到受阅、展示全过程的艰辛曲折,挖掘了这道亮丽风景背后许多感人的故事,既写下了女兵们在天安门前的精彩展示,也写出了这些女兵的来处以及受阅后这场阅兵式对于她们终身的影响。最重要的是,作品写出了一种伟大的精神,这就是爱国主义精神和中国女排提出的"没有你,没有我,只有我们"这种集体主义观念和意识,以及努力拼搏、为国争光的精气神。

回顾一年来的创作,报告文学依旧花团锦簇,"乱花渐欲迷人眼",万千美景尽入眼底。10月底,在山西晋中召开的中国作协报告文学委员会年会暨

2024年报告文学创作会,总结了习近平总书记在文艺工作座谈会上的讲话发表十年来报告文学创作所取得的卓著成绩和有效经验,同时也对报告文学创作"有高原缺高峰"、邀约写作左右了部分作家的创作、艺术性贫乏读者缘不佳等问题进行了深入剖析,提出要不断增强报告文学作家的创作主体性,用心用情潜入人民生活,写出真正能"走心""叫好"的作品。在分析问题指明前行道路的同时,大家也对报告文学的融媒体发展与传播充满了期待,对报告文学的美好前景充满了信心。

2024 年 11 月　写于北京

目录

难忘记忆

焦点热点

2024 年中国报告文学作品存目

精彩时代

一路惊"芯"

何建明

一门科学技术,它往往是科学家在实验室里的某一瞬间偶然发现的,而这样的偶然发现通常又使人类社会发生了历史性的巨变,芯片的出现就是使近50年间人类文明史发生根本性变化的一个"偶发事件"。

我与华虹相识其实也是一个"偶发事件":记不住是哪年的事,一位文友送来一本未成型的书稿给我看,说是一位企业家写的作品。开始我并没在意,因为任中国作家协会副主席之后,我一直兼任着中国作家出版集团管委会主任和党委书记及作家出版社社长的职务。见的名作家多了,有时难免对一般作者的作品不太重视。一方面太忙,另一方面一旦"黏"在手上不好处理。但是这回因为朋友多次催促希望我"看一看",只好硬着头皮捧起一个叫"赵振元"的书稿看起来……

嗯,他是搞企业的?分明是位专业的文学家嘛!不是文学家写不出如此优美的文字呀!而且他的文字充满了哲理,这一点尤其令我惊讶和敬佩。

与赵振元先生就这样认识了。不给这样写出优美文字的"非专业"作家出书,有愧于我这个专门为作家出版书籍的作家出版社社长之职。

后来我才知道,赵振元先生是原电子工业部十一科技研究院院长、现在的"十一科技"上市公司董事长。

"十一科技"是干什么的?我第一次见赵振元院长的时候问他的第一个问题似乎就是这个。他笑笑,用一句简单的话回答了:"就是专门为电子产业的企业服务,比如盖房子、安装设备……"

听完我点点头。其实仍然什么都是糊里糊涂的,一直到第一次进了芯片厂才知道原来赵院长他们干的活可是不简单啊!厂房庞大而复杂,如同迷宫一般,建设者自然非同一般。

"我们公司一年至少要干100多亿元的工程量!"他报出的企业工程量又把我惊了一下。但如此工程上的"激动人心",怎么可能与文学联系在一起呢?偏偏赵振元先生将它们无缝对接,我由此开始暗暗被"赵院长""赵董事长"折服——他还是"十一科技"上市公司的董事长。

我们第一次正式见面在无锡。这一见面又是令我记忆深刻的一幕:"十一科技"不是在成都吗?怎么又在建那么大、那么高的"科技大楼"呀?在无锡著名的太湖风景区的"无锡集成电路产业园",赵院长单位的大楼气势磅礴地耸立在湖边。一问才知:他将企业华东主战场的"总指挥部"设在此。

"无锡是中国集成电路的老根据地,也是中国芯片的发源地,今天正在建设中国最大、最先进的芯片生产厂,所以我们企业在20多年前就根据国家集成电路产业发展的战略,早早地瞄准了华东这片热土,故在无锡置地盖房,广泛开展业务。这些年尤其跟华虹有着许多业务……"这是第一次从赵振元院长口中知道了他和华虹的关系。

自21世纪以来,无论在国内还是国际上,半导体产业的惊涛骇浪几乎占据了整个世纪之初的所有年份。相比之下,华虹一直处在并没有让外界感到"惊心动魄"和"心潮澎湃"的境地。

这个局面何时打破?这既关乎中国芯片产业,也关联到那些特别愿意窥测中国发展的势力与国家,所以华虹到底如何走、未来发展是何种模式,近10年以来始终是外界异常好奇和关注的。

这实在因为芯片制造业太热,因为芯片制造牵动着资本市场,因为芯片连带着大国之间的明争暗斗,又因为芯片产业在股票市场上吸引了亿万人的神经中枢,所以一个不温不火的芯片企业就容易被人说三道四,或者嫌弃它没有"酷"的题材炒作而另眼看待。事实上,在国际舞台上,那些越是被炒作得热火朝天的"题材",越容易在瞬间变得"水深火热"。芯片企业就是这种资本和政治交织在一起容易被炒热又瞬间被抛弃的那种灼手的"题材"。

华虹就是在这种国际环境下求取生存与发展的中国芯片企业,其艰辛之路,非一般企业所能体会和承受。然而中国人真正到了需要挺起腰板的时候,怕过谁吗?

没有。在中华人民共和国成立不久的20世纪50年代,西方全面封锁我们,后来邻国苏联又与我们交恶,在如此艰难的条件下,毛泽东领导的中国人民勒紧裤腰带,完全依靠自己的力量造出了"两弹一星"。

又经过半个多世纪后,世界科技革命飞速发展,人类进入一个信息与数字化时代,又有人想全面压制与封锁我们,手段虽无多大变化,但他们借助"游戏规则"所起到的封锁作用和压制氛围,似乎与当年中国受到的封锁与压制相比有过之而无不及。

从20世纪90年代末起步,到与日本电气股份有限公司(NEC)合作建设第一条生产线,再到自主生产"卡"与"芯",再到可以独立代工生产,一步一步地朝着"诗和远方"进发……这过程、这节奏，不能不说华虹是进步的、发展的，也是为国家做出了特殊贡献的。然而它在半导体行业，尤其是在国际上，似乎一直没被太多人关注、重视。即使在国内，也比其他芯片制造企业少了相当的"知名度"。这多少让华虹有些尴尬。归根到底是什么原因？

体量与规模不大，发展的趋势与魄力也显得有些平平。

2015 年前后，国际半导体发展态势的竞争越来越激烈，西方世界对中国的全面崛起又十分惧怕，因此在其他方面无计可施的情况下，死死地在芯片技术与设备上压制与封锁中国，华虹则在此时越来越感到有种难以承受的窒息感……

必须摆脱困境，冲出包围圈！国家决策者和半导体从事者发出同一怒吼。

华虹需要展现新气象！

华虹需要重布战略与格局！

自然，要实现这一战略战术，需要有一位新的"当家人"。张素心是在这个时候被聘任为第六届华虹集团董事长的。之前，他是上海市发改委副主任，分管科技产业；再之前，他出任过浦东金桥科技园区"一把手"；再之前，他是上海国有大企业的"一把手"。

"素心，市委征得国家有关部委同意后决定由你出任华虹新的董事长。在这个时候由你来带领这支中国芯片制造队伍，知道怎么干吗？"市委主要领导找张素心谈话时这样问他。

张素心没有直接表态，只是认真而又谦虚地笑着说："请领导指示。"

领导的指示真的来了，华虹非同一般企业，它是国家高端科技最重要的大型企业之一。注意它身上所赋予的两种责任与使命：国家与企业的双重属性，因而它的领导者，就必须是既懂政府，又懂企业。

既懂政府，又懂企业？！

"是既要懂政府，又要懂企业。所以市委决定由你去华虹，因为你具备这两种能力。你既在市政府任发改委领导，有政府的全局意识与观念，同时又有长期在国有大企业工作的领导经验，自然很懂得企业管理。市委领导一致认为你是华虹党委书记、董事长的合适人选……"

市委主要领导紧握张素心的手，目光里充满着期待和厚望。

华虹可不是一般的企业啊！市委、市政府包括国家的领导曾多次说过这样的话。张素心出任董事长后，遇见各级领导和过去的老朋友、老同事，也都会在他的面前说这样的话。这也让他体会到"华虹"的不一般。

"一般国际化是不敏感的，而敏感的行业是不太可能国际化的。但华虹这样的芯片制造企业既敏感又要国际化，所以就成为大家心目中的'不一般'!"张素心对华虹的认识非常独到,像个穿行在哲学与经济两个领域之间的"独行客",其认识和思维方式令人刮目相看,又很"半导体"——缜密而复杂、线路(思路)又极其清晰。

在谈到出任华虹董事长时,他说了三点:国家和上级需要你干什么、同行如何评价、下面的骨干对你的期待……这三个问题弄明白了,并且做得圆满了,那你就是一个合格的芯片制造企业的董事长。

一艘行驶在惊涛骇浪、波涛汹涌的大海上的航母,如何让它保持永不偏航又不被其他舰船所击败,领航者的研判将是决定因素。而领导的正确研判与决策又会受到多种因素的影响。应该说,张素心在任华虹董事长之前,是了解华虹一些情况的,金桥开发区管委会负责人和后来的上海市发改委负责人身份有机会让他接触、了解华虹与上海甚至全国半导体产业情况。但那时的"多看一眼"与"少看一眼"都无大碍,然而现在身为华虹董事长的张素心就不一样了。

"到华虹上班的第一天我就到了康桥……"这是张素心跟我谈他担任华虹董事长时提到的一句话。

华虹的第一个基地在浦东金桥,即现在的华虹一厂所在地,也是当年华虹 NEC 生产线所在地。在浦东,叫"桥"的地方很多,比如金桥、高桥、唐桥、严桥等等,桥多是因为浦东原来就是冲积地,河流与水多,故桥也多。以桥为名也就自然而然地形成了。自浦东开发开放之后,这些桥一个比一个放射光芒,过去外人从未听说的这些"桥",不仅在国内名声显赫,甚至有些蜚声海外。比如华虹最早落地的金桥,在 20 世纪 90 年代之后到 21 世纪初的 10 多年间,其名声在海外可谓"响彻云霄"。因为它是高新技术开发区,国外的好多跨国公司、世界 500 强企业也在此落户、办厂,因此这些世界著名企业甚至并不太清楚浦东与金桥的关系,通常有人问他们在中国什么地方办了新公司,他们就会说在"上海金桥"……金桥由此出名。

金桥的名字对生意人来说,是个好听、响亮和吉利的地名。而上海和浦东人招商时,也这么宣传:金桥是一个美丽的地方,是聚财、生财、发大财的地方! 金桥,四通八达,链接全球,通达你所心想的每一个地方! 金桥,是会给你带来运气和财富的桥梁。

浦东开发之初,确定的三个开发公司,其中一个就设在"金桥"。据浦东首任区长胡炜介绍,在一无所有的创业之初,他们能想到的浦东"资源"就是像"金桥"这样自带光亮的地名。"金桥"名字好听呀,有财气呀,所以我们就把其中的一个开发公司设在那里。

华虹后来落户金桥,也成为"金窝"里飞出的一只金凤凰。

碧海无风镜面平，潮来忽作雪山倾。

金桥化出三千丈，闲把松枝引鹤行。

陆游的这首诗或许还没有来得及给新任华虹董事长带去一点怀旧之感，张素心告诉我，他上班的第一天最想去的地方并非金桥，而是另一个地方，它叫"康桥"。

过去浦东没有开发开放之前，有几个人知晓浦东什么样？更不用说，谁能想到浦东竟然还有那么多叫"桥"的好名字。金桥之"金"还未说尽，张素心就去了一个更富有诗意的地方——康桥。

第一次到华虹采访，我去的就是康桥，说到康桥时我就忍不住哼起了徐志摩那首浪漫无比的《再别康桥》。当然，我还想再体会一下浪漫且温馨的康桥后再自己作一首《康桥》。实在是"康桥"太容易引人思绪万千。

不同于诗人艺术描绘中的"康桥"，现实中浦东的康桥没有楼房，更没有高楼，一眼望去甚至连农民的小房子都没有了，当然这状况张素心是知道的，这里刚刚把原来居住于此的农民迁走了，只有一丛丛、一棵棵尚未砍伐和锯断的残树枯竹以及几株河沟边的芦苇在风中摇曳着……自然没有路，因此如果想往里走只能做好双脚被泥浆沾满的准备。

但这并没有阻止张素心的脚步，那天他往"一片荒芜之滩地"里面走了不短的"路"，因为没有路，几百年或许是几千年来算是第一个人在这里蹚出一条"工业之路"。所以尽管有些与大上海的市景格格不入，但那天张素心的心情仍然兴奋澎湃，他来此察看，就是为了即将在此开辟华虹新战场。

华虹太需要开辟大战场，舒展新蓝图了！这是那天他从金桥出发向东一路行驶过程中脑海里盘旋最多的一句话。而也是那天，他再回到集团办公地，第一次站在"董事长"办公室，透过窗口，看着与华虹毗邻的"中芯国际"那般气势与威声，张素心默默地凝视了许久，却始终没有说话，似乎也没有表情，唯有眉睫在不停地轻轻颤动着……

是啊，尽管毗邻的同行屡有巨浪起伏、逆流暗潮，但人家就是名声远扬、乘风破浪前进着。俗话说，树大招风，你不招风的本身，从另一角度讲就是你还不够格。这难道就值得骄傲和可以嘲讽他人了？这是张素心在想的问题，更像是在问华虹人，包括现在是董事长的自己。

看上去言语不多的张素心，有一双鹰一般的眼睛，其神其光，仿佛有一股穿透的力量。与他长久共事的同事们会发现，他一旦把目标锁定之后，其双眼便有着非凡和猛烈的冲击力，宛若雄鹰……

是的,华虹必须加快产业发展!这是他的第一直觉。

华虹再不加快产业发展,就等于再一次被国际半导体潮流甩到一边,远远地甩到一边!而华虹成立之初,我们与国际半导体产业之间落后很多,所以我们要迎头追赶;现在,再不加快产业发展,何止是落后的问题,而是要被压扁、挤死!

那么华虹的发展空间在何处?此刻的张素心,脑海如启动的一台高能芯片机,开始回望华虹近20年的发展历程,他发现一个问题:当中央决策发展这一产业,力争赶超国际先进水平,决定在上海浦东建设国家第一条现代化集成电路生产线那天起,相关产业和布局都局限在浦东,而且同行企业向华虹周边不断聚集,这一方面形成了产业共振效应和产业链,但另一方面又让张素心深切地感觉到华虹有些"挤"了:物理上的地盘之"挤"、发展模式和形态上的"挤"……正是这种"挤",让本没有达到大鹏展翅的华虹发展空间愈加受阻,愈加缓速。

突破口和解压环在何处? 在何处呢?

"找张地图来……"张素心对办公室的工作人员说。

"是上海地图还是?"

"能有长三角地图最好!"

地图铺展在张素心的面前,他的目光从黄浦江移到金桥、移到整个浦东,又开始从大海的那边回移至上海黄浦江西,再向西北方向移动……

他的目光滑到苏州、无锡、常州、南通、嘉兴和湖州等这些上海周边的经济"小老虎"身上,而在这些长三角的经济"小老虎"中,"无锡"的地名又特别让张素心的心头颤动了一下:无锡是国家电子工业重要基地呵,那个地方现在不知有啥情况?

很快,"华虹要在上海以外的地方扩大生产基地"的消息迅速在行业内传开……这消息传得很快,连华虹内部的许多人都觉得有些坐不住了,问新来的董事长张素心"有没有这事"。

张素心笑笑,说:"是我有意放的风,试探一下外面的反应,然后我们再作决定。"

高!华虹人听明白后,夸张素心董事长办事方式独特,且有谋略。

这是必须的。大的战略决策,往往可以是于无声处起惊雷,也有先下些"毛毛雨"后再风驰电掣的。张素心的决策似乎属于后一种。

"先放些风,探探情况,再作决断……"一位半导体行业的领导这样对我说,原因是这个行业太敏感。作为一个大国在半导体领域的每一个新的决策,可能会影响整个全球的同类产业市场,从而还会波及世界的政治与经济等。

富有大型企业和政府机关工作双重经验的张素心自然深谙其道。

"风"一出,"道"上立马传来反响。就在这个时候,其中有一个人的电话让张素心特别注意。在这之前,张素心和他见过面,但也只是作为同行,在张素心出任华虹董事长后,此人在第一时间特意前来拜会。

"张董事长好,我是十一科技的赵振元呀!现在我在北京,今天准备飞上海,看你有没有时间我去拜会一下,主要想跟你聊聊我的一些想法,这个事对华虹可能非常重要……我们十一科技作为华虹的合作老伙伴,希望今后一如既往地服务好华虹……"

张素心一听,是这个在电子工业系统大名鼎鼎的人物,又是华虹屡次建厂的合作老伙计。见!

"赵院长啊,你太客气了!你在电子行业大名鼎鼎,而且十一科技跟我们华虹又是长期的合作,听我下面的同事介绍,我们两个单位又是合作非常好的双赢单位!你要来,我是巴不得呢!我马上安排时间,在浦东恭候阁下!"接到这个电话,张素心是非常高兴的,因为他知道赵振元在电子工业系统人脉广又热情,办事与决策能力很强。更不用说,赵振元的口才如同他的诗才一样,可滔滔不绝,大江奔流;可曲径通幽,涓涓细润;时而抑扬顿挫,时而豪放开怀。总之,在张素心和华虹人眼里,赵振元是个特别值得信赖的合作伙伴与真挚朋友。

这个时间是 2017 年 2 月 18 日。

下午,赵振元从北京飞抵上海。晚饭前,赵振元与张素心见面。之后两人单独进行了交流,赵振元首先把自己在无锡近 20 年的体会与感受,一股脑儿"倒"给了张素心:"无锡离上海非常近,又是我们中华人民共和国无线电、半导体的摇篮与发源地,一大批科学家、工程师在那里,而且无锡是长三角经济最活跃的地区之一,从某种角度讲可以说是最活跃的地方,尤其是他们对集成电路产业的重视程度堪称全国第一,找不出第二个地方!这不是我瞎吹的,因为无锡建起了第一个集成电路产业园,我们十一科技华东分公司总部大楼 1999 年就在那边落户了。这可以说明问题了吧!告诉你素心董事长,我的好朋友,也是无锡现在的常务副市长黄钦,他对集成电路产业格外重视,亲自抓产业的招商和引资工作,还有他们的市委书记李小敏,也都特别关心和重视集成电路产业……"

赵振元说到这儿,特意停顿了下来,仔细地观察着张素心的表情,然后认真地问道:"素心董事长,你们有没有可能到无锡去建厂?"

张素心笑了,说:"有可能。"

赵振元猛一击掌,高兴地说:"哎呀素心董事长,你是太有远见了! 我对中国的集成电路产业情况也可以说是比较了解的,华虹现在处在什么位置、遇到什么瓶颈、出路在何处等问题,虽然我不如你清楚,但作为老合作伙伴,我多少能够看得出一二三来。华虹是国家队,毫无疑问要挑起中国集成电路产业发展的重任,要当龙头企业。可到目前为止,华虹在行业内还没有达到龙头的规模和影响,主要就是产能没有上大台阶,高端产品不够多,原因素心董事长你比我更清楚。其中有一点我作为旁观者也看得清楚:就是一直以来华虹的发展思路还没有真正放开,尤其是转型成代工企业之后,发展的步子迈得不够大,局限在上海浦东地盘上,这样建厂和资金就遇到了瓶颈,尤其是这些年国家鼓励全社会都来参与芯片制造产业,社会投入已经超过政府,在这种情况下,华虹再只把目光放在上海,发展受到的限制必然是很大的。因此在我看来,一定要有走出上海的思考和布局……"

　　"谢谢赵院长,你跟我想到一起了!"不太容易显露内心真实情绪的张素心,这一天与赵振元的见面会谈,也是异常兴奋,心潮澎湃。

　　"走出上海""打开华虹一片新天地"的想法,在他上任之后的这些天里一直在他脑海里盘旋。而拓展到无锡又是他在与赵振元见面之前一闪而过又特别深刻的那道光!

　　"如果你真有此念,我马上向无锡市领导报告。然后你看是否抽个时间专程到无锡那边去走一走,与无锡方面面对面地进行一次正式交流?"赵振元兴奋得有些迫不及待了。

　　"可以。我很愿意到无锡那边去一趟。"张素心表示。

　　"太好了! 无锡那边的事我来安排,我会马上跟他们的领导报告,同时也会跟相关部门的负责人取得联系,商谈一些具体的事宜。"赵振元说。

　　"那有劳赵院长了!"

　　"你客气了,我们是老电子工业部的一家人嘛。"

　　"对对,我们是一家人!"

　　两人的谈话前后总共二十来分钟,却商定了一个重大意向。并且两人相约一周后,请张素心董事长到太湖边与无锡领导见面正式商谈。

　　"无锡那里你素心董事长肯定以前也去过,但现在更美了,反正我是特别喜欢那里。最近我准备要写一首歌,可能就叫《无锡美》……"赵振元与张素心分手时说。

　　与赵振元交流之后,那几天张素心的情绪分外高涨,他那缜密而灵敏的大脑在这种高涨的情绪助推下,旋转得异常快速:华虹真的能从上海之外寻找到一个理想的生产基地,将对华虹乃至整个中国独立自主的芯片产业产生一个不可估量的推动和促进！其意义在于：其一拓展了华虹的空间，可以不用再为"一亩三分地"还是"二亩六分地"争执发愁了；其二加速了华虹实现快速发展的可能；其三有利于促进整个长三角地区集成电路产业链的建立，从而最终实现中国芯片制造的本土现代化。

值得干！既为华虹企业之利，也为以中国半导体为代表的高新科技发展。当张素心将自己"走出上海"的想法向北京和上海的领导们诉说后，得到的回应使他受到万分鼓舞。简单一句话，就是支持。

那到无锡的这一步，我要迈出去？！

迈！大胆地迈出去！

包括华虹的老领导胡启立，还有国家信息产业部和上海市领导，都表示支持张素心的想法。

走，到无锡去！

江南的初春，虽有一丝寒意，但大地回暖的趋势已不可逆转。郊外的高速公路两旁，可以放眼看到一片片麦田正以蓬勃之气向远方铺展着生机盎然的绿意，杨柳开始飘絮，桃树枝上的朵朵小花也在频频探头张望……

2月25日上午，张素心以少有的心境抵达太湖边。车子路过太湖边时，张素心特意打开车窗，此时车速也似乎有意稍稍缓慢了下来。

这让他可以借此机会领略一下初春的太湖之景。

"素心董事长，欢迎你到无锡来呀！"根据事先约定，张素心先到他曾经去过的太湖边一个工会疗养院，再由赵振元接他到"湖滨饭店"与无锡方面的领导会面。

就这样，张素心在赵振元的引领下，一起来到湖滨饭店九层的一间小会议室。

"张董事长，我代表无锡700万人民欢迎你的到来！"提前到此的无锡市政府常务副市长黄钦及无锡市发改委主任、无锡产业集团负责人等站起欢迎张素心一行。

"素心董事长啊，你此次到我们无锡，可以说是回老家呀！"黄钦副市长的一句话先是让大家愣了一下，随后听他解释道，"我们这是国家集成电路的重要基地之一，而且是'908工程'的实验地，所以现在的华晶和华虹，跟'909工程'是国家半导体产业的一对亲兄弟。你现在是华虹董事长，是不是可以算是回'老家'了？"

"是啊是啊，到无锡不仅是回老家，本来我们跟这里的华晶、跟'908工程'就是'亲兄弟'！"张素心说。

"哈哈……一家人！亲兄弟！"气氛顿时热烈而亲切。

经"中间人"赵振元一番扼要介绍，黄钦副市长代表无锡市政府便首先发言："所以听赵院长介绍，素心董事长有想法在上海之外开辟生产线，这是个大决策。我们无锡十分期待能够为素心董事长和华虹这一重要决策尽点力。如果项目落地无锡，我们一定拿出最好的资源、最好的土地、最好的服务，来迎接'亲兄弟'到这里安家落户！"

"黄市长说得太好了！这里确实应该算是华虹的'老家'。华虹能回'老家'安居乐业，实在是件幸运之事啊！"张素心动情地说。

之后，无锡方面几位部门负责人，就无锡在集成电路产业和政策方面向上海来的客人做了全面介绍。张素心听得频频点头，看得出，他对无锡各方面都比较满意。

"素心董事长，我看这事可以定下来了！我以十一科技近 20 年来在无锡的切身感受和体会，给你和华虹打包票：如果华虹要想走出上海，综合各方面条件和因素，你很难找出第二个比无锡更好的地方……""中间人"赵振元恰如其分地向张素心点题。

"董事长你看呢？"

"我看可以！"

"太好了！"

第一次见面，张素心和无锡市主要领导就把中国半导体发展史上的一件大事情敲定了下来，并且就合作建厂的大致细节做出了安排，无锡方面慷慨而又真诚地决定参股华虹在无锡的落地新项目的 20%。这是张素心获得的一大意外收获：众所周知，芯片厂的投入之大，非一般小企业所能，即使像华虹这样有国家背景的国有大企业，想要建一条新的生产线，从项目设想到批准到落实资金，也非一天两天，有的时候就是因为资金问题，一年两年都可能没有结果。原因是：国家也并非很有钱，用钱的地方实在太多。数百亿元的投资，20% 占股就是一个非常大的资金额了。无锡如此气度和胸襟，让张素心的心头热乎乎的。那天在与无锡领导暂时告别的一刻，他深情地感叹："'909工程'能够回到'老家'跟亲兄弟在一起，我们现在真的成了一家人呵！"

"是，我们就是一家人！"无锡领导也不无感慨。

这一天，其实最开心的人是赵振元。因为这位具有战略思考又善牵线搭桥者看到华虹和无锡双方领导如此迅速地"握手"，作为促成中国半导体产业上一个重要事件的他，怎能不欣喜若狂！这也就有了本章开头我们读到的赵振元先生在当日晚上所写下的一篇激情随笔：

尘埃终于落定，梦想可以实现，愿望终于变真，格局已经形成……

是的,作为一个战斗在高科技领域最前沿并承担着国家使命的国有大企业,它的决策者和领航者的格局有多大、目光有多远,将决定着企业能走得多远,目标能实现多高。

"序幕不是高潮,精彩总在最后……"2017年8月2日晚上,赵振元再次提笔,补写下当日那篇随笔的最后一句话。

华虹的新格局、大格局,是从走出上海的这一步开始的。

有位国际著名半导体专家说过这样一句话:你可以对一个先进的半导体企业指手画脚,但你也无法决定一个跨国公司在建设的一条半导体生产线的命运,因为也许一个决定或批复晚了一年半载,那么原本所谓的"先进"生产线可能在建起后便成为一堆废物。

这位专家的话所表达的一个观点是:半导体产业中的"摩尔定律"本身就是一个魔鬼式的方程,即便你的权力再大,也很难违背它。违背的结果,一定是失败的。

然而我还听到一位专家这样说:所有的建筑师都可能偷工减料,唯独在半导体生产线上无法马虎一丝一毫。

这就是高科技造"芯"产业的与众不同之处——你必须遵循规律,紧扣时间;你必须全力以赴,马虎不得。

在上海之外建设的一条华虹先进的12英寸芯片生产线,投资高达数百亿元……如此规模、如此投入,显然需要经历各种烦琐的审批,从选址、平地、打桩到开工建设,再到安装,到投片正式生产,"摩尔定律"告诉我们需要18个月。在我们所熟悉的中国基础项目中,有这样进程的大工程吗?似乎很少听说。但在半导体行业,它又是谁都不太好更改的"法定"周期。

董事长张素心能更改吗?不行。

还有那个大名鼎鼎的"建厂大王"张汝京能更改吗?同样不行。

决定在无锡建一条最新生产线之后,张素心和华虹人其实等于要面临一场"华虹的渡江战役"——这"江"自然是黄浦江,因为无锡与浦东隔着一条最大的水域就是黄浦江。华虹以往所有的厂都在浦东,虽然相互之间有一点距离,但那也是几分钟、几十分钟的车距,既是在同一块浦东地面上,更重要的是在上海区域内,现在不一样了,无锡的华虹厂既离浦东很远,又不属于上海的区域。这条"江"就很大了……

这不是简单的多少公里的距离,它的距离既是物理意义上的,更是行政区域和很多社会组织上的甚至是"人情"上的"距离"。

"快速建线，快速上量"，18个月的建线周期似乎不完全由"摩尔定律"决定，但是巨额的投资让张素心他们必须去"拼"。当然，这更是华虹想追赶国际半导体产业发展快速水平的"必由之路"。

难度其实从一开始就给张素心设置在那儿，就看你有没有魄力去干这件事。

张素心和华虹人已经选择了在无锡建厂，这就意味着不可能有退路，唯有向前迎战——再大的困难也一定要逾越。

"赵院长，素心真的拜托你了！"这一回张素心对赵振元说的可绝对不是客套话。而赵振元回答他的话也是铿锵有力、掷地有声："放心，素心董事长，我和我的团队一定会以你提出的'安全是前提、质量是基础、进度是关键'这十五字为建厂总方针，保安、保质、保期地完成好总包任务，干出无锡速度来，为华虹争气！为国家争光！"

"感谢！"张素心听完赵振元的话，眼睛顿时有些湿润，这正是他所希望的。

18个月，数万平方米建筑、数万件设备与设施的安装，当然还有这些设备和建筑后面所需要的材料与采购……"建一个芯片厂，就如打一场大仗，哪个环节出了问题都可能会影响全局。"有"芯片建厂大王"之称的张汝京曾经跟我谈他的建厂辉煌史时这样说。张素心自然也很担心无锡工程的每一个细节乃至整体。

他，不愧是上海市领导选准的可以打大仗的"老板"。千头万绪时，什么最重要？当然是安全。没有安全，所有皆空，尤其是芯片厂建设，因此张素心在动员和计划无锡厂开工时就提出了第一个"原则"：安全。而且这个原则必须作为一切工作的前提。"没有这个前提做保证，其他的事必须放一放。"他明确这样要求。

"在建设期间，素心董事长要求我们做到的安全性，包括了多方面，一是施工时人员的安全，二是所有建筑材料及设备的安全，三是环境的安全，四是建筑体寿命的安全……要实现这样的'安全'原则，就必须对工程的每一个细节和整体都做出周密与精细的安排，同时要做出横向和纵向、短期和定期的检查。"建筑总包负责人赵振元在解释和贯彻张素心的指令时这样说。

确保了安全的前提，工程方能顺利实施。而实施与进行的过程，需要一个最基本的自然条件作为基础，这就是质量。没有工程质量，就无法建设先进的高科技芯片制造厂。这是个根本和基本的问题。

质量从何抓起？"质量首先在管理者和指挥者的神经与意识之中。"作为十一科技董事长、党委书记，赵振元在电子工业产业领域耕耘了几十年，承接过无数国家电子产业建设工程，深知造"芯"厂的质量要求，也可以说每一次指挥建设芯片生产厂，就是一次"淮海战役"——一两百亿元的工程量，十几个月的不间隙施工，江南四季春夏秋冬的风霜雨雪，都对建筑大军是少有的考验，需要每一个工人、每一个工程师、每一个监理员，都把力气使在恰到好处之上，都把眼睛盯在丝毫不谬之上，都把精力保证在高度专注之上……

"为什么说'安全是前提'？因为没有了生命我们干这活还有啥意义？我们背井离乡出来干活，为家人孩子挣钱，为的就是让他们的生活过得好一点是吧！可如果我们在干活中，你稍稍马虎一点、我稍稍马虎一点，那么这个厂就一定是废物。厂废了，我们这些人跟着也就废了！华虹和其他业主还会要我们吗？不会！那我们大家不等于失业了吗？所以，大家要把所有的看家本领都用在华虹的这个无锡厂上！从每一块砖、每一条木、每一根梁、每一个钉子开始……"自开工以后，赵振元几乎天天"竖"在工地上——他个头高、身材魁梧，所以他一出现，就是工地上的无声号令。

"素心董事长说的'质量是基础'，我们就要把这话融化在每天工作的自豪意识里，落实在手中的每一份活之中，向最优秀、严格的师傅看齐、学习，实现百分百全员的质量一百分！"赵振元说话的声音并不高，但能在工地上四处回荡。

"进度是关键。"为什么它是关键呢？张素心没有在我采访他时对此做出解释，但他向我袒露了出任华虹董事长后最大的一个心愿，就是要加快华虹发展的步伐。"芯片产业就是这样，我们都知道现在全国各地都在搞，而且各地的投入空前，尽管有些地方是盲目乱建，然而整体上是一个高速发展、快速发展的产业。国际上的半导体产业发展速度更是不以我们的意志为转移的，你今天慢一拍，明天就可能慢几步，你今天慢两步，之后就可能永远追赶不上了，我们真的耽误不起，一刻也耽误不起！"

一个忧国忧民者。一个胸怀国之大者的企业领导者。有这样情怀的人，就可以干出人间奇迹。

无锡生产线给了张素心和华虹人一次新的历史性考验：把每一次属于自己的时间夺回来，把每一次历史中飞逝而过的时间拉回来，把每一次时代赋予的时间追赶回来……这是张素心想的和他要求全体华虹人所要努力的方向。

没有速度的半导体生产企业，就等于没有希望和激情的企业，这样的企业怎么可能成为先进的半导体产业生产单位呢？道理早已在"摩尔定律"中明确，谁人能破坏与违反？不尊重科学、违反科学定律的人想从事科学研究不是很愚蠢与无知吗？这样的人怎么可能来搞芯片生产呢？

张素心有时觉得市领导把自己后半生的命运"绑"在芯片上,本身就是一种既光荣又残酷的事儿,光荣是因为与国家的伟大崛起沾点边、做出一份贡献;残酷就是自己没有任何退路,华虹的事只能干好,干不好就是产业和事业、企业和国家的罪人!

然而,张素心就是张素心,一旦指挥千军万马战斗时,那种睿智、果断、气魄与雷厉风行的作风,便使他成为虎虎生威的大将军——

是。我们现在的战场不在上海,在无锡,但正是因为战场远离上海,所以我们集团的主要领导、集团的主要工作就必须前移,移到战场的最前线。

是。我们是有无锡地方政府的全力支持,有十一科技赵振元董事长他们这样的钢铁队伍,但工程是我们华虹的,是我们华虹的工程就该每时每刻有我们华虹的决策者、管理者站在施工现场,随时发现问题、解决问题。现在我代表集团党委宣布:由唐均君同志出任华虹宏力党委书记、总裁,负责无锡生产线建设现场的工程一线指挥……

是。坚决完成好集团交给的任务!唐均君其实是个文绉绉的"团干部"出身,是什么让他从参与同外国公司谈判的外事干部,到一步步成为华虹宏力上市公司的总裁、党委书记?

"在华虹 NEC 时,我是与日本公司谈判的成员;后来到了五厂建设时,我已经是党委书记兼副总裁;到六厂建设时,我是六厂的第一位员工,因为我总是最早一个到工地的建设现场;到无锡厂建设时,张素心董事长又把我调到那里担任工程现场负责人,我的责任就明确了,就把自己牢牢地夯实在了那里……好像从无锡厂开工到后来投产的十几个月里,除了回集团开过几次会外,我基本上一半时间在无锡抓工程建设,一半时间在上海管运营。"唐均君说这话时有些自嘲,"那个时候真的就没有时间去想工地建设之外的事!"

在前线指挥的唐均君是这样。集团董事长张素心在建设无锡厂时到底去过多少次施工现场?"我真记不清了……"他自己说。

"至少 20 多次!起码我记得有 11 次现场工程促进会是素心董事长亲自到无锡来主持的。像这样的现场工程促进会,作为总包方的我是必须参加的,并且每一次会议我都有记录。"赵振元回忆说,"有时他一早从上海过来,在现场主持会议,检查工程,处理重大事情,一待就是十几个小时,甚至到深夜还在和我们一起召开会议,解决问题。"

赵振元讲起这段他在现场领导施工大决战的往事时,总是难以平静:"速度就是在素心董事长的一次次调整工程部署、优化计划安排、抢占时间要点之中实现的。他不仅是一位战略家,更是一位战术家,在他指挥下的施工单位和现场的 5000 多名施工人员是幸运的,干劲格外高涨,所以我们才用了 14

个月就创造了建完生产线厂的纪录！一个 3 万多平方米的具有世界先进水平的大型芯片生产厂仅用 14 个月就建设好了，这在中国是前所未有的，在国际芯片建厂史上也是少有的。这就是华虹的无锡速度！"

在华虹的展览厅里，我听到了赵振元的一段录音："从 2018 年 4 月 3 日正式开工，到 2019 年 6 月 5 日，整整 428 个日日夜夜，我们在素心董事长和唐均君总裁的领导与指挥下，克服重重困难，所创造的无锡速度，也是中国集成电路工厂的建设新速度，它也将载入世界集成电路的建设史册。"

华虹"无锡速度"如今已经成为华虹历史上的一个标志性符号。那天我采访当年的"前线指挥官"唐均君时，请他介绍他和团队如何创造"无锡速度"时，他谦逊地笑笑，然后说："这都是张董事长领导有方，我只是干了应该干的事……"随后他就把话题移到了别处。

见到赵振元董事长后说起"无锡项目"时，情况就大不一样了。身为作家的他，立马给我找来两篇他记录无锡开工和竣工的"日记"，我读着就仿佛置身当时的无锡工程现场——

今天是无锡华虹桩基工程开工的日子，这个项目从去年 8 月 2 日双方签约后一直受到各界的普遍关注，而今天的正式开工则标志项目进入一个全力冲刺新阶段。

早晨，醒得很早，看着天气非常好，就决定早起晨练。

从宾馆到蠡湖旁很近，不到 10 分钟就到了蠡湖边的绿道。

春天的早晨很美，无锡蠡湖旁的湖景就更美了。一轮朝日从东方冉冉升起，很快就跃入天际。湖光山色美，林间鸟儿鸣，湖中鱼儿跳，山上云雾绕，地上百花耀，空气清新好，绿道健身忙。春色真诱人，春光无限好，如同仙境，恰似梦境，蠡湖的早晨，春天的无锡，真是美得太过分。

美景，属于早起的人。其实早晨的美好很短暂，就像春天很短暂一样，早晨的美景很快就会过去，太阳很快就会升上来，气温很快升起来，早晨的凉爽感很快就会过了；天色很快会亮起来，早晨的朦胧感也很快就会过去，因此那种美好的感觉很快会过去。只有早，只有快，才能抓住这个机会；只有早，只有快，才能有这个感觉。

机会，属于早起的人。只有起得早，才能看到早晨的各种美景；只有起得早，才能感受春天的美好；只有起得早，才能捕捉各种可能的机会；只有起得早，才能身体好；只有起得早，才能心情好。

成功，属于早起的人。早起，是属于勤奋着的人。一年之计在于春，一日之计在于晨，抓住早晨，就是抓住了一天，而抓住春天里的每一天就是抓住了春天,抓住了春天,就是抓住了一年,抓住了每一年,就是抓住了一生。

美好的一天,从早晨开始;成功的人生,从勤奋做起。

2018 年 4 月 3 日

这一篇"散文体"日记,是赵振元用优美的诗句描述的无锡厂建设开工那天的心境。他用人要珍惜每一天"早晨"的时光来形容华虹无锡厂宝贵的开工建设时间。

那么,华虹无锡厂从开工之后经历了怎样的速度呢?令我欣喜的是赵振元先生为我找到了一份"华虹无锡基地 12 英寸生产线重要里程碑":

2017 年 8 月 2 日,无锡基地签约。

2018 年 3 月 2 日,举行开工典礼。

2018 年 4 月 3 日,一期桩基工程启动。

2018 年 6 月 25 日,桩基工程完成,开始大底板浇筑。

2018 年 7 月 21 日,F1 厂房首件钢柱完成吊装。

2018 年 8 月 12 日,F1 厂房首根桁架吊装完成。

2018 年 10 月 12 日,F1 厂房钢屋架吊装完成。

2018 年 12 月 21 日,F1 厂房结构封顶。

2019 年 2 月 26 日,启动一级洁净管制。

2019 年 3 月 27 日,自动运输传送系统搬入并启动二级洁净机制。

2019 年 4 月 17 日,无锡基地正式通电。

2019 年 5 月 15 日,启动三级洁净管制。

2019 年 5 月 24 日,首台设备搬入。

2019 年 6 月 6 日,光刻设备搬入。

2019 年 9 月 17 日,正式投片。

看完这张时间表,才理解了为什么华虹说它是"里程碑",也理解了为什么华虹人特别自豪地称无锡厂的建设创造了值得他们自豪的"无锡速度",因为像这样一个数百亿元投入的超大型工程,从立项到开工,再到竣工,仅用一两年时间,而其中建厂的全部时间才不到 14 个月,仅此一点,半导体业界的专家就告诉我,华虹无锡厂当时是创造了世界同行业中的"之最"。

"弹指一挥,今非昔比!"

"可喜可贺,值得骄傲!"

投产那一天，许多华虹老前辈格外激动，甚至热泪盈眶。他们纷纷向张素心表达这样的心情。

而作为工程"总包"的赵振元谈起这张刻着他"事业生命辉煌史"的里程碑时，感受又与一般人不一样。他的讲述如同观看电影似的那种生动与精彩——

"我们在接受任务之后，跟打上甘岭战役一样，每天都是在拼命、拼质量、拼能力……半导体厂房与一般的厂房不同，3万多平方米就是一个大车间，中间没有墙壁隔离，完全是一个庞大的单体建筑，钢梁是它的筋骨，所以吊装每一根钢梁就是最辛劳的活儿，你不能停下，必须连续作战，就像搭积木似的……

"到了启动洁净车间的管制时，建筑人员就得按照一级比一级更严格的要求进入建筑场所。什么叫一级管制、二级管制、三级管制？就是从你最初进入车间内的工地时就不能带灰尘，到后来你每次进工地必须消毒、必须穿特制的衣衫、必须在规定时间内离开……到后来洁净管制升至最高级别时，建筑人员进入工地就像医生进入重症病房时要求一样高！

"光刻机安装为什么会成为一个标志，因为安装它比接生孩子的工序还要精细十倍、百倍……"

赵振元陈述这些工程内容时，丝毫没有半点夸张，他说建设芯片厂就这么要求严、技术高、难度大！

"严到你想不出还有更严的要求，技术高到你闻所未闻，难度大到你甚至想放弃……可你怎么能放弃呢？几百个亿元的投资，多少人在期盼，你是没有权利放弃的！必须干好，必须干得最好，必须干出中国人的样子来！

"这就是华虹的无锡工程、无锡速度！"

2019年9月17日，华虹集团无锡生产线（华虹人通常称它为"七厂"）的投产仪式异常隆重，这有两个原因：一是标志着华虹开始向上海以外的广阔境域开辟生产基地，这是具有战略意义的大事；二是由于无锡厂作为12英寸生产线，在高压工艺研发体系上领先于业界的地位。这次华虹导入了三个国内最为先进的工艺平台，分别是嵌入式非挥发性存储器，功率半导体，模拟及电源、逻辑与射频。这条生产线建成之后，华虹的技术将由8英寸的90纳米延伸到12英寸90纳米，并同时开发65—55纳米技术，为华虹"8+12"的技术路线图提供巨大的发展空间。因此投产仪式特别隆重，华虹集团首任董事长胡启立、首任副董事长华建敏专程出席，他俩都是"副国级"老领导。时任江苏省委书记娄勤俭和上海市发改委主任马春雷及无锡市委书记等数百名嘉宾都出席了这一盛大仪式。

在此投产仪式上，最难掩内心激动的当然是张素心董事长。他在投产剪彩的瞬间，眼眶已经湿润……因为这是他上任后第一个成功的"大手笔"，更是华虹集团"走出上海"的第一张"百分"卷子。

他在这一天这样讲——

......

华虹集团是国家"909工程"的成果与载体、我国发展自主可控集成电路产业的先行者和主力军,无锡是国家"908工程"所在地、南方微电子重镇,沪苏携手,奋进长三角。华虹集团走出上海、布局全国的第一个制造业项目落地无锡、开花结果,这在华虹新20年发展战略中具有标志性意义。华虹无锡项目是国内最先进的特色工艺生产线,也是江苏省第一条自主可控12英寸生产线……恰逢中秋佳节刚过,即将迎来新中国成立70周年的喜庆时刻,我们相聚在丹桂飘香的太湖明珠、魅力无锡,一起见证和分享集成电路产业发展的成果和喜悦。

......

华虹无锡一期项目(华虹七厂)总投资25亿美元,总建筑面积20万平方米,共26个单体建筑和构筑物。其中,生产厂房建筑面积近13万平方米,洁净室面积2.88万平方米,自动化搬运系统轨道全长7650米,1级、100级、1000级高标准洁净室可满足90—65/55纳米芯片生产的工艺条件,具备月产12英寸4万片晶圆的生产能力。自2018年4月正式打桩,华虹无锡项目建设团队秉承"安全是前提、质量是基础、进度是关键"的原则,严格贯彻安全管理体系和安全生产,始终坚持筑牢安全防线,开工初期,就成立了安全生产委员会,建立了几十项安全生产制度,全面落实安全生产主体责任。工程总包十一科技会同上海建工等各施工方勇于科学创新,采用"逆作法""跳仓法"等先进施工方法,加快建设进度,仅用262天完成生产厂房主体结构封顶。又在接下去的155天里,土建、动力机电系统安装多界面交叉同步作业,在时间紧、任务重、工程量大的诸多困难下,以小时为单位计算工期和节点,交出了一份来之不易的亮丽成绩单:实现一次性送电成功,废弃处理装置完全符合环太湖流域排放标准,达成了净化厂房满足工艺设备搬入的目标。华虹七厂项目建设坚持高标准、高要求,厂房在设计、能源、大气、节水、室内环境质量、材料与资源管理等方面符合绿色建筑的标准,关键材料和施工质量检测100%合格,厂务建设和洁净系统质量全部合格;主要工程节点较计划大幅提前,设备安装和工艺调试速度刷新纪录;生产线全自动化系统快速全面建立,成套技术转移完成试点;以同"芯"合力的工匠精神,创优质卓越的华虹精品工程,努力将无锡单体最大的产业项目打造成经得起历史检验的精品工程、廉洁工程和行业标杆……

张素心在这一天的讲话中,特别强调:华虹无锡项目在较短时间内工艺通线、进行投片,得益于华虹七厂全体员工的辛勤劳动,得益于华虹一厂、二厂和三厂的能力延伸,得益于具有12英寸丰富经验的华虹五厂、六厂的鼎力协同,得益于致力于先进工艺前瞻研发的ICRD的技术支持,得益于华虹人坚守和弘扬的"知难而进、奋发图强"的企业精神。

他又特别深情地提到:源自华虹六厂工地的"华虹520精神",蕴含着"家国情怀、一诺千金、敬业奉献、使命必达"的丰富内涵,在华虹无锡工地得到了传承和弘扬,使华虹集团在全面支持中国集成电路产业链创新发展、率先为长三角一体化高质量发展和打响"上海制造"品牌贡献中成为中坚力量。

2023年5月20日,华虹集团在所属的三厂举办了"我心飞扬"主题活动,纪念与庆贺"华虹520精神"六周年。在此次会上,我见到了老朋友赵振元,见到了华虹集团张素心董事长。从他们口中得知:国家已经正式批准华虹九厂——又一个落地无锡的投资更大的12英寸芯片制造厂即将开工,它的产能将达到月产8.3万片……

几个月后的2023年"七一"前夕,无锡"华虹"的第二个芯片厂正式动工,一个全新的中国"芯"制造的巨无霸将在太湖之滨诞生!

> 未来发展,天地广阔;
> "芯"路漫漫,我们在一起,
> 心"芯"相映,"芯"火相传……

华虹人唱着自己的《华虹之歌》,在国家的"造芯"征程上,步伐越走越豪迈!

其实,我们现在已经比较清楚地知道:中国造芯之路,已经走得很宽、很豪迈了。我们不仅有"国家队"华虹,我们还有强大的"综合队"中芯国际,我们自然更有像华为这样一大批民间自觉组织和强大起来的"民兵队伍"……

他们在"为国争光"的信仰引领下,努力赶超世界最先进的技术,彻底打破西方国家的霸权垄断,为中国14亿人民和人类命运共同体的幸福努力着、奋斗着!

（选自《中国作家·纪实版》2024年第1期,有删节）

火星，我们来了

黄传会

迎着强劲的海风

2020 年 1 月 26 日。

庚子年大年初二。

我国首次火星探测工程即将进入发射阶段。上上下下忙了几年，春节都难得休息。

谁也没有料到，一场疫情，正悄悄向中国大地袭来。

1 月 23 日，湖北省疫情防控中心发布启动湖北省重大突发公共卫生事件一级响应：关闭离汉通道。

张荣桥意识到问题的严重性，立即赶到月亮大厦，与火星探测任务总指挥张克俭，紧急磋商，快速做出决策：

第一，提前集中研制队伍。各系统主要研制单位、骨干队伍马上结束休假，1 月 28 日前全部返京，并按规定在家隔离，确保队伍完整并按时到位。

第二，按照航天工程研制程序，在转阶段过程中需要组织一系列评审。在疫情防控不允许人员集中的情况下，通过视频、函审等方式灵活组织评审，保证各项工作按计划推进。

第三，疫情防控工作使人员和产品运输受到限制。应主动与地方政府沟通，精心制定疫情防控安全方案，在确保人员防疫安全的前提下，保证必要的人员往来和产品运输。

一手抓研制，一手抓防疫。

上百个单位数万人组成的工程研制队伍，如何做到百分之百严格落实防疫措施，百分之百严守防疫纪律，安全流动、对外隔离、身心健康，确保自始至终无一例疫情出现，这是一个新的挑战！

最先摆在面前的一大难题是，探测器整器测试完成后，如何安全运到文昌航天发射场。

探测器太阳能帆板收拢后的体积是长 3.3 米、宽 3.2 米、高 1.85 米,这么大个家伙,国内航空公司所有飞机均不满足运输条件,只有俄罗斯的安－124 运输机符合使用。半年前,火星项目部与俄罗斯某航运公司签订了运输合同。

人算不如天算。按照我国防疫要求,国外机组人员入境后必须先隔离 14 天,才可以开始工作。俄方承运单位一年的任务早就排满了,隔离 14 天,耽误不起,而且机组还担心入境后被传染。人家宁可违约,这趟活不干了。

这下真遇到了麻烦。转海运,一时半会儿去哪儿找船?再说,即便有船,探测器与其他货物混装,海上风浪颠簸,安全不能保证。

或许是受环绕器试验队进京方式启发,有人建议:俄方机组入境后,也采用点对点方式,住隔离酒店,与中方人员全程隔离。中方将探测器直接送上飞机,然后直飞海南。这是一个好建议,但是否符合防控要求,还不敢确定。

张荣桥立即给首都严格进京管理联防联控协调机制办公室打电话,自报家门,说我国首次火星探测任务遇到运输难处,希望帮助解决。

对方一听是火星探测任务,连说"去火星,可耽误不起",让给他们发个函,他们报上级审批。

两天后,对方来电说:"上级领导批准了。你们直接去找首都机场联防办。知道你们很忙,领导就不用去了,派位具体负责办事的同志,与他们对接就行了。"

张荣桥心头一热,觉得很欣慰。

俄方同意我方所采取的措施。一切安排妥当,张荣桥带领试验队奔赴文昌航天发射场。

天问一号发射窗口是 7 月中下旬,按惯例试验队提前一个多月进场即可。但疫情肆虐,不可知因素太多,工程"两总"决定试验队提前出发。

4 月 5 日清晨。

首都机场。

航站楼里,悬挂着的"热烈护送航天战友出征"的横幅显得格外醒目。

张荣桥和试验队员们戴着口罩,只露出一双眼睛。

出征——带着几分悲壮出征!

4 月海南,和风轻拂,满目青翠,生机盎然。

文昌航天发射场位于海南省文昌市龙楼镇,是我国四大发射场之一,首个开放性海滨航天发射基地,也是世界上为数不多的低纬度发射场。该发射场可以发射长征五号运载火箭、长征七号运载火箭与长征八号运载火箭,主要承担地球同步轨道卫星、大质量极轨卫星、大吨位空间站和深空探测卫星等航天器的发射任务。

为什么选择文昌航天发射场作为天问一号发射场？

其一，航区和落区安全。从文昌地区发射出去的火箭，射向宽泛，适应性强。此外，火箭射向的范围大多都是海域，安全性能高。

其二，运载效率高。火箭发射场距离赤道越近、纬度越低，发射卫星时就越可以最大限度地利用地球自转产生的离心力，使得所需要的能耗较低。文昌航天发射场位于北纬 19 度 19 分，是中国陆地纬度最低、距离赤道最近的地区。与西昌卫星发射中心相比，火箭可装载的有效载荷质量将提高 5.1%—7.4%，同等质量的推进剂可使卫星在轨寿命增加 2.7 年；与酒泉卫星发射中心相比，卫星定点质量可以增加 16.3%—18.5%，同等质量的推进剂可使卫星在轨寿命增加 8.7—9.8 年，这给卫星用户带来巨大的经济效益。

其三，大尺寸结构件可海运。新一代运载火箭尺寸大，陆地运输十分困难。在沿海地区建造发射场，通过海路运输，有效地解决了新一代运载火箭运输问题。

国外专家估计，文昌航天发射场建成后，中国长征系列火箭以及将来新的大推力火箭，推力将提升 10%。

4 月 5 日中午，张荣桥率领的试验队顺利抵达文昌航天发射场。

4 月 10 日，由俄方承运的探测器将于上午抵达海口机场。

清晨，张荣桥带着两辆大货车和几辆小车前往机场接机。

刘福全和总装师傅们来了，安－124 运输机到了后，他们负责卸货。

海口机场大道两旁排列着高大挺拔的椰子树，巨大羽毛状的树叶和挂在树冠上足球大小的椰子，构成了一道南国特色的风景线。

耿言看了看手机，对张荣桥说："荣桥总，时间还早，现在我们还接不了机呢。"

"正好，先在路旁歇歇吧，透透气。"张荣桥说。

车队在路旁椰子树下停了下来。

不一会儿，孙泽洲、张玉花也赶来了。

张荣桥对孙泽洲说："泽洲啊，这是我们租国外飞机运输探测器，叮嘱大家一定要小心谨慎。"

"放心，每个细节都做了部署。"

张荣桥有点感慨："干了这么多年航天，还是第一次碰到这种特殊情况。"

张玉花说："特殊情况锻炼人，我忽然发现我们这支队伍这么有战斗力。"

张荣桥点着烟，刚吸了口。"啪——"忽然传来一声巨响，他吃了一惊，下意识地回头一看，一只大椰子从树上掉了下来，把小车前挡风玻璃砸了一个碗口大的洞。

大家围了过来，一个个眼睛都瞪大了。

司机捡起滚到路旁的椰子，心有余悸地说："哎呀，这家伙要是砸到头上，脑袋就开花了。"

孙泽洲说："起码是脑震荡。"

张玉花说："搞不好一口气就没了。"

大家七嘴八舌地议论着。

张荣桥吸着烟，不紧不慢地说："海南大街旁到处都是椰子树，但没见过海南人一边走路，一边看天。"

耿言说："这种事情的概率是几万分之一，谁知道谁是其中的几万分之一呢？"

有人说："不怕一万，就怕万一。"

张荣桥说："难道因为那个'万一'，就不走路了？"

有人表示赞同："对、对，没听说过海南有人是被椰子砸死的。"

张荣桥是作为花絮告诉我这件事的。

我问他："当时是不是觉得有一种不祥之兆？"

"我是坚定的唯物主义者，"张荣桥说，"没有不祥之兆的感觉。倒是觉得这个世界上，不可知的事情，什么时候都可能发生。我们搞航天的就是要跟这些不可知的因素，斗智斗勇啊。"

还有什么不可知的难题在等待着张荣桥和他的团队？

9时整，安-124运输机准时降落在停机坪上。

双方人员都穿着白色防护服，像两支特种部队正准备执行一次特殊的任务。

刘福全师傅指挥吊车将探测器吊到大卡车上。

双方人员都很专业，探测器转运顺利完成。

分别时，俄罗斯飞行员和中方人员都伸出了大拇指，表示友谊和感谢。

5月7日，长征五号火箭从天津港运抵文昌。

事情往往是一顺百顺，一不顺便麻烦迭起。

文昌航天发射场上半年有3项发射任务：长征7A、长征5B和长征5遥四。

长征七号火箭是我国新一代中型运载火箭的主力构型，具备一箭一星和一箭双星发射能力，地球同步转移轨道能力不低于7吨。3月16日21时34

分,长征七号火箭发射升空,在一、二级分离后约9秒出现爆燃火焰,发射失利。

长征七号发射失利,直接影响后续火箭发射。因为用的是同一个活动塔架,设备恢复需要一个多月时间。长征5B原定4月下旬发射,却一直推迟到5月5日才发射。

时间像一根鞭子在催促着,张荣桥着急地对发射场总指挥说:"得抓紧啦,不行的话,三班倒连续干。"

总指挥说:"三班倒没问题,关键是有些硬性工艺是不能缩短的,比如防护漆,一遍干透了才能刷第二遍。"

张荣桥说:"我们整个队伍准备了近10年,务必在今年这个发射窗口将天问一号发出去!"

总指挥说:"是的,虽然发射窗口一共有14天,但我们赶早不赶晚。"

张荣桥还是不放心:"7月是海南的台风期,遇到一场台风很可能就耽误三五天。如果两个台风接连而来怎么办?人算不如天算。所以,越往前赶我们就越主动。"

总指挥立即表态:"荣桥总,我们一起努力!"

那些日子,张荣桥几乎每天带着耿言去发射塔台转转,看看进度情况,他话不多,却给大家一种无形的压力和激励。

耿言是探月中心深空探测工程总体部部长,参与了火星探测工程的论证方案、总体设计和工程实施各项工作,是张荣桥的得力助手。

有一天傍晚,在海边散步时,张荣桥问耿言:"耿言,你说当总师压力有多大?"

耿言有点莫名其妙,看了他一眼,说:"我没当过总师,我怎么能体会当总师的压力?"

"我真想象不出来,我们的那些前辈总师,抗压能力居然那么强?就如孙老,孙家栋老前辈,当年搞东方红一号人造地球卫星,既无资料,又无技术,连最起码的条件都不具备,硬是带领大家将东方红一号送上天。后来的嫦娥工程、北斗工程,遇到的难题更是'海'了去了……北斗工程上马的时候,我国和欧盟几乎同时向国际电信联盟提出导航卫星的轨道位置和频率资源的申请。孙老带着工程团队,'以跑百米的速度在跑马拉松',争分夺秒,克服千难万险,终于在国际电信联盟限定的最后两小时前,接收到北斗二号发回的导航信号,保住了卫星导航信号频率和轨位资源……"

耿言说:"我还听说,2002年叶培建院士担任资源二号卫星项目的总设计师,那是我国第一颗高分辨率数字成像卫星,对我国空间遥感等技术领域具有重大建设性意义。卫星升空后顺利入轨,前两圈飞行都正常,结果到第三圈时,卫星失去了信号。当时,叶院士正乘车在吕梁山执行任务,听到消息时,他的第一反应是'希望那个车从山上掉下去,把自己摔死',他觉得卫星比他的性命重要,出了问题无法交代,可见压力有多大!"

张荣桥赞许道:"我们的前辈总师,都有一种精神——这种精神使得他们有了回天之力,所有的艰难险阻,都被战胜了。或许,这就叫精神的力量。精神虽然不是万能的,但精神是有力量的,精神力量是无穷的。"

这几年,我一直在创作航天题材报告文学,接触了大量航天人,他们中既有航天精英,又有一线技术人员,在探索浩瀚宇宙征途上,航天精神鼓舞着一代又一代航天人爱国创新、勇攀高峰。

曾任北斗一号、北斗二号工程副总设计师的李祖洪回忆说:"在北斗起步阶段,我们受过很多刺激。比如,向某国购买产品钱都付了,对方却突然以制裁为名不卖了,退给我们一些硬纸板。这样不讲道理的事情屡屡发生,给了我们很大的教训。"1990年,李祖洪带队去某国考察购买产品,对方严密封锁、处处防备,在位于地下的实验室里,就连上厕所都要派人跟着。李祖洪说:"当时心里特别难受——我们花钱买他们的东西,他们却时时处处提防着我们。"在向另一个国家购买北斗卫星核心产品星载原子钟时,对方在合同里加了一条"如遇不可抗力,我们不负责任",也就是说,对方随时可以卡我们的脖子。也就是从那时候开始,北斗人踔厉奋斗,奋起直追,在太阳能帆板、原子钟等核心产品上苦下功夫、费尽心血,成功实现国产化。于是,便有了李祖洪的那段名言:"这些年来,我们想站在'巨人'的肩膀上,'巨人'不让我们站,而且还卡我们、压我们。在事实面前,我们终于醒悟了过来——靠别人靠不住,只有靠自己,拼搏努力,让我们自己成为巨人,让中国成为巨人!"

中国北斗人被逼入绝境,当时国内组织3支研制队伍,卧薪尝胆,发奋图强,通过不懈努力,北斗团队成功研制了具有完全自主知识产权、满足北斗工程要求的星载原子钟产品,突破封锁,中国终于有了自主研发的星载原子钟。五院西安分院原子钟首席专家贺玉玲说:"二十世纪六七十年代我们有了原子弹,现在我们有了原子钟!"

北斗二号卫星系统总设计师杨慧说:"北斗经历了北斗一号、北斗二号、北斗三号,我们经历了北斗的'三生三世'。为什么这么说?因为我觉得北斗无论从一号到目前的三号,灵魂没变、追求没变、目标没变、初心没改,都是为了建立我们国家的卫星导航系统。从无到有、从区域服务到全球服务,初心不变,但是它一次一次地在脱胎换骨。这其中没变的重要部分,就是北斗团队那股追求卓越的认真劲儿。"

2016年，孙泽洲出任嫦娥四号探测器总设计师，他说："嫦娥三号成功了，嫦娥四号准备在月背着陆，它面临的挑战是极其严峻的，万一失败了，有人会觉得嫦娥三号的成功只是一种偶然，有人甚至在等着看笑话。这又是一场绝地反击，只许成功，不许失败。历尽艰辛，嫦娥四号首次实现航天器在月球背面软着陆和巡视探测，首次实现月球背面同地球的中继通信，这是中国人为人类探索宇宙奥秘作出的又一卓越贡献。靠什么？靠的是智慧和精神。"

博大精深的航天精神，引领着一代又一代航天人砥砺奋进、一往无前。

夜幕降临了。

不远处，巍峨耸立的发射塔，在灯光映照下熠熠生辉……

2020年7月23日。

晴空万里，海风猎猎。

长征五号遥四火箭昂首挺胸，巍然矗立。火箭顶部，象征"揽星九天"的中国行星探测标识格外醒目。

从全国各地赶来的"航天迷"，挤满文昌航天发射场不远处的龙楼镇海滩。

万众瞩目，静候天问一号升空。

"各号注意，15分钟准备！"

12时26分，随着01指挥员的口令，最后一批工作人员撤离发射塔。

"各号注意，1分钟准备！"

观礼台上，观众手持国旗，屏住呼吸，昂首翘望。

"5、4、3、2、1，点火！"

12时41分，01指挥员一声令下，火箭底部烈焰喷薄而出，震天动地的轰鸣声响彻海天。长征五号遥四火箭托举着天问一号腾空而起。

"箭器分离！"

"探测器入轨！"

"我宣布，中国首次火星探测任务发射取得圆满成功！"13时24分，发射场区指挥长宣读发射捷报，整个指挥大厅立刻沸腾，大家欢欣鼓舞，热泪奔流，拥抱祝贺。

马不停蹄。张荣桥带领部分试验队员，赶往机场，准备搭乘专机赴飞控中心，继续下一步的工作。

张荣桥靠在座位上，微微闭着双眼，似乎在回味发射成功的喜悦，又像是在思考着什么……

蓦地，张荣桥手机铃声响了。

手机里传来急促的声音："荣桥总,刚刚测控报告:探测器姿态不稳,动量轮控制不住……"

"什么?你再说一遍。"

"探测器姿态不稳,动量轮控制不住。"

像是一盆冷水迎面泼来,张荣桥的心一震:探测器姿态不稳,很可能影响太阳能帆板对日不能获得太阳能,探测器上的能源很快就将用完……一种不祥之兆爬上心头,他自己都发觉脸上的表情一下子僵硬了。

车到机场,队员们快速登上飞往北京的专机。

张荣桥尽量控制住自己的情绪,怕影响队员们心情,只是将情况悄悄告诉几位主要技术骨干。

站在舷梯上,张荣桥回转身,朝远方投去深深的一瞥,此时,椰林起伏,海风强劲……

飞机上无法通信联系,张荣桥表面淡定,内心却翻江倒海。

孙泽洲实在憋不住,轻声对张荣桥说:"奇怪了,探测器姿态怎么会不稳呢?"

"是啊?"

孙泽洲拧眉想了想:"估计是动量轮控制不了,实在不行就改用喷气发动机。"

"不是已经有预案了吗?"张荣桥说,"到时候按预案走吧。"

专机降落在首都机场停机坪上,张荣桥几步跨下舷梯,上了一辆小车,快速往飞控中心赶。

半个多小时路程,张荣桥觉得比从海口飞到北京的时间还长。

飞控中心气氛紧张。

13 时 17 分 25 秒,器箭分离,在环绕器完成了姿态速率阻尼、太阳翼展开、喷气粗对日姿态控制、动量轮精对日姿态控制等入轨后状态建立动作后,牛俊坡长舒了一口气,但他也没敢放松,让各岗位值班人员继续监视遥测状态。坐在视屏前的杜洋张开双臂,用力做了几个扩胸动作,长长地舒了几口气,放松了一下紧张的神经。

杜洋已经差不多一天一夜没合眼,完成了发射岗任务,他起身离开飞控大厅,叫上搭档刘镒,一起回协作楼休息。

刚刚躺在床上,杜洋的手机忽然响了。刚听对方说了几声,他一个鲤鱼打挺从床上坐了起来,一边穿衣一边对刘镒说:"天上出了点状态,得回去一趟。"说罢出了房间,刘镒也快步跟了上去。

路上,杜洋接到聂钦博电话。

"天上出了什么情况？姿态怎么会突然失稳？"聂钦博焦急地问。

"我也是刚得到消息，正在回飞控中心的路上，说是飞控姿态控制不住，不知是不是存在外部干扰？"杜洋快速回答。

"有消息及时跟我说一声呀。"

"知道，知道。"

杜洋快步走进飞控大厅，人们还来不及享受成功发射的喜悦，气氛又突然间紧张了起来。

正在岗值班的谢攀告诉杜洋，环绕器转入动量轮姿态控制后，不多久，一台动量轮转速饱和了。环绕器自主进行了几次动量轮转速卸载后，转速仍旧快速增大直至饱和。朱庆华和牛俊坡赶紧组织大家判读遥测查找原因。为了安全，飞控团队已经按照故障预案发送指令，将环绕器转换成喷气姿态控制模式，目前状态正常。

张荣桥急匆匆赶来了，在飞控中心小会议室，崔晓峰和几位测控专家已在等候。

崔晓峰说："荣桥总，探测器状态开始好转了。"

张荣桥双眉一展，说："只要不继续发'偏'就行，大家继续分析具体是什么原因造成的。"

经过团队努力，探测器的姿态终于恢复正常了。

然而，迢迢四亿千米的征程，迎接天问一号的将是一场疾风暴雨……

火星，你好

2021年5月15日，天问一号迎来了最后一场"大考"——着陆。

火星着陆时间瞄准为7时18分。

飞控大厅灯光通明，各路兵马会聚一堂。

为实现着陆巡视器准确进入火星着陆轨道，环绕器首先要携带着陆巡视器控制到着陆火星的轨道，实施两器分离后，环绕器迅速抬升轨道，而着陆巡视器则进入火星大气层。这个分离前后的控制需要7个小时，环绕器作为搭载着陆巡视器的星际"专车"，顺序完成轨道降低发动机点火和关机、"两器分离"姿态建立、两器分离后轨道升高发动机点火和关机等一系列动作，而这些太空芭蕾般的优美舞姿，都需要环绕器自主、准确、可靠地完成。

"这是一系列很关键的姿态控制和轨道机动，稍有不慎，探测器就可能被火星引力拉向火星表面，而由于通信时延的存在，我们并没有办法实时获知探测器的变化并对异常情况进行干预。"环绕器副总设计师朱庆华说，"可以说，'两器分离'的过程是对我们控制算法精度、产品工作可靠性、故障预案周密性等最严格的考验。"

实际上，明确了着陆器准备着陆后，探测器一系列机动也随之确定下来。在探测器进行第一次降轨点火的 3 小时前，设计师们已经上注所有控制策略，策略中包含了对可能发生情况的应对。

分离时环绕器轨道控制精度和姿态控制精度是着陆巡视器能否进入预定着陆区的前提，这些需要依赖于敏感器、执行机构、计算机工作状态以及算法的准确性。实际过程中，探测器需要自主进行测量计算并做出判断，每个环节都必须精准无误，分秒不差。GNC 方案设计师王卫华打了个比方："这就好比在室外，距离标准篮球筐 1000 米进行投篮，还必须事先考虑到投篮的角度、时机、投篮力度，以及篮球自身旋转运动风速和风向外部环境等种种因素的影响。"

同时，设计师也做了不同情况下的预案和对策。当环绕器通过自身的敏感器发现没有完成既定的动作时，会自主带着着陆器迅速进行轨道抬升以避免撞向火星，并在合适的时机再次选择执行两器分离的一系列动作。

升轨后的环绕器并不是大家想象中"卸载"后一身轻松，此刻它必须肩负起对火星表面进行遥感探测的任务，同时选择恰当的时机将着陆巡视器数据"中继"传向地球。在距离地球接近 3 亿千米的轨道上准确指向地球，相当于要在 2 米开外瞄准绣花针的针孔，而且要在环绕器自身还在不断飞行运动情况下，时刻保持住瞄准状态。

此时，飞控中心大厅前方的大屏幕上不时切换着各种不同图像和密密麻麻的数据。

"各号注意，我是北京！"

"着陆巡视器转入进入模式！"

天问一号环绕器和着陆巡视器先执行降低近火点高度的变轨，约 3 小时后完成两器分离，着陆巡视器以 25 马赫高速进入火星大气层。进入火星大气层那一刻，直至落火，被称为"黑色 9 分钟"。

此前，国外已实施的火星探测任务，大多在降落过程"折戟"而宣告失败。

降落过程大致分为"进入—减速—软着陆"三步，依次完成气动减速、伞系减速、动力减速、悬停避障、缓速下降和着陆缓冲等动作。

探测器在进入火星大气层以后首先借助火星大气，进行气动减速。火星的稀薄大气与进入舱产生摩擦实现减速。着陆巡视器被装在进入舱中，进入舱分为背罩和大底，大底是一个盾形结构，飞入大气层时，大底斜向下对抗冲击和烧蚀。同时打开配平翼，为开伞做准备。这个过程约 5 分钟，它克服了高温和姿态偏差,探测器下降速度也减掉了 90% 左右,降到每秒约 460 米,距离火星表面约 11 千米。

紧接着天问一号打开降落伞降速,随着红白色巨型降落伞展开,着陆巡视器下降变得更慢,随后进入舱大底抛开。当速度降至每秒 100 米以下时,着陆巡视器距离火星表面约 1.2 千米。此时,降落伞携带进入舱的背罩与着陆巡视器分离。着陆巡视器上配置的 1 台×××牛变推力发动机,通过反推发动机进行减速,着陆下降速度从每秒约 60 米降至每秒约 1.5 米。

在距离火星表面 100 米时,着陆巡视器进入悬停避障和缓速下降阶段。

天问一号着陆巡视器与我国探月工程嫦娥三号、嫦娥四号着陆月面的方式类似。悬停在空中后,着陆巡视器上搭载的微波测距测速敏感器、光学相机等 6 台仪器同时开启,对火星表面进行观察和分析,判断出火星表面哪里更平整,在哪里"落脚"更安全。

在这短短的 9 分钟里,天问一号将从每小时约 2 万千米的速度降到 0。

3 小时很快过去了。

"两器分离"即将开始。

"两器分离"意味着着陆巡视器与环绕器分离,着陆程序已不可逆。

孙泽洲神色淡定,忽而盯视着屏幕上的数据,忽而又拧眉沉思,像是一名特战队队长,即将率领队员穿越"死亡地带"……

月面着陆和火面着陆两者区别很大。月球没有大气,落月过程先通过着陆器提供的主动动力,将着陆器的速度从 1.7 千米/秒降到 1.2 米/秒,然后依靠着陆器本身缓冲装置完成在月面着陆。火星有一个稀薄的大气层,虽然其密度只有地球的 1%,但也可以利用。

月球距离地球 38 万千米,信号时延大约为 1 秒,因此在着陆过程中,万一发生意外情况,地面飞控中心还有可能进行干预。地面团队为此准备了充分的月面着陆故障预案。着陆时火星距离地球 3.2 亿千米,时延长达约 18 分钟,当飞控中心接到环绕器传回地球的消息时,所有的情况发生在 18 分钟前,已经无法挽回,准备的故障预案也是自主执行。

探测器团队采用的基于配平翼的弹道升力式进入方式,是自主制导的控制方式,可以控制升力的方向。在气动减速阶段,进入舱外形是对称平衡的,通过预设的质心偏移,使进入舱在舱体的轴线和飞行的速度方向产生一个夹角,使进入舱得到一个额外的气动升力。在飞行到预定的高度后,打开配平翼,通过气动力矩的变化使这个夹角恢复回零,为降落伞开伞提供比较好的姿态。由于配平翼设置在进入舱产生力矩最大的位置,所以它起到了"四两拨千斤"的作用。这是配平翼方案首次被用到人类航天器的在轨飞行。

进入舱到达预定马赫数后,立即打开为落火特制的降落伞。针对进入舱落火时大阻力系数气动外形在跨超声速段固有的不稳定性,专家们新研发了具备在超音速情况下开伞的"盘缝带"伞。研发团队还在地球上进行了仿真模拟试验和针对性设计,以保证进入舱上所有设备即使在角度变化达到800度/秒极限状态时,仍能精准无误地运行。

航天工程不可预知因素多,突发情况也多。即便你做好了99.9999%的准备,谁敢保证没有0.0001%的闪失?

1999年1月3日,美国航空航天局发射火星极地着陆者号火星探测卫星。12月3日,火星极地着陆者号接近火星,开始准备登陆。在进入大气层前6分钟,火箭将按照程控方式开启80秒,让火星极地着陆者号用适当角度进入大气层。当探测器以6.9千米/秒速度通过大气层,3分钟后,探测器速度减慢至496米/秒,在距离火表8.8千米开伞。探测器速度减缓至85米/秒后,地面雷达开始侦测火表,寻找最佳的登陆地点。火星极地着陆号预计在20:15:00UTC在南极高原登陆,通信系统预计在20:39:00UTC与地球连接。由于两周多没有通信联系,美国航空航天局利用环绕火星的火星全球勘探者在火星表面寻找探测器的踪迹,毫无结果。2000年1月17日,美国航空航天局被迫终止与失事探测器建立联系的所有尝试。

2003年公开发布的一项关于这次故障独立调查表明,故障最可能的原因是着陆器在下降过程中展开双腿时产生的虚假信号。这些信号错误地表明探测器已经在火星着陆,而实际上它还在下降。主发动机提前关闭,着陆器坠落到火星表面。火星极地着陆者号的消亡阻碍了美国的火星探测计划,也意味着美国航空航天局"更快、更好、更便宜"的低成本创新任务计划结束。

航天工程从来是100-1=0。

这道极其简单却又格外沉重的"公式",让此时的孙泽洲不敢掉以轻心!

孙泽洲对我说:"在天问一号探测器安全落在火星表面之前,我们始终是全神贯注,丝毫不敢掉以轻心!"

大厅里,传来北京总调度指令:

"开始降轨!"

GNC团队核对完数据后,聂钦博报告:"降轨正常,精度满足分离要求。"

"长城报告:开始分离!"

此时,火星距离地球3.2亿千米,无线电信号一来一往35分钟,地面不能直接遥控,所有的动作触发条件的测量、判断,所有动作的执行,包括最后阶段通过拍摄着陆区的图像并选择满足条件的着陆点,均是自主测量、自主判断、自主控制。

35 分钟！

飞控大厅里所有"火星人"都在等待！

张荣桥在等待！

孙泽洲在等待！

李海涛在等待！

崔晓峰在等待！

张玉花在等待！

……

张荣桥有一个秘而不宣的"秘密"，每当重要时刻即将到来时，他总要找个地方，自己一个人悄悄待个三五分钟或一小会儿，抽支烟，让自己冷静些、再冷静些。

飞控大厅不允许抽烟，张荣桥悄悄出了大厅大门。

一阵微风吹来，张荣桥精神一振。仰望夜空，只见几颗星星闪闪烁烁，像是一双双眼睛在注视着他。

张荣桥已经几十个小时没有好好休息了。最累的时候，抽空眯一小会儿，不用同事叫，猛地一个激灵自己就醒了。10 年筹划，6 年奋斗，似乎就在等待着这一刻的到来。然而，当这一刻真正就要到来时，张荣桥自己都不知道该怎么来形容此时的心情……

自主火星探测是中国航天第一次。探测器能否成功落火，是这次任务的重中之重。

天问一号直接参与研制工作的研究院、基地、研究所一级的单位数十个，配合参与这项工程的单位数百个，数万名科研工作者参与其中。

以探测器为例，其中包含了 100 多个测量传感器、1 万多个紧固件，数以万计的导线、接插件、密封圈和吸收撞击能量的材料等。这些零部件结构异常复杂，生产线遍布全国，有的在上海，有的在西安，有的在海南，有的在河南……它们最后跨越千山万水，在总装车间汇聚在一起，携手共赴天际。这种跨地域、跨行业的配合，困难大，风险高，没有同舟共济、团结协作的精神，根本无法实现。有困难共同克服，有余量共同掌握，有风险共同承担，有荣誉共同分享，成为所有参与航天工程研制单位的工作准则。

航天人的巨大付出，都将体现在即将到来的这一刻！

"探测器着陆前那一刻，您当时想些什么？"我曾经问过张荣桥。

张荣桥脱口而出："那时候，哪有工夫想什么。"

我马上改口："或者说您的心理状态如何？"

张荣桥说:"既期待,又担心。"

"是一种什么样的期待?"

"中国首次火星探测任务,是中国深空探测的第一步。起步虽晚,但起点高、跨越大,从立项伊始就瞄准世界先进水平确定任务目标,明确提出在国际上首次通过一次发射,完成'环绕、着陆、巡视探测'三大任务。如果这一目标能够顺利实现,我国将成为世界上第二个独立掌握火星着陆巡视探测技术的国家。所以,天问一号发射成功后,现场的一位指挥员对我说:'从来没有像今天这样渴望成功。'"

"为什么担心?"

"天问一号探测器在深空飞了202天,加上93天的环绕,对它的功能性、稳定性以及状态,已经有底了。主要是这次任务太特殊了,对火星环境的一手资料掌握得太少,一些认知不确定。航天器设计的一般逻辑,是先了解要去的环境,再通过各种技术、方法和措施来保障航天器适应这个环境,而火星探测恰恰又是要去探知一个我们并不了解的环境,这是深空探测的特点,也是深空探测难的根源。尽管做了很多试验,但可能仍旧存在着我们不知道'哪些东西不知道',因此模拟的真实度是有限的。比如说,你造好了一辆汽车,要把它开到一个完全陌生的环境,崎岖的地形、形形色色的障碍、极寒的夜晚……你能百分之百放心吗?特别是着陆九分钟,过程复杂、动作繁多、环环相扣、步步惊心、一招出错、全盘皆输。再一个是航天人身上承载的责任太重。航天科技是一个国家综合国力的重要表征,以火星为重点的深空探测是当今世界航天发展的前沿。深空探测从来就不是单纯的科学或技术活动,承载着多重使命,在科学、技术、人才、经济、文化、政治等方面都具有广泛影响力。中国火星探测,举世瞩目。世界火星着陆任务共19次,成功的只有8次。我是火星探测任务的第一技术负责人,虽然有百分之百的信心,但免不了还有一些担心。"

"落地后的心情呢?"

"我在《开讲啦》说了,着陆之前,我想,如果成功的话,是不是可以不落俗套,别流泪,手舞足蹈地高兴一番嘛。跟您透露一个小秘密,着陆成功,大家都很兴奋。我离开大厅,想让自己平静些,因为一会儿还得接受采访。刚走进走廊尽头的小会议室里,我忍不住还是流泪了,又恰好被跟踪而来的记者发现了……"

张荣桥想了想,说:"黄老师,您写过孙家栋,对孙老很了解。孙老常说'国家需要,我就去做',自古至今,咱们国家,总是有一部分人,负的责任要大一些,挑的担子要比别人重一些,我们航天人就是这部分人中的一个团队。"

航天人坚信，作为个体的自身命运与一个更大的整体、更永恒的价值联系在一起，无论在什么年代，都是一种有信仰的人生境界。

"着陆巡视器配平翼展开！"

"着陆巡视器降落伞弹射！"

"着陆巡视器大底分离！"

"着陆巡视器×××牛发动机开机！"

"着陆巡视器×××牛发动机关机，转无控模式！"

飞控大厅，指令声声，气氛炽热。

张荣桥环顾四周，蓦地，他的目光与孙泽洲的目光交汇在一起。

在孙泽洲看来，"荣桥总"的眼睛不大，算不上"炯炯有神"，然而，每当关键时刻，他的那副镜片后面便会透出一种叱咤风云的勇气和稳坐泰山的淡定。

张荣桥欣赏孙泽洲睿智、沉稳的目光，表面看似静若止水，心中却激情如火。

此时，两人的目光交汇在一起，默默地对视了几秒钟。

在这个大厅里，此时此刻，所有人都用目光在指挥、在交流、在合作……就是在这种指挥、交流、合作间，他们奉献了一份精彩的"答卷"……

"我是北京，各号注意，着陆巡视器落火正常，后续工作按正常飞控计划实施！"

2021 年 5 月 15 日 7 时 18 分，天问一号探测器 4 条着陆腿与火星表面第一次亲密接触。触地后，带有缓冲装置的 4 条着陆腿有效抵挡了着陆瞬间的冲击力，在推进系统共同作用下，着陆巡视器稳稳地落在火星乌托邦平原南部的预定着陆区——火星上首次留下中国人的印迹。

环绕器团队已经连续工作了 36 个小时，紧张而又兴奋。张玉花不时地叮嘱大家，抽空眯一会儿，但谁也无法入眠。

17 时 26 分，为了执行对火×频段中继通信，将行放关闭，天线切换，调整×频段中继天线对火通信姿态。20 时 23 分，恢复行放开机操作，之后根据星地时延、指令顺序；20 时 41 分，地面将接收到探测器的遥测。趁这个空档，大家抓紧时间在二楼的大红屏前合影留念。

20 时 41 分。

遥测没有恢复。

张玉花的心"咯噔"了一下。她望了环绕器总设计师王献忠一眼，王献忠的眼神似乎在告诉她：也许是时间稍微延误了一点儿，再等等。

20 时 43 分。

遥测还是没有恢复。

朱新波轻声问身旁的王民建："你的遥测有了吗？"

王民建皱着眉心，摇了摇头。

朱新波抬头向隔壁的张旭光："综电能看出异常吗？"

张旭光一边看着遥测的界面，一边回答说："从程控计数能初步看出最后时刻执行了几千程控操作。"

朱新波又问王卫华："会不会是整星姿态出现了问题？"

王卫华说："我也在看遥测消失前的几帧遥测，判断应该不是，姿态消失前一直很稳定。"

基于对故障预案反复推敲的敏感度，朱新波突然意识到：不对！肯定出了问题，要么是飞行程序时间错了，要么是探测器上下行通道出现了故障。

朱新波神色严峻了起来，立马组织飞行程序时序检查，同时让王民建检查行放关闭前最后一刻测控产品的所有遥测数据。没有遥测信息的故障是最致命的故障模式，此时探测器完全失联了，没有任何的状态信号，最恶劣的情况甚至可能是探测器消失了。

飞控大厅气氛一下子又紧张了起来。

孙泽洲、赫荣伟、崔晓峰、张玉花、王献忠、朱庆华、聂钦博，快步走进飞控大厅对面的小会议室。

张荣桥匆匆赶来。

张荣桥摘下眼镜，擦了擦："大家先说说情况。"

"是不是环绕器的姿态发生了异常？"

"是不是整星的供电出了问题？"

"会不会下行通道发生问题？"

……

大家针对无下行遥测进行了各种故障模式的讨论。正在这时，朱新波带着王民建走进会议室。

朱新波说："环绕器经过对飞行程序的时序进行检查，初步判断，测控天线进行自主切换，导致无法正常对地通信。"

孙泽洲点了点头："朱总分析得有道理，我建议环绕器总体和测控分系统针对天线自主切换进行故障排查和恢复。"

大家将目光转向了张荣桥。

张荣桥拧眉思索了几秒，立马决策："我同意大家意见，马上完成故障处理流程编写并进行处理指令发送，把天线切回到对地高增益天线。"

指令发出了，一去一回又得35分钟。

等待！

熬人的等待！

没有人走动，也没人发出声音。

大家盯视着前方的大屏幕，一道道目光像是要穿透大屏幕似的。

忽然，扩音器里传来了激动人心的声音："喀什发现目标，遥测信号送出！"

大家紧揪着的心，放松了下来。

环绕器团队回到酒店，已经是凌晨3点多了。所有的人忽然发觉自己已经差不多两天两夜几乎没合过眼了。

洗漱完毕，王民建看了一眼手机，凌晨4时了。他又习惯性地在朋友圈里发了条微信："越到最后阶段越是如履薄冰，越是如临深渊！"

5月22日，将记入中国航天史册。

10时40分，祝融号火星车安全驶离着陆平台，慢慢向前行驶。在它前进的车辙上，留下一个个醒目的"中"字。

伟大的事业都始于伟大梦想，但伟大梦想是等不来、喊不来的，必须基于创新、成于实干。追逐梦想的脚步不停歇，梦想才能照进现实。到火星上去，让五星红旗在火星上"飘扬"，是全体"火星人"共同追逐的梦想。

随着祝融号火星车缓缓前行，中华民族千年火星梦，梦想成真！

一幅惊艳世界的作品即将诞生——火星车与着陆平台的合影（"器器合影"）。

早在天问一号发射前，设计师们突发奇想，当火星车离开着陆平台时，能不能给火星车和着陆平台拍一张合影留念？于是，他们精心设计：当火星车从着陆平台"走"下来后，火星车上分离出一个带有Wi-Fi功能的相机，像是"下蛋"，在合适的距离和角度，给火星车和着陆平台拍一张合影。

让设计师的愿望变为现实，离不开火星车遥操作团队——这个团队是由飞控中心的张辉、卢皓和胡小东组成的。他们被称为火星车的驾驶员。

在采访张辉时，我半开玩笑地问他："驾驶火星车，你有驾驶本吗？"

张辉笑着说："当然有啦，在火星上也不敢无证驾驶啊。"

"谁发的，总不会是北京市交管局发的？"

"荣桥总发的。不，是贾阳副总师发的。他们造火星车，当然由他们发驾驶本。"

在遥操作界，35岁的张辉称得上是一名老驾驶员。2015年从国防科技大学研究生毕业入职飞控中心，2017年便参与嫦娥四号玉兔二号的遥操作。不过,那时候张辉还是新驾驶员,他虚心地向于天一、韩绍金等老驾驶员学习,一招一式,一丝不苟。他记住了月面安全驾驶的 9 条原则,更重要的是,记住了一位航天人的责任和使命。

尽管在驾驶月球车时积累了一些经验,但当张辉接过火星车遥操作总体主任设计师担子时,依然感到沉甸甸的。

张辉说:"黄老师,天问一号的最终目标是将祝融号送上火星,到了火星上,怎么跑,可是一件了不得的大事啊!您想想啊,这当中万一有个闪失,谁负得了责任?"

为了实现"高效移动高效探测,安全驾驶火星车完成科学探测任务的控制目标",张辉团队整整准备了 3 年。

他们利用验证器(模拟火星车)进行地面联试,每天从上午 8 时忙到半夜;还设计了各种复杂和应急的工况,使得模拟状态更逼近火星探测的任务状态。

天问一号发射后,在最后冲刺的日子里,团队成员几乎每天都睡在机房,他们要不断了解、熟悉火星的环境。

张辉说:"尽管生活在地球上,但那些日子,我的脑海里更多的是火星地面图,那些具有视觉欺骗性的地形……众多新的复杂的客观因素让我们不敢掉以轻心。看似一片平地,但可能走过去就会发生沉陷。一个小小的失误,极有可能将火星车置于非常危险的地方,没有再推倒重来的机会,必须做到百分之百的零失误。"

相比于驾驶玉兔号,祝融号的约束更多。能源、通信数据量、有限的工时、移动行为等,种种限制带来控制模式的改变,给地面遥操作控制的准确性、安全性带来极大的挑战:一是受测控跟踪弧段少的影响,火星车主要工作期间地面无法监视实时监督干预,遥操作需一次规划上行一个火星日控制数据,由火星车在测控弧段外自主执行,控制数据任何一点错误都将直接影响火星车当日工作,甚至导致火星车发生不可逆的安全风险。加之火星的日升日落与地球类似,一天比地球多了约 40 分钟,团队必须"入乡随俗",按照火星时间作息。二是遥测数据一次性回传地球,移动感知探测效果要快速判断评估,快速精确完成 4 亿千米外火面环境和火星车状态的现场重构,同时还要充分考虑和完善后续计划……这就需要团队成员具备最强最智慧大脑。

3 年来,张辉带着团队成员在几乎没有任何经验可借鉴的情况下,从零开始,完成总体方案设计,突破系列关键技术,构建完备遥操作软硬件系统,形成我国首次行星际空间遥操作飞控技术体系,通过反复演练来验证方案,完善系统的设计、岗位的操作、团队的协作……

张辉说，考火星车"驾照"不是一次通过的，而是随着任务持续存在，只有当火星车圆满完成使命时，他和团队才能真正拿到"驾照"。

"器器合影"是一个几乎不可能完成的任务。操控 4 亿千米外的火星车，在复杂未知的火面上寻找直径 1.3 米范围内不能有 2 厘米石块的 Wi-Fi 探头释放区域，并以厘米级的控制误差精确移动至释放点，1 次释放，3 次移动，1 次成像，必须一气呵成。相对距离、方位、光影必须精确规划，并且机会只有一次，难度风险可想而知。不仅需要综合考虑地形、距离和方位、光影，还要规划成像时机和最佳合影点，特别是由于 Wi-Fi 相机的"下蛋"过程，具有不可逆性，释放后电量仅能维持约 5 小时，意味着释放机会只有一次，换言之，成像时机也就一次。

遥操作团队抱着"把不可能变成可能"的信念，与探测器系统一次次争论、一次次协调。经过多次的"头脑风暴"，设想各种临界和极端条件，不断优化完善成像方案，并通过多次的仿真验证、两阶段内场联试进行充分验证。

如果标称成像点地形不满足，如何调整成像点？如果着陆点区域地形都不满足，又如何处置？2019 年 10 月，首次内场联试，只解决了对火星车成像问题，"两器合影"效果不佳。大家清楚，在对火星车成像的基础上，再增加对两器的合影成像，就必须再增加两次不确定性的移动，技术难度与风险呈几何级增长。

团队又一次从零开始，设计、仿真、验证……清晨走进内场做试验，一待就是一整天。内场铺满火山灰，队员们出来后一个个灰头土脸，即便戴着 N95 口罩，鼻腔里还是塞满了火山灰。有一次深夜回家，妻子一见张辉，满脸惊讶："外面刮沙尘暴了？"张辉笑了："是火星上的沙尘暴刮到地球了。"

又一次内场联试，两器合影成像图进行顺利。来不及高兴，有人发现方案中忽略了地形这一关键因素。内场环境不同于火面真实环境，地形相对平坦，没有较大石块，火面地形则存在极大不确定性和未知性。什么时候"下蛋"？在什么地方"下蛋"？都必须重新考虑。

经过反复推演和验证，他们突破了"地外天体巡视器精确移动控制和微小载荷精确释放技术"，通过迭代逼近移动控制加视觉定位修正方法，终于实现了高精度移动控制。

飞控中心遥操作厅灯火通明，气氛热烈而又紧张。

张荣桥带着孙泽洲、贾阳来了。

贾阳对崔晓峰说："崔总师，我的'鸡'给你准备好了，你们可要把'蛋'下好啊。"

崔晓峰笑着说："放心好了，只要你们的'鸡'是健康的好母鸡，保准给大

的是工作原因。

彼时的朱冲还是西安、深圳"双城记"的工作模式。采访结束,没过多久,他就双城变西安、深圳、武汉三城,后来又增加一城南京,经常需要在西安、深圳、武汉、南京多地之间辗转。他白天正常上班,从此城到彼城,大都安排在夜晚。这也是大多数华为人早已习以为常的工作模式。此为后话。

根据中国IT人才市场猎头机构Boss直聘发布的《2023年中国程序员人才发展报告》,中国程序员总数约为600万人。这是广义的程序员,从某种程度上来说,深圳的5个采访对象都在这个庞大群体中。如果给这个以男性为主的群体画像,应该很容易找出他们的共同点:年轻、社恐、高学历、高收入、高压力、与家人聚少离多……他们身上的标签很多,但标签化则意味着简单化,他们怎么可能是一群简单的人呢?他们应该比大多数人更敏感,对生活有更多的感知,才能化繁为简,把世间千万种形态归结为一道道程序。撕掉标签,他们应该是一群隐身在无法用语言直观描绘的代码丛林中热气腾腾的灵魂,有血有肉,会哭会疼,或高或矮,或瘦或胖,或眉清目秀,或南人北相。他们极度相似,却绝不雷同。既然自然界找不出两片同样的叶子,那自然也就不可能仅靠几个关键词就涵盖了一个群体,哪怕他们的特点是那样集中、突出且相近。

著名摄影师罗伯特·卡帕说过:"如果你拍得不够好,是因为你离得不够近。"所以非虚构写作离不开采访,面对面的采访。如果作家无法真实地还原被采访对象,那只能说明采访得不够深入、透彻。

那天朱冲说,无论多晚他都会赶到深圳,并且会与我们入住同一家酒店。

第二天,晴空万里。在约定的时间,我们在华为坂田基地见到了朱冲。他迎面走向我们,如清风徐来,我脑海里一下子涌进来无数个与"清"字搭配的词语:清新、清秀、清爽、清朗、清净……不胜枚举。1984年出生的朱冲,39岁,正青春。我见过他,早餐时间,在酒店的餐厅里。

当时朱冲坐在我右前方的三点钟方向,之所以注意到他是因为他吃得极少,一小碗放了红油的米粉,还有三块水果。相比周遭餐盘里五颜六色堆得如小山般高的其他食客,他显得有些另类。邻桌,包括我在内的所有人,我们都是一只手拿着手机,用另外一只手吃饭。他不可能没有手机,但他选择放在口袋里。在早餐时间专心吃饭,吃得虽然少,但专心致志,享受一碗粉的香醇和水果的清甜。他穿着一件黑色的T恤,左胸前绣着"Harmony OS(鸿蒙系统)"。

这家酒店毗邻华为坂田基地,华为员工出差住在这里本就在情理之中,而且餐厅里穿梭往来的不乏与他一样身穿带有华为鸿蒙标志T恤衫的身影。

在那一刻,出于作家的直觉,我十分笃定,这个戴着黑框眼镜的年轻人,大概率就是我们今天上午预约见面的朱先生。

握手时,微笑着寒暄。对朱冲而言我们是初识,但对我来说则是重逢,是再次相见。

1. 不惑之年的生日礼物:鸿蒙开拓者

刚刚过去的 2024 年春节,与以往记忆中略有不同,但相差也不大。中国乡村的变化不是《热辣滚烫》中女明星断崖式减肥,一年甩掉一百斤的判若两人,而是一点点向着美好演变。

这里是湖南娄底双峰一个普通的村落,房子是一砖一木盖起来的,不是深圳速度的三天一层楼。每次回来,都会发现村庄又多了几幢簇新的房子,有门前耸立罗马柱的欧式城堡,也有徽派的灰瓦白墙,或是正被一车一车运进来的建筑材料,然后在看不见的时间里一点点地被工匠堆成亭台楼阁。朱冲回老家的频率并不高,母亲说他像一只花喜鹊,长足了身量就扑棱着翅膀飞走了,自己衔草在武汉又筑了一个新巢,就像湘江的方向是长江,而大江的归途又是海洋一样。

春节前,母亲身体出了一点小状况,有惊无险。盖房子是一项大工程,虽说无须身体力行自己动手,但谋划也是一个体力活。再加上要搬进搬出,等新房子盖好还要里里外外地收拾,一切停当少说也得大半年的时间,费时劳神。母亲的鬓角又多了些许白发。中秋节前的周末,朱冲抽空回了趟老家,陪母亲吃吃饭,陪她去老街上开了 30 多年的梦思美发屋烫头、染发。看着母亲被奔四的儿子专门陪着做头发,陶醉在老姐妹艳羡的眼神里,一脸傲娇,朱冲忍不住就想笑。

母亲的人生是一部标准的大女主剧。没念过几年书,但从来没有算错过一笔账,无论是经营烟酒批发还是水果批发,口算心算与计算器比分毫不差。母亲说朱冲数学成绩好是遗传了她的基因。母亲永远不服老,用微信学着打字,努力跨越湖南口音与汉语拼音之间的鸿沟。母亲在 2022 年的时候一度痴迷练琴,年近古稀的人记谱有些吃力,她用自己独创的方法熟记曲谱,且每天晚上坚持练习两小时。老来学艺,不用扬鞭自奋蹄。每每与朱冲视频时,母亲都要炫一下琴技。母亲像大地,像河流,深厚、包容、润物无声。朱冲性格中来自母亲的底色更多一些,这种影响是潜移默化的,甚至直接左右他选择未来共同生活的伴侣的标准。爱人无须是工作中的知音,爱人是生活本身,是脚踩大地的舒适与安居。灵魂时刻悬浮在虚拟世界里的程序员,更需要淳朴浑厚的大地来滋养与支撑。

朱冲老家的房子是十年前盖的，正是半新不旧最具烟火气的时候，住在里面格外熨帖。与他一起长大的小伙伴已经把自己的房子盖了拆，拆了又盖，折腾两三回了。要不要也把家里房子翻盖一下呢？朱冲拿不定主意。龙年春节这件事还作为议题，一家人在饭桌上郑重地商量了一番，结论是再等等。老房子住得这么舒服，就先不折腾了吧。再说也不老，才十年房龄而已。

朱冲记得小时候家里有很多线装书，大都是医书，这里有，那里也有。以前的房子小，书多。后来不知怎的，左少一本，右少一本。等到十年前搬新家，淘汰了一批旧的家具家电，一切焕然一新，家里只剩下一本乾隆七年刊印的《医宗金鉴》。这本古书用的是宣纸，有的书页上还能寻得残存的植物纤维，竖排，繁体字。朱冲认识的为数不多的繁体字就是小时候看家里的医书打下的底子。这一点跟三一集团的刘永东有点像。刘永东读的是爷爷收藏的《三国演义》，而朱冲读的是《本草纲目》。从小养成的阅读习惯一直坚持到今天。在湖南娄底双峰一带，"耕读传家"是被刻印在基因里血脉相传的，皆因曾国藩的余韵百年不衰，"千秋邈矣独留我，百战归来再读书"。

朱冲也觉得，男儿如果不读书，那就去参军入伍好了，报效国家。只不过他选了读书，走的是另一条兴国之路。

每次翻腾家里的旧物，他总会有惊喜，今年朱冲找出来一组9个袖珍银器。黑乎乎的氧化银，用干净的软布擦拭一番，有寿星，也有人形瑞兽。朱冲拍了图片，请教自己熟识的文物专家，得到的答复是：这些银饰一般缝制在小孩冬天戴的帽檐上。器形略小的人形瑞兽是八仙，八仙手执的法器也各不相同，承担的护佑职责也不同，有的主智慧，有的主健康，还有的主学业。器形最大的那个是南极仙翁，也就是老寿星，寓意长命百岁。文物专家只看了图片，无法准确断代，只是告诉朱冲物件基本符合清末的特征，也有可能是民国的。经济价值不大，但作为寓意吉祥的传家宝还是值得珍藏的。手心里的物什被朱冲的手焐热了。他想象不出如果把这组银器缝在女儿朱灵儿的帽子上，小丫头戴上会是怎样的效果。

灵儿是出生在武汉的湘妹子。有了女儿之后，朱冲觉得自己的心态、看事情的方式、对世界的理解都有了变化。第一次抱起香香的软软的小精灵时，在那个瞬间，朱冲有种不可抑制的甘愿把自己的生命交给她的冲动，是毫无保留的全身心的交付，只要你要，只要我有。那种感觉很陌生，却又似乎存在了很久，只需要一个按钮，点一下，从此开启，而后便一发不可收。

新冠疫情三年，朱冲没怎么带朱灵儿回老家。龙年春节，他早早就做好了计划，要带着妻女回湖南老家过年。最高兴的莫过于老母亲，她接到电话时恨不得折叠时间，第二天就是大年三十。

大年初一，家家户户互相串门拜年，说一箩筐的吉祥话，似乎要在这一天把一年中所有的祝福送出去。每家都会准备各式糖果，给上门拜年的小孩子分发。小时候村里还会耍龙舞狮，朱冲会穿得喜气洋洋，走在队伍的最前面，端着盘子接彩头。他模样讨喜，在村里一圈走下来，盘子里的糖果要比别的小朋友多出一倍。朱灵儿第一次感受爸爸儿时的乐趣，喜不自胜，乐此不疲。初一拜年，战果丰硕。小丫头不吝啬，跟家人一起分享她甜蜜的收获。初二一大早，她兴冲冲早起，撒娇要爸爸继续带她去拜年讨糖。糖果在朱灵儿眼中不具备食物属性，而是游戏成果。

每去一家拜年，朱冲都会留意一下他们家的路由器品牌。TP-LINK、小米、华硕、华为、腾达、水星、领势、友讯、中兴、钛星人……五花八门。路由器市场巨大，各个品牌各显神通。每个人都有选择的自由与权利。根据 2023 年 8 月 28 日发布的第 52 次《中国互联网络发展状况统计报告》数据，从 1994 年中国第一个网民上网，到 2023 年网民数量达到 10.79 亿。

1994 年，华为公司成立第 7 年，创始人任正非 50 岁。这一年华为营收达到 10 亿元。任正非说："10 年之后，世界通信制造业三分天下，必有华为一席。"

1994 年的时候，朱冲还在幼学之年，10 岁的小朋友，圆睁着幼鹿一样的眼睛看世界。互联网与他万里之遥，离他最近的一张网，是老家的老屋墙角那只褐色的蜘蛛吐丝结成的蜘蛛网，后来被女儿用彩铅画成了一张图画。

女儿经常会在无意间带给朱冲诸多灵感，让他换一个角度来审视自己的工作。从敲下第一行代码，写出第一个程序，申请第一个专利，从 1 到 N。代码、程序、专利，朱冲是它们的缔造者，让它们随字节舞动，获得五感六识，拥有存在的意义与价值，而它们也会成为朱冲生命的有机组成部分，像他的分身、他的"孩子"，它们如鳞片般一片片扦插、镶嵌，金光闪闪，集结、汇聚成一副荣耀的铠甲。他爱女儿，也爱程序组成的孩子。女儿带给了朱冲幸福、乐趣，程序也给他带来了令人激动的快乐——2017 年的中国专利金奖。

春节前，朱冲的书柜里又多了一块奖牌：鸿蒙开拓者。数万华为人，数百位鸿蒙开拓者，朱冲是其中之一。获得纪念章的那天，刚好是他的四十岁生日，黑骑士玫瑰芬芳馥郁，也算是最好的生日礼物吧。

精进的中年
提升对时间的掌控力
独立自省
——摘自朱冲的华为备忘录

2. 而立之年摘得中国专利金奖

2017年,华为终端有限公司申报的"一种无线中继设备的中继方法及无线中继设备"专利,一路过关斩将,闯进了答辩环节。并不是所有参评的专利都需要进行答辩,只有具备争夺金奖项目资格的才需要现场答辩。

接到国家知识产权局中国专利奖评审办公室的通知,要求国庆长假结束后立刻去北京答辩时,朱冲在拉萨,跟同学们在一起。

这趟西藏之行,他们已经酝酿了很久,旅行计划都制订好几年了,终于在2017年国庆长假才得以成行。只是没想到,几个人中一向身体素质最好,足球、篮球满场飞,骑车、登山都不在话下的朱冲,居然是高原反应最严重的那一个。严重到必须停下来,不再前行。兄弟们不抛弃、不放弃,为了照顾他,大家不得不在去林芝的路上中途下车,投宿在桑耶寺。

西藏是个神奇的地方,停下来,慢下来,朱冲很快就恢复如常。躺在床上,半梦半醒之间隐隐听到有人在低声哼唱。歌声幽怨,如泣如诉。一觉醒来,便觉得呼吸顺畅,神清气爽。

"桑耶的白色雄鸡,请不要过早啼叫,我和相好的情人,心里话还没有谈了。"原来仓央嘉措诗中的桑耶寺就是这里。

朱冲平时喜欢读诗词,短小、凝练,含义隽永。尤其喜欢苏轼的词,最喜欢《行香子·述怀》中的"清夜无尘,月色如银。酒斟时,须满十分"。无数个月朗星稀的夜晚,与团队的兄弟并肩战斗,闯关成功欢庆举杯时,再没有其他言语能抵得过这一句。朱冲曾经买过一本《仓央嘉措情歌》,仓央嘉措的诗情藏在心里,在不见天日的暗夜里秘密发酵,浓郁而深邃,最后化为令自己与他人心神皆醉的句子在日出时恣意吟唱。也许是翻译的问题,读来觉得味道有些寡淡,只是记住了那只"桑耶的白色雄鸡"。没想到,居然就这样误打误撞地遇见了被誉为"西藏寺院鼻祖"的桑耶寺,一座现实中的时轮坛城。桑耶寺仿照印度古寺飞行寺,按照佛教"大千世界"的结构布局而建,是一片由108座殿堂组成的庞大建筑群。

因为担心出意外,朱冲在桑耶寺休整了两天。两天的时间,足以让他了解这座古老寺院的缘起与今朝。在踏进桑耶寺之前,"虔诚"是文字;在桑耶寺的两天里,"虔诚"变得具体、具象。虔诚是藏族老阿妈手中的转经筒,是喇嘛从身边走过时稳健的步伐,是与朱冲差不多年纪的藏族青年每一次磕长头时手掌上那块木板清脆的撞击声,一声又一声,每一声都让朱冲的心莫名地发紧。

多年之后,朱冲从朋友手中获赠一条山羊绒质地的八宝哈达,当华美的宝伞、宝鱼、宝瓶、白海螺、吉祥结、胜利幢、金法轮、莲花在眼前缓缓铺陈开来时,昔日的记忆瞬间复苏。以为的忘却,其实仅仅是记忆在潜水,深入灵魂的美从未离开。

从林芝赶到拉萨,看布达拉宫、大昭寺、罗布林卡,把时间留给人文,错过了拉萨周边的冰川与河谷。假期转瞬即逝,即将返程时接到去北京参加专利答辩的通知。朱冲挥别同学,独自北上。

"一种无线中继设备的中继方法及无线中继设备"专利,是一种全新的路由器信号放大器,旨在提高无线网络的覆盖范围和信号质量,让信号覆盖更广,让接入设备更多,让接入的信息更稳定。朱冲在2010年底入职华为公司,3个月之后的2011年初就完成了这个程序,到2017年获得中国专利金奖,其间经过了6年多市场与技术的双重验证。在漫长的6年多里,华为公司依托"一种无线中继设备的中继方法及无线中继设备"专利研发的荣耀路由器,成为中国分布式Wi-Fi技术的领跑者。

要想理解朱冲"一种无线中继设备的中继方法及无线中继设备"发明的重要性,还得了解一下Wi-Fi的发展简史:

Wi-Fi(Wireless Fidelity)指一种短距高速无线数据传输技术,是Wi-Fi联盟为普及IEEE 802.11的各种标准而打造的一个品牌名称。

Wi-Fi实质上是一种商业认证,具有此认证的产品意味着其符合IEEE 802.11系列无线网络协议,并且通过了互操作性测试认证。IEEE 802.11系列协议属于短距离无线传输技术,该技术使用2.4GHz或5GHz附近频段,它允许计算机、智能手机和其他设备通过无线网络相互连接和通信。

Wi-Fi的发展历史可以追溯到20世纪90年代,当时美国联邦通信委员会(FCC)放开了2.4GHz频段的使用限制,使无线局域网(WLAN)技术得以快速发展。

1997年,IEEE 802.11标准发布,为WLAN技术的发展提供了技术支持。

1999年,IEEE 802.11b标准发布,支持更高的数据传输速率,最高可达11Mbps。

2003年,IEEE 802.11g标准发布,最高数据传输速率可达54Mbps,成为当时主流的Wi-Fi标准。

2006年,IEEE 802.11n标准发布,支持更高的数据传输速率和更广的覆盖范围,速率最高可达600Mbps。

2013年,IEEE 802.11ac标准发布,采用更高效的技术,支持更高的数据传输速率和更大的网络容量,速率最高可达6.9Gbps。

2019 年，IEEE 802.11ax 标准发布，也称为 Wi-Fi 6，支持更多的设备同时连接，并提供更高的数据传输速率和更好的网络性能。

作为第 7 代 Wi-Fi 技术，IEEE 802.11be 引入 CMU-MIMO 技术，最多可支持 16 条数据流，Wi-Fi 7 除传统的 2.4GHz 和 5GHz 两个频段，还将新增支持 6GHz 频段，并且 3 个频段能同时工作。Wi-Fi 7 的专利贡献占比排名显示，华为以 25.9% 高居第一位，高通则以 15.2% 位居第二，两者差距明显，意味着华为有望在 Wi-Fi 7 标准专利中占据主导地位。

早在 2013 年的时候，华为终端公司基于朱冲的发明开发的 Wi-Fi 设备就已经开始了与国内外同行的比拼。站在 2024 年的时间节点回望，当年的朱冲，一个刚刚入职华为仅 3 个月的员工，写下的那个程序，像一把利剑撕开了困扰中国 Wi-Fi 研发进程的夜幕。一道罅隙，透出一缕微弱的光。光像一粒种子，向下扎根，向上生长，终于迎来了枝繁叶茂的 Wi-Fi 7 标准时代。

登机，在座位上坐定。拉萨飞北京，空中飞行 4 个多小时。朱冲打开笔记本电脑开始工作，他的专利答辩稿此时还潜伏在大脑皮层的褶皱里，他要像当初敲击代码一样，逐字逐句地把它们请出来，码成文字，阐述给专家。

两个月后，2017 年 12 月 13 日，由中国国家知识产权局和世界知识产权组织共同主办的第十九届中国专利奖颁奖大会在北京举行。

第十九届中国专利奖共评选出中国专利金奖 20 项，中国外观设计金奖 5 项，中国专利优秀奖 802 项，中国外观设计优秀奖 68 项。据不完全统计，仅第十九届中国专利奖评选出的 20 项中国专利金奖和 5 项中国外观设计金奖相关产品及工程项目，从实施之日起到 2016 年底，已实现新增销售额 939 亿元，新增利润 96 亿元，新增出口 244 亿元。

第十九届中国专利金奖评审委员会授予朱冲的颁奖词是：荣耀分布式路由，开启家庭无缝隙覆盖时代。华为终端有限公司的"一种无线中继设备的中继方法及无线中继设备"专利，提出了第二代 Wi-Fi 中继器基础架构，有效提升 Wi-Fi 覆盖质量，是中国在 Wi-Fi 互联互通领域的一项重要技术贡献，发展前景广阔。2016 年新增销售额 53 亿元人民币。

2017 年，朱冲 33 岁，是第十九届中国专利金奖获得者中年龄最小的一位。颁奖结束，朱冲拒绝了所有的媒体采访。

3. 弱冠之年的华为新星

在入职华为之前，朱冲的第一份工作是在国企。一家成立了 35 年的科研院所，自有它的秉性与节奏，朱冲跟同事们相处得非常愉快。在年长的同事身上,朱冲能看到 10 年、20 年之后自己的模样。悟到这一点时,正是武汉的樱花盛开季。樱花是春天的眼泪,在第一声醍醐灌顶的春雷炸响之际,朱冲做出了辞职的决定。既然青春如此短暂,它应该有更绚烂的呈现方式。

为什么会选择华为?当时有特别要好的同学在华为工作,朱冲在他眼中看到了光,他也想要那样的光。朱冲去华为面试,当场写了一道算法。看完朱冲写的算法,面试官原本严肃的脸上即刻挂上了慈爱的"老母亲式的微笑",连看他的眼神都变了,像一只饥饿的饕餮发现了美味,垂涎欲滴。

2010 年 12 月,朱冲入职华为武汉研究所。当时的武汉研究所只有几百人,2023 年已达 7000 多人。

上班第一天,在研究完新员工试用期转正成绩后,朱冲问带他的导师:"我怎么才能拿到优秀转正新员工?"

导师抬头睨了朱冲一眼,给了他往年优秀新员工的转正答辩材料:"试用期半年,能解决 20 多个关键问题。"

厚厚的一沓材料,白纸黑字,一目了然。朱冲没说话,在心里默默琢磨着要如何从交付质量、交付数量上超越往年转正成绩 A 的同事。

在桂林电子科技大学读硕士时,朱冲曾经在两年内发表过 12 篇论文。互联网江湖里,从来不乏天赋异禀的后来者居上的故事,"小徒弟乱拳打死老师傅"的事例比比皆是。

6 个月之后,朱冲解决了 70 多个产品问题,并在其他产出上明显领先。这 70 多个问题中就包括"一种无线中继设备的中继方法及无线中继设备"。

2013 年,朱冲开始使用微信。这一年他一共发了 4 条朋友圈,其中 3 条与正在从事的工作相关。这一年的最后一天,12 月 31 日,朱冲在朋友圈分享了华为新年贺词"聚焦战略,简化管理,有效增长":

> 在即将到来的 2014 年,宏观经济会继续复苏;超宽带、移动宽带特别是 LTE(Long Term Evolution,长期演进,第四代移动通信技术的一种标准)的普及和发展,为电信业迎来新的发展机遇;智能终端将成为人的感官系统的延伸,成为"数字元人"不可或缺的一部分;IT(Information Technology,信息技术)转型和全社会面对信息时代的数字化重构,ICT(Information and communications technology,信息与通信技术)成为企业的生产系统和核心竞争力。这些有利的因素,都预示着 2014 年将是一个新的起点,这个起点不仅仅是华为的,更是行业的。我们将继续在聚焦战略、简化管理的同时,力促有效增长,构筑公司面向下一个十年新一轮发展的基石。

2014 年,华为研发投入比 2013 年增长 28%。1994 年至 2014 年的 20 年间,研发投入累计达到 1880 亿元人民币,完美践行了《华为基本法》的研究开发政策,"按销售额的 10% 拨付研发经费,有必要且可能时还将加大拨付的比例"。

《华为基本法》从 1995 年萌芽,到 1996 年正式定位为"管理大纲",到 1998 年 3 月审议通过,历时数年。这是改革开放以来中国企业第一部完整的公司法,其意义在于中国民营企业首次全面思考未来,第一次考虑如何让公司成为一家符合国际化标准的企业。这是中国杰出企业家的道路选择。

整个 2015 年,朱冲的所有精力都聚焦在荣耀路由器的研发上,几乎每天晚上都是 10 点以后下班。曾经连续两天通宵打游戏,只为了验证荣耀路由器的速度效果。玩游戏的确其乐无穷,但玩游戏是为了工作,游戏的快乐也就荡然无存了。两个通宵玩下来,朱冲写下自己的体验:荣耀路由器双 CPU 硬件加速转发,速度超快。荣耀路由器有资格成为游戏玩家的心头好!

2015 年 3 月,全球知名市场研究公司之一 GFK 集团公布了 3 月份中国手机零售监测数据。2015 年 3 月华为手机以 13.75% 的高份额占有率成为中国市场销量第一,这是华为手机在中国市场上首次在销量上超过苹果等国外品牌。

消息传来,朱冲跟同事打赌,下一个超越将会是华为的智能路由器。

2015 年 3 月 15 日,中央电视台综合频道现场直播了"3·15"晚会,主题为"消费在阳光下"。晚会发布的第三号消费预警是:公共场所无密码 Wi-Fi 很危险,会偷钱。央视给消费者的建议是,在公共场所尽量不要使用那些免密码的免费 Wi-Fi,尽可能使用商家提供的带有密码的 Wi-Fi 网络。另外,在用手机支付账户或者发送邮件时最好关闭手机 Wi-Fi 功能,使用手机的 3G、4G 数据流量进行操作。

对于央视给消费者的建议,朱冲不置可否。想到自己正在参与的智能路由器研发,一时技痒,在 CSDN(中国开发者网络)博客上写下自己的理解。

深夜 12 点,朱冲发了一篇博文:

> 看了央视"3·15"讲 Wi-Fi,写篇练练手:在今年的央视"3·15"晚会上,央视指出,公共场所 Wi-Fi 很危险,并给出了两条消费预警建议……
>
> 央视"3·15"晚会现场演示的 Wi-Fi 盗取密码技术原理是什么呢?是不是加密的 Wi-Fi 就一定是安全的呢?作为普通用户如何做好全面

防护呢?

黑客主要通过一个假冒 Wi-Fi(Rogue AP)及管理帧攻击来实现 Wi-Fi 劫持。所谓 Wi-Fi 劫持,就是让用户的手机接入黑客自己的 Wi-Fi 网络。我们可以简单梳理一下攻击过程:黑客使用自己的路由器设置一个用户正在连接的相同的 Wi-Fi 名字,通过管理帧攻击断开用户手机当前 Wi-Fi,当手机断开 Wi-Fi 后一般会自动重新连接之前的老 Wi-Fi,此时,手机可能会自动切换到黑客设定的 Wi-Fi 名字,这样黑客就实现了劫持,就可以像央视"3·15"现场演示的那样对用户数据进行分析。用户手机的数据(如支付宝支付、登录银行账户)及手机某些软件自动发送的数据(如央视"3·15"演示的邮箱密码)都会由黑客假冒的 Wi-Fi 设备进行转发,所有通过黑客设备进行转发的数据,都可以通过技术手段提取出来分析;如果手机用户的邮箱、银行账号等软件自身使用的加密算法不够安全强大,就容易被黑客破解,晚会现场演示的用户邮箱及密码被破解就是基于这个原理。

加密的 Wi-Fi 是否真正安全呢? 央视"3·15"晚会建议"不要连接未加密的 Wi-Fi",那是不是就意味着加密的 Wi-Fi 就百分之百安全,不会受到攻击呢?

首先,我们要说说 Wi-Fi 加密的等级,国际标准组织 IEEE 定义了如下几个 Wi-Fi 安全等级:不需要密码,也就是央视"3·15"晚会现场演示的那种;WEP 加密,要求手机上输入密码,输入 5 位或者 10 位的密码;TKIP 加密,要求手机上输入密码,输入 8~64 位的密码;AES 加密,要求手机上输入密码,输入 8~64 位的密码。

以上安全等级只有 AES 加密是目前经过 IEEE 及 Wi-Fi 联盟认可的安全方式,WEP 加密及 TKIP 加密都是可以通过大量抓包计算来破解密码的,一旦黑客破解了用户用的 Wi-Fi 密码,就可以通过设置相同 Wi-Fi 名字与相同 Wi-Fi 密码来假冒,并重复刚才说过的劫持攻击过程,依然可以实现攻击,因此并不是加密了的 Wi-Fi 就一定安全。

可能大家就担心了,既然加密也不行,黑客又那么牛,那消费者如何做好防护呢? 首先,我们强调的安全是相对的,有了安全意识在一定程度上可以降低被攻击成功的概率。尽量连接 AES 加密的 Wi-Fi,如果是自己家中的路由器,最好也设置成 WPA2-AES 加密;连接支持 IEEE 802.11w 标准的 Wi-Fi,IEEE 802.11w 无线加密标准是建立在 IEEE 802.11i 框架上的,它可以对抗针对无线 LAN(WLAN)管理帧的攻击,因此,如果手机一开始连接上了一个安全的 Wi-Fi,只要支持 IEEE

802.11w,黑客是无法断开用户手机当前的 Wi-Fi 连接的。通过安装一些指定连接软件来防止劫持,这些软件会记住合法 Wi-Fi 的真实 MAC 地址,只连接该 MAC 地址,就算黑客伪造了一个相同的 Wi-Fi 名字,但因为这个名字的 MAC 地址独一无二,手机只会主动识别一个 MAC 地址,所以即便是断开也不会连接黑客的设备。

要使用安全的手机应用,所谓的 Wi-Fi 安全其实只是保证了 Wi-Fi 链路层的安全,这是一种非常底层的、非常低端的点到点的安全。要做到真正万无一失,还是要做端到端的安全。端到端的安全很大程度由手机安装的应用软件来决定。尽量不在公共 Wi-Fi 上做敏感数据操作,比如进行支付宝支付业务、邮箱登录业务等。针对家庭 Wi-Fi,建议一定要购买良心企业的 Wi-Fi 路由器,要有系统的安全测试与验证,最好是买大企业的,因为这些企业把网络安全看得比什么都重要。

朱冲 2006 年在 CSDN 注册账号,2008 年成为 CSDN 第一批博客专家。虽然不是每日更新,但平均 1.6 天一篇的频率足以称得上是技术达人。

读了朱冲的博客文章,我基本明白了专利的价值。为什么加密等级两项都是 8 到 64 位数字密码呢?其实是密码设计方法不同。比如扑克牌都是 54 张,可以打争上游,也可以玩掼蛋。我让他用最简单的话说一下这项专利的特点,朱冲发微信告诉我,就是实现了速度快以及信号覆盖广,更加安全。快到下载一部高清电影只需要一分钟。至于覆盖能力方面,基于他发明专利的第二代 Wi-Fi 信号放大器,无论家里墙壁多厚,房间多大,在任何地方信号都是满格。安全方面,增加了 Wi-Fi 信号放大器的防蹭网、防暴力破解、防特定人群异常行为等安全技术,让用户更放心。

快,让用户体验更好,工作效率更高。安全,保证了数据、信息、财产安全,维护了个人、企业、国家的利益。快与安全不正是所有人的最大需求吗?作为十几亿网民的一员,谢谢你,朱冲。

技术达人朱冲家中的书柜也是他的奖牌展示柜,有华为明日之星,有华为金牌个人,有华为路由 Q1 研发团队纪念章,有中国专利金奖,有首款智慧屏上市纪念小金人,有武研逆行英雄纪念勋章,有鸿蒙开拓者纪念章。书籍数量与奖牌成正比,书读得越多,获得奖牌的概率就越高。要想模拟世界,必须有足够的想象力。除了真实的生活经历与体验之外,阅读便是最好的补充,文学、历史、哲学、美学、法学……读书时的朱冲不"挑食",胃口很好,海纳百川。书柜很大,有足够的空间用来安放未知的书籍、奖牌与纪念章。

在华为公司,朱冲得过两次个人金牌。第二次有机会跟总裁任正非合影,却被工作绊住脚,没能到现场。

《道德经》云:"道生一,一生二,二生三,三生万物。"那就等第三次获奖再说吧,相信下一次一定可以如愿成行。

华为每年都会评选"明日之星",亮晶晶的青春,一拨儿又一拨儿强劲的后浪,其中不乏朱冲担任面试官招录进华为公司的青年才俊。作为华为 IoT 软件部主管、华为七级软件技术专家、通信互联 TMG 副主任,如今的朱冲经常要担任面试官为华为招才引智,储备人才。时代在飞速发展,长江后浪推前浪,一代更比一代强。这一点朱冲深信不疑。

(选自《强国记——中国知识产权的力量》,徐剑、李玉梅著,海燕出版社,2024 年 4 月出版)

天封宝珠
——"共和国勋章"获得者屠呦呦

徐锦庚

第一节　石破天惊

1978 年 6 月 17 日,《光明日报》头版头条刊发新闻。

治疟新药"青蒿素"研制成功

本报讯:一种治疗疟疾的有效新药——"青蒿素"已在我国研制成功。这是我国医药卫生科技人员走中西医结合道路,发掘祖国医药学宝库所取得的一项重大科研成果,也是继国际上治疗疟疾的"王牌"药物——氯喹后的一个新的突破。这项科研成果的完成单位,在全国科学大会和全国医药卫生科学大会上受到了表彰。

......

这是石破天惊的新闻。这是人类的福音!

疟疾,顾名思义,暴病也,由蚊子传播,取人性命,人类最大杀手之一,被称作"生命收割机",有着令人恐惧的高死亡率,甚至影响人类历史进程。在我国,3000 多年前的殷商时代曾大流行,20 世纪 30 年代几乎遍及全国。在古希腊,公元 4 世纪时广为流行。在印度,19 世纪末时占病人中的三成。在全球,流行于 102 个国家和地区,20 亿人口居住在流行区,每年有 5 亿人被感染,有的人一生要被感染 40 次。特别是在非洲、东南亚和中、南美洲,恶性疟死亡率极高,非洲每年有上百万人死亡,每 30 秒就有一名儿童丧生。数千年来,人类谈疟色变,曾经一度束手无策,一直在苦苦寻求良方,从金鸡纳树皮到奎宁,从阿的平到氯喹,直到青蒿素横空出世。

次日,《光明日报》再次聚焦青蒿素,第三版以大半个版面,刊发长篇通讯

《深入宝库采明珠——记抗疟新药"青蒿素"的研制历程》。通讯开头，生动讲述了一个故事。

1977年10月末，在祖国南方一个公社卫生院里，正在抢救一名病危黎族儿童。病儿只有5岁，患恶性疟疾，用氯喹治疗完全无效，高烧不退，昏迷不醒，又发生消化道出血。危急关头，医务人员注射一种新型抗疟药，终于使病儿转危为安！

通讯接着说："这种高效、速效、低毒的抗疟新药叫'青蒿素'，它已经多次显示出良好疗效了。了解这种药的研制过程的人们，高兴地把它比作从祖国药学宝库里发掘出来的一颗明珠。"

通讯的着重点，落在一位女"实习研究员"身上，以五分之二的篇幅，回顾她与团队艰难的研发过程："主要担负这项研究工作的，是一位中华人民共和国成立后从北京医学院毕业的实习研究员。她曾经把中医研究院十几年积累的治疟方搜集成册，从中选择了二百多方药进行了动物筛选实验，没有得到成果……那个实习研究员曾经这样问自己：一个氯喹不可超越，一个常山已经到顶，我们就真的无路可走吗？"就在这时，党组织让她去广州参加专业会议。受到周总理指示的鼓舞和鞭策，"那个实习研究员暗暗下定决心，要尽快闯出一条新路，让周总理放心！"

到底怎样改进方法，究竟哪一种药可能有高效抗疟作用呢？科研人员还是没有理出头绪。"那个实习研究员被东晋葛洪的医著《肘后备急方》中的一段话吸引住了：'青蒿一握（一把的意思），以水二升渍，绞取汁，尽服之。'她思忖：许多医书都记载着青蒿抗疟，过去我们和别的单位也都试验过，没有发现明显的抗疟作用，所以把它丢掉了又拾起来，拾起来又放弃了。一千六百多年前的葛洪，为什么在这里特别强调要用绞汁法呢？这个问题真使她绞尽了脑汁，蓦地，她想到：古代用绞汁法而不用通常的水煎法，会不会是存在着温度干扰的问题呢？换句通俗的话来说，青蒿是不是怕热呢？"

科研人员立即改进方法，历尽艰辛，得到一种青蒿提取物，第191号样品出现百分之百的效价，疟原虫全部转阴。

文中的"实习研究员"，究竟是谁？1990年，作者重新修订这篇通讯，将其收录进《斑斓人生》一书时，明确说就是屠呦呦。文中的"三个特殊的'病人'"，屠呦呦也是其中之一。

这是媒体第一次报道屠呦呦的事迹，只是当时出于特殊考虑，没有点出她的姓名。从文中不难看出，第一个将青蒿带到523项目组的是屠呦呦课题组，第一个发现青蒿素物质的也是屠呦呦课题组。

在通讯中，作者提到葡萄糖酸锑钠的细节。此药是当时用来医治血吸虫病的,也具有抗疟功效,只是剂量必须达到一定值。实验结果使屠呦呦意识到,过去青蒿等药物之所以在筛选时无效,或者效果不稳定,很有可能是剂量不足造成的,接下来必须进行多剂量组实验。后来的诸多报道和研究论文中,都没有提及这一细节。正是对这一细节的忽略,在介绍屠呦呦复筛时,筛选出青蒿的过程时,这些报道和论文无法给出合理解释。

除了屠呦呦和她所在的中医研究院中药研究所,作者还清晰介绍了云南省药物研究所、山东省中西医结合研究院、广东中医学院,中国科学院上海有机化学研究所、北京生物物理研究所等5家单位的具体贡献:

"云南省药物研究所和山东省中西医结合研究院等单位,也很早对当地产黄花蒿进行了研究,一九七三年,他们在不同的条件下,采用不同的办法,也提取出了与青蒿素的化学成分完全一样的黄花蒿素。"

"广东中医学院同云南省药物研究所以及当地医务部门协作,提出了系统有力的临床验证报告,首次证明青蒿素在治疗恶性疟、抢救脑型疟方面优于氯喹,一举打开了局面。"

"山东省中西医结合研究院先后制出了片剂、微囊、油混悬剂、水混悬剂和固体分散剂,加以比较,从中初步找到了较好的剂型。"

在作者看来,中科院下属两家研究所的贡献在于,协助中医研究所测定青蒿素的化学结构,从而为合成青蒿素衍生物,进而为开发毒副作用更小、疗效更佳的新型青蒿素类抗疟新药铺平道路。"中医研究院中药研究所与中国科学院上海有机化学研究所、北京生物物理研究所合作,经过一年多的努力,运用现代科学技术,测定出青蒿素的化学结构是一种新的倍半萜内脂,是我国首次发现的一个新抗疟化合物。"

据北京大学教授周程考证,《光明日报》的这两篇重磅报道,是媒体对青蒿素与抗疟疾的首次公开报道。这两篇精品力作,可谓适逢其时,为邓小平提出的"科学技术是生产力"著名论断,提供了一个强有力的注释。

第二节　初识葛洪

1951年深秋,北京西什库大街。一辆公交车鸣着喇叭,轰隆隆驶来。车子崭新,上部浅黄,下部红色,很是养眼,引得行人驻足观看。这是刚从捷克斯洛伐克进口的斯柯达,全北京只有25辆。车子在站台停下后,下来一个姑娘,眉清目秀,短发掩耳,身背一个大包裹,手拎一只皮箱。

姑娘刚站定,公交车"轰"一声启动,屁股冒出一股黑烟,将姑娘罩在里面。姑娘眯着眼,贪婪地深吸一口气。虽然这是废气,但在她嗅觉里,这是一种"新鲜"废气。

这位姑娘,就是屠呦呦。她的家乡还没通公交车,人们上街基本靠步行,条件好的,可以坐人力黄鱼车。这是她第一次乘公交车。

屠呦呦是浙江宁波人,生于 1930 年 12 月 30 日。距她家百余米处,有一座天封塔,建于唐代。建塔时,适逢女皇武则天的"天册万岁"到"万岁登封"年间(695—696 年),遂取"天封"。

最初对天封塔的认识,屠呦呦是在外婆枕头边听来的。外婆说,古时候,宁波外面的海上,有一个鳌鱼精,整日兴风作浪。老石匠从四明山顶采来一块宝石,雕凿成一颗宝珠。宝珠射出一道寒光,把鳌鱼精杀死了。为保百姓世代平安,老石匠决定造一座天封塔,保存这颗宝珠。百姓纷纷帮忙。塔造成后,老石匠把宝珠安放在塔顶。从此,天封塔就成镇邪之塔,宁波风平浪静。

末了,外婆说:"听老辈人讲,这颗宝珠平常人见不到。凡是能看到宝珠的人,都能逢凶化吉。"

小呦呦问:"我能看见宝珠吗?"

外婆看着呦呦,眼里充满怜爱:"只要囡囡好好读书,长大后做个有本领的人,就能看到了。"

小呦呦坐起身来:"我一定要好好读书,把老石匠的本领学来,自己也造一颗宝珠!"

屠呦呦的童年时代,在战火纷飞中度过,可谓死里逃生:日军飞机轰炸宁波,还在她家附近投下细菌弹,很多邻居死于非命。她在动荡的岁月中长大,终于迎来新中国成立。1951 年夏天,她接到北京大学医学院的录取通知书。

屠呦呦就读的是药学系。药学系设药学、药化、化学 3 个专业,她被分到药学第八班,班里有七八十人。

1952 年,全国高等学校院系调整,北大医学院脱离北京大学,独立建院,更名为北京医学院,正式成为由国家主办、隶属中央卫生部的高等医学院,办学经费由财政部转卫生部拨付,校址迁至学院路 38 号。

1954 年 12 月,教育部指定 6 所学校为全国性重点大学:中国人民大学、北京大学、清华大学、北京农业大学、北京医学院、哈尔滨工业大学。

这年的秋季,屠呦呦进入大四,各班分科,共有 3 个专业:药物检验、药物化学、生药。药物化学是热门,班里有 40 多个同学报名,其次是药物检验,选生药的最少。

一位好朋友拉着她,要一起选药物化学,说将来可以进大药厂,可以认识很多人、交很多朋友。

屠呦呦摇摇头:"我喜欢生药。"

"生药有什么好?"同学撇撇嘴,"整日坐冷板凳,同药材打交道,多无聊!"

屠呦呦淡淡一笑:"本来,我最想学的是中医专业,咱们学校没有。你别小看生药学,这可是一门新学科,里面的学问大着呢。我喜欢同药材打交道,坐冷板凳值得。梅花香自苦寒来嘛。"

最终,选生药专业的,仅12人,屠呦呦是其中之一。

分科之后,屠呦呦喜出望外:讲授生药学的老师,恰是她尊崇的楼之岑教授。

楼之岑是我国生药学奠基者之一,是著名的生药学家和药学教育家。后来,他成为中国工程院医药与卫生工程学部首批院士、生药学国家重点学科首席学术带头人。

楼之岑上的第一堂入门课,给屠呦呦留下深刻印象。

"什么是生药?"楼之岑婉转的江浙口音,让屠呦呦倍感亲切,"生药是指来源于天然的,未经加工或只经简单加工的动物、植物和矿物类原料药材,具有'生货原药'之意。广义的生药,应指所有来自天然的原料药材,包括中药材、草药、民族药,以及可供提取化学药物的原料药材。简言之,生药即天然药材。"

听到这里,屠呦呦脑中浮现出毗邻自己家的药行街,那里的药铺琳琅满目,主要是各种中药材,也有少量的民间草药,但什么是民族药呢?她不知道,也没见过。还有,生药和中药不是一回事吗?她生发一串疑问,倾身聆听。

"在我国,生药与中药材、草药、民族药的关系很密切,"楼之岑娓娓道来,"所谓中药,通常是指以中医药学基础理论为指导,进行炮制、加工和使用的药物,是天然药物的一部分。而草药呢?通常是指流传于民间的天然药,地域性较强,使用地区较窄。草药和中药统称中草药,是中国医药体系的一部分。民族药呢?是指少数民族使用的天然药物,属于人种药物的范畴。比如藏药、蒙药、维吾尔族药等。简单来说,中药和生药的区别是,中药是经过加工制成的成品,可以直接使用;而生药是未经过加工的'半成品'。"

经楼教授这一解释,屠呦呦茅塞顿开。

"那么,什么是生药学呢?"楼之岑进一步介绍,"生药学指以生药为主要研究对象,对生药的名称、来源(基源)、生产(栽培)、采制(采集、加工、炮制)、鉴定(真伪鉴别和品质评价)、化学成分、医疗用途、组织培养、资源开发与利用和新药创制等进行研究的学问。换句话说,生药学是利用本草学、植物学、动物学、化学、药理学、医学、分子生物学等知识研究天然药物应用的学科。"

屠呦呦心生疑问:中药学和生药学,不是一回事吗?

"中药学和生药学，既有相同之处，也有不同之处，"楼之岑仿佛洞悉屠呦呦的心思，进一步解释，"它们之前的区别是，东西方科学研究的方法论不同，造成其宏观研究与微观研究的取向不同。这种区别，可以说是导致中药学和生药学研究模式的不同……"

那么，两者有哪些相同之处呢？

楼之岑说："生药学和中药学都具有博物学研究的特点，研究对象直接取材于广阔的自然界，把动植物资源当作主要药物原料进行研究。所以，西方早期研究生药的专家，开始多半是著名的博物学家和医学家，而且往往都是出色的植物学家。这与我国的中药学家十分相似。比如说，明代的李时珍既是伟大的医药学家，也是典型的博物科学家。比他更早年代的葛洪，精晓医学和药物学……"

"葛洪？"屠呦呦一个激灵。她对葛洪并不陌生，常听父亲说起。

葛洪是东晋道教学者、著名炼丹家、医药学家，曾经在宁波灵峰寺炼过丹。在他隐居灵峰山的时候，正逢瘟疫流行，他广采草药，制药布施，使众多百姓起死回生，被称作葛仙翁。每年的阴历正月初一到初十，是灵峰寺香火最旺的日子。传说，葛仙翁的生日是正月初十，所以后人都来纪念他。

"葛洪写过一本书，书名很有意思，叫《肘后备急方》。这是指其实用性，可放在胳膊肘后面，随时取用，以备急需。这是中国医学史上一部重要医书，也是一部古代急救手册大全。该书历后世两次增补，足见其受欢迎的程度。"楼之岑继续说，"书中，收集了大量救急用的方子，都是他收集和筛选出来的。他特地挑选一些比较容易弄到的药物，即使必须花钱买也很便宜，改变了以前的救急药方不易懂、药物难找、价钱昂贵的弊端。他尤其强调灸法的使用，用浅显易懂的语言，注明各种灸的使用方法，只要弄清灸的分寸，不懂得针灸的人也能使用。"

楼之岑接着说："葛洪很注意研究急病。他所指的急病，大部分是我们现在所说的急性传染病。古时候，人们管它叫'天刑'，认为是天降的灾祸，是鬼神作怪。葛洪在书中说，急病不是鬼神引起的，而是中了外界的疠气。我们都知道，急性传染病是微生物引起的。这些微生物，包括原虫、细菌、立克次氏小体和病毒等，起码要放大几百倍才能看见，1600多年前还没有发明显微镜，当然不知道有细菌这些东西。葛洪能够排除迷信，指出急病是外界的物质因素引起的，这种见解很了不起！"

听了楼之岑的课，屠呦呦对葛洪产生浓厚兴趣。课后，她立刻到图书馆，借来《肘后备急方》，细细研读。

葛洪在常年行医、游历过程中，搜集整理了大量流传各地的效验方剂，编著成《玉函方》，共100卷。可惜，这部巨著未能流传下来。《肘后备急方》大部分是其摘录本，并收集前代名医张仲景、华佗和同时代的周、甘、唐、阮4位名医的备急处方。所列疾病，有急性传染病、内、外、妇、儿、五官等病症。对于每一病候，略述病源，详列病状，细论治法，都是常见病症的简便疗法，包括内服方剂、外用、推拿按摩、灸法、整骨等，可供急救医疗。这是其可贵之处，也是其流行的原因。

屠呦呦进一步了解到，葛洪也是我国最早观察和记载结核病的科学家。

楼之岑慧眼识珠，对这个沉稳寡言、刻苦钻研的学生青睐有加，悉心传授，教她如何对各类原产药材进行分类、识别以及通过显微镜切片观察内部组织。

对屠呦呦产生重大影响的，还有另一位良师：讲授植物化学的林启寿。

在屠呦呦的记忆里，林老师总会用生动幽默的语言，深入浅出地讲述药物化学和植物化学世界里的种种趣闻。从林启寿那里，她学会如何从植物中萃取提取有效成分、鉴定化学结构、撰写化学鉴定方法。

两位学贯中西的良师，犹如交给屠呦呦两把"金钥匙"，帮助她打开生药学和植物化学的宝库，使她在后来的药物研究中受益匪浅，特别是在研究发现青蒿素的过程中，为她提供了正确的思路、方向和方法。

1955年，屠呦呦大学毕业，以优异成绩留京。就在这年，卫生部筹建中国中医研究院（2005年更名为中医科学院），一批名老中医被抽调到北京。拥有数千年历史的中医，翻开崭新的一页。屠呦呦如愿分配到中医研究院，进入中药研究所，主要从事生药学研究。

屠呦呦的职业特点，决定从事的是默默无闻的基础性工作。然而，刚刚跨入中药研究所，她就遇到第一次大挑战——血吸虫病。

血吸虫病，俗称"肚包病""臌胀病""大肚子病"，是一种由血吸虫引起的慢性寄生虫病，具有较强的传染性，主要流行于亚、非、拉等70多个国家和地区。这种可怕的传染病，其流行史可追溯到2000多年前。20世纪70年代，从湖北江陵和湖南长沙出土的西汉古尸中，科研人员曾发现血吸虫卵。

党和人民政府一直重视血吸虫病的防治工作，南方各省刚一解放，就把这个问题提到日程上来。1955年11月，毛泽东主席发出"一定要消灭血吸虫病"的号召。1956年春天以后，全国展开大规模的普查和防治工作。

成立不久的中医研究院，成为防治血吸虫病的桥头堡。初出茅庐的屠呦呦，在老师楼之岑带领下，成为这场战役的排头兵。屠呦呦学的专业是生药，所以决定从中医的角度研究血吸虫，这个做法很有远见。在楼之岑指导下，她把目光落在中药半边莲身上。

半边莲是一种多年生小草本植物。李时珍在《本草纲目》中记载："半边莲，小草也，生阴湿塍堑边。秋开小花，淡红紫色，如莲花状，故名。又呼急解索。主治蛇虺伤，寒气喘。"除能够治疗蛇虫咬伤和风寒气喘，民间也有人用它治疗由血吸虫病所引起的腹水、肿胀。楼之岑和屠呦呦便以此为据，开始研究半边莲的药用功效。

然而，战役刚打响，屠呦呦和楼之岑就遇到难题：缺少与血吸虫相关的研究资料。

为准确获得第一手资料，屠呦呦走出实验室，来到血吸虫病多发现场，亲手采集样本。

中药研究所副所长朱晓新，这样评价屠呦呦："一开始，屠呦呦从事的是中药生药和炮制研究。在实验室工作之外，她还常常一头汗两腿泥地去野外采集样本，先后解决中药半边莲及银柴胡的品种混乱问题；结合历代古籍和各省经验，完成《中药炮制经验集成》的主要编著工作。"

功夫不负有心人，经过一年多的研究，屠呦呦和楼之岑完成对半边莲的生药研究，证明半边莲是血吸虫病的有效药物。这是她研究成果的首次重大突破和贡献。这一研究成果，被1958年出版的《中药鉴定参考资料》收录，而解决中药银柴胡的品种混乱问题的研究成果，则在1959年被《中药志》收录。这两项研究，都属于她大学期间专业所学的范畴。

正因为有屠呦呦和楼之岑这样的医药工匠默默奉献、艰苦奋斗，我国才能在防治血吸虫病的战斗中捷报连连。

第三节　中西合璧

虽然痴迷中医中药，但屠呦呦心里一直有遗憾：大学期间，没有系统学习过中医，很多知识都是靠自学积累。

机会终于来了。1959年，卫生部举办全国第三期"西医离职学习中医班"。她踊跃报名，脱产学习2年半，为她后来从事中医药研究奠定厚实基础。

这个阶段，全国共举办37个"西学中"培训班，脱产学员2300余人，在职学习的有3.6万人，各大医学院校也开设各种中医课程，培养出一批中医人才。后来的很多技术骨干和学术带头人，就是从这些培训班里脱颖而出的。

这样的培训班，缘于毛泽东高瞻远瞩，登高一呼，扭乾转坤。

中华人民共和国成立前后，全国卫生形势非常严峻：疫病丛生，缺医少药，医疗卫生条件非常落后。当时，全国西医仅有2万多人，中医虽有几十万人，但水平较低，条件较差，并不能正常发挥作用。

中医药"有劲使不出"的原因在于，中华人民共和国成立初期公布的中医药管理文件，规定了一些脱离实际、颇为苛刻的办法。导致的结果之一就是：1953年，全国92个大中城市和165个县，登记、审查合格的中医，只有1.4万多人。山西省运城专区18个县，竟没有一名合格中医。天津市中医水平在当时是比较高的，但参加考试的530多名中医中，只有55人合格。

此外，在具体卫生工作中，也出现不少问题，如实行公费医疗制度时，没有认真考虑中医，吃中药不报销，大医院不吸收中医参加工作；办中医进修学校时，主要讲授简单的西医诊疗技术，片面鼓励中医改学西医；各高等医学院校不设医药课程；中华医学会不吸收中医会员；中药产供销无人管理；盲目取缔一些深受群众欢迎又确能治病的中成药。

更有甚者，有人发表文章，公开声称中医是"封建医"，鼓吹随着封建社会的消灭，中医也应被消灭。

西医借助先进的医疗仪器对疾病作出准确诊断，然后针对病情实施治疗手段，讲究的是"治"；中医沿用数千年遗留下来的经验，对疾病作出诊断，然后对症下药，讲究的是"养"。所以，在常人看来，西医见效快而中医见效慢，加之新中国刚刚成立，屡遭疫病侵害，在扫除疫病的过程中，"疫苗接种"发挥巨大作用。于是，西医被看作先进和神奇，中医相形见绌，地位日渐衰落，成为敝屣。

中医学习西医是时代潮流，中医药走向没落是大势所趋。在这样的时代背景下，屠呦呦积极响应毛泽东的号召，毫不犹豫地把志向定在中医中药上，且终生不渝，殊为可贵。

1954年，毛泽东作出指示，"今后最重要的是首先要西医学中医""西医学习中医是光荣的，因为经过学习、教育、提高，就可以把中西医的界限取消，成为中国真正统一的医学，以贡献于世界"，向全国卫生系统发出"西医学习中医"的号召，主张中西医结合，其主旨是取中医和西医之长，创造一个既高于中医、又高于西医的新医学，为建设新中国服务。

当中医学习西医已是人心所向时，毛泽东以其远超常人的逆向思维，石破天惊地将其"倒过来"。这一主张的出发点是：中国医药是一个伟大的宝库，要珍惜中华民族几千年积累的医学成果，绝对不可妄自菲薄；中医西医各有长短，既不要盲目崇洋，也不要固步自封，要相互学习产生互补效应；鉴于中医药地位低下，"下里巴人"无人理睬，而西医西药"阳春白雪"尾巴翘得很高，他号召"西医学习中医"。这样做的根本目的，就是要洋为中用，创造比中医药和西医药更高明的中华医药学，有朝一日横空出世，必将破解世界医学难题,独领风骚,拯救苍生,为全人类造福。

1956 年 8 月,毛泽东阐述了"中西医结合"思想:通过西医学习中医,中医学习现代科学技术,中西医密切合作,应用现代科学技术继承和发扬祖国医学遗产,从而走出一条具有中国特色的新医药学发展之路。

时光飞逝。2018 年 10 月,纪念毛泽东同志西学中批示 60 周年大会,在北京人民大会堂召开。据媒体报道:"毛泽东同志在 1958 年针对西学中所作批示,迅速掀起西学中的全国性热潮,促进了中西医结合事业的蓬勃发展。60 年来,中西医结合医学从中西疗法的并用、配合,不断走向中西医学的互鉴、交融,逐步构筑了中西医结合的新医学体系,中西医结合医疗、科研、教育等领域取得长足进步,成绩斐然。"

让屠呦呦庆幸的是,脱产学习期间,授课老师很多是中医名家。这其中,就有蒲辅周。

蒲辅周对学生精心培养,备加爱护。特别是对屠呦呦这样的学生,属于半路出家,基础相对薄弱。他亲自编写教材,因材施教,让屠呦呦受益匪浅。屠呦呦和同学们开出的每一张药方,他都是一看再看,细细修改,仔细讲解。

在两年半的脱产学习中,屠呦呦虚心请教老药工、老中医,不仅学到更多的理论知识,积累一定的临床经验,还掌握中药鉴定和中药炮制技术。尤其是中药鉴定和中药炮制技术,为屠呦呦后来的中药研究提供了极大的帮助。

"中医研究院西医离职学习中医班第三期"结业后,卫生部下达中药炮制研究工作。屠呦呦将自己苦心学到的炮制知识,全都融入《中药炮制经验集成》一书,成为该书的主要编著者之一。

第四节　探路试服

找到灭杀疟原虫的"法宝",只是成功路上的第一步。距离成型的治疟药物,还有很长一段路要走。

接下来,是临床前的毒性试验,即安全性研究。试验对象仍是动物,包括鼠、猫、犬,主要观察对其心脏、肝脏、肾脏的影响,最后是病理学检查。只有动物验证安全后,才能用于人类身上。

191 号会对心脏有影响吗?在屠呦呦指挥下,科研组分别采用小鼠、猫、犬试验。其中,小鼠试验包括感染小鼠和不感染小鼠心脏的影响,猫试验包括对麻醉猫、不麻醉猫心脏的影响。

他们给 11 只猫口服药,剂量分别为每千克体重 0.5 克、1 克、2.5 克、7.1 克。给药前,猫的心率在每分钟 100—160 次。给药后,多数无明显变化,个别有所加快。

共观察 13 只健康犬,给药总剂量分别为每千克体重 0.5—4 克。给药前后,它们的心率、血压、心电无明显变化。

对肝脏的影响如何?

接受观察的 13 只犬中,10 只给药,3 只对照,分 3 批进行试验。第一批一次灌胃给药,观察给药前后肝功能变化;第二批于给药前 7 天、前 5 天、前 3 天和给药当天 4 次检查,与药前正常对照,给药剂量为 1 克/千克,连服 4 天,于开始给药的第二天、第五天两次检查;第三批也为不同剂量连服 4 天,另设对照组。结果表明,当剂量增大到 2 克/千克,10 只犬有 4 只转氨酶活力较正常值上升。这说明,191 号增大到一定剂量时,对肝脏可以产生影响,使转氨酶升高。

对肾脏的影响,分两批观察。第一批犬的试验剂量为 1 克/千克,连服 4 天,给药前七天、前五天、前三天和给药当天 4 次检查肾功能,为药前正常对照。给药后第二天、第五天两次检查肾功能,与给药前比较。第二批试验为 0.5 克/千克、1 克/千克,连服 4 天,于第四次给药上午及次日两次检查肾功能,与给药前及对照组比较。结果显示:各批组试验,对肾功能均无明显影响。

病理学检查分两批试验。科研组给 8 只犬灌药,剂量分别是 0.5 克/千克和 1 克/千克,连服 4 天。给药后 5 天观察肝功能、肾功能、心电等变化,然后活杀观察病理组织,与另外 3 只犬进行对照比较。试验结果表明,在药物吸收、解毒、排泄的主要脏器,包括肝、胃、肠、肾等,未见急性中毒病变。

就在科研组松一口气时,问题出现了:有一只犬的肺和心脏出现病变,而且肺的病变特别明显。

难道药物有毒?

屠呦呦眉头紧锁,深思熟虑后,摇摇头:"不可能。在古籍记载中,青蒿的毒性并不强。我们做了这么多的动物安全性试验,都没发现中毒现象。如果病变这么厉害,应该有症状的。比如说气喘啊什么的。但这条犬并没有这些症状。"

参与毒理、药理的研究人员不同意,说这些病理、毒理切片表明,这个药物有毒,不能随便给病人使用。

双方争执不下。中药所领导决定,请卫生部卫生研究所的专家鉴定。卫生研究所有位高教授,是留苏专家,仔细看过犬病理切片后,说:"这是条老犬,这些病变,是它本身的退行性病变,不是药物作用。"

但是,毒理、药理研究人员坚持认为,这是药物引起的病变,必须确证安全性后,才能用于临床,否则就是对病人的不负责。

中药所领导举棋不定。是啊,科学必须严谨,药物研究要一丝不苟,来不得半点含糊,万一药物有毒,可是人命关天的大事!

屠呦呦紧抿着嘴,心急如焚。疟疾具有季节性,今年的疟疾高发季马上就要到,如果错过临床观察季节,就要再等上一年。这一耽搁,会延误多少人的性命!

突然,她冒出一个念头,脱口而出:"为保险起见,我愿意探路试服,当一回小白鼠!"探路试服是医学专用名词,就是以身试药。

"啊!"在场的人大吃一惊。

"不行。"所领导摇摇头,"你的中毒性肝炎刚好,身体还很虚弱,不能冒这个险。"

屠呦呦急了:"我是组长,我有责任第一个试药!再说,我相信,这个药物的毒副作用不大。"

屠呦呦话音刚落,周围就响起一片请愿声:

"我也愿意当小白鼠!"

"算我一个!"

"还有我!"

……

除了科研组的同志,所里的其他人也纷纷请缨。所领导十分感动。神农为给百姓寻药治病,亲自尝遍百草,最后死于断肠草;李时珍每研究一种药草,都要多次亲自尝试药性,差点危及生命,历经27年,完成《本草纲目》。眼前这些科研人员,正是当代的神农、李时珍!

感动归感动,毕竟非同小可,所领导做不了主,请示中医研究院领导。院领导研究后,慎重决定,分两批试药,先安排3人试服,若无异常,再扩大到5人。

第一批是屠呦呦、郎林福、岳凤先。第二批是章国镇、严述常、潘恒杰、赵爱华、方文贤。章国镇是中药所副所长,严述常则是钟裕蓉的丈夫。

接到通知当晚,吃罢晚饭,屠呦呦把碗一推,转身进卧室。

大女儿在寄宿,小女儿还在宁波,两口子饭菜简单,李廷钊三下五除二,麻利地收拾完碗筷,擦着手,见卧室门虚掩着,妻子还在忙碌,就推门进去。

屠呦呦正叠着衣服,旁边摆着一只旧皮箱,箱底摆着书和资料。这只皮箱,是她刚上大学时父亲买的,跟她20多年了,四周棱角已磨毛,外表已经褪色,她当宝贝似的,每次出差都带着。

"你要出差?"李廷钊问。

"嗯。"屠呦呦低着头。

"到哪里去?"

"到……医院里有项试验,不能离开人,这段时间就不回家了。"屠呦呦支支吾吾。

"去几天?"

"嗯……还没定,估计……十天半个月吧。"屠呦呦抬起头,看了丈夫一眼,"星期六,你记得把女儿接回家。"

"这还用你说?哪次不是我接的?"李廷钊有点奇怪。

"我就一说,"屠呦呦脸一红,有点难为情,"还有,家里米不多了,记得买。"

"咦!"李廷钊更诧异,"你咋操心起柴米油盐了?你多少年没买过米了?"

"我……"屠呦呦歉疚地笑笑,欲言又止,"只是……随便说说。"

"你就放心吧。"李廷钊拍拍妻子的肩,怜爱地说,"安安心心去出差,家里诸事有我呢!"

屠呦呦心里一暖。自结婚以来,家里一应大小事务,都是他一肩担当,为她和孩子遮风挡雨。

此时,屠呦呦心情复杂。凭她对青蒿的了解,她相信自己的判断,只要剂量适当,191号是安全的,不会造成毒副作用。但是,探路试服毕竟是冒险之举,万一剂量过量呢?自己倒下没什么,为科学献身者,自古以来不胜枚举,只是不放心丈夫和孩子。为不让丈夫担心,她不想让他知道,可是心里又割舍不下,所以忍不住想嘱咐几句。

1972年7月的一天,中医学院附属东直门医院病房里,住进3位新"病号"。他们虽然穿着病号服,却说说笑笑,面色红润,步履轻快,也没有亲人服侍,与周围病恹恹的人对比鲜明。这3位"病号",就是屠呦呦、郎林福和岳凤先。在他们看来,这不是来探险,而是忙中偷闲,来"偷懒"休息的——比起实验室里没日没夜的苦熬,这等于是享受。

服药前,医院对3人的心电、肝功能、肾功能、胸透、血常规、尿常规、粪常规,都做了全面检查。

试服开始了。黑膏状的191号,已被装进胶囊。3人拿起胶囊,表情平静,毫不犹豫地放进嘴里,含一口水,一仰脖子,吞了下去。

在医院严密监控下,服药剂量从小到大,每天递增,从0.35克开始,依次为0.5克、1克、2克、3克、4克、5克,每天一次,连服7天。

3人一边服药,一边以严谨的态度,详细记录各种观察数据。

服药中和服药后,又对上述指标各检查一次。结果显示:服药后,血、尿常规正常,肾功能在正常范围,尿素氮正常,胸透、心电图正常,血压无明显变化,视野对照变化不大,体温、脉搏正常,临床上未发现呼吸系统、泌尿系统、中枢神经系统方面症状。

几天后,3 人步履稳健,含笑出院——探路试服成功!

紧接着,第二批试服人员章国镇、严述常、潘恒杰、赵爱华、方文贤也住进东直门医院,增大剂量,每次 3 克,每天 2 次,连服 3 天。结果显示一切正常。出现的毒副反应为:较轻的消化道症状,服药后 1 小时有两例曾发生腹痛,但不重,未经治疗自愈。

科学家的伟大,不仅体现在他们为人类、为社会作出的巨大贡献,也体现在他们为科学、为真理而勇于牺牲的献身精神。古今中外,科学家们在科学发明过程中,为证明科学研究成果的安全性和有效性,以自己身体作试验的例子,不胜枚举。

炭疽是一种古老的人畜(兽)共患的烈性急性传染病。1957 年,安徽、河北相继暴发炭疽病地方性流行,人员、牲畜死亡不断发生。董树林和同事试制出人用炭疽菌苗后,顺利通过小动物和猴体试验。但动物实验毕竟不能完全代表人体,炭疽菌是烈性传染菌,一旦被感染,后果难以想象。董树林毅然在自己身上进行人体接种试验。在他的带动下,10 人自愿报名接受试验。经过人体接种试验观察后,证明新研制的人用炭疽菌苗完全安全有效,经卫生部检定合格后,于 1958 年底正式用于人群预防接种。从此,我国有了自己的人用炭疽菌苗,有效预防和控制了炭疽病。

澳大利亚的马歇尔(Batty Marshall)为验证幽门螺杆菌致病的假说,吞服大量幽门螺杆菌培养液,在两周后发现胃痛、呕吐、进食困难、头晕冒冷汗、口臭等症状。胃镜检查发现,马歇尔的胃黏膜上长满细长条的、弯弯曲曲的细菌,这正是幽门螺杆菌,证明幽门螺杆菌会导致胃溃疡。为此,他于 2005 年获诺贝尔生理学或医学奖。

动物毒性试验,加上人体试服观察,科研组得出结论:青蒿中性部分除对少数动物肝脏转氨酶活力有轻度或一次性影响外,对其他脏器均无明显影响。这一结论,得到中医研究院的认可。这意味着,191 号可以用于临床研究了。

夏季是疟疾的高发季节。为赶上发病季节,1972 年 8 月,刚出院的屠呦呦顾不得休整,携带 191 号,率中医研究院医疗队,赶赴海南岛昌江疟区,进行临床研究。这是 191 号首次临床疗效研究。

昌江地处海南岛西部、五指山余脉西北侧,地形地貌复杂,是黎族自治县,也是多民族杂居的县份,有黎、苗、壮、回等 27 个少数民族。从 8 月到 10

月,屠呦呦同医疗队员一道,顶着烈日,跋山涉水,先后在21名病人身上试验。这些病人中,11人患间日疟,9人患恶性疟,1人患混合感染。同时,对另外4人仍以氯喹治疗,作为对照观察。

因为是首次临床,屠呦呦慎之又慎。选择病人时,先治免疫力较强的本地人口,再治免疫力较弱的外来人口。治疗病种时,先治普通的间日疟,再治恶性疟。根据自身试服经验,用药剂量由小到大,采取3种方案,均为每次3克,小剂量组每天用药2次,中剂量组每天用药3次,大剂量组每天用药4次。还亲自给病人喂药,守在床边观察病情。

通过临床观察,发现3个剂量组的用药均有效,大剂量组疗效更明显。间日疟平均退热时间为19.06小时,外来人口恶性疟平均退热时间为35.09小时,疟原虫均转阴。药物对胃肠道及肝、肾功能等,未见明显副作用,个别病人出现呕吐、腹泻现象。临床观察表明,对21例的治疗全部有效,且疗效高于氯喹。

屠呦呦回到北京后,又在北京302医院临床验证,共治疗9例间日疟,剂量方案同昌江时相同,疗效均有效。其中有2名病人服药后,转氨酶继续增高,但一两周即恢复正常。

首战告捷!

这一战,非同小可,对科研组意义重大。从屠呦呦白手起家、孤军奋战,到历经数百次失败,科研组一路走来,坎坎坷坷,磕磕碰碰,起起落落,心力交瘁。直到191号问世,仍吉凶未卜。因为,即使鼠疟、猴疟研究成功,毕竟仍是动物试验,其药理模型能否与人体临床一致,决定着191号——青蒿中性有效部分的生死,也决定着科研组的成败。

严谨的试验证明:鼠疟和猴疟对疟原虫100%的抑制率,相当于人体临床的100%有效率,临床前试验与临床疗效完全平行!

1972年11月17日,在北京召开的全国523大会上,屠呦呦报告了首次青蒿抗疟30例全部有效的疗效总结,再次引起与会者的极大关注,给各地研究者莫大鼓舞。随后,云南、山东等地研究机构纷纷来函,向科研组深入咨询。屠呦呦一一回信,对各地的青蒿研究起了积极推动作用。

第五节 非洲之福

1982年10月,在全国科学技术奖励大会上,屠呦呦以抗疟新药——青蒿素第一发明单位第一发明人的身份,且作为这一发明项目的唯一代表,领取发明证书及发明奖章。

1986 年 10 月 3 日，青蒿素通过卫生部的审查，获得"新药证书"，宣告 523 项目圆满成功。这标志着，青蒿素已在抗疟方面取得巨大成功。这时，有关方面建议，青蒿素研究可以告一段落。

然而，构效关系的研究，让屠呦呦敏锐认识到，双氢青蒿素极具进一步研发价值。1985 年，就在青蒿素申报新药证书工作即将结束时，她力排众议，按照新药审批办法的要求，组织协作单位，又向新的目标挺进：研究开发抗疟新药——双氢青蒿素及其片剂。

就在屠呦呦潜心研发双氢青蒿素时，抗疟新药蒿甲醚已经悄悄走出国门，在非洲大地上绽放异彩。

非洲是疟疾的重灾区，各国普遍存在，难以解决。据 WHO 统计，全球每年疟疾发病人数为 3 亿至 5 亿人，90% 分布在撒哈拉以南的非洲国家，死亡人数超过 200 万人，其中 80% 是 5 岁以下的儿童。据乌干达卫生部统计，疟疾是乌干达致死率最高的疾病，每年夺去约 8 万人的生命。另外，疟疾会引起贫血，影响儿童生长和发育，导致出生低体重儿、孕妇得妇科病和贫血。人们称青蒿素是"东方的神药""来自中国的救命药"，青蒿素产品成为馈赠亲友的高级礼品。

与此同时，屠呦呦经过 6 年的艰苦钻研，成功研发出全新抗疟药物——双氢青蒿素。有人形象比喻：如果说"青蒿素片"是剿杀疟原虫的先锋，"双氢青蒿素片"则是疟原虫的终极杀手。

1992 年 7 月 20 日，双氢青蒿素及其片剂同时获得一类"新药证书"。此时，距双氢青蒿素的发现，已过去整整 7 年。这是屠呦呦对中国乃至世界的又一重要贡献。

同年 12 月，屠呦呦主持的"双氢青蒿素及其片剂"项目，被评为"全国十大科技成就"。她本人则被中医研究院聘为终身研究员，是中医科学院第一位终身研究员。1997 年，这个项目又被卫生部评为"新中国十大卫生成就"。

世界抗疟药市场巨大，每年仅非洲的抗疟药进口额就高达 10 亿美元，占领抗疟药市场将会带来巨大的经济利益。同时，帮助非洲国家解决疟疾问题，将有助于树立中国企业乃至国家的良好形象，也符合我国经济技术出口的引导方向，与我国的战略利益一致。

在临床中，越来越多的疟疾患者，体会到中国青蒿素的神奇疗效，绝大多数疟疾患者，连服 3 天中国的"科泰新"即可康复。这种药，尤其是对病死率很高的恶性疟疾、脑型疟疾疗效显著，治愈率高达 97%，而且价格相对低廉，特别适合非洲贫困地区患者，已救治数百万非洲疟疾患者的生命，被世界卫生组织确认为全球治疗疟疾有特效的新型药品，获得 35 个国家和地区的注册,成为享誉非洲乃至国际医疗界的知名品牌。

在肯尼亚疟疾疫情严重的奇苏姆省,至今流传一个故事:1995 年,在内罗毕附近的一个村庄,有位孕妇得了恶性疟疾,如果用传统的奎宁类药物治疗,即使母亲活下来,胎儿也会流产或者畸形。医生试着用"科泰新"治疗孕妇,结果孕妇完全康复,后来胎儿也顺利健康出生。这位曾因疟疾失去过两个孩子的母亲,特意给新生孩子取名"Contecxin"——这个词,在肯尼亚人的字典上找不到,它的中文发音就是"科泰新"。

英国《泰晤士报》曾经载文称,"'科泰新'挽救了数百万非洲人的生命",是"来自中国的'神药',正在成为非洲人抵抗疟疾的有力武器"。报道还说,这种药物,已经成为世界卫生组织明确规定的取代传统药物奎宁的抗疟药。

科泰新也常常被用作中国领导人出访非洲时的国礼。据报道,我国领导人出访非洲时,曾多次选定"科泰新",作为赠予往访国的外交礼品,以促进中非人民之间的友谊。

2009 年,中国进一步承诺,向这些由中国建设的医院和抗疟中心提供价值 7900 万美元的医疗设备和抗疟疾药物。

经过多年努力,"科泰新"在东非同类产品市场占有率稳居第一,在西非市场名列第二,在帮助非洲民众解除疟疾痛苦方面发挥巨大作用。据媒体报道,迄今,"科泰新"已挽救非洲 20 多个国家和地区的疟疾病人,达上千万人次。

青蒿素类抗疟药,是中国唯一被世界承认的原创新药。防治疟疾的青蒿素类药品,已成为中国药品在非洲的金字招牌,成为中国发展外交、提升国家形象的重要手段,抗疟药生产企业也成为非洲市场的探路者。正是得益于青蒿素类药物,非洲死于疟疾的人数减少 97%。

据 WHO 统计,自 1994 年以来,已有 5 亿多疟疾患者使用过青蒿素抗疟药物,成千上万名重症患者因青蒿素重获生命。

(原载于《鄂尔多斯》2024 年第 6 期,有删节)

龙舞南北极

许　晨

南极、难极，"中国龙"来了

　　四月的青岛，海风习习，春暖花开，明媚的阳光洒在海面上，波光粼粼，宛如一片片闪亮的蓝绸缎舞动着。港湾里停泊着一条条竖着白帆的游艇帆船，远方不时地驶过一艘艘硕大的货轮渔船，令人神清目爽、心旷神怡……

　　2024 年 4 月 10 日下午 2 时整，美丽的海滨城市——青岛，其奥林匹克帆船基地（简称"青岛奥帆基地"）中心码头上，锣鼓喧天，彩旗招展，身着红色民族服装的舞龙队，高擎两条金黄色的长龙随着欢庆的鼓点音乐奔腾跳跃。旁边，一艘红白相间的巨轮稳稳地靠泊在岸畔，船身上书写着两个醒目的白色大字：雪龙。

　　从船艏、驾驶台到船艉悬挂着一长串五颜六色的小型旗帜：这是航海文化中最隆重的礼仪——"挂满旗"，即将船上所有的信号旗以"两方一尖"的方式从前到后连接悬挂，在主桅顶升挂国旗。一条条红底白字的横幅、竖幅由上而下展开来，上面分别写着："认识极地、保护极地、利用极地""探索自然奥秘、勇攀科学高峰""勇斗极寒、坚韧不拔、严谨求实、辛勤工作"。

　　对了！这正是我们的极地破冰考察船"雪龙"号，载着中国第 40 次南极考察队，劈波斩浪，战冰斗雪，历时 5 个多月，航程 8 万余海里，刚刚回到祖国的怀抱。国家自然资源部与山东省人民政府在青岛奥帆基地举行盛大的欢迎仪式，并举办为期三天的"雪龙"号开放日活动，供社会公众参观。

　　有关领导和各界人士分别致辞，热烈欢迎考察队克服种种困难凯旋，并致以崇高的敬意。戴着红领巾的小学生们向身着红色科考服、脸上还留着风雪肆虐痕迹的考察队员们献上了鲜花。来自社区、学校和机关的市民代表依次登上"雪龙"号，参观了解为人类进步而勇闯冰雪极地的大国重器。

　　作为贴近生活反映时代，多年来从事海洋文化研究与写作的青岛作家，我有幸受邀参加了此次庆典,并且在活动日结束之后,随同"雪龙"号出海体验生活,近距离采访考察队员们。由此,我经历了一段难忘的海上生活,体味到南极勇士们的种种酸甜苦辣和心路历程……

南极洲,是人类最后到达的大陆和"公土",也被称作继欧、亚、非、大洋和南、北美洲之外的"第七大洲",位于地球最南端,土地几乎都在南极圈内,四周濒临太平洋、印度洋和大西洋。它是世界上地理纬度最高的一个洲,同时也是跨经度最多的一个大洲,总面积约1400万平方公里。

这里98%的地域终年为冰雪所覆盖。冰盖面积约1200万平方公里,平均厚度2000—2500米,最大厚度为4800米。年平均气温为-25℃,极端最低气温曾达-89.8℃,为世界最冷的陆地。在地理上,南极洲通过970公里的德雷克海峡即到南美洲,与智利、阿根廷等国较近,而距离我们中国的首都北京,则约有12000公里。

然而,南极大洋里却充满了生机,那里有海藻、珊瑚、海星和海绵,还有许许多多叫作磷虾的微小生物。磷虾为南极洲众多的鱼类、海鸟、海豹、企鹅以及鲸提供了食物来源。可以说,小小磷虾供养了整个南极洲。自从人类足迹到此,它也成为人们餐桌上的美味。

南极的腹地几乎是一片不毛之地,堪称"生命的禁区"。不过,近代人类不断进入南极考察测算,依据地球物理调查所获得的资料,以及板块构造理论对有亲缘板块拼接的结果证实:南极洲存在着丰富的煤、铁、石油与天然气等资源,以及金、银、铂、铬、锡、铅等多种金属矿藏。

这就是南极!表面苦寒粗野、阴森冷酷,始终以"拒人以千里之外"的面孔出现,实质内里丰富多彩、神奇富饶。所以,几个世纪以来,一个个冒险家、一支支探险队顶风冒雪、跨海踏冰而来,甚至,为了某些利益而不惜互相争斗、兵戎相见。

1959年12月,由美国、苏联、澳大利亚、英国、挪威、阿根廷、智利等12个国家洽商签订了《南极条约》。主要内容是:南极洲仅用于和平目的,冻结领土所有权的主张,禁止在南极地区进行一切具有军事性质的活动,保证科学考察的自由,促进国际科学合作。目前,全球已有数十个国家签署了《南极条约》。

由于历史的原因,在南极事务上,我们中国迟到了。说起来,这里边有一个让国人感到酸楚与悲愤的故事——

1983年9月,澳大利亚首都堪培拉迎来了最温馨舒适的春季,这天正在举办一年一度的花节,姹紫嫣红,游人如织。可是,来自东方古国的三位客人却无心观赏,脚步匆匆穿过车水马龙的街道,走进澳大利亚国家会议中心,参加一次重要的国际会议。

第十二届《南极条约》协商国会议在此举行。我国组成了以外交部条法司副司长司马骏、南极委员会办公室主任郭琨和翻译宋大巧三人代表团,首次以观察员的身份参加。当时正值国内进入改革开放的新时期,各项事业欣欣向荣,中华儿女也大步走上了国际舞台。

然而,现实却是那样严酷,如同迎头浇来了一盆冷水。协商国作为最早缔约《南极条约》的国家,有参与南极事务的决策权和表决权,而缔约国虽然可以加入《南极条约》,却没有发言的机会,更甭说参与表决了。要想成为协商国,必须在南极建有科学考察站、有项目有成果。而当时中国还没有建站,只是缔约国之一。

从会场安排上,就可以看出双方的差异:协商国的代表坐在中心和前排,而缔约国的代表只能坐在后边,算作列席旁听,面前连张桌子都没有。司马骏、郭琨、宋大巧三人闷闷不乐地坐在那里。

谁知,更大的不快和屈辱还在后边呢!大会开过几天之后,有关南极议题讨论完毕,按照议程要对商议内容进行表决了。大会主席"礼貌"地扫视了一下会场,微笑着说:"现在开始表决,请缔约国代表到休息室喝咖啡!"

说着,他拿起一把小木槌轻轻敲了一下桌子:"当!"

这一声响,就像敲在中国代表心上一样,翻江倒海,百感交集,没办法——谁让你在南极没有科考站和考察项目呢,也就没有话语权,只得在众目睽睽之下,起身离开会场。按说这是国际惯例,可对于具有民族自尊心的人来说,是难以接受的……

来到会场外边,从事南极具体工作的南极办主任郭琨再也忍耐不住了,眼眶里含着泪花,向着代表团团长愤愤说道:"不在南极建成我们自己的考察站,我就再也不参加这样的会议了!"

生于1935年的郭琨,是河北省涞水县人,1956年从天津市扶轮中学毕业,保送至哈尔滨军事工程学院学习,传统的家教和严酷的军事生涯,练就了其拼搏奋斗、勇于探索的优秀品质。他是我国早期开展南极考察的组织者之一,立下了卓越功勋,堪称南极事业的开拓者。

"郭主任,我的心情与你一样,这种事情再也不能继续下去了!"从事多年外交工作的司马骏同样坚定地表示。

坐在休息室里,大会服务人员毕恭毕敬地端来了热气腾腾的咖啡,可出席会议的三位中国代表心里是"拔凉拔凉"的,谁也喝不下。对他们来说,这注定是一杯最苦涩、难以下咽的咖啡。

是啊,联合国五个常任理事国——英、美、法、苏联(现俄罗斯)、中国,其他四个国家早已深入南极了,建有不止一个常年科考站,在南极事务上举足轻重。唯独我东方泱泱大国,却连发言权都没有,怎能不让人愤愤不平、心有不甘呢?

然而,这又不能看作国际社会故意为难,而是基于二十年前就做出的一项硬性规定:不符合条件者,是不能参与南极商讨与决策的。各国一体对待。实在说,南极考察早已在中国酝酿了,只是面对历史的潮起潮落,确实未能把握时机及时往前走……

1951年,北京的人民出版社出版了燕生编译的《南极洲——世界第六大陆》,1956年,上海的新知识出版社编辑出版了《生活在南极和北极》等书,引来了大众探求的兴趣。

尤其在1958年国际物理年期间,也就是那份《南极条约》讨论签订时,《人民日报》《光明日报》《地理知识》《新观察》等报刊刊登了不少有关南北极的报道和科普文章,引起中国读者的极大兴趣。这对于普及南北极知识起到了促进作用,也为后来中国开展极地事业做了有益的铺垫。

趁热打铁,中国著名气象学家、中科院副院长竺可桢先生适时提出:中国是一个大国,要研究极地,因为地球是一个整体,中国自然环境的形成与演化是地球环境的一部分。建议派出留学生学习极地专业,以便将来从事有关研究。这引起了国务院高度重视,适时选派了谢自楚赴莫斯科大学学习极地冰川专业。他成为中国第一个学习此专业的留学生,并作出了贡献,后来担任中科院兰州冰川冻土研究所所长。

时光流转到1964年,中共中央、国务院批准成立了国家海洋局,统管海洋事务。在海军少将、老红军出身的首任局长齐勇领导下,制定了远景规划和具体任务,其中就重点提出:将来要进行南极、北极海洋考察工作。

十分可惜的是,不久遭遇了不堪回首的"文革",海洋事业与其他各行各业一样,被突如其来的狂风暴雨冲击得七零八落。为创建国家海洋管理体系呕心沥血的齐勇局长,受到迫害。遥远的南北极地变得愈加"遥不可及",只能"望洋兴叹"了。

冬天到了,春天还会远吗?历经磨难而不倒的中国人,终于迎来了拨乱反正、改革开放的新时期。1977年5月25日,在贯彻全国第二次"学大庆"会议精神工作会议上,中共国家海洋局党委提出:到20世纪末在海洋调查科学技术上接近、赶上和超过世界先进水平的宏伟目标,概括成一句话:"查清中国海、进军三大洋、登上南极洲。"

许多从事海洋事业的老科学家，刚刚抖落"文革"冲击蒙上的灰尘，就迫不及待地关心起国家的极地事业。1978 年初的一天，一封来自山东青岛的信件飞进国务院，摆在了主持科教工作的方毅副总理办公桌上。那是中科院海洋研究所老所长曾呈奎教授写来的，信中说：

"……下届国际地球物理年，将于 1982 年举行，重点任务之一是南极考察，中国作为一个拥有世界人口四分之一的大国，理应积极参加这项工作，为将来两极资源的开发利用准备条件。"

方毅副总理兼任国家科学技术委员会主任，主管此事。他反复看了几遍，站起来，在房间里来回踱了几步，走到窗前思考了一会儿，继而快步回到桌前坐下，提笔在信上写了几行字："南极考察是一个大项目，建议由国家海洋局研究实施。"

瞧，从这个批示上就可以看出，国务院有关领导人早就认识到此事的重要性了，时不我待，刻不容缓，及时责成业务部门考虑实施。

在那个全国各行各业快马加鞭，抓紧把耽误的时间追回来的岁月里，大家都在大干快上。国家海洋局接到指示后，立即认真研究，很快提交了《关于开展南极考察工作的报告》。

由此，中国南极考察事业驶上了快车道：成立国家南极考察委员会及其办公室（南极办）、制定中国南极考察规划、"走出去请进来"，与国际上南极科考强国建立联系、提请加入《南极条约》、商讨首次奔赴南极考察方案、研究中国南极考察船的建造或购买……

其中最为震撼人心的，还是首征南极考察队——

1984 年 6 月 12 日，一份由国家海洋局、国家南极考察委员会、国家科委、中国人民解放军海军和外交部联合具名的《关于我国首次组织编队进行南大洋和南极洲考察的请示》，呈报国务院和中央军委。

仅仅过去了十三天——6 月 25 日，国务院、中央军委就下达了正式批复："组成首次赴南极考察编队，并在南极建立中国第一个科学考察站，开展多学科综合考察。"

为纪念这一具有历史意义的日子，时任海军司令员刘华清与国家海洋局局长罗钰如一致商定：将中国这次考察编队定名为"625 编队"。

首次南极考察，举世瞩目。考察的成败，关系到社会主义中国和中华民族的威望。除做好物资准备外，组成一个坚强的领导班子和一支素质高的考察队伍，是完成任务的关键。

消息传出，举国关注，许多有关单位的人员、热血人士积极报名，申请书、请战书、决心书纷纷飞来。曾经参加过南极会议的郭琨和去过南极的科学家董兆乾、张青松一马当先。其次，按照考察队的要求和条件精挑严选，最终确定了来自国家23个部、委、局和有关省、自治区、市以及人民解放军的591名队员。

这包括两艘交通平台——"向阳红10"号船155人，海军"J121"号船308人，南极洲考察队54人，南大洋考察队74人，都具有高度的爱国主义热情和艰苦奋斗的精神，是有理想、有抱负、有能力、体魄健壮的中华儿女。还有新华社、《人民日报》《光明日报》、中央电视台、中国新闻电影制片厂等单位派出记者、摄影师随考察队赴南极实地采访。

参加首次南极考察的"两船""两队"，统一组成"中国首次南极考察编队"（简称"首次队"），下设指挥组、政治工作组，建立了"中国共产党首次南极考察编队临时委员会"和共青团组织，重大问题由临时党委集体讨论决定。

编队总指挥兼临时党委书记，由国家海洋局副局长陈德鸿担任；副总指挥由国家海洋局东海分局局长董万银和海军旅顺基地参谋长赵国臣担任。南极洲考察队队长由南极办主任郭琨担任，南大洋考察队队长由国家海洋局第二海洋研究所副所长金庆明担任。张志挺任"向阳红10"号船长、周志祥任政委，于志刚任"J121"号船长、袁昌文任政委。

总指挥陈德鸿，属于1949年前参加革命的老一辈，1930年12月出生于江苏省阜宁县沟墩镇，从小受到了苏北老区的熏陶，16岁就加入了中国共产党，任乡宣传干事。1949年2月，陈德鸿在苏北海防团入伍随人民海军一道成长，曾任职海军作战部部长。后来作为不脱军装的海军军官，他调任国家海洋局副局长。

当国家考虑首征南极总指挥人选时，目光就落在了既熟悉海洋事务，又有排兵布阵能力的陈德鸿身上。刘华清司令员当面问道："让你率队去南极，有什么想法？"

"肯定不会一帆风顺的，但我已做好了准备，不管多么困难，保证完成任务！"陈德鸿声音不高，却十分坚定。

为了使大家具备充沛的体能，南极洲考察队组织了适应性训练。集中在北京体育学院，邀请外国专家前来指导。通过集训，队员了解了南极的自然地理环境和考察概况，认清了中国首次南极考察任务，掌握了一些建站和实施科考的基本知识，形成了一支敢打敢拼、斗志顽强的队伍。

1984年10月13日，时任中共中央书记处书记、国务院副总理万里等同志，在人民大会堂接见了首次南极考察队全体队员和南大洋考察队、两艘运输船的代表，听取了首次队领导关于准备工作情况的汇报，并与代表们一起合影留念。

满头白发却壮心不已的万里副总理听完汇报,挥动着手说:"你们这次去,要想得周到一点,思想上对困难估计得足一点,仪器设备上准备得尽可能牢固一些,生活上准备得尽可能丰富一些。祝你们顺利成功!"

这对出征前的南极考察队,是一次极大的鼓舞与激励。

第二天,恰逢星期日,本应是忙碌了一周的人们休息的日子,可在紧锣密鼓准备出征的战士面前,是没有"休息"二字的。首都知名的书画家、表演艺术家和文化界人士与南极考察队员们联欢,以壮行色。

大厅里高挂着一条长长的红色横幅,上写:中国首次南极考察队联欢会。90岁高龄的书法大师肖劳老人,现场挥毫题写了"南极探险"四个大字,苍劲有力。年仅6岁半的小朋友李馨,也凝神静气画了一幅画:两对可爱的企鹅站立着迎接东方朋友,旁边高扬着一面鲜艳的五星红旗。

联欢会上,阵阵掌声和欢笑声,汇成股股洪流,激荡着南极考察队员们出征去奋斗、去拼搏,誓把五星红旗插上南极洲,胜利完成建设中国南极长城站和科学考察的光荣历史使命!

从零起步的中国南极考察,早就注明了几个关于南极的主题词:人类、和平、贡献!

1984年11月20日的上海黄浦江吴淞口,国家海洋局东海分局的码头上欢声雷动、汽笛长鸣。"向阳红10"号与"J121"号船在鼓乐声和鞭炮声中徐徐启航了。

这是具有重要历史意义的一天:中国首次南极考察队要从这里出发,远征地球最南部的冰雪王国——南极洲,创建中国第一个南极考察基地——中国南极长城站,进行陆上和海上的科学考察。

在经历了跨过赤道中线、勇闯"魔鬼西风带"、穿越德雷克海峡等难关之后,首次队劈波斩浪,终于驶进了南大洋海域。冰峰逶迤、青山连绵,一条水道闪着蓝色波光,横贯在面前。

1984年12月25日,中国船只第一次驶入南极地区,各层甲板上挤满了队员,纷纷举目眺望。"看,冰山、冰山!"随着惊喜的喊叫,全船欢腾了。形态各异的冰山竖立在船的不远处,白色的积雪,在阳光下反射着耀眼的光芒,山体像一大块水晶,晶莹剔透,在蓝天映照下,泛着蓝色光泽,神秘而瑰丽。

浮冰也越来越多,大块浮冰上横卧着的海豹,仰首张望着新来的客人;企鹅从浮冰上跃入海中,向船只游来,似乎在迎接远道而来的中国考察队;远处海面上,有几处喷出高达十几米的水柱,偶尔能看到露出水面像潜艇似的脊背,那是鲸以其特有的"水礼花"表示欢迎……

两艘考察船慢速航行,驶向南设得兰群岛中最大的一个岛屿——乔治王岛。这就是中国南极长城站准备建站的地方。此岛东北至西南方向最长约有86公里,最宽的地方约有30公里,面积1160平方公里,90%以上终年被冰雪覆盖,只有夏季期间才会融化部分冰雪裸露出地面。

渐渐地,考察船穿越布兰斯菲尔德海峡,驶入麦克斯韦尔湾。这是由乔治王岛和纳尔逊岛的东北部形成环抱状的海湾。下午7时左右,船上喇叭又一次响起:"大家注意! 右前方出现的就是乔治王岛。"

一时间,所有的目光,都指向一个方向。那里,海天相接处是白茫茫的一片,只有一块浅灰色的云团缝隙中露出一束阳光,照耀在洁白的冰雪和几块黑色土地上,反射出万道霞光。这时,船上左右两舷同时爆发出震天的喊声:"南极,中国人来了!"

如同滚滚春雷,好似滔滔巨浪,响彻茫茫海天之间,震醒了亘古荒芜的白色大陆。这是古老而年轻的中华民族在向地球极点宣告,我们来了!

首次队一到乔治王岛,就开始选择长城站址。虽说在国内已经有过预案了,但具体建在哪块地面上,还需现场考察确定。建站是百年大计,不能有丝毫闪失。

历史性的一天终于到来了——1985年12月30日,南极洲考察队部分队员将乘坐"长城1"号和"长城2"号小艇,登上南极洲南设得兰群岛的乔治王岛的菲尔德斯半岛,建设自己的考察站。

好啊! 中华儿女"南极梦"就要实现了!

下午2时30分,总指挥陈德鸿一声令下:中国首次南极洲考察队54名队员身穿红、蓝两色羽绒服、臂佩南极考察队标、头戴着印有"中国"字样的帽子、脚穿长筒保暖防雪水的胶鞋、外套橘红色的救生背心,精神抖擞,斗志昂扬,依次沿着舷梯下到"长城1"号和"长城2"号登陆艇上。

这是两条体长底平的小艇,船头上有高高挡板,航行时可以遮挡海水打入舱内,登陆时打开搁在岸上可作为跳板使用。在南极,巨轮靠不了岸,要从海上登上陆地,除了用船上携带的直升机,就是登陆艇了。直升机虽然可把人运上陆地,但对于笨重的建筑设备、车辆等大宗物资无能为力。

两只小艇迎着海浪,驶出麦克斯韦尔湾后向右转弯,航行30分钟,绕过一个焦黑色光秃秃的小岛,驶入一个半封闭的海湾,到达了乔治王岛的菲尔德斯半岛南部地区的海滩,抢滩登陆。中国南极长城站就将在这里建站。

公元1984年12月30日15时16分,登陆艇的前挡盖打开了,郭琨队长高擎五星红旗一个箭步走下小艇,登上了乔治王岛的菲尔德斯半岛,身后紧跟着50多名考察队员。

历史啊，请记住这一时刻吧，中国第一支南极考察队踏上了地球最南端——南极洲！鲜艳的五星红旗第一次插在万古冰原上！随队摄影记者"啪啪"按动快门，留下了永恒难忘的瞬间。如今，这面国旗已被收藏在国家博物馆里。

南极，我们中国人真的来了！

接下来的几十天里，首次队在总指挥陈德鸿、队长郭琨的带领下，爬冰卧雪、战海斗天干起来。他们住在临时搭起的帐篷里，四处透风，身下是雪，吃着一会儿就成了冰疙瘩的饭菜，却在冰冷的海水中很快建起临时码头，抢运器材；在咆哮的风雪里登高上梯，搭建高架钢制考察站。手脚冻伤了、磨破了，鼻子嘴角耳朵绽开了血口子，但没有一个人叫苦喊累……

1985年2月20日，中国农历乙丑牛年大年初一，又是一个历史性的日子，建站工地上彩旗飘扬，一片欢腾。考察站主楼上挂着一条红底白字横幅：中国南极长城站落成典礼。好啊！我们首个南极考察站——长城站，建成开站了！

一大早，考察队副总指挥赵国臣来到长城站旗杆前，数次拉动旗绳试验升旗过程。他激动地说："保证国旗升上长城站，是我们最光荣、最重要的任务。"

会场设在办公楼前用沙石填平的小广场上。

这一天，荒凉僻静的南极大地上，漫天飞舞着雪花，海、陆、空马达声轰隆，应邀而来的外国客人及"向阳红10"号科学考察船和海军"J121"号舰上的队员，从水路、陆上、空中四面八方拥向长城站，展现出一派少有的繁忙景象。

中国南极首次队500多名队员，与中央代表团和乔治王岛上的智利、阿根廷、巴西、波兰、苏联、乌拉圭等国的南极考察站站长，迎着纷飞的极地风雪，兴高采烈地欢聚在一起，庆祝中国第一个南极站——长城站胜利落成。

崭新的长城站，呈现出盛装的节日气氛。橘红色的办公楼顶上，升起了乔治王岛上各个考察国家的国旗。前来参加庆典的外宾有苏联、智利、阿根廷、波兰、巴西、民主德国、乌拉圭等国家考察站的站长及随员。

54名登岛队员原有的服装已在风雪、雨雾拼搏中弄得脏兮兮破烂不堪，队部决定请大家一律身着仅有的紫红色新风衣，头戴写有"中国"字样的小红帽，在会场中间排列。外侧是无统一着装的南大洋考察队。海军308名官兵，穿着一色海军呢制服，头戴大盖帽，队列整齐，军容威严。

10时整，专程从北京赶来的国家海洋局副局长、代表团副团长钱志宏主持典礼,庄严宣布:"中国第一个南极考察基地——中国南极长城站落成典礼现在开始!"顿时,锣鼓喧天,鞭炮齐鸣。荒凉的万古冰原,风平浪静的长城海湾,几乎被掀了个底朝天!

"升国旗,奏国歌!"

在庄严的《义勇军进行曲》中,在队员杨雨彬、蒋维东护卫下,首任站长郭琨亲手升起了五星红旗。大家昂首挺胸,久久凝望着冉冉升起、高高飘扬在长城站上空的国旗,格外兴奋、激动不已。

这是中国在自己的南极考察站升起的第一面国旗啊!南极洲终于有了我们的第一块立足之地!

接着,中国政府赴南极代表团团长、国家南极委主任武衡宣读了国务院的贺电:

中国南极考察队全体同志:

我国第一个南极科学考察实验基地——中国南极长城站,在全国人民欢度新春佳节的日子里胜利建成,国务院特向参加南极考察的全体同志表示最热烈的祝贺和慰问。

中国南极长城站的建成,填补了我国科学事业上的一项空白,标志着我国的极地考察事业发展到一个新的阶段;为我国进一步加强国际科学技术交流与合作、为和平利用南极、造福于人类奠定了基础。它对进一步加强地球物理、海洋、气象、通讯技术和宇宙科学等方面的研究,对我国社会主义建设都具有重大意义。

希望你们团结奋斗、克服困难、再接再厉,为人类和平利用南极作出更大贡献。

国务院
1985 年 2 月 19 日

接下来,主持人宣读了国内相关部门、海外华人组织、民主德国、苏联等国家的贺电和贺信。同时,中国在南极洲的第一个邮政局——中国南极长城站邮政局正式开业。

最后,武衡主任为中国长城站开站剪彩。随着红绸断开,掌声、锣鼓声、欢呼声再次响彻云霄,乔治王岛又一次沸腾了!人们用力地敲打着,忘情地抒发着。哈!竟然把一面铜锣敲出了一个大洞……

时光似水,岁月如歌。

一晃四十度春秋过去了,自从首个长城站矗立南极之后,一代代中国极地人艰苦奋斗、继往开来、远征冰雪世界、攻克道道难关。同时，中国科学家也在关注着地球的另一端——北极，并在 2004 年建立起了首个北极考察站——黄河站，距今也整整 20 年了。

如此，我们相继兴建了南极长城站、中山站、昆仑站、泰山站，北极黄河站，使中华儿女南北极科学考察研究事业，依托这些基地，从无到有、从小到大，一跃进入了世界极地科考第一方阵。

龙年："秦岭"崛起罗斯海

风浪尚未止息，"雪龙"仍在前行。

利用航程上的空闲时间，我详尽了解了一下这艘入列已经 30 年、被称为"功勋船"的极地考察船。它简称"雪龙"号（英文名：Xue Long），原是由乌克兰赫尔松船厂建造的一艘破冰船。1993 年，我国买进后按照自己需求进行改造而成。它耐寒、耐风、破冰，能以 1.5 节航速连续冲破 1.2 米厚的冰层。

2006 年，"雪龙"号进行了大规模的彻底改造，前后投入了将近 2 亿元人民币，使它具有了先进的导航、定位、自动驾驶和通信系统，以及能容纳两架卡-32 直升机的机库和 1 个停机坪。还配备了 1 架"雪鹰"号直升机、1 艘黄河艇以及 1 只中山驳，以提高航行保障和运输能力。

船上设有大气、水文、生物、计算机数据处理中心、气象分析预报中心和海洋物理、海洋化学、生物、地质、气象和洁净等一系列科学考察实验室。在"雪龙"号的水文资料采集室中，安装了可以用来探寻磷虾及其他极区水生动物的鱼探仪；可在航行时测定海水流速、方向的多普勒海流计；以及用于测量海水温度、盐度、深度的"CTD"等一大批先进的仪器设备。

生活设施也相当完备：两人一屋，每间 10 平方米左右，有中央空调，有 24 小时供应热水的卫生间，冰箱、衣柜、写字台等一应俱全，房间里还有端口可供上网发邮件。设有图书馆、健身房、多功能厅、洗衣房、手术室等完善的生活娱乐设施和医疗设施。船上有铺位 128 张，为极区考察工作提供了基本必备条件，可航行于世界任何海区。

"雪龙"号上有"三多"，这是有别于其他船舶的特色。

一是"地图"多：船上的餐厅、会议室、驾驶室、走廊，都能见到各种各样的地图，有世界地图、北极地图、南极地图、科学考察航次图、中国首次北极科学考察路线图，还有南极中山站、长城站的地形图……不少队员还自带了地图，甚至地球仪。驾驶室内还有大量的海图。

二是"规矩"多：船上有许多"守则"。比如环保守则：垃圾实行分类管理，不准将垃圾倾倒入海。安全守则:居住舱外不准穿拖鞋,在船上穿拖鞋不方便,也容易受伤。消防守则:船上居住舱外禁止吸烟。由于科考携带了直升机,并携带了航空汽油,因此严禁吸烟。节水守则:要节约用水,原因不用多说。

三是"讲座"多:参加极地科考队的科技人员分别来自多个不同领域,为增进了解,增加对各学科和课题的认识,考察队经常举办"南极大学"等各式各样的讲座。

中国"雪龙",中国极地考察的有力平台和坚实保障,自从正式奔赴南北极考察以来,几乎年年出航,荣立赫赫功勋。尽管我们自主建造的更先进的"雪龙2"号考察船也入列了,但它宝刀未老,仍然在极地事业中冲锋陷阵。

龙年第40次南极考察中,"雪龙"号担任了"旗舰"指挥船的重任。总领队和临时党委均在这艘船上,建设新站、内陆队大洋队科考、中山站和长城站轮换任务,一项项决策在这里商议拍板,一条条指令从这里及时发出。

就拿此次南极行的重头戏——建设新站来说吧,指挥部确定由极地中心业务处处长、副领队魏福海具体带队,乘坐"雪龙2"号前往罗斯海(Ross Sea)恩克斯堡岛预选工地。他与全体队友精诚合作,拼搏奋战,克服了数不清的艰难困苦,在龙年到来前夕,让"中国龙"在南极罗斯海上又一次冲天而飞……

罗斯海,是南太平洋深入南极洲的大海湾,也是地球上船舶所能到达的最南部海域之一。沿岸有埃里伯斯火山、墨尔本火山等多座著名火山,冰雪覆盖,山海相映,是南极最美丽的海湾之一。1841年1月5日,由英国航海家詹姆斯·罗斯率领的探险队发现并命名。

这里块状浮冰呈循环游动,稍微具有破冰能力的船只都能到达南纬78°的地方,是人类通过船舶抵达南极大陆、前往南极点的传统线路。世界各地的探险家如斯科特、沙克尔顿、阿蒙森、伯德以及其他人率领的陆上探险队,大都是从这里踏上了探索南极的征程。

罗斯海是地球上为数不多的、最接近原始状态的极地海域,海洋生物丰富、生物链完整。2016年,在南极海洋生物资源养护委员会第35届年会上,罗斯海被正式划设为全球最大的海洋保护区,总面积155万平方公里。

它面向太平洋扇区,是南极地区岩石圈、冰冻圈、生物圈、大气圈等典型自然地理单元集中相互作用及全球变化的敏感区域。目前,此地已有6国建设了7个考察站:美国麦克默多站、新西兰斯科特站、韩国张保皋站、俄罗斯的俄罗斯站和列宁格勒站、意大利马里奥·祖切利站、德国冈瓦纳站。

多年来,中国已在西南极、东南极和内陆冰盖最高点——冰穹 A,建立了长城站、中山站、昆仑站、泰山站四座科学考察站,可是罗斯海海域尚未有立足点。为了积极参与极地全球治理、构建人类命运共同体、开启新时代南极工作的新征程,我们一定要在这里建设自己的常年考察站。

于是,在 2012 年第 29 次、2013 年第 30 次南极考察期间,我们的考察队就进行了选址和初步勘探,确定在罗斯海维多利亚地难言岛建设新站。难言岛,是一个听起来十分"苦涩"的名字,据说曾有几名极地探险家受困于此,度过了整整一个冬季,苦不堪言而得名。它实名称恩克斯堡岛,地势西高东低,西侧有一个南北走向的山梁,东侧为平地和丘陵,有三个常年积水的淡水湖泊,条件不错。

2014 年 12 月 26 日,中国第 31 次南极考察队到达恩克斯堡岛附近海域,派出一支小队搭乘直升机上岛,展开详细的新站地质勘察测绘。来自黑龙江测绘地理信息局的韩惠军担任队长,带领 13 名队员在这个"难言岛"上,开始了 10 天的"难言"之旅。

这里有着美丽的风光,却也布满了冰川运动产生的大大小小的碎石。考察队员每天要徒步在岛上开展考察作业,稍不留神就会崴脚、摔跤。"我们走路从来不敢向前看,只能朝下看,一公里距离的路程至少要走上二十多分钟。"队员王家清说。

"这就不错了!"已经来过两次的韩队长说,"那年初来时,根本不知朝哪里走,一不小心就迷了路,瞎转上半天。"

除了碎石,队员们最怕遇到的就是"不速之客"——风。岛上常年有六七级大风,瞬时风力可达到八级以上。人根本没办法站直,经常被风吹得摇摇晃晃。而且,光秃秃的海岛上没有能躲避和把扶的地方,队员们只能咬着牙迎着大风开展作业。

夏季的恩克斯堡岛冰雪融化很快,岛上除了雪山外,只有岸边覆盖着冰雪。虽然冰面不像碎石滩上那么容易崴脚,但这里同样危险重重。来自天津中际装备制造有限公司的古明良负责预选码头的勘察建设,他主要在岸边进行作业,至今记忆犹新:

"刚上岛前两天,冰面很坚硬,特别滑,一不小心就摔得四仰八叉的。随着气温升高,雪融化得特别快,许多雪面看着很平整,一脚踩下去就深陷其中,而且还有很多冰面是伸出陆地的,稍不留神就有掉入海中的危险。"

由于是在野外作业,队员们 10 天里住的都是"苹果屋"——这是前次队临时搭建的休息点,形状类似苹果而得名。抑或利用仪器设备箱改装成简易的营房,四面透风,队员们住在里面十分寒冷。他们紧紧蜷缩在睡袋里,头上戴着帽子,睡袋上面还要压盖一件棉衣才能御寒,睡不着的时候,伴着耳边下降风的呼啸,只有眼睛盯着"天花板"度过漫漫寒夜。

他们吃的是馒头和咸菜,喝的是瓶装矿泉水。由于淡水有限,每天刷一次牙已是十分奢侈的事情了。很多队员都是头不梳脸不洗,用过的饭碗倒上开水喝下去,就算是刷碗了。为了节约水,他们在宿营地附近寻找融雪坑,融雪水用来熘馒头、洗漱,宝贵的融雪水缓解了淡水的匮乏。

时间紧,任务重,队员们每天早上八点睁开眼,简单吃口东西,就开始了一天的工作。凌晨两三点钟,拖着疲惫的身体回到营区,很多人累得连吃饭的力气都没有。在结束环评工作后,来自同济大学的陆志波一脸的疲惫却不忘幽默一下,向站在身边的企鹅说:"企鹅,快来帮我搬东西吧。"

队长韩惠军和中科院植物研究所的杨健,分别负责岛周边像片控制点测绘和环评工作。他们两次徒步野外作业,基本上走遍了整个难言岛,连续40多个小时进行野外作业。此行情景,让两人一生难忘。

"为了尽可能减少负重,我们每个人只带了3瓶矿泉水和一点干粮。道路比我们想象中难走,翻山越岭,腹地的碎石不似岸边圆滑,很多都非常锋利,脚两侧都磨出水泡。"韩惠军说,"最苦的是淡水带少了,我们找到一块冰山的冻冰融水,那是我一生中喝过最甘甜的水。"

虽然又苦又累,但看到所有既定的考察任务一个个顺利地完成,大家内心充满喜悦。短短10天,队员们完成了维多利亚地新建站地质勘查点22个,获取了平均海平面观测数据,确定了高程基准,进行了重点区域1∶100比例尺地形图测绘等作业,完成了码头选址施工,开展了码头建设区域海岸线及礁石分布、近岸水深分布、海底地质勘察及采集水样、测定噪声等工作。

此次地勘工作的一项重大发现:找到了一处理想的锚地。考察队员陈正伟、陈金波、裴宁在开展重点区域水下地形测绘的过程中,测得距离岸边一公里左右的地方,有一处水深达四五十米,十分适合做锚地的区域,利于我们这艘两万吨级的"雪龙"船停船抛锚。

又是一年芳草绿。2017年12月初,"雪龙"科学考察船首次抵达恩克斯堡岛,用直升机将340吨物资部署上岛;而后"雪龙"船返回中山站,又运来了建站工程机械和重型物资,随即开始了新站临时建筑的建设。

27名队员在短短的20多天里,战冰雪,斗严寒,克服了种种常人难以想象的艰难困苦,充分利用极昼的有利条件,"人歇机不停"连续施工,终于完成了考察站临时建筑和临时码头的搭建工作,为新站建设奠定了基础。

58岁的科考队员吴林,是首次队的一员,曾在"雪龙"号上受到习近平总书记的接见,此刻难掩激动的心情说:"长城、昆仑、泰山的建站工作我都有参与,加上这次新建站的前期建设,中国南极事业的大事我都赶上了。我相信,中国在不久的将来一定能迈入世界极地强国之列。"

"期待罗斯海新站建成的那一天,届时我们在西南极就有了后勤科研保障平台。我将继续努力进行科学研究,取得新成果,为我国成为极地强国尽自己的一份力。"科考队员、北京师范大学张雁云教授的心声也是全体考察队员的誓言。

"说得好!"曾经多次前来南极的中国极地中心主任、当过北极黄河站首任站长的领队杨惠根同样欣喜而激动,"罗斯海新站前期准备工程是本次考察的重要任务,历经曲折,考察队已按计划完成了罗斯海新站建设前期准备的各项任务。它将为我国认识南极、保护南极、利用南极作出新的贡献。"

2018 年 2 月 7 日,罗斯海恩克斯堡岛上一片喜气洋洋。红色临时建筑上,一条书写着"爱国、求实、创新、拼搏——南极精神"的横幅,在阳光下显得格外醒目。我们第 34 次南极考察队在这里隆重举行中国第 5 座南极考察站选址奠基仪式。

随着嘹亮的共和国国歌奏响,五星红旗徐徐升起,身穿黄色防寒服的考察队员排着整齐的队伍,昂首挺胸迎风肃立,向鲜红的国旗行注目礼。这一刻,中国极地科考事业再次迈出了里程碑的一步。

专程前来的国家海洋局党组成员、副局长林山青在现场接受了记者采访。他豪迈地说:"罗斯海新站建设是'雪龙探极'重大工程的重要任务之一,我们要贯彻'认识南极、保护南极、利用南极'的方针,立足极地事业的长远发展,按照'统一规划、分期建设'的思路,不断完善提升,力争使之尽快具备'一站多能'的综合观测与监测能力。"

时光飞逝,转眼间 5 年过去了,建设新站的所有前期工作,包括勘测设计、环保评审、地基处理、钢结构预制等,已经全部做完。可谓是万事俱备,只欠东风了。

2023 年 11 月,中国第 40 次南极考察队"双龙出征",旗舰"雪龙"号停靠中山站,领队兼临时党委书记张北辰统一指挥调度。"雪龙 2"号由副领队魏福海率领,会同装满建材的"天惠"轮,直接开赴罗斯海海域,赶运建站物资,建设新站。

12 月 5 日,南极大陆就在前方,但 40 海里冰脊丛生区横亘在前。

"这是本航次最艰难的一段路程。"站在驾驶台上的"雪龙 2"号船长肖志民,手拿望远镜观察着冰情,"这片海域当年新冰和多年冰经过碰撞、挤压、叠加,厚度普遍能达到两米,最厚能到四五米。"

是的，浮冰如拼图般填满水面，乱冰斜插入海，翠绿而坚硬。具有破冰能力的“雪龙2”号每前行一步，都需花费不少时间，而作为货船，同行的“天惠”轮则寸步难行。新考察站建设任务重，无法等待冰情好转，只有派出“雪龙2”号破冰开道。

船上的无人机升空，一边飞向前方探路，一边为两船拍照。远远望去，简直就是一幅壮观而奇妙的画卷——

茫茫无际的雪白冰面上，红白船身的“雪龙2”号挺身走在前面，“哐哐，吱吱”，船艏传来冰与钢碰撞摩擦声；船舷旁，嶙峋剔透的海冰翻出水面，挤向两侧；船后则留下一条深黑色水道。

紧随其后，正是那艘以蓝色为主色调的万吨货轮“天惠”轮，如同跟着扫雷船的后续部队，小心翼翼地踏进“冰区”，向着建站地点恩克斯堡岛驶来。

连续破冰、冲撞破冰、船艉破冰，作为全球第一艘采用船艏、船艉双向破冰技术的极地科考破冰船，“雪龙2”号使出十八般武艺，历时近6小时，终于冲出厚冰密集区，开辟出一条胜利的航路。

北京时间12月6日深夜，执行中国第40次南极考察任务的“雪龙2”号和“天惠”轮相继冲出冰区，成功抵达罗斯海新考察站附近海域，计划稍事休整便开展卸货作业和人员登陆工作。

年富力强的副领队魏福海曾经参加过艰险异常的“进军冰穹A、建设昆仑站”的“战斗”，已是“老南极”了。此刻他对讲机不离手，及时向指挥船报告：“领队、领队，我们已经平安到达预定海域，准备卸运物资了。”

一直守在“雪龙”号上的领队张北辰，长长舒了一口气，立即回复：“好！一切按计划进行。注意，一定要保证安全！”

本次卸货作业，共有约9300吨建设物资需要搬运上岛。“雪龙2”号预计6天内完成在船物资和人员登陆后，前往新西兰利特尔顿港接大洋考察队员执行大洋调查和监测任务，“天惠”轮留下直到全部建设物资卸运完成后离开。

历时13天——12月19日，建设者们克服了低温、大风等不利因素影响，超预期完成了全部物资卸运工作，迅疾转入全面工程建设阶段。其中，“天惠”轮卸运货物522件，重量超过9300吨；“雪龙2”号卸运柴油150吨，集装箱5件。

天公不作美，正要抓紧施工时，罗斯海上又飘起了大雪，纷飞的雪花铺天盖地，如果是在祖国长城内外，可能正是人们欢天喜地赏雪景、堆雪人的好时候。可在地球最南端的南极，却给建设新站出了难题。不过，在勇敢勤劳的中华儿女面前，这根本影响不了新站的建设。

"兄弟们！干呀！老天爷就是下刀子也阻挡不了我们!"为了抢在冬季来临之前建好新站,建设者们咬紧牙关,顶风冒雪拼命大干快上。他们采取货物卸运与工程建设同步进行的方式,首先完成了主楼首根最高钢柱的吊装,如同将一面战旗插上了攻占的山头,胜利在望!

一场风雪过后,建设现场依然火热,大家在雪地中手拿电钻、伴随着吱嘎吱嘎的声音"舞动身躯"。他们究竟在干什么?央视随行记者李宁跟随着安装队员们记录着。积雪看起来得有20厘米,大家出门必须踩着前一个人的脚印过去,要不大雪就会把鞋淹没。

走到近前看清了:这个雪中起舞的新工作,就是打钻!新站建设中会使用到一种叫"哈芬槽"的设备,是用在钢架上的。使用时第一步要用绑扎带将它固定住,别让它在打孔的过程中跑掉。第二步是要画线,50厘米标记一次。

画线的是武汉大学测绘学院的老师,专业的事需要专业人士来干。这位老师告诉李记者:回到学校他会对学生们讲,一定要学好专业知识,在极地攻克了难关,放到任何地方都会有用的。

接下来就到了打钻的第三步,工作人员手里电钻启动的声音就像是跑车引擎,充满动力。这个技术含量比之前穿螺丝和撕膜要高一些,需要经过专门的培训,而且用电钻打螺丝十分累人,手震得直发抖,时间一长,腰又酸又痛,几乎直不起来。

打钻的具体手法是这样的:垂直向下,把那个尖先打下去,而后开始往外扩口。此时此刻最关键的就来了,整个身体要扭动起来!远远地从身后看去,他们就像是举办了一场盛大的南极"party",每个人都像在"蹦迪"。

如此这般,罗斯海新站指日可待!

这一天,很快就来到了!

公元2024年2月7日,中国农历癸卯兔年腊月二十八,距离新的一年——甲辰龙年春节仅有两天时间了,在人类赖以生存的蓝色星球的最南端,在茫茫无际冰雪覆盖的南极洲罗斯海恩克斯堡岛上,一群身穿火红色冲锋衣的中国考察队员排成整齐的队伍,站在冰封雪盖的南极罗斯海之滨,顶风冒雪昂首挺胸,庄严肃穆引吭高歌。

在他们身后,是刚刚竣工的中国科考新站,在他们身前,是正在冉冉升起的五星红旗。队伍中,有年近六旬精神矍铄的老工匠、有戴着深度近视眼镜的科学家、有风华正茂洋溢着自豪之情的男女青年。他们眼睛一眨不眨地仰望着高高飘扬的国旗,伴和着雄浑激昂的音乐声,使出全部的气力放声高唱国歌。

尽管雪雾弥漫、海天迷蒙，但那鲜红的旗帜好似一轮喷薄而出的朝阳，光彩夺目，照亮了苍茫无际的南极洲大陆。虽说歌声并不是多么优美，音律也没有那么标准，但每个人都是无比庄重、真诚和豪迈，扬着布满狂风暴雪留下伤痕的脸庞，眼眶里闪烁着激动的泪花。一瞬间，高远的蓝天白云静止了，辽阔的冰海雪山屏息了，远处的企鹅海豹也安静下来，仿佛整个世界都在凝神观看、倾听……

好啊！中国第5座南极科学考察站——秦岭站开站了！这是我们中国人以特别意义的礼仪盛举：迎接龙年。

此时此刻，从远隔万里之遥的共和国首都北京的自然资源部主会场，到中国南极长城站、中山站、昆仑站、泰山站，中国北极黄河站，再到航行并驻泊在南大洋海域的中国破冰科考船——"雪龙"号、"雪龙2"号的分会场，同在这一历史节点举行隆重的开站仪式。

特地从北京赶到现场的中国极地考察办公室主任沈君，站在狂风呼啸、冰海泛光的雪地上，掩抑不住内心的振奋，接受了媒体的采访。她早年毕业于首都师范大学化学专业，曾在自然资源部海洋战略规划部门工作多年，对极地事业富有深厚的感情。她说：

"秦岭站是我国第5个南极考察站，第3个常年考察站，也是我国首个面向太平洋扇区的考察站。它的建成不仅填补了我国在罗斯海区域的科学考察空白，也为各国研究地球系统中的能量与物质交换、海洋生物生态和全球气候变化等提供重要的支撑。"

如今通信现代化早已改变了时空概念：电波光纤卫星网络实时传播，古代神话中的顺风耳千里眼、腾云驾雾十万八千里，变成了活生生的现实。中央电视台新闻直播间一个镜头切换，叙事画面就从万里之外飞到了你我身边。北京与南极，远在天边近在眼前。

为何将这座新站命名为"秦岭站"？其中有什么特别的含义？紧接着，央视记者代表国人向极地考察办公室副主任龙威提问。这是一位真诚干练、思维敏捷的"极地人"，他简明扼要介绍道：

"这一命名主要有两方面的考虑：一是秦岭是横贯我国中部的古老山脉，是我国地理上的南北分界线，也是中国地理、历史、文化多元一体的重要标志，被尊为华夏文明的龙脉，家喻户晓、知名度高，而新站所处区域同样也有一条作为南极洲东西地理分界线的横贯山脉。

"二是秦岭水系发达、植物荟萃，是'南北生物物种库''天然药库'，还是地球上唯一的朱鹮营巢地，是人与自然和谐相处的典型代表，这与新站绿色、环保、节能的设计理念相契合，可以展示我国重视南极环境保护、践行'绿色考察'国际倡议的良好形象。"

好啊！秦岭西起昆仑，中经陇南、陕南，东至鄂豫皖—大别山以及蚌埠附近的张八岭，是长江和黄河流域的分水岭。由此而来的温度、气候、地形均呈现差异性变化，便成了中国地理上最重要的南北分界线。秦岭与黄河并称为中华民族的"父亲山"和"母亲河"。

因为有秦岭的气候屏障和水源滋养，才会有800里秦川的风调雨顺，才会有周、秦、汉、唐的绝代风华。中华民族最引以为骄傲的古代文明，得益于这样一座朴实无华由巨大花岗岩体构成的山脉。人们称之为华夏大地的龙脉，实至名归。用它来命名新站，含义深远，非比寻常。

秦岭站，建筑面积5244平方米，主体建筑设计从中国航海家郑和下西洋导航所使用的南十字星中得到启发，兼具中国文化意象和国际形象品质。从空中看去，犹如茫茫天地间一枚指南针。它可接待度夏考察人员80人、越冬考察人员30人，将为我国认识南极、保护南极、利用南极作出新的贡献。

那么，这座新考察站究竟"新"在何处呢？

来自中国建筑设计研究院的罗斯海新站建筑设计师祝贺给出的答案是："简而言之就是集约高效、绿色低碳、智能先进。设计时，我们考虑到当地高寒、强风、辐射等特殊的恶劣环境，建筑采用了集中式形态。考察队员生活、工作、交流等日常活动完全可以在一体式主楼里进行，除必要的野外工作，可以做到足不出户。"

主楼内部采用了模块化设计，模块化率达到45%，主要包括16个越冬宿舍单元、26个度夏宿舍单元以及各类办公室、实验室等。模块中大部分室内固定家具、设备及管线都在工厂预制，大大减少现场工作量。在内部空间，考虑到机械振动、噪声干扰、空气质量、封闭性环境的心理影响等，装修采用明快的色调、温暖的木质表面；设置植物温室，屋内变得绿意盎然；餐厅落地窗面向海湾，队员可以欣赏绝佳的南极风光。

"绿色考察"理念贯穿新站设计、建设全过程。新站以被动式建筑技术应对极端环境；采用可再生能源和传统能源相结合的能源系统，优先采用风能和太阳能等清洁能源，占比超过60%。此外，新站根据功能分区的使用特点，分别对越冬、度夏区域实行独立能源供应，根据工况状态灵活设置和调节。度夏宿舍及海洋实验室在冬季无人状态下仅维持值班温度，降低能耗。

此外，新站采用了数据化、自动化、无人化、远程化运营系统，集成了微电网监控、能量管理平台等先进技术。在安全方面，采用轻质高强的建筑技术与材料，可以抵抗-60℃的超低温和海岸环境的强腐蚀；智慧火眼消防系统，10秒内精准识别，快速响应。

新站在幕墙板安装时期,曾遭遇 12 级的飓风。时速 120 公里的飓风裹挟着地面的积雪掀起了漫天的迷雾,能见度不足 5 米。不过,在经历了 72 小时飓风的连续冲击之后,新站依然毫发无损地屹立在南极罗斯海,经受住了风极、雪极、寒极的严峻考验。

龙年龙飞舞,新春新征程。随着秦岭站的建成开站,我国已在南极洲建成了五座科学考察站,一举迈入全球极地科考事业的第一方阵。

在当今这个日新月异的年代里,有多少形容时间之快捷的词汇啊!比如光阴似箭、岁月如流、白驹过隙、沧海桑田等。然而,似乎都不足以形容改革开放后的中国,在各个领域包括极地事业高歌猛进、一往无前的雄姿大势。

从 1984 年我国首次组织科学考察队奔赴遥远而陌生的南极大陆算起,至今已经整整过去了 40 度春夏秋冬了。40 年,在千秋万代的人类历史长河里,只不过是一朵跳跃的亮晶晶的浪花。可是在中华儿女进军极地的征程中,却是发生了天翻地覆般的变迁。

南极,那片地球最南端的人类最后的"公土",西方欧美国家早早就涉足于此了,而泱泱东方大国却整整迟到了一两个世纪。好不容易跻身"南极俱乐部"了,又因没有实质性的科考而无话语权,竟然在决定重大事项时被"请"出会场。

如今,弹指一挥间,旧貌换新颜。经过 40 年劈波斩浪、爬冰卧雪的奋发图强,我们已从极地科考的迟到者,一跃而成为并跑者,甚而在某些领域走在最前列了!

矗立在南北极的 6 座考察站、两艘现代化的破冰考察船和众多极地科研成果,千百篇影响重大的学术论文,犹如一颗颗璀璨珍珠,在中华儿女手中连接起来,成为一条闪闪发光的项链,镶嵌在遥远而神秘的南北极。

公元 2024 年,恰逢中国的甲辰龙年,双龙出航,舞动冰雪,在极地、在寰宇,上天入海,为了全世界的文明进步科学探索,贡献出东方巨龙的智慧与力量,谱写出一部雄浑激越、构建人类命运共同体的壮美篇章和英雄史诗……

(原载于《北京文学·精彩阅读》2024 年第 10 期,有删节)

脉动大湾

赵　川

序章　水自西江来

二〇二三年十二月十日,是大雪节气后的第三天,南国大地,依然绿色满眼,生机处处。佛山市顺德鲤鱼洲岛——珠三角水资源配置工程引水口一带,可见高天云影、水天辉映、气韵生动,浩浩西江模样依旧,却有了看不见的改变。

十天前,古老的西江水由鲤鱼洲岛"生出"一支,开启折转向东的历史变迁。不过那是开闸放水,在五十米落差形成的势能作用下,依靠自身重力流淌,历经五天的摸索前行,地下穿行四十一公里的第一股西江之水奋力一跃,在万众瞩目下,抵达广州市南沙境内的高新沙水库。这股水流的冒头,如同明星闪亮登场,引来众人围观,并赢得喝彩和掌声。随着这股清流不断注入,这座位于全线枢纽位置的新建水库开始落闸,高新沙水库首次蓄水宣告成功。

如果说率先进入引水渠的那股西江水,开启了一段史无前例的使命奔赴,那么今天,时隔十天后,将有更多、更大体量的西江水开启新征程。

今天是周日。登高放眼,蓝天白云之下,一组高低错落的白色建筑物已将这座四年前的荒岛塑造得壮美多姿。

上午九点,泵站机房前的空地上,陆续迎来各路建设者代表。今天的主持人是广东粤海珠三角供水有限公司的王辉副总。在多位参加单位代表介绍情况后,广东粤海珠三角供水有限公司董事长徐叶琴朗声宣布:"鲤鱼洲泵站首台机组现在启动试运行!"随着众人齐声呼喊倒计时,背景板镜头很快切换到了进水口现场:先是一股水流在圆柱状高位水池内的溢流堰内循环,随后有一股水柱溢出,很快,数层高低错落的锯齿状引水槽水流满溢,并呈合围状错层叠落,瞬间升腾起一股雾气。空中看,巍然耸立的鲤鱼洲高位水池内,犹如一朵巨大的莲花开放在雾岚之中,一种韵律之美、设计之美、几何之美令人击节赞叹……

对整个粤港澳大湾区来说,这是一个重要的时刻。人类之手经由泵机的千钧之力,将西江水第一次挺举至二十余米的高程,两条满蓄的地下输水长龙,瞬间被赋予了巨大能量,承压后的江水如同被狠推了一掌,四十一秒后这股能量将达及高新沙水库。

随后,这股引自佛山鲤鱼洲岛、逗留于广州南沙的西江之水将一路向西,全程经由地下依次进入东莞、深圳境内,绵延一百一十三公里。这项超级引水工程的终点是深圳公明水库,可为香港提供应急备用水源。鲤鱼洲首台机组试运行成功,标志着经过近十万名建设者四年多的辛勤挥汗,设计流量每秒八十立方米,总投资三百五十四亿元的"国家重大水利工程、粤港澳大湾区标志性项目",已开启润泽大湾区的历史征程。

西　望

粤港澳大湾区东岸对水的渴望由来已久。

在鼎立世界的几大湾区中,这里布列着地球上最"渴"的繁华都市群。

远的不说,就从一九八九年说起吧。这一年珠三角地区遭逢连续干旱,"喊渴"的声量开始放大。一九九一年,深圳出现历史罕见的特大旱情,"六十多万人因缺水而困,直接经济损失高达十二亿元"。刚满十周岁的经济特区,因缺水引发一系列风波。

深圳老市委书记厉有为在二〇一一年参加东江水源工程通水十周年座谈会时忆述:"全市有五十一个工业区缺水,二十多个居民小区断水,没法生产,也没法生活,市民做饭用矿泉水。企业领导来求援,说快来救救我,已经没法经营下去了……"

深圳市原市长李子彬也记忆犹新:"市民用淘米的水再洗菜,洗菜的水再冲厕所,家家都备有一个大水缸,外加几只大水桶。"

自二十世纪九十年代初,为了寻找新的水源,深圳人曾多方奔走,四处"找水",先去东莞,再到河源,均告失败。李子彬认为,当年主政深圳最为得意的一件事就是参与决策并建设了起自惠州的东江水源工程。从此,深圳除了东深供水(供港为主)之外,有了第二条水道。

湾区东岸城市一路高歌,经济发展突飞猛进,一条东江已难"喂饱"数千万人口。还是那次座谈会上,厉有为老书记又旧事重提:"深圳能不能再提西江引水、西水东调呢?"

其实,湾区东岸早已将目光投向另一翼——西江。西江是珠江的主干流之一,发源于云南省曲靖市乌蒙山余脉马雄山东麓,干流全长二千二百一十四公里,年平均水资源总量二千三百零二亿立方米,是华南地区最长河流、中国第三大河流,长度仅次于长江、黄河。令人惊讶的是,西江的开发利用率仅为百分之一点三!

厉有为回忆:"早在一九九二年,深圳就有人提出从西江引水,线路都想好了——从佛山境内引水,经中山,跨越珠江至深圳宝安落地。"经专业人士一测算,天价!依当时深圳的经济实力,将是难以承受之重。

深圳受水之困、寻水之艰、引水之难,是粤港澳大湾区东翼都市对水资源强烈渴望的一个缩影。

徐叶琴曾长期服务于"东深供水",眼下正率领团队扛鼎珠三角水资源配置工程建设,他对珠三角地区水资源布局及认知变迁可谓了如指掌:二〇〇五年,广东省水利厅动议西江引水时,仅深圳市积极响应,现如今,输水沿线各市区纷纷登门,争取更多的水资源配额。"城市发展得太快了,水资源已变得日益紧缺。"

斗转星移,时空迭变。"逐梦珠三角,水润大湾区",总投资三百五十四亿元的国家重点引水工程——珠江三角洲水资源配置工程,于二〇一九年正式启动建设,计划二〇二三年年底实现试通水。大湾区的水源格局,将在这一代人的手中发生颠覆性改变,东江、西江将历史性实现"双龙会湾区"。

时间回溯至二〇〇四年年末。这一年,东江水源再次告急。广东省紧急动员,倡导市民大力节水。紧接着,国家防总、水利部启动了近一个月的珠江压咸补淡应急调水。本次大旱,震动各方。受广东省水利厅之托,广东省水电设计院展开广泛调研,并于次年年初迅速提交了《广东省"西水东调"工程规划设想》调研报告——这便是珠三角地区"西水东调"决策的缘起。

众所周知,著名的东深供水工程,始建于二十世纪六十年代,几代东深人接续努力,确保了香港生命之水的稳定供应。东深供水工程建设者群体,也因此被中宣部授予"时代楷模"殊荣。徐叶琴于一九八八年硕士毕业后,即投身东深供水工程。曾任"东深供水改造工程(简称'东改工程')"副总指挥,是楷模群体中的一员,自决策上马珠三角水资源配置工程起,他便开始长期跟进。

在他的记忆中,二〇一五年的一次座谈会至关重要。座谈会由国务院办公厅组织,多个部委参加。会议形成了一份报告,引起国家高层的关注,珠三角水资源配置工程后续进程,得以大幅提速。

人们也许会问,珠三角位于华南沿海,雨量充沛,为何不时闹"水荒"呢?

参与过东改工程,现任珠三角水资源配置工程总设计师、广东省水电设计院总工的严振瑞如此解释：广东年均降雨量两千至两千两百毫米，其中，四至十月降雨量占了全年降雨的八成，近海区域降雨量大，山区偏少。可见，广东不是先天干旱少雨，而是降雨时空分布不均。

东江以不足全省百分之十八的水资源总量，支撑了百分之二十八的人口用水和百分之四十八的生产总值。目前，东江的水资源开发利用率已达百分之三十八点三，逼近国际公认的百分之四十警戒线。

二〇〇五年九月，广东省水利厅在东莞洪梅镇开会，首次正式提出从西江调水的设想。当时尚无"大湾区"之说。输水线路怎么走？取水口选址何处？输水方式如何抉择？广东省水利厅与省水电设计院专家多次前往广州、深圳、东莞、佛山等地进行实地调研。

二〇一一年一月，广东省水利厅牵头成立前期工作领导小组，"西水东调"工程规划大纲随即出炉。翌年年底，水利部领导在广州听取工程筹建汇报，指出该工程具有重大意义，并建议优化调整工程名称。随后，广东省将"西水东调"工程更名为"珠江三角洲水资源配置工程（简称'珠三角工程'）"。

广东省水科院刘霞理事，以专家组成员身份参与珠三角工程前期论证工作十年，言及历程，她感慨良多："从动议到申请立项，一路饱受质疑和争议，备感压力和责任。"有关专家主要质疑有四：其一，珠三角东翼究竟是"严重缺水"，还是仅需"应急性供水"？其二，华南沿海跨流域调水是否急迫？其三，调水规模是否需要每秒八十立方米？其四，取水对西江下游的生态环境影响是否考虑充分？

最终，项目组拿出令人信服的计算分析数据，让有关专家确信"南方地区也会缺水"。刘霞讲述了两则"小故事"——

二〇一六年的夏天，项目组一行三人飞赴北京递交项目建议书。有专家提出疑问，东江开发利用率尚不足三成，为何还要舍近求远从西江调水呢？刘霞他们分析后认为，不同的分析范围和表达方式会影响该项指标数值。在酒店房间里，三位专家对不含东江三角洲的开发利用情况进行了详细的计算分析，得出的结论是："东江流域（不含东江三角洲）水资源开发利用率已达百分之三十八点三，逼近国际公认的警戒线！"

由于理据充分，被审核专家采信——这一数据沿用至今。经过专家严谨细致的评判，珠三角水资源配置工程项目建议书得以通过。

在项目论证过程中，有环保人士提出疑问，认为工程会危及西江下游生态安全（咸潮上溯），专家组拿出经国务院批准的"珠江流域综合规划"，从容以对：环评周密，只有当上游思贤滘断面流量满足下游生态流量需求时，泵站才会取水,一旦水量低于这条线,会停止向深圳、东莞两市供水,两地的用水需启用本地水库解决。此外,政府已严禁西江下游采砂活动,加之上游水库陆续建成调丰补枯,增加枯水流量。有了这些保障,西江因"调水"发生咸潮上溯的可能性基本排除。专家组有理有据的解析,受到调研人士的肯定与好评。风波平息。

二〇一九年五月六日,珠三角工程建设大会在广州南沙举行,广东省有史以来最大投资规模的引水工程正式启幕。

一个堪称破天荒的引水构想历经十余年谋划论证,最终尘埃落定。回顾历程,徐叶琴、严振瑞认为,广东省委、省政府高位推动至为关键,由常务副省长、分管副省长任召集人的联席会议,对事关规划选址等重大问题进行协调与决策。十余年间,专业团队共开展了三十多项专题研究,在取得二十五份国家行业及部门的批复文件之后,这项低调却又举世瞩目的跨流域调水工程终于掀起"盖头"。

随后,广东粤海集团被省政府授权牵头建设,具体由珠三角供水公司"操盘"。该公司由粤海旗下粤海水务与广州、深圳、东莞三市共同组建,负责工程的融资、建设与运维,按照省政府"不以营利为目的"要求,与三市约定,水费扣除成本后的收益,在弥补粤海方投资成本后仍有剩余的,百分之十归粤海方所有,百分之九十按出资比例返还给三市政府,用于降低水价。

为拓宽融资渠道,广东省政府选定珠三角工程为"自求平衡专项债券"发行试点,成功发行两期共三十六亿元专项债券,此举开创了国内先河。粤海集团则派出了以"东深供水建设者"为骨干的一批经验丰富、能力强、作风硬、团结拼搏的管理团队。

据测算,经由佛山、广州、东莞、深圳四市,横贯珠三角核心区域的超级引水工程建成后,未来将有逾五千万人受益,支撑起逾九万亿元总产值,"覆盖"约占粤港澳大湾区百分之八十的人口及总产值。

珠三角"西水东调"工程,单线一百一十三公里,全程"地下走",且在地下四十至六十米深处,在世界引水史上也属罕见。珠三角工程是国内规模最大的盾构施工水利工程,并创下诸多"世界之最"——

世界上规模最大的内衬钢管输水盾构隧洞;

世界上规模最大的无黏结预应力混凝土压力输水盾构隧洞;

世界上流量变幅和扬程变幅最大的离心式水泵;

世界上流量最大的长距离深埋有压管道输水工程;

……

珠三角工程线路穿越被称为"地质博物馆"的珠江三角洲核心地区,在盾构掘进、泵站设计、管道衬砌等诸多领域，技术人员攻克了一个又一个世界级难题。四年建设，建设方联手十多家高校和科研机构，共有二十多位院士参与科技攻关，上百家单位投身其中，近十万人昼夜奋战。建设者以"时代楷模"精神为强大动能，在湾区大地上谱写了一曲令人荡气回肠的昂扬乐章。

狮子洋

珠三角工程线路横贯珠江三角洲核心城市群，选址难度巨大。一百一十三公里线路，地下深层穿越村居六十一处，铁路/地铁十二处，高速公路/城市快速路二十三处，一百米宽以上河流十六处。预留出浅层空间给市政、电力和交通部门，意在"少征地、少拆迁、少扰民""把方便留给他人"。

全线唯一一个穿越海域的施工标段，便是狮子洋段。这段线路埋深大、跨度长，地下水汹涌，沿线断裂带密集，施工极具风险，是公认难度最大、挑战性最强的区段。

伶仃洋，因南宋抗元英雄文天祥那首千古绝唱《过零丁洋》而闻名遐迩。如果将伶仃洋看成一只超大的宝葫芦，狮子洋便是其顶端的藤蔓与葫芦体交接处，这里是广州港进出大海大洋的咽喉水道。

听严振瑞介绍，此前有工程在盾构穿越狮子洋时曾付出过生命代价，因此，对困难有充分准备，将其作为全线的攻坚对象来应对。第一步，主航道地质取芯就遇到了难题。古往今来，从未有人真正实现狮子洋下垂直"取芯"。这一水域属于繁忙主航道，这里水深浪急，地质条件异常复杂。严振瑞的团队曾向海事部门申请短暂禁航，得到的回复是，除非先开辟一个新航道，方可短时腾空狮子洋航道。"这其实是给了你一个闭门羹"。

勘测方穷尽资源，终于探悉一个替代方案。经过严格论证，采用新技术，以远距离、侧翼打平行井的方式，费尽九牛二虎之力，最终获取了岩芯。

穿越狮子洋，建设方充分预估了困难。除了精心组织设计外，还优选施工单位，集中优势力量，并请"国家队"出场，可谓给足了资源。经对比遴选，中铁隧道局成为攻坚克难的主力军。

尽管准备充分，实践中还是遇到了很多意外，过程惊心动魄。

小平头，中等身材，目光炯炯。他叫陈平旋，现任顺德管理部总经理，几个月前，他的角色还是东莞管理部总经理。穿越狮子洋，他是亲历者。

陈平旋是全国"五一劳动奖章"获得者，从事水利工作已二十余载。作为潮汕人氏，他自称"故事太多"。听完他的讲述，再将早先采撷的多个碎片化的田野调查连缀起来，"狮子洋叙事"趋于完整。

珠三角工程输水线路，沿南沙大桥南侧，自西向东穿过莲花山水道和狮子洋水道，中间还夹着个海鸥岛。穿越狮子洋的策略是：先在东西两岸打竖井，再从六十米井底相向盾构掘进，最终会师海鸥岛竖井，完成"二龙戏珠"大戏。

　　横穿之前，须得纵向"打井"，结果打井未成，"狮威"先逞——

　　西侧的二十号井距离海岸仅五十余米，井位既定，限于建成区空间逼仄。

　　二十号井率先开凿，也最先"哑火"。六十米深井刚挖至一半时，底部先是冒出涓流，随着掘进深入，涌水形成水柱，越喷越高。灌浆、灌浆、再灌浆，压不住、凝不了。几台水泵开足马力排水，可一旦停机，水立刻涌上来。数十米井下高温高湿，透水危险，工人们被紧急呼喊上来。

　　"下面情况怎么样？"等在井口的陈平旋焦急发问。

　　"涌水太快了，都淹到这儿了。"率先上来的一位女工面带羞赧地用手比画胸口位置，"是海水，苦咸苦咸的……"

　　立刻暂停施工！

　　项目方请来大批专家论证。得出的结论是，井位离海岸太近，加上岩层破碎，回避井底冒水几乎不可能。唯一的办法是改变工艺，一边加大抽水力度，一边加快挖掘进度。一番协同作战，二十四小时连续不断掘进和浇筑，终于看到了一线曙光。

　　这边刚突破破碎层，新问题又来了。遇到了坚硬如钢的高密度岩层，大型铣槽机"连啃带咬"也难以撼动。只能选择爆破。第一次装药点火，轰隆一声响，硝烟散尽，下去一看，只啃下一小块"皮"，工区紧邻一所学校，工况局限，不能再加大药量了，太危险。

　　改用传统战法，用炮机解决。一台大家伙被吊放下去，轰隆隆发力，一块一块地"啃"。经测算，硬岩足有一米厚，好不容易才被凿开，一点点拓大。

　　此时，还未开始横向掘进，但陈平旋的心向下一坠：大事不妙啊，地质结构同设计师绘出的图形图对不上呀。

　　珠三角地区号称"世界地质博物馆"，果然名不虚传。

　　时间到了二〇二〇年三月，危机四伏的横向掘进姗姗启幕。二十号井内，"粤海三十六号"盾构机昂首挺胸开步走。一声令下，硕大无朋的旋转刀盘低吼向前，挡道的岩层被切碾得粉碎。传输出来的碎石泥浆显示，岩质面单一，这说明地质结构尚属稳定。大伙儿暗自松了一口气。时间嘀嗒，盾构机如一头怪兽，一点一点将岩层嚼碎吐出。

　　盾构掘进以"环"为单位，每环进深约一点六米。当掘进至第六环、约十米时，风云突变。随着一阵哗啦啦声响，先是有黄色水体从低处溢流，随之越来越多、越来越急……要知道，盾构机机身长达一百二十米，此时才刚起步不久，连尾部洞门都还没来得及封堵。隧洞内很快涌进了约四百立方米海水。

在一旁待命的几台大功率水泵马力全开。一边排水，一边检视涌水的颜色和携带成分。突然，陈平旋发现竟有几只小螃蟹在爬动。奇怪了，它们怎么会出现在六十米深的地下呢？

麻烦大了！这极可能是碰到了一处断裂带，地下水与海水联通。头顶狮子洋，海水无穷无尽，是个无底洞，几台泵机根本不够。一看形势不对，施工方立刻从附近调集水泵，有多少调多少！

水泵不断往井下扔，总共十三台！每台九十千瓦功率，拼命排水。随着开足马力抽水，水量终于达到了相对平衡，紧接着就是封堵洞门。将盾构机与隧洞之间的环形空隙用填充物塞死，包括泡沫、橡胶、棉纱、钢丝球等统统用上，海水终于被封堵住。

设备需要检修，洞壁需要加固。这么一折腾，二十天过去了。

"痛苦得要命！"时过境迁，陈平旋依旧难以释怀。掘进继续，刨进五环之后，盾构机又卡顿了，趴窝在十一环的位置。这回水压更大，承压的海水冲破洞门，怎么堵塞也无济于事，只得再次停机。

想办法，拼命想办法。此时，"国家队"的优势体现出来了。施工方中铁隧道局曾经有过两次穿越狮子洋的辉煌战绩，不过那都是交通隧洞。此时，他们取来先进的地勘雷达，经探测，发现前方是一处深海槽，盾构机是顶着巨大的地下水逆行。技术人员提议，这样硬堵可不行，必须疏导内水，为地下涌水降压。

如何疏导减压呢？技术团队琢磨出一个办法：在隧洞内衬管片上凿孔泄水，这是一个大胆设想。多边形、弧状的衬砌管片上原本留有注浆孔，此时，打开预留的注浆孔泄压导水，属于非常规逆向利用。

随着大量海水被导出，洞内水压骤减。盾构机获得喘息机会，一番紧张收拾、止水，掘进继续……

回过头再来看看另一台盾构机的遭遇。

"粤海三十七号"盾构机从狮子洋东侧的二十二号井始发。它将穿越的区段正是狮子洋主航道底下。论风险和难度，它才是当仁不让的主角。

根据地质构造图，在长达八百米的咽喉区段，有三条复合断裂带。这里，盾构掘进将会遭遇致命的风险考验。

狮子洋断裂处水深达三十七米，设计的掘进隧洞位于地下六十米，最薄弱处，同海底仅相距二十米，一旦盾构机击破海底隔层，将面临灭顶之灾。

巨兽般的盾构机不知疲倦地啃噬推进，然而，再伟大的机器也有自身缺陷,盾构机的缺陷是能进不能退,尤其在底层破碎的海底深处。刀片是盾构机的牙齿,一旦遭遇挫钝或缺损、变形,便成为中看不中用的摆设。只能空转,动弹不得。此时,唯一能做的便是更换刀片。

四面透水、负压极高的海底深处,每迟滞一秒钟都面临巨大风险。在坍塌、透水区段开舱换刀,那是极其危险的举动。选择何时、何区域更换刀片,事关成败,攸关性命。

多长时间需要换刀呢?一般来说,盾构机每推进三百米需要换一次刀。"粤海三十七号"设定的也是这个距离。

按照地质勘测数据,抵达第一个断裂后,便可换刀。然而,经过对输出的碎石成分进行分析研判,地质情况有异,不具备开舱换刀条件。盾构机只能继续向前,希望挨到第二个断裂带的某个硬岩段换刀。经技术人员仔细分析研判,发现还是不行!此时,已经掘进了足足五百余米,情势危如累卵。

包括珠三角公司高层、设计方、施工方、监理方等,大家心都提到了嗓子眼。他们蹲守在距离最近的项目部,焦急地等待着地质条件转好。

原先以为,两个断裂带之间总会有一处硬岩适合开舱换刀。可万万没想到,三个断裂带几乎连续,掘进到这么远的距离都不能开舱换刀,远远超出了预判。

狮子洋啊狮子洋,你是一只张开血盆大口的神兽吗?

等待,耐心等待。紧盯排出的碎石,精准研判,捕捉最佳战机。夜幕降临,晚八点刚过,在临时搭建的现场指挥所,一群人围着分析渣样。有了,咦,你看,渣样质地硬实、均匀,这是地层稳定的表现。

机不可失!陈平旋赶紧找到工区经理、勘探工程师等人,急问:"可否换刀?"倘若此处不定,再往前,还有遥遥三百多米之距,不知还会遇到何种情形。而此时,盾构机刀片已到了使用极限。

综合研判后,专家组果断下令:"开舱换刀!"

非常幸运,舱门打开,掌子面围岩稳定。此时,"粤海三十七号"已超过常规换刀距离两百余米。操作员动作麻利,以最快速度更换了二十多把"利刃"。

事后复盘,这次精准"换刀"点位卡得很好,倘若当晚不及时换刀,第二天将遇到更大的断裂带。一旦失去开舱良机,也许就没有也许了……

二〇二一年十二月三十日,"粤海三十六""粤海三十七"两台劳苦功高的盾构机终于探出头来,胜利会师于二十一号井。海鸥岛上爆发出一阵阵欢呼声,抑制不住的兴奋写在每个人脸上。

小　珠

珠三角有个"姑娘"叫小珠,她声音甜美又可爱。

"小珠,今天工地上有多少人?""小珠,C1标项目经理在什么位置?"指令话音刚落,小珠就用清脆悦耳的女声报出,"今天工地有七千三百二十一人","C1标项目经理现在在盾构二十二号工作井工区"。

小珠是珠三角工程智能语音机器人,上述对话场景是工程调度监控中心的日常。

"打造新时代生态智慧水利工程"是珠三角工程自"孕育"之初便确立的一个宏伟目标。经过四年探索,时至今日,智慧水利建设披荆斩棘,大步迈进,取得亮眼成绩,早已成为水利部和广东省的示范和标杆。追忆这几年的智慧工程建设历程,其中的艰辛却是一言难尽。

二〇一七年十月,珠三角供水公司成立。彼时,生态和智慧是两个热词。结合工程定位,"生态+智慧"成为珠三角工程的建设目标。"生态"两字好理解,"智慧",就比较模糊了。"智慧工程",究竟是个什么,需要创新实践来作答。

随后的两年中,公司团队开始了漫长的探索之路。北京、上海、武汉、郑州、西安……华夏大地许多地方都留下了他们探寻的身影。

二〇一九年一月的北京,街道上的行人都裹着厚厚的羽绒服,对比华南海滨地区,着实寒冷。杜灿阳、曾庚运,还有水规总院负责机电及信息化的一位专家,一行三人,来到智慧工程领域知名的某高科技公司调研,那里有一套该公司"自建、自管、自用"的智慧系统。眼前的发现,令人耳目一新:从工程设计、施工、安全与质量管控,以及支付结算等全流程智慧管控,工程竣工之日,同步实现工程结算。

"了不起的实践!"杜灿阳伸出了大拇指。原本仅安排一个上午的时间,随着讨论逐渐深入,中午继续边吃盒饭边讨论,大家的思路似乎被豁然打开了。虽然这家公司有其在设计以及概算方面的良好基础,实践过程依然非常艰难,更是投入了大量的管理力量去完善流程,最终成为行业示范。这套东西能否在珠三角工程复制呢?这是摆在总经理杜灿阳和设计副总工曾庚运面前的一道难题。

同年三月,带着智慧系统"要做成什么样式""有什么用"的疑惑,杜灿阳和曾庚运再赴北京,此行专程拜访该领域的一位院士。经过对珠三角地下工程特点的分析,院士点拨他们:开发智慧系统重在"落地",设计很关键,重点应放在安全、质量、进度、成本和廉洁这"五大控制"上。

醍醐灌顶！

一系列调研考察归来，再与广东省水电设计院信息化分院多次碰撞讨论，二〇一九年五月二十日，杜灿阳组织了一次座谈会，三十多个中层及骨干人员参加。现场讨论热烈，结合公司日常使用OA的体会，众人总结出未来智慧工程需具备的两大特质，即"实用+好用"。而对于未来的智慧化发展，曾庚运更是提出了AI机器人伴侣的展望，认为未来将向人工智能方向发展，根据工程控制和管理工作的分类，宜将智慧机器人伴侣分为四个方面，即调度伴侣DM、控制伴侣CM、巡查伴侣IM、维修伴侣MM。文前的"小珠"即属于调度伴侣。这次座谈，为珠三角智慧工程建设明确了思路和方向，下一步就是甩开膀子大干一场了。

珠三角工程线路总长一百一十三公里，输水管道总长一百五十余公里。漫长的战线上共有三十七个工作井，十六家中标施工单位摆开战阵，成千上万名建设者夜以继日地在各工位上挥汗如雨……千头万绪，如何将施工过程中的"人、机、料、法、环"等要素归置到同一张"大网"上，需要有删繁就简、百变其身的超能本领。

二〇一九年，国内水利工程智慧化建设开始全面发力，要知道在此之前，智慧化系统在水利工程的大规模运用几乎是零。有了前期广泛调研的基础，在珠三角工程开工大会结束后，团队反复酝酿，开始招兵买马，决定从简单的模块开始做起。经过两个多月的挑灯奋战，PMIS这个初步具备"四控两管一协调"功能的崭新平台横空出世，招标、设计、建设、监理、品牌供应商等被一"网"打尽，招投标管理、合同管理、施工管理等功能相继上线。

一天，杜灿阳坐在电脑前，紧盯着屏幕上那个旋转的圆圈。他要看看，到底需要多久才能看到鲤鱼洲泵站的三维BIM模型。足足十分钟！终于完整显示出来了。"说实在的，确实很直观，泵站建筑物内外的结构与布局一览无余，比在图纸上看，要清晰、立体、翔实得多。"他不禁感叹，"这确实是个好东西，如果各类项目都能在这个三维BIM模型的基础上来一起讨论、研究，那岂不是既便捷又直观？还能弥补认知误差。"

想到此，他拿起电话，打给远在数千里之外的专家。

"你好呀，我看到了工程三维建模，非常不错，唯一的缺陷，就是显示太慢，能否提速像浏览网页一样呢？可否先显示框架，需要放大细节的时候，再加载新的内容呢……"

连续几天，杜灿阳和北京、上海等地的软件开发与BIM人员不断碰撞、讨论。疫情期间，大家通过远程连线，从使用体验的角度进行探讨研究。经过技术人员的改造和调整,那些原先需要使用专用软件打开的庞大三维模型,终于可以像浏览网页一样在珠三角工程的智慧系统中调用了。

你端坐在珠三角监控中心,可以通过大屏随时浏览全线一千多路视频摄像头,所有工区均配置了一双双"眼睛",它们默默地守护着工人们的安全!刚开始时,调用起来非常慢,这么多摄像头,谁能看得过来呢?如何让这些"眼睛"及时发挥作用?这是摆在杜灿阳面前的又一个大难题。

能线上解决的尽量不用线下,这是杜灿阳的观点。此刻,他又拨通了腾讯云副总裁万超的电话。

"万总好,请你喝茶,我这里刚从老家带来的好茶叶。"

"无事不登三宝殿,你肯定是有什么事。"

"不绕了,摄像头调用太慢了,智能安全帽的识别也老犯糊涂,误报较多呀。"

"我们有大量的人员识别算法场景,看是否可以借鉴一下。"

腾讯的动作很快,立即会聚了全国各地二十多位技术人员参与应用攻关,从操作界面到可视化配置,从 AI 视频抓拍到值班人员可随机选择摄像头抓拍,从需要后台配置录像到前端值班人员自主选择设定录制对象及时间……克服疫情影响,研发团队夜以继日工作。一个个应用场景及技术要点纷纷"落地"。功夫不负有心人,那些在常人思维中的静态摄像头,全都成了智慧监控中心延伸至一百一十三公里全线的"千里眼",各种感知抓拍和 AI 运用成为施工安全的"守护神"。

俗话说,撼山易,改习惯难。

再好的智慧平台,也得有人运用才是。此前,珠三角供水公司员工早已习惯使用粤海集团 OA 和水务板块 OA 系统,PMIS 出现后,要求大家重新接受一个新系统和全面刷新信息资料。改变运用,着实很难一步到位,两次、三次、四次,多次反复操作后便会闹心甚至恼火。一时间,团队夜以继日加班加点搭建起的新平台,收获的回报竟是"怨声载道"。

推广使用的第一步便卡了壳,身为总经理的杜灿阳也有些坐不住了。他主管智慧建设,团队成员是他点的将,项目也是他负责招的标。多少个日日夜夜,他率领团队从零起步,摸着石头过河,未曾想会遇到这般窘境。杜灿阳深知,如果没有这些基础数据,尤其是没有这些流程再造,根本就无法实现过程管控目标,更不可能打通这条业务链条。

怎么办?经过反复思考,杜灿阳向团队宣布:"不如全员直接禁用 OA 功能!"这等于扔掉大家已经用惯了的拐杖。"好!我支持,就这么干!"关键时刻,他的想法得到了董事长徐叶琴的支持,这位决心彻底扭转国人对水利工程"傻大粗"印象的老水务人,早已下定决心要将珠三角工程做成"国际一流",其中,智慧化建设占有重要位置。

于是,杜灿阳让党群人事部、工程部、机电部、预算部、法务招标部等主要业务部门先行一步,务必克服困难,集中精力一个月内完成数据初始化。随即宣布:试运行一个月,次月起停止所有线下业务,只认线上流程!尤其是申请支付款项,若不走线上流程,不提交相关资料的,一律不得支付!

所有施工单位惊喜地发现,付款流程竟如此清晰:不仅清楚知道当前的审核人以及后续可能的审批节点,还可以提醒相关审核人员及时完成审核。如此一来,大大提升了审批效率。施工方提交申请,当月就可以收到工程款。公开、透明、快捷,此举令参建企业拍手叫好。

珠三角智慧工程建设取得了累累硕果,受到上级领导和国内水利同行一致好评。水利部原副部长魏山忠评价珠三角工程"为水利工程信息化建设提供了成功、可复制、可借鉴的经验"。从当初"仰望星空"确立宏伟目标,到"脚踏实地"取得实际成效,珠三角智慧工程的创造性探索,为新时代国家重大水利工程插上了智慧之翅,并引发"羊群效应"。

——工作效能大幅提高。传统做法难以企及的事项,如今可"一键搞定"。以月度工程款审批为例,采用传统的纸质审批方式走完流程至少需要十五天,采用 PMIS 线上不减免审批,基本五天审批完成,效率提升百分之六十七。又比如,统计工程完成投资情况,传统方式由施工单位申报,监理审核,管理部审核,最终由行政职能部门审核汇总,至少需要一周时间,而现在可以实时办理,随用随取。

——无纸化审批,探路全国。第三方质量咨询机构曾算过一笔账:从二〇一九年十二月至二〇二三年十月,珠三角工程智慧系统共节省纸张(A4纸)三百四十三万页,重约十七吨,节省纸张费用近六百万元,相当于减少三百余吨碳排放。共节省人工四百多人,节省费用九千七百余万元。以上两项合计逾一点零三亿元。

智慧化管理,是早已选定的方向和目标,而搭建数字平台,仅是一个小目标。如今,PMIS 平台注册活跃用户近两千四百人,日均登录两千三百余人次,迄今已完成工作流审批近三十二万项,通过智慧平台可以足不出户办成与工程有关的任何事项,通过手机与监控中心,可随时查看工程任意工点实时状况。

在徐叶琴、杜灿阳与曾庚运的构想中,未来还将实现更高、更远的大目标:关门运行。如何从技术、管理等各角度全力提升珠三角工程安全运营能力?杜灿阳说:"当年东深供水工程的优化调度体现了'人比计算机聪明',而现在我们要做到'计算机比人更聪明'。"

"小珠"只是珠三角工程建设阶段人工智能应用的一个探索,作为"关门运行"研究主持人的曾庚运,更是将工程系统性地进行本质安全风险分析,并部署相应智能辅助手段。曾经主持过东深供水工程维护及技术管理的杜灿阳更是提出了"三个替代",即利用智能手段辅助替代运行人员、巡检人员及检修技术管理人员。在未来"数字孪生水利工程"的探索之路上,杜灿阳与曾庚运这两位"先行者",还会碰撞出更多的智慧火花。

"三个留给"

周二下午,珠三角公司借住的南沙黄阁水厂大院十分安静。办公室空无一人,大会议室却坐得满满当当。

二楼右侧最远端那间办公室,门总是开着。徐叶琴正靠在椅子上,双目微闭,疲态写在脸上。忙碌了一天,显然此时不是交谈的好时间。平日难得抓到他,只能如此了。

见有人进来,他抖擞一下精神,示意落座。话题从眼下说起,他说,现在员工队伍有些思想不稳——想必,他还沉浸在刚结束的会议中。现在是施工阶段,干得热火朝天,但很快这些景象就会消失。明年进入运营期,这二百多号人将会奔赴不同岗位。

"他们傻得很,眼光放得不远。"他嘀咕出这么一句。讲个例子给你听:二十年前在东深供水公司时,他曾当着四百名员工的面夸下海口说,公司会做大,人人都有机会,将来在座的个个都是董事长、总经理。话音未落,台下一片哄笑,徐董事长真幽默,这个饼画得有点大。后来呢?头顶光环的东深人,不断向供水领域扩张版图。今天,在十八个省份,先后成立了一百多家公司,东江供水队伍中,神话般诞生了三百多位董事长、总经理。

眼下,他提出将珠三角工程做成"世界一流",能否实现,有待时间验证。在徐叶琴的视野里,即便工程建好了,公司未来发展依然不可限量。此外,粤西、粤东等地的大型水利工程正在如火如荼开展,珠三角公司的人才正炙手可热,"现在的年轻人比较着急……"

工程渐入尾声,看来,他对目前这支队伍的未来已有了新的谋划,而他自己也将面临一年后的退休。

话题转到珠三角工程"三个留给"的"出典"上。这是他沉淀多年,并引以为豪的精彩一笔,他将提法归功于粤海集团与珠三角公司班子共同研议的结果。"三个留给"即"把方便留给他人,把资源留给后代,把困难留给自己"。

这一理念得到了水利部、广东省主要领导的高度肯定,认为这是国有龙头企业站位高、格局大的体现。

做企业必先"做"文化,这是徐叶琴的过人之处。在东深供水时,就曾提炼出"生命水、政治水、经济水"的企业核心价值观,又以"生命至上,安全发展"为理念,"粤海水务"品牌受到市场的广泛青睐。曾有一家在竞争中落败的企业专程请教,当了解粤海水务企业文化后,发出由衷感叹,你们有如此先进的企业文化,想不中标都难。

进入"珠三角时间"后,"三个留给"被响亮喊出,且贯彻于工程各阶段。如将工程设计成"地下走",难度放大了十倍,但大幅节约了沿线地表资源和浅层地下空间资源,永久征地仅两千六百余亩,相较于"地上走"节约土地近两万亩,九成土地资源完整保留。

另有一个鲜活例子,在珠三角公司传播。

二〇一八年夏天的一个周日,徐叶琴喊上两位同事,驾车来到位于深圳西北角的罗田水库。这里,是珠三角工程主干线最后一处泵站。尽管在深圳工作生活多年,前往远离闹市的郊野公园,还是第一次。

进入林区,呈现在眼前的是一派林深谷幽的原生态景观,让人心旷神怡。他让司机停下车徒步向前。眼见不少市民在林间小道悠闲骑行,有少年儿童在四处奔跑嬉闹,还有情侣在牵手漫步……按照设计,未来罗田水库边将建设一座泵站,通往库区的道路将被拓宽一倍以上,需要砍伐的树木数以千计,各种配套设施也要占用大块绿地。

出身农村,对土地和林木有着别样的感情,徐叶琴抚摸着光洁的树干,用手不时丈量树径,小则碗口粗,大的要两手合抱。多好的风景树啊,真是不可多得的一方世外桃源,到哪里找这么山清水秀的地方?

这些树木将被砍伐,大片植被将不复存在……他陷入了沉思,某种意义上是一种自责。他问身边的同事,可不可以另辟蹊径呢?譬如说,通过架设桥梁、开凿隧道,回避对原生地貌开膛破肚,将这些树木原地保留下来?

"徐董真是太有想象力了,那得花多少银子?况且规划都做完报备了,就待开工实施。"

"不行!得重新考虑设计方案。"徐叶琴这一决定让包括总设计师严振瑞在内的多位人士脑袋嗡的一声,这个"脑筋急转弯"也太夸张了,设计推倒重来谈何容易,而且建设成本会激增,还涉及项目报建等诸多麻烦事。"别忘了我们是'生态工程',不是说把资源留给后代,把困难留给自己吗?"他这么一说,众人便不再多言。

现在呈现在世人面前的是"三桥一隧",一条穿山隧洞,外加三座色彩明艳的拱桥,犹如彩虹卧波,已成为网红打卡点。按徐叶琴的说法,"还是美中不足,造型风格应该同环境更协调才是"。

"增加投资多少?"

"四千多万元吧。"

我说,这是不是过于奢侈了?他大手一摆:"省下大块土地,将森林资源完整留下,成百上千棵树不用动了,生态价值哪能用钱来衡量?"他进而道,"三个留下"绝不是口号,而是要句句兑现的。实际上,罗田水库原本地域狭窄,在设计时,根据少占林地的原则,已经将调压塔同泵站分离,巧妙"隐藏"在高处山体内。施工阶段项目管理部等附属办公空间,也全部舍近求远,设在十多公里之外,为的是"不多占一寸土地"。

"一项国家重点工程,本可名正言顺征用土地,但非到万不得已,我们绝不侵占绿色资源和宝贵土地,否则会良心难安,吃不好,也睡不好。"徐叶琴又一次重复那句"三个留给",罗田泵站的设计和建设我们做到了,高新沙枢纽泵站、鲤鱼洲泵站也都做到了。我们选择佛山顺德一座江心岛做引水口,建设难度和成本比在江边开口引水是几何级数的增加,但我们完全做到了不扰民、不费地,岛上的一大片原始森林也完整保留下来,这就是"三个留给"的具体实践。

珠三角工程建成后,不仅可解决广州、深圳、东莞生活生产缺水问题,还可为香港、广州番禺、佛山顺德等地提供应急备用水源,进而为粤港澳大湾区发展提供战略支撑。

在徐叶琴的构想中,未来,横跨大湾区四大超级都市的珠三角输水沿线,每一口保留的工作井都要成为令人驻足瞩望的一帧风景,每一座泵站都要成为景色优美的水情教育基地,成为向市民群众敞开门扉的生态公园。

眼下,珠三角人心目中的美好图景已触手可及。

(原载于《人民文学》2024 年第 1 期,有删节)

生活与美

永不言败（节选）
——走进中国冬奥冠军的冰雪人生

张雅文

一

奥林匹克运动会，从诞生那天起，就不是一个单纯的体育赛事，而是通过赛场上的博弈，彰显出各个国家的政治、经济、民族体魄等诸方面综合实力的因素。

百年前，西方国家早已在柴可夫斯基《胡桃夹子》的旋律中，在冰场上翩翩起舞了。而我们中华民族却在为温饱、为独立、为反殖民地反侵略而抗争着、战斗着，根本无暇涉足花样滑冰这项高雅的体育运动。

2010年，申雪、赵宏博夺得奥运金牌的那一刻，我国花样滑冰双人滑国家队，才刚刚组建十七年。

十七年，弹指一挥间！

中国的花样滑冰虽然起步晚，却像腾飞的中国一样，以超人的速度内道超越，仅仅用了十七年，就赶超了有着百年积淀的西方双人滑高手！

申雪、赵宏博牵手追梦的奋斗历程，就是中国花样滑冰双人滑走向世界、走向冬奥冠军领奖台的过程……

申雪、赵宏博都出生在哈尔滨，都来自普通的家庭。

申雪的父母都是交通机电系统的工人，她是家里的独生女。

赵宏博的母亲是哈尔滨亚麻厂的工人，父亲是哈尔滨动力区工商局的一名科长。一家人住在亚麻厂的筒子楼宿舍里，楼道里充满了做饭炒菜的油烟味儿。住室很小，他有三个哥哥、一个姐姐，他是家里最小的孩子。

哈尔滨是一座特殊的城市，有着"东方巴黎"之称，当年被称为"流亡者的天堂"。无论是建筑风格还是文化特点，都深受外来文化的影响，尤其受俄罗斯文化的影响。

哈尔滨在中国第一个成立了交响乐团、第一个成立了芭蕾舞团……孩子们从小就听着教堂里传来悠扬的钟声及风琴声,听着公园里传来巴扬琴弹奏的《山楂树》和《莫斯科郊外的晚上》,看着金发碧眼的外国女人穿着漂亮的布拉吉(连衣裙)在公园或松花江边跳舞或滑冰……

出生在这样一座中西方文化交融的美丽冰城,深受外来文化的影响,人们自然而然就与冰上运动结下了不解之缘。所以,申雪和赵宏博的父母,很早就把孩子送去学花样滑冰,并努力使他们牵手,从而走上美好而艰难的追梦之路——

赵宏博从小就活泼好动,爱打篮球,有着良好的身体素质和体育天赋,是亚麻厂有名的小篮球明星,还带领亚麻厂小篮球队打过全市童年组冠军呢。

老师发现他在体育方面很有天赋,就做他父母的工作,把7岁的小宏博送到哈尔滨市重点业余体校花样滑冰教练孙治平手下,让他学花样滑冰。

赵宏博生来一副要强的性格,从不服输,从小就想做一个出类拔萃的人。学花样滑冰不久,他很快就显露出这方面的天赋,其出色的两周跳,成为二十多名小队员羡慕的佼佼者。1991年,18岁的赵宏博就与搭档谢毛毛获得了全国运动会的双人滑冠军,一举成名。

申雪比赵宏博小5岁,是父母唯一的宝贝女儿。童年时的她,身体瘦弱,经常感冒。5岁那年,为了让她锻炼身体,多吃点儿饭,父亲把她送进哈尔滨市体育幼儿园,让她学花样滑冰。父亲每天骑自行车接送,看着她像小燕子似的在冰场上飞来飞去,格外开心。一年之后,她的身体明显好起来,很少再感冒。

父亲对她说:"你好好练,以后爸爸送你去体校,去体工队……"

年幼的小申雪不知道什么是体工队,但她是个听话的乖乖女,性格温顺,为人随和,从不惹父母生气,父母让干啥她就干啥。父母对她没有过高的奢望,只希望她能健健康康地成长。

她小时候身材瘦小、柔弱,但骨子里却有着外柔内刚的性格。老师半夜叫醒大家起床去上冰训练(白天冰场由专业队用),好多孩子吃不了这份苦,只好哭着跑回家去。她却一声不吭地跟在老师身后,半夜上冰训练,从不叫苦。

也就是在这时,申雪、赵宏博遇到了改变他们人生轨迹的恩师姚滨教练。

二

在他沉默的世界里,却燃烧着一团火,一团不达目的誓不罢休之火!

早在三十多年前，我曾采访过姚滨和他的妻子曹桂凤。当年，他们都是专业滑冰运动员，一个是花样滑，一个是速滑。一个在冰场上翩翩起舞，一个在冰道上没完没了地"拉磨"（滑跑）。

　　1982年1月，曹桂凤在张家口举行的全国速滑达标赛上，独自一人夺得了500米、1000米、1500米、3000米四个项目及女子全能的五项冠军，轰动了整个冰坛，成为中国速滑史上的特大新闻。当时，我还写了一篇关于她的报道，发表在报纸上。

　　姚滨是全国著名的花样滑冰运动员，曾连获五届全国冠军，并与栾波组合，获得过世界大学生冬季运动双人滑第三名。

　　1984年，姚滨第一次，也是唯一一次参加在萨拉热窝举办的第十四届冬奥会，中国共有37名运动员参赛，无一人进前六名，仅得团体总分5分，排在49个参赛国（含地区）的第23位。而姚滨在花样滑比赛中排名倒数第一。

　　这次"打狼"的成绩令姚滨彻夜无眠，内心充满了耻辱感："国内是英雄，国外却是狗熊，算啥能耐？"

　　他第一次发现中国花样滑冰水平与世界优秀选手相比，差距太大，一时半会根本赶不上！

　　后来，当他一心想发奋拼搏之际，却在一次训练中造成意外韧带撕裂，不得不退役。他父母都在黑龙江日报社工作，从小受文化熏陶，内向、不善言辞的他，不爱张扬，不爱出风头，喜欢一个人默默地读书、学习，还弹得一手好钢琴，他考上了哈尔滨师范大学体育系。

　　姚滨一心想当运动员，领导却让他留下来担任哈尔滨市花样滑冰队教练，带着难舍的花样滑冰梦，他最终选择了留下。

　　他内向、寡言少语。

　　但在他沉默的内心世界，却燃烧着一团火，一团不达目的誓不罢休的勃勃雄心之火！

　　他永远忘不了在萨拉热窝冬奥赛场上"打狼"的滋味儿，更忘不了走下赛场，外国运动员向他投来的目光，轻蔑而冷漠。胜者为王，败者为寇！运动场就是战场。他们轻蔑的不是他个人，而是他背后的祖国……

　　知耻而后勇，知弱而图强。

　　姚滨从他当教练那天起，就决心要改变中国花样滑冰在世界赛场上"打狼"的现状……

　　但是，对起步晚、基础弱、条件落后的中国花样滑冰来说，要想"冲出亚洲，走向世界"，谈何容易？

他向领导提出,要让运动员走出国门,开阔眼界。他就带着运动员到离黑龙江最近的俄罗斯小城乌拉尔去训练,想向高手学习,苏联时期的花样滑冰是世界最厉害的,结果在乌拉尔小城训练了两个月,连一个高手都没见到。

见不到高手,他只好反复观看优秀运动员的录像,研究他们在高难度动作中,如何表现优美的内涵,在优美的动作中,又如何体现出深层的音乐美感……

他觉得,花样滑冰运动员不仅要刻苦训练,而且要提高运动员的文化修养及音乐素质。

他跟运动员们一起吃住,一起训练,一起研究训练方案,为运动员们设计比赛服装,选配比赛音乐,亲手剪辑录像带……

他带领运动员,仅用17年时间,就赶超了有着百年花样滑冰底蕴的西方选手,培养出多名世界级的运动员,最著名的要数他的三对弟子了。

申雪、赵宏博,在2010年温哥华冬奥会上夺得双人滑金牌,并多次获得世界冠军。

庞清、佟健,在2010年温哥华冬奥会上获得银牌,并获得2006年、2010年两届世锦赛冠军。

张丹、张昊,在2001年世界青少年大奖赛两站分站赛、总决赛,世界青少年锦标赛获得了大满贯冠军,在2006年都灵冬奥会上获得亚军。

姚滨,创造了世界滑冰史上的奇迹——一名教练同时培养出三对选手,三对选手同时进入世界锦标赛前六名,而且包揽了四大洲锦标赛的全部金牌!

这在世界花样滑冰史上并不多见!

他因此被称为托起世界冠军的人,国内外的荣誉,也像雪片般地飞来……

2004年,他被美国杂志《国际花样滑冰》评为代表最佳教练的学院奖;同年被日本NHK电视台评为世界花样滑冰年度最佳教练员;2005年,获中国体育运动荣誉奖章;2006年,获最佳教练奖,被意大利都灵市政府授予嘉奖;2007年,获国家最佳教练员奖;2009年,当选第11届全国政协委员;2010年,获国家体育运动荣誉奖章……

姚滨和妻子曹桂凤,一个成为国家功勋教练,一个成为国家体育局分管冰雪项目的干部,二人都为中国的体育事业作出了杰出的贡献。

我这次采访姚滨时,他因腰间盘问题正在住院。

这位不苟言笑、连运动员获得奥运金牌都不露声色的教练,却说出一句令我吃惊的话:"并不是我选择的花样滑冰,而是花样滑冰选择了我。"

我是第一次听到教练或运动员说出这样的话。

大多数运动员都是因热爱而坚持,因酷爱而拼命。他却因为有体育天赋,被老师送到体校学滑冰。他妹妹也很有天赋,曾是亚洲跳远纪录保持者。他想退役,又是组织决定让他当了教练,花样滑冰再次选择了他。

他说,他最对不起的就是妻子曹桂凤:"整个军功章都是她的!"

三

"你在双人滑方面很有潜质,你才 18 岁,将来肯定会大有作为! 不仅要冲出亚洲,而且要冲向世界最高的领奖台!"

1992 年 6 月,赵宏博双人滑舞伴谢毛毛因伤退役,没有了搭档,赵宏博产生了退役去上学的想法。

于是,姚滨教练对赵宏博语重心长地说出了这番话:"你在双人滑方面很有潜质,你才 18 岁,将来肯定会大有作为! 不仅要冲出亚洲,而且要冲向世界最高的领奖台!"

姚滨的话语极少,但在赵宏博心中却极有分量。

1992 年 6 月 22 日上午,姚滨带着一名女队员来到赵宏博面前,让他看看做他的新伙伴合不合适。

申雪,13 岁,身高不足 1 米 5,身材瘦小,长相并不出众,还是一个孩子。

赵宏博,18 岁,身材高大,长相帅气,风华正茂。他曾是全国比赛双人滑冠军、亚洲锦标赛冠军,是好多女孩子的偶像。单人滑的女孩子,都渴望成为他的新搭档。但是,姚滨教练却选中了成绩并不突出的申雪。

赵宏博瞅瞅申雪,不冷不热地说了一句:"先练一个月试试看吧。"

赵宏博似乎并不太称心,但他相信教练的眼光。在他成长的路上,姚滨教练就像他的指路明灯,关键时刻总是给他掌舵。

赵宏博的态度,却深深地刺激了自尊心极强的申雪。宏博大哥是大牌运动员,是她们这帮小运动员心中的偶像。所以,她把这句"先练一个月试试看吧",当成了一次人生大考,极其认真地对待!

人的命运,常常就在这看似不经意间做出了选择。

她告诫自己:一定要好好表现,决不能失去这次千载难逢的机会! 能成为宏博哥这样高手的伙伴,是她梦寐以求的!

从那天起,她每天上冰就像上考场一样……

赵宏博拉着她,做一些她从未做过的双人滑动作,她一次次地摔倒,一次次地爬起,一次次地从头再来……

她不记得摔了多少次,也不记得泪水多少次滴落在冰场上,只记得宏博哥让她做啥，她就乖乖地做，一遍遍地做，直到做好为止。她记得，一个月里，她没跟宏博哥说过一句话，因为宏博哥从不主动跟她说话。

每天晚上，她浑身又累又疼，腿上摔得青一块、紫一块，她常常蒙着被子偷偷地抹泪。但第二天早晨，她仍然微笑着出现在冰场上……

对赵宏博来说，他不仅要考验女伴的冰上技术、发展潜质，还要看她的性格、人品、意志，以及她与伙伴合作的包容性。

因为双人滑不同于单人滑，单人滑是个体项目。双人滑则需要两个人高难度的配合。所以，双方要有极好的心灵默契与身体协调，相互间要有发自内心的高度信任与爱护。同时，双方对音乐也要有深刻的体会，这样才能诠释出音乐的美感。

一对优秀的双滑伙伴，要朝夕相处几年，甚至十几年，才能达到高度默契，才能演绎出最美的冰上"芭蕾"，才能为观众呈现出高水平的冰上艺术！

在这一个月里，赵宏博发现申雪这个小丫头身上有一种与众不同的劲儿，这种劲儿深深地打动了他。他从心里接受了这个小他 5 岁的小妹妹。而申雪在心里也早乐颠颠地接受了这位大哥哥，整天像小尾巴似的跟着他。

这一切，都被姚滨看在眼里。

他觉得，申雪与赵宏博是一对难得的好搭档，相信他们一定能创造出奇迹！

四

教练的一双慧眼，造就了一对好搭档。

申雪、赵宏博是一对难得的好搭档。

赵宏博的性格好，无论是训练还是平时生活，都像大哥哥似的照顾小妹妹申雪。

他洗衣服时，就把申雪的大件衣物拿过来一起洗；她在冰场上摔哭了，他为她拂掉身上的冰沫，搂着她的肩膀安慰她："好啦！好啦！没事了！咱们从头再来！"有时，一个动作申雪多次做不好，他就耐心地陪着她，指导她，直到她做好为止。外出训练、比赛，他包揽了所有的体力活，为她拎箱子、背包。申雪则像小妹妹似的，乐颠颠地跟在他身后……

采访时，申雪说："谁找宏博哥谁都会很幸福，他人特好，让人信赖！不过，刚开始跟他搭档，我爸爸、妈妈特讨好他，总怕他把我摔喽！后来发现他心特善良，像大哥哥似的照顾我，我爸妈这才放心了。"

赵宏博却笑着说："小雪的性格好。我俩合作这么多年,配合得十分默契!"

两个人显然都很优秀,所以才创造出辉煌的人生。

申雪、赵宏博牵手三个月后,参加了一次队内测试。

结果,滑得一塌糊涂,申雪摔了两个大跟头!

申雪下冰就哭了。他们两个既懊恼又不服,从赛场出来,直接去了训练场。两人一边训练,申雪一边哭……

四个月后,两人第一次参加全国花滑比赛,就获得了全国花样滑冰双人滑冠军!

五

成功从来不会一帆风顺。

失败与挫折,时时考验着每一个追梦者的灵魂。

1994 年,二人跌入了低谷。

赵宏博的父亲去世,对宏博的打击很大。申雪的家中被盗,奖牌全部被偷,对她的打击也很大。全国冠军赛,二人仅获得了第三名。

赵宏博觉得坚持不下去了,想退役。

姚滨教练找他谈话,苦口婆心地劝他:"你才 20 岁,正是出成绩的好年华!如果现在退下来,不仅辜负了国家对你们的培养,也辜负了你父亲对你的期望……"

教练的这番话,深深地触动了赵宏博的心。他从小就怀有为国争光的抱负。是啊,如果现在就这样败下阵来,不仅对不起国家,对不起父亲,而且也对不起教练!姚教练对他和申雪就像对自己的孩子一样,把全部精力都放在他们几个运动员身上了!

"好吧!教练,我听你的!"

姚教练却说:"我们一起拼!到时候你们还不出成绩,我这个教练跟你们一起退役!"

雄心壮志,不是写在风中的誓言,而是要靠玩命的付出来兑现的。

接下来的几年,教练和运动员一起玩命!

整天在冰场上滚爬,在高难度动作上下功夫,在抛跳、捻转、托举,在外点冰三周单跳、后内抛跳三周、后外抛跳三周等这些高难度动作上花气力,下狠功夫,直到练得娴熟而精湛为止!

抛跳三周，就是男伴把女伴高高地抛向空中，女伴在空中旋转三周后落到几米外的冰面上，稍一不慎，就"叭叭"一声摔到冰上了！所以，人们都说双人滑抛跳三周的成功，是女伴用无数个跟头换来的。

赵宏博每次将申雪瘦小的身体抛向空中的刹那，都为她提着心……她每次摔倒，他都急忙跑过去拉起她。

别看申雪长得瘦弱，却非常顽强，即使哭着，也要一次次地练下去，直到练好为止。

1992 年，申雪、赵宏博第一次代表中国参加世锦赛，24 对选手，他们排在22 位。

外国人笑话他们，说他们不是在表演，而是在练功，说中国人缺少艺术细胞，不适合练花样滑这样艺术性很强的体育项目。还说这个项目是属于欧美的。这番话对申雪、赵宏博的刺激很大。

姚滨教练曾对他们讲过，他第一次参加冬奥会，尝到了最后一名"打狼"的滋味……

申雪、赵宏博决心发奋，在艺术上下狠功夫，队里请来国外大牌编舞师及服装设计师，帮他们设计舞蹈和服装。

三年后，在 1997 年加拿大举办的世锦赛上，申雪、赵宏博的排名从 21 位升到第 11 位。

1998 年，在长野的第十八届冬奥会上，他们进入了前 5 名。

时任法国花滑协会主席的伽吉亚预测：中国这两位年轻的选手，将是未来的世界冠军！

1999 年，在世界大奖赛总决赛中，申雪、赵宏博的对手是世界冠军俄罗斯选手别列日娜娅、西哈鲁利泽。比赛中，俄罗斯选手在抛跳、托举等动作时都失败了，俄罗斯的女教练气得当着众人的面哇哇大哭，觉得丢人！

申雪、赵宏博却表现得非常出色，夺得了第一块分量很重的金牌。

然而，当他们怀着极大的信心与实力，奔赴芬兰赫尔辛基举办的 1999 年世锦赛赛场，在比赛中，他们把冰上技术发挥得十分完美，正期待着第一枚世界冠军的金牌时，裁判打出的艺术分，却把他们本该到手的金牌，判给了刚刚在大奖赛总决赛中被申雪、赵宏博击败的俄罗斯选手别列日娜娅与西哈鲁利泽……

当时，全场观众发出了唏嘘声，都认为裁判不公，有明显的压分倾向！

但在赛场上，裁判就是上帝。

在现场新闻发布会上，当主持人念到申雪、赵宏博获得亚军时，全场所有的运动员、教练员都起立为他们鼓掌，以示对中国运动员的礼赞！

赵宏博在新闻发布会上发言时说道："希望下次比赛，各位裁判能更喜欢我们！"

中国领队和教练要求运动员即使裁判判决不公，也不许跟裁判公开叫板，要注意国际影响，留得青山在，不怕没柴烧！

然而，当姚滨和运动员憋着一肚子气，去外面中餐馆就餐回来时，却听见有人在大声议论："出事了！出事了！裁判出事了！"

这才得知，裁判出事就出在申雪、赵宏博身上……

原来，在裁判席身后，加拿大电视台装有一台直播的电视机，恰巧拍下了这样一个镜头：申雪、赵宏博比赛结束后，一位俄罗斯裁判与一位乌克兰裁判在桌子下面用手势打暗语呢，并且被直播了出去。

这件丑闻顿时引起了轩然大波。

后来，两名裁判被判罚停裁判一年。

但是，冠、亚军的名次却无法改变了。

这种违背奥林匹克精神的不公正待遇，并非一次。双人滑项目，一直由俄罗斯与欧美运动员主宰，其他国家的运动员很难冲进他们的圈子。

所以，申雪、赵宏博不仅要在技术上夺冠，而且要在裁判的印象分上夺得裁判的"心"……

他们常常是满怀信心地奔赴赛场，最后却心怀不平地失望而归。每次归来，他们都眼里含着泪，内心充满了沮丧与不公！

但到第二天早晨，申雪总会面带微笑地出现在宏博哥面前，亲切地叫一声："宏博哥，该出操了！"

后来，申雪曾对赵宏博说："我知道我笑起来并不好看。但我相信，我的笑脸能拂去宏博哥心中的郁闷和阴霾！"

赵宏博却笑了，说她笑得很美，说她是世界上笑得最美的姑娘！

赵宏博很早就发现，在这个小他5岁的小姑娘身上，有着比美丽更重要、更宝贵的精神品格——那就是在失败与挫折面前，有着百折不回的乐观与无坚不摧的毅力！

这使他对她越来越充满了敬慕，就像她越来越崇拜他一样。两颗心在不知不觉中，越走越近，越走越贴心。

优秀运动员，都有着顽强、不肯服输的个性。

遭遇裁判的不公待遇，并没有使申雪、赵宏博气馁与退却，反而使他们越战越勇！他们把《花木兰》电影的主题曲选为自由滑曲目，因为申雪的性格就像当年的花木兰一样！

为了冲击2002年在盐湖城举办的冬奥会金牌，他们从2001年5月便在教练的指导下,开始冒险练习当时世界最高难度的动作——"沙霍夫四周抛跳"。

要知道,空中三周抛跳已经够难了,四周抛跳就可想而知了。

第一次练习四周抛跳,赵宏博不忍心,拉着申雪的手在冰场上转了一圈又一圈,迟迟不忍心把她抛出去,直到从不发火的申雪急了,破天荒地冲他发起火来:"宏博哥,你到底抛不抛啊?"

赵宏博这才狠心把她高高地抛出去,申雪吓得顿时失去了控制力,就在她慌乱落地的刹那,赵宏博急忙抢上前去用身体接住了她……

赵宏博不忍心再继续抛下去。申雪却要求他继续抛!她知道,每一项抛跳的成功都是摔出来的。

赵宏博只好狠下心来,一次次地抛,申雪一次次地摔,冰场变成了"摔跤场"……

申雪身上被摔得青一块、紫一块,到处是伤。

摔得最重的一次,她身上缠着两斤重的纱布在床上躺了三天。姚教练和队医都来问她,还行吗?

她微笑着回答:"没问题,过两天就好了。"

教练问她:"要不,先别练四周抛跳了?"

"不! 一定要练!"申雪说得斩钉截铁。

赵宏博自责自己没有把她抛好。

申雪却说:"宏博哥,你别自责!两周跳、三周跳,哪一项抛跳不都是摔出来的?过两天我就能上冰训练了!"

三天后,他们果然又上冰场了,果然又开始了一次次抛跳,一次次摔跤,直到熟练地掌握了日后问鼎世界花样滑冰双人滑桂冠的撒手锏——"沙霍夫四周抛跳"!

然而,命运总爱捉弄人。

在期待已久的2002年盐湖城冬奥会赛场上,申雪、赵宏博在短节目比赛之后排名第3。

双人滑分两套节目,第一套是双人短节目:运动员自选音乐,在2分40秒的规定时间内完成双人短节目的规定动作。第二套是双人自由滑:运动员自选音乐,在规定的4分30秒内完成一套自编动作。裁判员根据运动员在比赛中完成动作的难度、质量、动作编排、音乐配合,以及舞姿、表情、独创性等评定出技术分及表演分。

在接下来的自由滑比赛中,申雪、赵宏博拿出了他们的撒手锏——当赵宏博把申雪高高地抛向空中，她在空中成功地完成了"沙霍夫四周抛跳"，当人们正准备为他们欢呼创造历史之际，已经落冰滑出一段距离的申雪，却忽然脚下一滑，摔倒了！

功亏一篑，只得到一枚铜牌。

一连几天，申雪都浸泡在自责的泪水中。

赵宏博不停地安慰她："别难过，我们还有下一次。下一次我们肯定会夺金牌！"

一个月后，在2002年3月20日日本长野举办的世锦赛上，申雪、赵宏博终于获得了"沙霍夫四周抛跳"的圆满成功！

这对牵手十年的合作伙伴，终于夺得了中国花样滑冰双人滑的第一个世界冠军，也是他们运动生涯中夺得的第一枚世锦赛的金牌！

但是，接下来的卫冕之路，却充满了坎坷。

2003年，世锦赛在华盛顿举行。

申雪在赛前练习抛跳时，右脚意外扭伤，顿时不敢动了。队医急忙给她敷冰块、打针，采取急救措施。

申雪扭伤的消息，立刻在运动员中风传开来："世界冠军申雪，因伤不能参赛了！"

教练和队医都为申雪捏一把汗，赵宏博更是一夜未眠。

第二天早晨，教练和队医敲开申雪的房门，却发现，申雪的脚肿得像馒头似的，正往冰鞋里穿鞋呢。

申雪说："教练，我只要能穿上冰刀就能比赛……你看，我穿进去了！"

在场的人，都被申雪这种顽强的拼劲儿，深深地打动了。

姚滨教练问她："你能行吗？"

"能行！"

"不疼吗？"

"打上封闭就不疼了！"她不想因自己的意外而痛失这块宝贵的金牌。

队医说："你的脚肿得这么厉害，能参加比赛吗？"

"能！只要不疼就行！上场前，你给我打两针封闭就不疼了！"

说这话时，申雪下意识地瞅瞅宏博哥。宏博哥也在瞅她。两人心照不宣，都不想痛失这块宝贵的金牌。宏博哥的眼睛里，却充满了对小雪的疼爱，他越来越爱慕这个顽强的小妹妹了。

晚上，申雪在上场比赛前，要求队医给她打了两针封闭针止痛。

当申雪面带微笑与赵宏博手拉着手，出现在赛场时，观众席顿时传来惊讶的唏嘘声……

就在教练、领队和队医都为他们高度紧张担心之际,只见申雪、赵宏博却面带微笑,翩翩起舞,时而抛跳,时而托举,时而来一个"沙霍夫四周抛跳",完美地诠释了堪称经典的《图兰朵》全部动作,震撼了全场观众!观众纷纷起立,为他们热烈鼓掌,很多观众都看哭了。

在申雪带伤的情况下,他们毫无争议地战胜了俄罗斯选手,蝉联了2003年世界冠军!

一位加拿大前双人滑冠军说:"我们一致认为这是我们迄今为止,看到的最完美的双人滑表演,如此默契的配合,每个动作、每个细节都做到了极致。这是一套难以逾越的双人滑巅峰之作——除了申、赵他们自己!"

赛后,赵宏博却后怕不已,他知道小雪的右腿打了麻药,整个小腿以下都是麻木的,毫无知觉,完全凭着平时训练的感觉在进行比赛。如果在比赛中出现失误,那后果不堪设想。但小雪却承受着巨大危险,献上了一场精美的演出。

当时,在现场观看比赛的美国国务卿赖斯看到申雪带伤夺冠,极为感动,赛后给申雪、赵宏博发来贺电,赞扬他们顽强的拼搏精神。这事被美国媒体报道后,轰动一时。

中国驻美大使杨洁篪亲自来宾馆看望中国运动员,并向蝉联世界冠军的申雪、赵宏博表示祝贺。

就在他们卫冕世界冠军的第二天,赵宏博和师弟张昊却轮流背着申雪去逛华盛顿,去参观白宫了。

在参观白宫时,一群美国冰迷居然认出了申、赵二人,冰迷们围住他们,激动得热泪盈眶,说他俩的表演太精彩了!还纷纷要求与二人合影。

申雪、赵宏博觉得,在欧美主宰的运动项目里,能让他们被折服得流泪还是第一次遇到。他们感到无比骄傲,因为他们代表的是中国!

六

他们无法接受这个残酷的现实!

他们忘记了身边的人,忘记了是在汽车上,两人忍不住抱在一起失声痛哭……

当申雪、赵宏博满怀必胜的信心,为夺取2006年都灵冬奥会金牌,为实现"大满贯"的梦想,又投入新的训练周期之际,没想到,灾难却接踵而至,一个接一个……

2005年年初,赵宏博左脚跟腱劳损,影响了训练,他们不得不退出2005

年的世锦赛。

接着,国际滑联推出新规则:不再给高难度跳跃动作加分,使凭借高难度动作震惊世界的申雪、赵宏博,一下子失去了高难度分的优势!

2005年8月5日,距离2006年都灵冬奥会仅剩半年时间,赵宏博在做外点冰三周跳时,左脚跟腱突然断裂……

这对一心想夺取奥运金牌的申雪、赵宏博来说,无异于晴天霹雳!

那天,申雪因感冒没去上冰,在宿舍里听到这一消息,她脑袋里顿时一片空白,继而心里惊呼:"完了!完了!这回奥运金牌又完了!"她哭着向门外跑去……

跟腱断裂对于双人滑运动员来说,意味着什么?

有人说:这意味着提前宣告,他们奋斗十几年的奥运金牌梦,彻底破灭了!

苦苦追求的梦想突然破灭,申雪、赵宏博觉得瞬间失去了一切,见面时,忍不住抱在一起失声痛哭……

他们无法接受这个残酷的现实!

赵宏博在教练和队医的陪同下,来到北京大学第三医院,找到外科专家田大夫,赵宏博第一句话就问:"大夫,我还能参加都灵冬奥会吗?"

"放心!我保证让你半年后参加冬奥会!"田大夫回答说。

赵宏博不敢相信,又问了一句:"真的吗?"

"当然是真的!"

"太好了!"赵宏博就像溺水者突然抓到了一根救命稻草。

而姚滨教练也长长地吁了一口气。

医生为赵宏博做了跟腱缝合术,为了确保术后的效果,从赵宏博的小腿肌膜上割下一块肌膜,缝在他的跟腱上。

赵宏博对医生说:"请给我缝结实点儿,我还要参加冬奥会呢!"

医生给他缝了七十多针,并打上了石膏。

在接下来的日子里,申雪、赵宏博度过了人生最痛苦、最难熬的一段时光……

两人都备受身心痛苦的折磨。

赵宏博躺在病床上,承受着伤痛的折磨及内心的煎熬,想到跟腱断裂的后果,常常有一种要崩溃的感觉。

而申雪无论是睡着还是醒着,眼里总是噙满了泪水。

她梦见宏博哥拉着她的手,在冰场上快乐地滑着,滑着滑着,宏博哥突然摔倒了!

她猛地惊醒了,发现自己满脸是泪,再也无法入睡,望着天花板,喃喃自语：“宏博哥的跟腱真能接上吗？他还能参加都灵冬奥会吗？他还能拉着我，一起滑《图兰朵》《胡桃夹子》吗？呜呜……”她蒙着被子呜呜大哭。

清晨，她一个人去训练馆，独自一人上冰训练。看到队友张丹、张昊、庞清、佟健都手拉手地训练，她的泪水又夺眶而出。

她吃不好，睡不好，手机不离身，时刻盼望着宏博哥发来消息。她看到他的好消息会哭，看到坏消息也哭。她脚肿得像馒头似的仍然参加世锦赛、没掉一滴泪的坚强，不知跑到哪里去了？现在却变成了一个林黛玉似的泪人。

但是，她却把所有的坏情绪都埋在心底，泪水咽进肚里，带给宏博哥的却总是微笑和鼓励：“宏博哥，别着急，你很快就会好起来的！我等着你，我们还要参加冬奥会，还要夺奥运冠军呢！”“宏博哥，你是最棒的！你一直是我心中的偶像……”

然而，放下手机，她却失声痛哭。

患难见真情。

通过这次磨难，两个人都意识到：他们的心早已连在了一起，任何力量都无法将他们分开！他们彼此之间越发信赖与珍惜，一个眼神儿，一个微笑，彼此都能心领神会。

七

为这可爱的姑娘，为多年坚持的梦想，为这寄予厚望的祖国荣耀，我还有什么理由不去努力，不去拼搏，不去奉献一切呢？

跟腱断了，一般运动员都会选择转业。

赵宏博却在术后麻药劲儿一过，不顾医生的反对，就开始训练了。

脚不能动，就躺在床上练腰腹肌，坐在凳子上练托举。他知道，运动员绝不能让肌肉萎缩。

出院后，赵宏博让申雪陪着他，挂着拐，去健身房进行力量练习。

教练让队医看着赵宏博，不许他开车去滑冰馆。

这天，队医发现赵宏博开车要走，他立刻挡在汽车前面，怒斥道：“下来！除非你从我身上压过去！”

赵宏博只好乖乖地下车。

队医又伸出手：“把车钥匙交出来！”

赵宏博只好乖乖地交出钥匙。

运动员的这种玩命劲头儿，可敬、可佩、又可怕！也正是这种可怕的拼命劲儿,才能使他们创造出常人难以企及的成就。

就在赵宏博离开冰场第八十八天,他终于又回到了冰场。只是受伤的左脚跟腱太厚,穿不了原来的冰鞋,特制了一双装有海绵的冰鞋。

一对亲密的战友,又手拉着手,走进了久违的冰场……

那种感觉真好,就像鱼儿回到了大海,雄鹰飞回了蓝天,骏马跑回了草原……

自由自在,尽情地驰骋。

两个人的眼睛里都闪烁着激动的泪花。他们知道,能重新回到冰场就是胜利,能走进都灵冬奥会赛场,就是更大的胜利!

可是,停止训练了三个月的运动肌体,想重新调动起来进入以往的训练状态,却是异常艰难。

术后的赵宏博,对跟腱断裂的外点冰三周跳动作,心存阴影,甚至有点恐惧,一次次总是做不好。申雪就让他一遍遍地反复做,反复放音乐。

很少发脾气的赵宏博,破天荒地发火了。

"你总是逼我,要是我跟腱再断了,我就再也不能滑冰了!"

申雪也毫不客气地回一句:"你跟腱不是没断吗?没断就得练!你不是要参加冬奥会吗?你不练,我们拿什么去参加奥运会?"

一句话,把赵宏博说得哑口无言。

其实,为了克服赵宏博的心理障碍,申雪让他一遍遍地做着外点冰三周跳。她也很心疼,转头又微笑着对他说:"宏博哥,你别生气!我也是为你好。如果你举起我时感觉动作不稳,不必要再像过去那样保护我,尽管把我扔出去!我摔一下没关系,只要你不受伤就行!"

赵宏博深知申雪是一位善良又无私的好姑娘。在以往的训练中,他们总是为对方着想,总是千方百计地保护对方,很怕给对方带来伤害。

听到这番话,赵宏博心里很是感动,心想:为了这么好的姑娘,为了对我们寄予厚望的祖国,我还有什么理由不去努力拼搏,不去奉献一切呢?

八

跟腱断了半年后的赵宏博,携手申雪,奇迹般地出现在都灵冬奥会的赛场上,继续上演着他们美妙绝伦的追梦人生……

2006年2月13日晚,赵宏博携手申雪,出现在都灵冬奥会的赛场上,以常人难以想象的顽强,战胜了导致他跟腱断裂后外点冰三周跳的心理障碍,完美地完成了全套动作,博得了全场一片热烈的掌声!

然而,申雪却在自由滑的节目中,因心里过分紧张,过分担心宏博哥的伤脚出问题,在平时从不失误、百分之百成功的动作上,却出现了失误,最终只获得了一枚铜牌。

这枚来之不易的铜牌,其意义远远超过了金牌。

它使一对携手十四年的伙伴,彼此靠得更近,使两颗朝夕相处的心,紧紧地贴在了一起……

赵宏博搂着自责哭泣的申雪,安慰她说:"别难过,我们还有明年,还有下一次……"

"还有明年,还有下一次……"这是他们经常用来安慰对方的一句话。

明年是他们的希望,下一次是他们的奋斗目标!

而且,他们从没有让对方失望,更没有让国家失望……

这次也是一样。

2007年,申雪、赵宏博先后夺得了本年度的世锦赛、四大洲锦标赛、NHK杯、花滑大奖赛总决赛等六项大赛的六个冠军。第三次夺得世锦赛冠军之后,这对牵手十五年的搭档,迈出了人生中重要的一步。

2007年3月21日晚10点,在日本东京代代木体育馆,伴随着一曲《沉思》的播放,申雪、赵宏博身穿灰蓝色服装——这是姚滨教练亲自给他们设计、缝制的——飘逸而轻盈,滑起来就像一对美丽的蝴蝶,你追我赶,在银色的世界里翩翩起舞,时而飞快,时而舒缓,时而腾空抛起,时而携手同行,十五年的逐梦历程,十五年如梦如幻般的爱情,艰难而无悔的追梦人生,都浓缩在这短短几分钟的自由滑节目里了。

而此刻,只有一个人坐在教练席上,不时地拭着眼角的泪。他知道,这将是两位爱徒的最后一场告别演出,这次世锦赛之后,他们就将退出国家队了。

然而,令姚滨教练没想到的是,当《沉思》乐曲结束了,申雪、赵宏博圆满地完成了全套动作,全场观众起立为他们欢呼喝彩时,只见向观众深深鞠躬谢幕的赵宏博,忽然转向申雪,右膝单腿下跪,向申雪做出一个西方式求婚的姿态……

姚滨教练愣住了。

申雪也稍显懵懂,因为原本节目的编排中并没有这个动作。但她立刻像以往一样,心领神会,配合宏博哥也跪了下来,两人跪在冰场上紧紧地拥抱……

赵宏博向申雪送去深情的一吻,并用英语小声说道:"我爱你……"

并不知情的观众,此时报以热烈的、经久不息的掌声。而中国记者、队员们,也发出了欢呼跳跃……

对这场浪漫的求婚仪式,赵宏博没有告诉任何人,连申雪都没告诉。他想给她一个惊喜,却给了她一个"惊吓"。申雪当时并没有理解宏博哥的浪漫,而是出于十几年来的默契,配合他的动作也跟着跪下来,并接受了他深情的一吻。

下冰后,申雪、赵宏博来到姚滨教练面前,三个人都热泪盈眶,紧紧地拥抱——

三个人为了第三次夺得世锦赛冠军而感到高兴,也为即将分手而深感不舍。

他们深知与教练十五年来的合作,其感情之深,不是父兄,却胜似父兄,不是父女,却胜似父女!

当天晚上,回到住地,赵宏博歉意地对申雪说:"小雪,我没有事先告诉你,是想给你一个惊喜!我觉得,没有比今天这个特殊的时刻向你求婚更美好、更有意义的了!"

申雪却笑道:"这是一个美丽的误会!我当然很高兴。"

"小雪,你愿意嫁给我吗?"

"宏博哥,我当然愿意……不过,你得给我补一枚求婚戒指……"

"没问题!统统满足你!"

说完,二人张开双臂,紧紧地拥抱。

这对"冰上情侣"的恋情,不仅瞒着媒体,也瞒着各自的家人。直到媒体公布了赵宏博在世锦赛冰场上,向申雪浪漫式求婚的消息之后,一直为他俩操心的双方父母,才得知这一准确消息,别提有多高兴了。双方父母早已成为朋友,早就认定这两个孩子是最完美的一对。

姚滨却说:"宏博事先并没告诉我,他下跪我都不明白是什么意思,还以为是他们结束运动生涯的仪式呢!如果宏博早告诉我,我一定让播音员在现场宣布这一喜讯,让全世界的观众都来分享他们的幸福!"

当时,时任东京世锦赛解说嘉宾的世界冠军伊藤绿,在记者招待会上说:"中国的申雪、赵宏博,改变了花样滑冰双人滑历史,虽然他们没有得到冬奥会的金牌,但并不影响他们创造了属于自己的时代!"

(节选自《永不言败——走进中国冬奥冠军的冰雪人生》,张雅文著,黑龙江人民出版社 2024 年 2 月出版)

江西有个太阳村

林　木

一

女孩琪琪终于盼来了她生命里特殊的一天。

在南昌监狱会见室,琪琪见到了她从来没有见过的爸爸。琪琪的父亲做梦也想不到,眼前这个可爱的小姑娘竟然是自己的女儿;更想不到的是,在自己"无期"无望的生涯里,还能看到生命的希望。

父女初见,百感交集。人生种种曲折复杂的际遇,命运背后的苦辣酸甜,万千滋味背后的复杂情感,情感背后的千言万语,如今只能化作滂沱的泪水。对视良久之后,父女俩抱头痛哭。

16 年前,当琪琪还在妈妈肚子里时,她的父亲因帮同学打架失手将人打死,被判死缓,命运之柱突然折断,一个正常的家庭就此破碎。琪琪出生七个月后,妈妈在悔恨和绝望情绪的反复折磨下,终于失去了生活的信念,狠心抛下琪琪一走了之。从此,琪琪和奶奶相依为命。到了上学的年龄,奶奶靠捡破烂让她背上了书包,可因为背着"杀人犯女儿"的名声,她受尽了冷眼和欺辱,变得心灰意冷,屡屡逃学,甚至辍学。

就在琪琪即将走到人生的悬崖边上时,命运之神从她的身后伸出了一只挽救之手。此时,江西省都昌县关工委(即关心下一代工作委员会)主建的一个无偿收养社会困境儿童的民间慈善救助机构——江西太阳村已经运行多年。正在通过多种渠道无偿收养全国各地的无人抚养的儿童,特别是服刑人员无人照顾的未成年子女。通过琪琪父亲所在监狱的介绍,琪琪辗转来到了太阳村,重新背上了书包,并且在太阳村叔叔、阿姨、爷爷、奶奶的照顾和关爱下,重拾生活的信心,健康成长。

太阳村负责人告诉琪琪的爸爸:"你女儿很优秀,在学校当了团支部书记,学习成绩也很好,将来一定能考上大学。"琪琪爸爸的脸上出现了入狱多年来最灿烂的笑容。

紧接着，琪琪参加了"小太阳艺术团"特意给她爸爸所在监狱劳教人员排练的专场演出。当她爸爸亲眼看着女儿在台上领唱、领舞、朗诵，幸福和感动的泪水从心里涌出，在灯光的照耀下，断续流过脸颊。

演出结束，监狱长来到了他的面前，和琪琪的爸爸交流感想。未及开口，他再一次哽咽，突然扑通一声跪倒在监狱长面前，激动地说："本以为我犯了罪、坐了牢，孩子也没希望了。没想到太阳村把我女儿培养、照顾得这么好！现在我没有了后顾之忧，更没有理由不好好改造！"

如果把这感人的一幕比作生活角落里的弧光一闪或某株生活之树上一次美丽的花开，那么，呈现于人们眼前的这一幕，关于琪琪和她爸爸的故事，仅仅是其中之一。无疑，江西太阳村正是开出动人花朵的那棵大树。在这棵大树上，每年都会有花儿开放，每年也都有比花儿更深刻、更沉实和更有价值的累累硕果。

当我们探寻和追问的目光从这棵大树的枝叶、树干一直延伸到它的根系，我们就会发现，一切的花开与结果都起于江西都昌郊外那十几间低矮破旧的平房，都起于2006年。

二

2006年，县稽征所退休职工、老劳模詹学银来到都昌县郊外一个废弃的村办林场考察，本打算借助这几间房屋和空地搞一搞种养开发，带动乡亲们脱贫致富，却半路上杀出了一个"猛张飞"，"丈八蛇矛"一横，事情就改变了原来的方向。

正当詹学银白天看现场，晚上查资料，忙得不亦乐乎之际，突然媒体上一则消息改变了他最初的想法。据媒体介绍，北京有个太阳村，无偿收养服刑人员无人照顾的未成年子女，发挥了良好的社会功能，也获得了社会的广泛赞誉。二者相权，感觉收养服刑人员未成年子女这件事情，比搞开发更有价值，社会意义更大。于是，詹学银当即改变了主意，转而谋划起建立慈善救助机构的事情。

多年的行政工作经验，让詹学银形成了独特的办事风格，周全、周到、敏感。一提到少年儿童，他马上意识到，此事绝不能越过"关工委"。有人因此说他周全得近于保守，有人说他太在意程序，他都不予理会，他知道这是一个大问题。当他把这个想法向县关工委主任但俊华做了汇报之后，但俊华非常重视，觉得关爱救助困境儿童本来也是关工委的分内之责。于是，当即从詹学银手里把这个事情全盘接管过来，成了主导和主办者。

既已接手，但俊华便立即进入了实际操作。首先带领詹学银等人前往北京太阳村考察学习。此行，不仅受到了北京太阳村的热情接待，还得到了对方的悉心指导，获得了很多间接经验。临别，对方还热心地承诺给他们30万元开办经费。

从北京回到都昌，但俊华马上组织人员开展征地、规划等前期工作。凭借隐约的使命召唤，也凭借着突然迸发的激情，前期工作以奔跑的速度在很短的时间内宣告完成。现在需要停下来，喘口气，审视、评估一下事情的进展和全貌。可是，一旦静止下来，放眼未来，但俊华立即怔在了那里。呈现于眼前的只有那百十亩荒地、十几间破房，其余全无着落。这就是白手起家呀！从眼前说到长远，每一个环节都在等着要钱。建房子要钱，装修要钱，修路要钱，设施配套要钱，特别是收养孩子后，衣食住行、上学就医等，哪一样都离不开钱。可是钱呢？到哪里去找钱呢？

靠政府拨款吗？不行，政府可以给予支持，但不可能包揽，何况都昌财政本来就不宽裕。靠民政部门救助吗？也不行，民政可以给予一定救助，但同样包揽不了。也就是说，太阳村作为民间慈善救助机构，所需资金只能主要依靠社会募捐来解决。但这种捐助是零散的、不稳定的，完全没有确定性的，谁能保证一定可以募集到这笔难以估算的巨额资金？即使一时筹到了部分的资金，谁又能保证长期够用不断链？

就在这特殊时刻，社会上对筹建太阳村出现了不同的声音，甚至激烈反对的声音。

"你们关工委为本县的孩子们做点什么好事不好呀，为什么非要去收养那些与都昌毫不相干的劳改犯的子女？"

"难道父母不犯罪的孤儿不值得社会关爱么，为什么非要犯罪分子的子女呢？你们到底想干什么？"

"都昌这么个穷地方，哪里能捐得出那么多款？本县都承担不起，还要大包大揽到全国！"

"好事是好事，但很难办成，一旦办砸了也要把脸丢到全国。你们不怕丢人我们还怕呢！"

众说纷纭之中，县关工委一班人感到了巨大的压力。但事已至此，也只能硬着头皮往前走，绝对不能打退堂鼓，只有把这件事情办成办好，用事实证明这件事情的价值和意义，才能给都昌的父老乡亲一个交代。

当务之急是要挑选一个合适的人选，来牵头办这个事情。有了牵头人，各项计划才能够得以有序推进和实施。鉴于该机构的特殊性质和职责，关工委经过深思熟虑,最后将目光凝聚到"五老"——老党员、老干部、老教师、老模范、老战士的身上。无论牵头人选还是将来的主力人群都应该从这个群体中考虑,因为这个群体基本都刚刚退休、身体尚好、热爱公益事业、家庭负担不重、有较强组织管理能力,也有较强的责任感和较高的觉悟。可是,具体选一个能够牵头的能人,还需要费一番斟酌。

有那么一些日子,关工委的领导们,天天抱着"五老"名册翻来翻去,反复琢磨、甄选。最后几乎不约而同把目光集中在一个名字上:周裔开!

此时,周裔开刚从县民政局局长位置上退下来,在职时,他做的就是扶贫济困、造福民生的工作,各方面条件都与这项刚刚开启的新事业相合,没有比他更合适的人选了。可是,当关工委的领导就这个想法与周裔开沟通时,周裔开并没有答应。

周裔开不答应,自有他不答应的原因。自1990年担任县民政局局长以来,在这个事关民生的前沿岗位上一干就是17年。都昌在地理位置上紧靠鄱阳湖,县域经济又不是太景气,无形之中,就让这个民政局局长的肩上多了很多压力,防汛救灾、扶贫济困,以及后来的脱贫攻坚,样样都重如泰山。17年来,周裔开每年都需要从年初到年尾马不停蹄地忙,虽然好事干了一大堆,荣誉得了一大把,但身体也消耗得差不多了。

周裔开这个中等个头、敦实身材、头发花白的汉子,让人一眼就能看出他是那种从基层工作的风雨坎坷中摸爬滚打过来的人。令人惊讶的是,他右腿竟是瘸的。那是早年在乡镇工作时,在一次抗洪抢险中摔伤所致,由此还得了个"老拐"的外号。很难想象,几十年来,他是以怎样的意志力,就这样一瘸一拐地走在为都昌人民造福的路上。

本打算55岁就按当时惯例退到二线轻松轻松,但县委竟然舍不得放他,要求他继续干,这样他就成为全县唯一满60岁才退职的局长。到了60周岁,总算"无官一身轻",可以钓钓鱼、打打牌、抱抱孙子享受天伦之乐了,谁知组织上又要把这样一副万钧重担搁在他肩上,他怎敢轻易答应呢?

不答应不要紧,组织上自有办法,关工委谈不下来,就让县委分管关工委工作的副书记再找他谈,组织级别逐步升高,几轮下来的谈话口径都是党组织对党员的谈话,不讲行政程序,只讲组织原则。作为一名党员,不是说一切听从党安排吗?党员哪里还有退休一说?既然都说到了这一层,周裔开还有什么好讲的呢?

"没办法,只好服从,谁叫我是共产党员呢?"虽然并不情愿,但最后他还是选择了坚决服从。

三

周裔开重新"上岗",便一头扎进了艰苦创业中。

望着破败不堪的房舍、杂草丛生的土地、仅有的一条坎坷不平的机耕道,他心中有一种泰山压顶之感。万事开头难啊!

好在有县关工委做他的坚强后盾。但俊华和几位退休县领导负责统筹协调,并挑选了几位踏实肯干的"五老"给他当助手。好在有县委、县政府的重视支持,以"两办"名义下文成立了由县委、县政府分管领导和县发改委、民政局、财政局、教育局、审计局、团委、妇联等单位负责人参加的"太阳村鄱阳湖儿童救助中心理事会",负责研究解决太阳村建设中遇到的困难和问题。

有了如此强大的"靠山",周裔开信心倍增,各项筹建工作迅速展开。

凭着多年从政积累的领导经验和实操本领,他对原来的创办设想进行了调整、充实和完善,首先着力解决两个带根本性、长远性的大问题。一个是"路子怎么走"的问题。原来的设想是照搬北京太阳村模式,只收养服刑人员无人照顾的未成年子女,周裔开认为,还应扩大到其他社会困境儿童,包括因天灾人祸、父母病残或死亡而无人照顾的未成年子女,以及农村贫困家庭无人照顾的留守儿童,这样既可以惠及更多家庭和孩子,也更容易得到当地政府和人民群众的支持。

后来的实践证明,这条路子走对了。另一个是"钱从哪里来"的问题。

周裔开的办法是"四个千方百计"。

一是千方百计争取领导支持。他从政时间长,认识的上级党政领导和部门领导多,便抓住各种机会向他们汇报太阳村建设设想及目前存在的困难,请他们带头捐款捐物,或指示有关部门帮助解决某个问题。

二是千方百计争取相关政策支持。作为老民政局局长,他懂政策、会算账,预先征得县政府同意,对太阳村建成后收养的孩子提供最低生活保障救助、医疗救助、享受教育方面各项优惠政策。本来,外省的孩子不能在都昌县享受这些政策,经他几次跑南昌汇报、争取,省民政厅、财政厅同意按实际需要给都昌县增加基数,此事得以圆满解决。

三是千方百计争取县直各单位和社会各界支持。作为退休干部,一无职,二无权,全靠腿勤嘴巴甜,周裔开只好一家一家地拜访有关单位和社会团体,一个一个地约见有"实权"的老同事、老朋友,请他们帮太阳村一把。尽管他年高德劭,在整个都昌县城可以说是人人敬重,但在争取各方面支持时,他都坚持亲自登门,使对方深受感动,无形中也提高了办事成功率。

四是千方百计争取外界支持。通过各种宣传渠道和朋友、熟人关系,向市外、省外社会各界宣传建设太阳村的设想及意义,引导慈善团体、爱心企业和爱心人士捐助善款。

善款如水,如涓涓细流,不断从四面八方而来,逐渐聚集于这个生命洼地。爱的种子,开始一天天滋润、膨大、萌芽。

一切都按计划紧张有序地进行着。太阳村基建工地上,人来车往,一片繁忙。经过“五老”团队、志愿者和义工们 8 个月的艰苦努力,4 栋简易宿舍拔地而起,餐厅、仓库、办公用房也相继建成,太阳村初步具备接收条件。

2007 年“六一”儿童节前夕,江西太阳村正式开张、运行。当年就先后接纳了来自全国各地的 102 个孩子。大的 14 岁,小的才 10 个月,其中服刑人员子女占一半。

为了照看好孩子,太阳村给每间宿舍配了全职阿姨,24 小时全天候服务。这么多孩子集中于此,教育无疑是头等大事。在教育部门支持下,以最快速度就地建起了小学和幼儿园。

至此,虽然条件简陋,一些设施尚在继续建设和完善中,但衣食不用愁,资金基本有保障,各项管理工作也逐步走上正轨,太阳村看上去有点像“家”的样子了。

四

2008 年春节过后,一个寒风凛冽的上午,周裔开突然出现在县妇联门口。

县妇联主席李小琴热情相迎:“老局长啊,有什么事您打个电话就是,或者我去您那儿也行,怎好劳烦您亲自登门?”

“我是有事才登三宝殿啊!”周裔开呵呵笑道,“我代表太阳村的孩子们来拜访你,向你讨要一样东西。”

“老局长说哪里话哟!”李小琴把周裔开请进会客室,沏上一杯热茶,“只要我能办的,您尽管吩咐就是!请问您需要什么?”

“母爱。”周裔开直奔主题。

“此话怎讲?”李小琴问,心里早已明白了几分。

这年的春节,周裔开过得很不平静。按说,除夕这天他应该和家人一起吃年夜饭,儿孙满堂贺新春,多么热闹多么温馨啊!可他,不管孙子孙女噘嘴撒娇,只身去了太阳村。他放心不下那里更多的“孙子孙女”啊!

小年过后,有些孩子被亲人接回去过年了,还剩 50 多个孩子没人来接,没有亲人陪他们过年,太阳村不管谁管?此前,他把所有的细节都考虑到了——给孩子们添置了新衣裳，买了糖果和玩具，还发了压岁钱，吃年夜饭时，他和几位"五老"陪着，给他们夹菜、盛饭、说暖心话，但餐厅里的气氛还是活跃不起来，孩子们只顾低头吃饭，一言不发……忽然，一个5岁小女孩扑进周裔开怀里，哭喊道："爷爷，我要妈妈！"紧接着，更多孩子跟着哭喊"我要妈妈！""我要妈妈！"餐厅里顿时乱成一片……

哭喊声久久回荡在太阳村上空，也狠狠撕咬着周裔开的心。他又联想到阿姨们平时向他反映的话：很多孩子爱哭，不喜欢说话，夜里经常梦中哭喊"妈妈"……

是啊，如果不是家庭发生变故，这些孩子大多还是依偎在妈妈怀里撒娇的小宝宝，如今来到这人生地不熟的太阳村，虽说有吃有穿样样不缺，但世界上有什么东西能抵得上伟大的母爱？缺少了母爱，就像植物缺少阳光和雨露，怎么可能健康成长？怎会有欢笑和快乐？

于是，周裔开想到了向县妇联求援。

李小琴也是一位非常有爱心的领导干部，二话没说就应承下来，并商定：由县妇联和太阳村联合发出倡议，成立都昌县"爱心妈妈协会"，会员们以一对一、一对多、多对一的形式与太阳村的孩子们结对认"亲"，给他们当"妈妈"，开展亲情陪伴，弥补母爱缺失。

倡议一经发出，各界妇女热烈响应，几天之内报名人数达128名，后来又发展到288名。她们当中有在职机关干部、教师、医生，有退休干部、企业家、家庭妇女，年龄最大的96岁，最小的20岁。5月30日，"爱心妈妈协会"正式成立，爱心妈妈们带着精心选购的生活用品和礼物，浩浩荡荡开赴太阳村，与孩子们结对、谈心、合影。

谁也料想不到，这些看起来十分平凡、十分普通的女人，这些同样有家务要操持、有孩子要照顾、有老人要赡养的女人，此时竟然一个个挺身而出，义无反顾，以她们宽广的胸怀去拥抱太阳村，以她们博大的母爱去温暖那些素不相识的孩子。

从此，每季度一次的集体生日会，孩子们可以和妈妈一起唱生日歌、分享生日蛋糕；每年"六一"儿童节，孩子们可以从"微心愿圆梦"活动中得到妈妈送给的礼物；每个周末和新春佳节，孩子们可以和妈妈及其家人快乐地度过……母爱，浓浓的母爱，犹如伏旱甘霖，滋润着一株株干渴的幼苗。

每一份母爱，都是一束暖心的阳光。

每一位爱心妈妈，都有一个动人的故事。

多年后，很多因为太阳村而结缘的特殊"母子"，仍然在内心中珍藏着一份爱与被爱的感动。

县人民医院原副院长周宝珠,退休后毅然加入"爱心妈妈协会"。先后结对帮扶 10 个孩子,加上自己的一个孩子,便成为 11 个孩子的妈妈。对外人而言,他们分不清哪个是她亲生的哪个是她结对帮扶的。如今,她已有 3 个孩子大学毕业并走上了工作岗位,有 1 个在读大学,剩下的几个都在读初、高中。

有个叫科儿的孩子,他和妹妹都在太阳村长大,上了大学后他给周宝珠写信说:"妈妈,母亲节安康!……我们从小就没有妈妈,所以我和妹妹比谁都渴望可以叫一声妈妈,可以和别人说我们也有妈妈!每年春节您都带我们去家里吃年夜饭,还给我们发压岁钱……虽然生活给了我们苦难,但是很幸运遇见了妈妈,您永远是我们的好妈妈!"

都昌县名都宾馆总经理苏日琴,也是县女企业家协会会长。她致富不忘回报社会,多次向太阳村捐款捐物,并结对帮扶了 14 个孩子。

有一次,一个孩子突患急病,苏日琴得知后立即赶到太阳村,把他送到县人民医院抢救;医生检查后决定立即施行手术,但孩子的父母不在身边,没人签字怎么办?苏日琴毫不犹豫地以妈妈的身份在"手术知情同意书"上签了字,术后又日夜守护在病床前,直到孩子康复出院,并承担了所有的医疗费用。

最让她刻骨铭心的是与小泽的母子情。小泽是外省人,4 岁时父亲因犯罪入狱,母亲把他丢在办案的派出所门口后不知去向。派出所了解到江西都昌有个太阳村,就与九江市公安局取得联系,把孩子送了过来。

苏日琴与他结为"母子",从 5 岁到 15 岁一直把他当亲儿子看待,几乎每周都去太阳村看望,周末还把他带回家与亲孙子同住一个房间,结为"哥俩好"。没料到,小泽的生身母亲偶然从媒体上看到苏日琴当爱心妈妈的事迹报道及配发的"母子"照片,经辨认,她断定这男孩就是当年自己狠心抛弃的儿子。毕竟难舍骨肉亲情,她于 2020 年暑假来到太阳村,要把儿子接回去。苏日琴万分不舍,但只能忍痛割爱。

"整整 10 年啊,就是养只小猫小狗都会有感情,何况是孩子!"为此她哭了整整一星期,孩子回去后她也不敢过多联系,以免孩子分心,只能把思念和爱深深埋在心里。

供销社下岗职工江玉珍,2010 年结对帮扶弃婴小兰。几年的精心照顾、亲情陪伴,结下了母女深情。不幸的是,江玉珍后来患了绝症,化疗、吃药,把她折磨得青丝全无、骨瘦如柴。为了不影响小兰学习,她一直瞒着病情。待稍微缓解,又继续照顾小兰在,小兰高考期间还把她接到家里吃住,特意买鸽子给孩子补身体。

过了两年,她的生命进入倒计时,弥留之际,还不忘把小兰托付给两个儿子,叮嘱"这个家永远要有小兰的位置"。正在读大学的小兰闻讯,忍不住号啕大哭,连夜赶回都昌为她守灵,送敬爱的"珍妈"最后一程。

此外,"爱心妈妈协会"还根据会员从业情况,把她们划分为11个专业小分队,为太阳村孩子们提供不同的服务。如县人民医院爱心妈妈小分队,每年为孩子们做免费健康体检;县供电公司爱心妈妈小分队,每年为太阳村免费检修线路,赠送设备;县检察院爱心妈妈小分队,主动为孩子们上法治教育课,并承担服刑人员子女的心理疏导工作。

<h1 style="text-align:center">五</h1>

夏天的一个傍晚,周崇开拖着疲惫的身躯从基建工地来到食堂,刚端起饭碗,忽听操场上传来吵闹声,还夹杂着隐隐的哭喊声。他急忙把筷子一扔,赶到操场,看见几十个孩子围在一起,惊恐地看着身材粗壮的龙龙对矮小瘦弱的平平拳脚交加。平平被打得倒在地上,鼻青脸肿,嘴角还流着鲜血。

周崇开急忙喝住龙龙,扶起平平,叫来医生上药包扎,然后责问龙龙:"你怎么又打人了?"龙龙把头一昂:"他骂我!""骂你你就打人?骂你什么了?""他骂我是劳改犯的儿子!"

这话像重锤一样砸在周崇开心上。龙龙已经不是第一次打人了,打人的也不止龙龙一个。要知道,这是一群原本缺少监护、缺少教养的孩子啊!不幸的家庭、灰色的童年,使很多孩子形成了特殊的性格,除了狂躁易怒,还有的自卑、消极,有的胆小、脆弱,有的孤僻、冷漠,有的满腹怨气,有的不思上进、厌学逃学。特别是随着年龄增长,一些孩子进入青春叛逆期,变得刁蛮任性,不服管教。如果任其发展下去,不仅难以健康成长,而且难保不出意外事件,造成恶劣影响!

周崇开陷入了深深的苦恼和困惑之中。几百个幼小的生命集中在这里啊,孩子们的前途和命运寄托在这里啊,教育管理工作该怎么做?

他思来想去,决定从加强心理健康教育和心理疏导入手,设法请来了一位高人——全国著名心理学家、陕西省心理健康教育研究会会长宋馨女士,给孩子们授课。

那天,太阳村大餐厅作为临时大教室,灯火通明,秩序井然,200多个孩子被通知来这里听宋妈妈"讲故事"……听着、听着,那亲切的话语、耐心的诱导,像涓涓细流注入幼小的心灵,让他们入神、开窍,有的羞红了脸,有的低下了头,有的露出了难得一见的笑容……

一个星期的讲座结束,孩子们都舍不得离开这课堂了。宋馨女士一行离开时,孩子们自发送到村口,爱打架的"小霸王"龙龙紧紧拉着她的衣襟不放,说:"宋妈妈,您以后还要来给我们上课噢,我们全听您的!"

成效初现,周筲开并没有满足。随后,太阳村采取了一系列措施加强日常的教育、疏导、管理,帮助孩子们增进心理健康,养成良好道德素质——开展红色教育,请"五老"讲党史、国史、军史、改革开放史,传承红色基因;开展法治教育,请公检法人员授课,教育孩子们学法、懂法、守法;开展学雷锋活动和"日行一善"活动,组织孩子们探访敬老院,帮助老人洗衣服、打扫卫生;开展"一月一主题"教育,每逢清明节、"五一"劳动节、"五四"青年节、"七一"建党节、"八一"建军节、"十一"国庆节和环保、减灾等公益活动日,以团日、队日等形式开展相关内容的教育,让孩子们既增长知识,又陶冶思想情操。

考虑到孩子们需要与社会保持健康、紧密的联系,太阳村定期组织孩子们参加劳动,投身社会实践。除了要求孩子们学会洗衣、洗碗、打扫卫生、整理床铺外,还有几项大的活动:每年暑假,组织有劳动能力的孩子搞勤工俭学;每逢周末,在九江市区和都昌县城读书的孩子都回到了太阳村,利用这个机会组织大家去种养基地学干农活;每年高考结束,组织应届高中毕业生在县城当清洁工两周,和环卫工人一起扫大街,当交警协警两周,和警察叔叔一起在大街上维持交通秩序。这些做法,不仅锻炼提高了孩子们的劳动能力和独立生活能力,更重要的是促使孩子们接触社会实际,经受意志磨炼,从小养成吃苦耐劳、自立自强的优秀品质。

对这些失去家庭的孩子,感恩教育尤为重要。为了强化孩子们的感恩意识,周筲开亲自制定了"思恩奋进、自强不息"的太阳村"家训",并组织孩子们学习《三字经》《弟子规》,每次就餐前集体朗诵古诗《悯农》,用中华民族传统美德熏陶孩子们的心灵。每年春节前,他还把在外读大学、上职校的孩子召集起来开年会,了解他们在校学习和思想道德方面的情况,教育他们把准人生航向,做品学兼优的时代新人。

太阳村自创办以来,没有发生过一起自杀事件和违法犯罪事件,孩子们遵规守纪,好学上进,先后有100多个孩子被评为"三好学生",1个被评为全国优秀大学生,1个被评为全国最美少年,13个孩子在读大学期间或参加工作后加入了中国共产党。这对于一个原本有着心理阴影和性格缺陷的特殊群体来说,不能不说是一个奇迹。

六

"筲开,你已经好多天没有回家了,不需要回去看看吗?"自从江西太阳村创办以来,就一直跟着周筲开在这里打拼的詹喜助提醒周筲开,"回去看看吧,我家里暂时没有什么事情,我在这边守几天。"

詹喜助的提醒,让周裔开一时有些恍惚。在他的意识里,这里就是他的家呀!可是稍一醒转,还是觉得这些天已经忙得把自己原来的家忘了,准确地说,是忽略了。

"没事儿的,等先把手头的事情忙完再说吧。"周裔开正在给市里打一份报告。

见周裔开这么回答,詹喜助也没有再说什么,他知道周裔开这个"家长"当得仔细,当得周全,当得不遗余力。他不但要带领自己的团队把太阳村的"家务"打理得井井有条,还要把各项服务保障工作做得扎扎实实。

在他持续多年的努力下,太阳村设施建设和功能配套不断完善,使孩子们的生活和学习条件不断得到改善。随着学业升级,孩子们先后进入圩镇读初中,进入县城读高中,进入九江市区读大学或上职业院校。

为了方便孩子们学习和生活,太阳村分别在这几处设立了联络站,聘请若干"五老"和志愿者上班值守,为孩子们跑腿办事,解决各种实际问题。因就读于县城的孩子较多,在县城联络站还办起了食堂,给孩子们改善伙食,增加营养。对于在省城和外省读大学的孩子,则指定专人与其保持通信联系,有任何困难和问题,都尽最大努力帮助解决。

资金方面,由于宣传广泛、筹措有方,孩子们衣食住行和上学就医所需一切开支均得到有力保障。每当出现资金紧张的情况时,周裔开都亲自登门拜访省内外有关企业和慈善基金会,想方设法渡过难关。同时,他还拿出当局长时的"抠门"劲儿,严格管理,精打细算,用好每一分善款、每一件善物,每年还请县审计局对财务收支情况进行审计,并将结果公开,接受捐赠者和社会监督。

周裔开以家长的勤恳,努力解决每个孩子的急难愁盼。他经常对孩子们说这样一句话:"你们有什么话尽管说,有什么困难尽管提,不要怕麻烦我们,我们是一家人哪!"

哪个孩子的衣服鞋子破了、旧了,他问明尺码,马上给买新的;哪个孩子变瘦了,他都要弄清原因,嘱咐好好吃饭加强营养;哪个孩子学习成绩老是跟不上,他就在暑假安排老师给他补课;哪个孩子高考失利,他不但不责备,还百般安慰,鼓励复读再考。有些比较难办的事,他也不嫌麻烦尽力去办。

有一个叫阳阳的孩子,到太阳村时已经 14 岁,过去因迷恋上网没有好好读书,现在让他读小学吧,太扎眼,让他读初中吧,又跟不上,只好送他上技校。周裔开联系了 10 多家技校均未谈成,最后好不容易联系上陕西一家职业学校,阳阳在那里学会了电焊和烹饪技术,毕业后很快找到了工作,还被评为先进工作者。

清清,上大学时被迫选择了一个自己并不喜欢的专业,请求周裔开帮助换专业，周裔开二话没说，专程赶到学校找领导协调，得到圆满解决。清清非常感恩，发奋苦读，后来考上了研究生。

晓晓，高考失利后在周裔开鼓励下复读再考，获得成功。读了一年后又想参军考军校，但视力不过关，需做眼科手术才符合条件。周裔开得知后也是二话没说，暑期安排工作人员把他带到南昌眼科医院做了手术。不久，晓晓如愿成为一名武警战士，一年后又考取武警学院，并加入了中国共产党。

在周裔开的带动和示范下，太阳村的工作人员个个都是慈父慈母。这些可怜的孩子都是经当地监狱或办案机关介绍来到太阳村，虽然备受关爱照顾，还是难免日夜思念父母。怎么满足孩子们这个愿望呢？太阳村的志愿者们以编外父母的姿态，千方百计地为解除孩子心中的苦楚而绞尽脑汁。后来，终于想到了两个办法。一个是安排视频会见。在综合楼专门开设了一间远程视频会见室，每次会见时，让孩子洗好脸、梳好头，穿上新衣服，与远方的父（母）亲"云端相聚"，倾诉骨肉深情。另一个办法是，每年暑假组织孩子们探监。去时，让孩子带上一张生活照、一份学习成绩单、一封写给父（母）亲的信、一份小礼物，由县司法局和太阳村负责人带领前往，有时还会带上"小太阳艺术团"，为监狱举行慰问演出。狱方也会借此机会召开犯人大会，让探监的孩子讲述自己在太阳村幸福成长的故事，以此教育、感化犯人。

"家长"们不但想到了照顾孩子们的生活，更想到了他们的成长；不仅关心孩子们的在校学习，还鼓励他们多学才艺，全面发展。每年暑期，太阳村都要开办钢琴、二胡、声乐、绘画、书法、舞蹈等各种兴趣班，请有关专家和支教大学生给孩子们授课。太阳村还组建了"小太阳艺术团"，小演员达百人之多，逢年过节举办文艺演出，还应邀参加了十多次省内外慈善庆典、少儿春晚等演出活动。2018 年 8 月、2020 年 5 月，太阳村儿童范嘉轩、郭纳丽分别登上了中央电视台综艺频道《非常 6+1》栏目，接受访谈、表演节目，深深打动了观众，展现了太阳村少年的靓丽风采。

浓浓的爱，穿过厚厚的大墙，温暖一颗颗麻木而阴冷的心。

2009 年隆冬的一天，风雪交加，天寒地冻，周裔开在县城东湖宾馆与爱心妈妈们商量爱心筹款事宜，正来来回回招呼大家时，突然脚下一滑，头朝后摔倒在地。大家都吓坏了，赶紧把他送到医院做检查。万幸！只是颅内轻微出血。本来医院安排他至少住院一周，但三天后他就回到了太阳村。2017 年的一天，他在太阳村检查工程质量时又摔了一跤，腿痛得实在撑不住了，在家人的强烈要求下前往上海做了股骨头切除人工置换手术。但术后仅 10 天，他不顾医生劝阻和家人反对，又回到了太阳村。他说："我也想多待几天呀，可实在放心不下那些孩子啊！我担心我不在，他们不好好吃饭，不好好睡觉，不好好学习……"

这一次,是因为防疫抗疫连续数天操劳过度,血压升高,心律失常,且出现眼底出血症状,被送往县医院救治。消息传开,孩子们纷纷自发前往医院探望。一天晚上,病房来了一位小姑娘,是在县城读高中的小花。且见她眼噙泪水,轻声说:"爷爷,你是为我们累病的!"周裔开摸摸她的头发说:"小花别担心,爷爷没事,休息几天就好了。"小花从口袋里摸出两个苹果递过去说:"爷爷,你吃!"周裔开说:"谢谢你小花,我这里有水果,你拿回去自己吃。""不,爷爷,我知道你有,这是我用你发给我的压岁钱买的。""好好好,那就放在这里,我等下吃。""不,我要看着你吃。"小花固执地说着,从衣袋里掏出削笔刀,把苹果削好,送到周裔开嘴边。"好,我吃!我吃!"周裔开接过来吃着,眼泪唰唰流了下来。同室的病友看到这一幕,都深受感动地说:"周老,你为太阳村的孩子们操碎了心,值!"

经过一段时间的调理,周裔开可以出院了。和往常一样,他还是迫不及待地回到了太阳村,回到他日夜牵挂的孩子们中间。明媚的阳光照在他倾注了 17 年心血的院子,放眼园区,眼前的一草一木都是那么熟悉,在阳光的照射下,似乎一切都明亮、簇新如初,仿佛把他久居病床的心都照亮了。

忽然,有歌声从院子里的某处传来,歌声美妙动听。

你曾问我,有没有家,
伤心的眼泪,哗啦啦地流下来。
我是山野的风啊,我是无根的花,
冬天的小苗,风吹雨打。
爷爷对我说,孩子呀咱有家,
开心的脸上笑出两朵花。
没有了饥饿寒冷,还能学文化,
快乐幸福的太阳村是我温暖的家。
太阳村啊盛开着太阳花,
千万颗爱心,编成的童话。
……

周裔开听得出,这是孩子们在唱《太阳村村歌》。歌声如阵阵温润的春风,吹过他的心头,他怀着美好的心情走在园区的路上,不知不觉间,感觉自己的眼睛一点点湿润了。

(选自《中国作家·纪实版》2024 年第 6 期。林木,原名谢亦森)

月光妈妈（节选）

袁 敏

藏红花与绿绒蒿

2019年的直亥之旅，让一直关注教育话题的我深受震撼。月光这样一个普通的基层教育工作者，多年来通过自己的力量，组建爱心助学团队；以她对教育和公益的理解，以她的执着和坚韧，默默地践行着教育强国战略，为党育人、为国育才，不求回报。长年累月的坚持，若非心怀大爱不能为。

在月光结对资助并已考上大学的直亥村孩子们中间，有一对美丽的姐妹花。

姐姐叫英措吉，就读于青海大学；妹妹叫德吉卓玛，是青海民族大学一年级学生。

最初拽住我目光的，是"德吉卓玛"这个名字。它让我想起了四川丹巴的另一对姐妹花：德吉拉姆和卓玛拉姆。青海直亥的德吉卓玛，恰恰将那两个遥远而陌生的丹巴女孩的名字合二为一。

而进一步引起我关注，并激发起我深入了解欲望的，是姐妹俩读的都是和医药相关的专业。姐姐英措吉学的是化工制药专业，而妹妹德吉卓玛的名字后面提供的信息是藏药学专业，这更引发了我的兴趣。

我一直对神秘的藏药充满了好奇。

我读小学三年级的时候，被少体校的射击队选中，成了一名业余射击队员。有一次去野外训练时，我不小心扭伤了脚踝，疼得坐在地上起不来，当时眼泪就掉下来了。带队的教练一边安慰我，一边从背包里拿出一个小瓶子，在掌心上倒了几滴瓶子里的液体，揉开，然后在我脚踝鼓包处来来回回使劲儿搓揉。一开始，我疼得直叫唤，没想到搓了一会儿，疼痛居然明显减轻了。教练把小瓶子交到我手里，让我每隔几分钟自己再搓揉几次。我看到瓶子上写着：藏药，红花油，专治跌打损伤，活血、化瘀、止痛。我又搓揉了几次，很快就能站起来了。

从那以后，我就记住了"藏红花"这味藏药。在我长长的人生旅途中，也似乎从未远离藏红花：痛经时，母亲用藏红花给我泡水喝，很快就能缓解；家里有一个大口瓶，母亲长期泡着藏红花白酒，谁受风寒了，喝一杯，谁头疼脑热了，毛巾蘸点酒敷脑袋上；姐姐有关节炎，她去北大荒插队时，母亲给她带了一大包藏红花，嘱咐她每天用藏红花煮水泡脚⋯⋯

遗憾的是，年少时因藏红花萌发的对藏药的兴趣，却随着岁月的流逝渐行渐远。

今天，当一位学藏药专业的藏族女孩出现时，年少时的记忆像潮水一般扑面而来，我想，也许是天意吧！或许这个名叫德吉卓玛的大学生，会带我走进藏药的世界，弥补我多年前留下的人生遗憾。我甚至在心里暗暗地将藏红花和德吉卓玛联系在一起，我想若是可能，我一定要请她带我去雪域高原寻找盛开的藏红花！

她穿一件粉红色的拉链衫，戴同色系的发箍，乌黑的头发扎在脑后，是都市女孩常见的那种马尾辫。一副黑框眼镜架在高挺的鼻梁上，增添了几分知性和清冷。

这是从直亥雪山脚下，那个偏远落后的游牧村庄里走出来的藏族姑娘吗？这是从小跟着父母在草原上放牧，辗转迁徙的安多女孩吗？

等到她开口跟我打招呼时，我才从恍惚中回过神来。

昔日的贫穷和落后，早已经时过境迁，国家扶贫政策的阳光，普照着祖国大地的每一个角落，直亥村自然也不会被遗忘。而且，月光和她的爱心助学团队，毕竟在那片荒凉偏远的土地上坚持耕耘了十几年，她们在那里资助孩子们上学的同时，也将富庶江南的精气神，潜移默化地注入了那块贫瘠的土地。年复一年、由内向外，知识的武装、灵魂的锻造，已经在不知不觉中将他们从枯黄的小草，滋润培育成了翠绿的新苗。这是从根上发生的变化，眼前的德吉卓玛只是一个缩影，未来的日子里，这些新苗完全有可能长成参天大树！

那天晚上，月光请直亥村几个考上大学的孩子吃饭，正在读研二的数学才女宗吉，眼里满满的自信，已和我第一次见她时判若两人；进入青海民族大学读社会学的更欠智华，如约背来了扎念琴，为我们弹唱了一首在西藏日喀则特别流行的民间曲目《江洛康萨》；另一位从小喜欢唱歌，名叫南拉才让的校园歌手，用吉他弹唱了一曲《在那东山顶上》，婉转地表达了自己心中的音乐梦想。

与两位用乐器和歌声表达自己内心世界的男孩相比，德吉卓玛显得过于安静，坐在宗吉旁边，就像躲在姐姐羽翼下羞怯的小妹妹。她很少说话，问她什么，也只是简单地回答一两个字，有时甚至只是用点头或摇头表示。

　　我心里不免有点诧异。

　　青海民族大学是青海省排名靠前的高校，录取分数线不低，而学校与医学相关的专业，又比其他专业录取分数线要高出一截。德吉卓玛能被该大学的药学院藏药专业录取，可以想见其学习成绩的优秀。在我看来，这样优秀的孩子一般不会怯场或怕生，即便因为性格关系内向一点，也不至于如此沉默寡言，三句话问不出一个字。

　　为了打破僵局，我试着问德吉卓玛："能不能加你的微信？"

　　这一次德吉卓玛迅速地点头，掏出手机，打开了她的微信二维码。

　　我扫了她的微信二维码，很快手机上就跳出了她的微信头像，是一幅很有设计感的画面：一个戴着黑色棒球帽的女孩，面对着被灯光染成金红色的墙上映出的自己头像的剪影；一簇蓝色的满天星，紧贴着棒球帽下那乌黑的头发，虽然看不到女孩的面容，但青春的气息却蓬勃地从画面中溢散出来。

　　她的微信名叫"歆晨"，是汉语中很普通的女孩名字。

　　我问德吉卓玛："为什么给自己取这样一个名字？"

　　她不再是简单回答一两个字，而是很清晰地说了整个晚上最长的一段话："'歆晨'是天上'星辰'的谐音，我向往星辰大海。在老家直亥的时候，我最喜欢躺在家乡的草原上，看夜空中亮闪闪的星星，遥远、未知，我将'星'改成了读音相近的字。"

　　我没有想到，看上去很腼腆、少言寡语的德吉卓玛，内心却这般辽阔，向往星辰大海，对遥远未知的世界有一种憧憬。

　　我问她："你为什么选择学藏药？这是一个蛮冷门的专业，将来的就业前景也没有那么广阔。而且，制作藏药的原材料一般都在雪山高原吧？女孩子学这个会不会很辛苦？"

　　她又恢复了惜字如金的状态，不说话，只是咧嘴笑了笑。

　　我又追问："你入学已经有一段时间了，学得怎么样，觉得藏药有意思吗？"

　　她沉默了一会儿，忽然吐出一句话："我爸爸是个藏医，他能用藏药给村民和牛羊治病。"

　　我愣住了，因为月光向我介绍这对姐妹花时，说到她们家有妈妈、姥姥、哥哥、姐姐，没有爸爸，因为爸爸已经离家多年了。

　　我还想再问，德吉卓玛已经低下了头，额前的一绺刘海落下来，遮住了她的眼睛。

这显然是一个有故事的女孩,她的星空里一定有灿烂,内心才会有我们意想不到的辽阔;但她的心房里必然也有隐秘,那是不愿意让人触碰的伤痛。

我突然意识到,面对这样的女孩,最好不要去追问她背后的春夏秋冬,而只能抽丝剥茧、顺藤摸瓜地去寻觅她曾经走过的人生履痕。

不知是有心还是无意,那天聚会结束分别时,德吉卓玛对我说:"其实我报考大学选择志愿时,还是有点迷茫的,最后填报药学院藏药专业,是我的表哥给了我很重要的指点。"

"你表哥?他叫什么名字?做什么工作?"我问。

"恩贝。他2010年大学毕业后,曾经回直亥村当了几年的老师,他也是我和姐姐成长道路上的引路人。"

这是德吉卓玛整个晚上说的第二个长句子,她的话给我提供了很重要的信息:首先,2010年前后,正是月光开始在直亥村援建希望小学的那段时间,恩贝正好在这个时候回乡当老师,那他应该是希望小学从建立到成长的见证人;其次,德吉卓玛称其为自己和姐姐的引路人,我意识到,这位表哥很可能是我走进这对姐妹花内心世界的一把钥匙。

德吉卓玛将她表哥恩贝的电话和微信发给了我,看得出来,她很愿意让我认识她的表哥。

第二天我就联系上了恩贝。

他的汉语很好,无论是在电话里还是在微信中,他的表达都很流畅,让你完全忘记了他是一个地地道道的藏族人。

通过采访恩贝,我不仅更清楚地了解了直亥村希望小学的筹建故事,也明白了这位表哥为什么在这对姐妹花的心中,会有如此重的分量。

我是我们直亥村的第一代大学生。和我同一年上大学的还有两个人,但只有我一个人回到了直亥村。

2010年我从青海大学毕业,同年9月被贵南县教育局聘用。分配工作时,或许是因为自己对家乡有一份牵挂和情怀,也为直亥村这么多年来教育的落后现状感到心酸,我就向局里请求,派我去直亥村。最后县教育局就将我分配到了直亥村幼儿园。

回直亥村时,我信心满满,准备大干一场。我在大学学的是行政管理,又经过了教育局组织的为期三个月的幼儿教育专业培训,我相信通过自己的努力,一定能够带动其他老师,改变直亥村的教育面貌。

我知道家乡落后，但实际上并不太了解落后到什么程度，因为我八岁就离家到贵南县城上学，只有寒暑假回村里转转。等我真正进入学校工作后，我傻眼了。幼儿园办在一座破旧的营房里，一共六间瓦房，两间做教室，教室里的桌子、凳子缺胳膊少腿。学生不多，好像一共也就六十几个。只有四名教职员工：园长、两位老师，还有一名厨师。

　　那时候，直亥村的村民大多是文盲。大家心目中有学问的人，就是寺院里的阿卡（安多藏语中对佛教僧人的一种尊称）和还俗人员。这些还俗人员，藏文水平相当于中学毕业生的，数学也有一定的基础。鉴于当时的教育状况和客观条件，县教育局聘请了两个还俗和尚到直亥学前教育学校任教。他们毕竟没有受过专业的幼儿教育培训，除了教孩子们藏语和十位数以内的加减法，剩下的就是带着孩子们唱歌跳舞。

　　中午学生和老师吃的一般是稀饭，菜就是白菜、土豆、萝卜，作料除了盐巴，啥都没有。

　　最让孩子们看着流口水的，就是厨房里一个铁架上挂着的肉。村里人宰杀了羊，剥掉羊皮，清除内脏，就把整只羊挂在上面，时间一长，羊肉就风干了。

　　刚开始吃风干羊肉的时候，还觉得挺好吃，吃上两个星期以后，肉的味道就完全变了，变成一种臭烘烘的怪味。干肉其实是要经过专门处理的，学校的厨师不会弄，直接把肉挂到铁架上很快就发臭了。

　　蔬菜都是堆放在地上，因为气候干燥，白菜、萝卜很快就干瘪了，吃起来干巴巴的。草原上蔬菜本来就少，看着堆在地上的蔬菜水分不断蒸发，真是让人心疼！

　　我当初就想，要是学校有一个冰箱就好了。有了冰箱，肉就不会臭，蔬菜就可以保鲜。

　　可是，学校没有钱买冰箱。我一直琢磨着怎么给学校里弄个冰箱。

　　就在这个时候，村里传来消息，遥远的浙江有一个女老板，要为村里建一所希望小学。冰箱似乎一下子变得不重要了，有了新的希望小学，冰箱算什么！

　　我跑到县教育局，打听这一重大消息的真实性，很快就得到了有关方面领导的证实。我马上又跑回村里，将这个好消息告诉孩子们。孩子们欢呼雀跃的情景，我至今记忆犹新。

　　接下来，希望小学建设的速度特别快，钱到位了，水泥、砖块、木料齐刷刷运来了，施工队进场了，蓝天白云下，新学校的砖墙每天都在升高，新学校一点一点露出雏形。

我和孩子们每天都会跑去工地打探新学校的建设进程,那成了大家最开心的时刻。有时候,我也会带领学生帮着搬砖、和泥,清扫建筑垃圾。

令人诧异的是,援建这所希望小学的人,在建校过程中始终没有出现,这也增加了她的神秘感和孩子们的好奇心。我知道,每个孩子都在心中描画着这位未曾见面的阿姨的形象。

新学校建起来以后,一共有九间房,各种配套设施也很齐全。这在当时贵南县所有村级学校当中,条件可能是数一数二的。因为据我所知,我们贵南县的村级小学和幼儿园,几乎都是利用之前的驻地部队或者马场留下的一些旧房子做学校校舍,还没有什么地方专门为学校盖新房子。新学校有了我心心念念的冰箱,插上电,冰冰凉凉,孩子们再也不用吃发臭的羊肉和干瘪的蔬菜了。

2011 年 8 月 19 日,我到现在都没有忘记这个日子,直亥村举行了高宜钦希望小学竣工典礼,县委、县政府的领导和过马营镇党政领导都专程赶到直亥村参加。

月光第一次现身直亥村,大家这才见到了一直在背后默默操持援建希望小学的真人。月光的作家丈夫大元也一同来到了竣工典礼现场,他们当场就结对了六名直亥村的贫困学生,并捐助了许多学习用品、生活用品和慰问金,同时还表示,今后将进一步在直亥村扩大帮扶范围,深化帮扶内容。

说实话,他们当时的这一番表示,谁也没有往心里去,大家沉浸在新学校落成的喜悦中,谁还会想到以后呢? 谁会相信月光从这离开后会一次一次地再回来呢?

偏偏月光言而有信地做到了。德吉卓玛就是扩大结对资助范围后的受益者。

有一次,我去德吉卓玛家,正碰上她的母亲和几个邻居家的姆妈在聊月光,她们你一句我一句地说着月光好心肠、是大恩人之类的话。德吉卓玛的母亲说:月光不是一般人,是现实生活中的活菩萨。她不仅仅是资助德吉卓玛一个人,而是在资助整个直亥村。现在村里三百多户人家的孩子,几乎一多半都得到资助了。这样资助下去,再有钱也会变成穷光蛋的!

德吉母亲短短的几句话,可以说代表了全村妇女对月光的评价,体现了月光在她们心中的位置。

恩贝作为直亥村希望小学建设的见证人和参与者,经历了学校的前后变迁,显然对学校和孩子们投入了深厚的感情。他在向我讲述学校今昔对比的过程中,还给我发来了一些照片。这些照片虽然清晰度不高,但还是让我看到了直亥村这所村级学校的前后变化。

让我印象尤为深刻的,是一张孩子们背着书包,踩着泥泞的小路行走在上学路上的照片。虽然照片上只有孩子们的背影,却让我真切地感受到孩子们对上学的渴望!

还有一张照片,孩子们坐在石子地上,背后是破旧的老学校,我注意到没有一个孩子脸上有笑容,他们大部分都低着头,脸上的表情很木讷。

我对恩贝说:"你记录了历史。"

恩贝说,当时的手机像素不太高,但他就是觉得应该把那些场景留下来。

当我问及英措吉和德吉卓玛,并说起姐妹俩一直将他视为她们成长道路上的引路人时,恩贝在电话里爽朗地笑了。听得出来,他很喜欢这两个性格迥异的小表妹,对她们家里的情况和姐妹俩的现状,他也了如指掌。难怪寡言少语的德吉卓玛想让我认识她的这位表哥,也许她觉得表哥可以告诉我想知道的一切吧。

我问恩贝:"这些照片中的孩子,有英措吉和德吉卓玛吗?"

恩贝说:"英措吉和德吉卓玛当时都在过马营镇上学。她们家的经济状况很不好,生活来源基本上就靠家里的十几头牛和几十只羊。为了能够让姐妹俩继续上学,她们同母异父的哥哥姐姐都辍学了,哥哥在一个煤矿挖煤,姐姐上山挖冬虫夏草。"

我追问道:"那她们的爸爸呢?我知道她们的爸爸离家很久了,我想知道她们的父母是在姐妹俩多大的时候、因为什么原因离婚的。我在西宁见过卓玛,这孩子很内向,问她一句话,她就答一两个字,话很少。"

恩贝在电话里叹了一口气,沉默了一会儿,才说:"还是受单亲家庭的影响吧,父亲一直不在身边,心里肯定还是有阴影的。说来话长啊!"他又重重地叹了一口气,向我讲述了一段令人伤感的故事。

她们父母离婚的时候,姐妹俩还小,都在读小学。

英措吉和德吉卓玛的妈妈和我妈妈是亲姐妹,我叫她姨妈。姨妈和她的第一任丈夫分手后,带着一双儿女,日子过得很艰难。但她很坚强,也很乐观,靠着在草原上放牧牛羊,养活自己和孩子。

姨父原先当过和尚,还俗后过了合适的年纪还没结婚。有热心人对他说了姨妈的情况,他们的家只隔着一座山,他就翻过山,找到了姨妈家。

当时,国家按扶贫政策分配给姨妈家的四头种牛,正好经过长途跋涉刚刚到家,因为不适应直亥雪山几千米的海拔和寒冷的气候得了感冒,其中一头牛因为病情较重,不幸死去,剩下的三头牛也病恹恹的。

姨妈看着病牛心急如焚,却束手无策。这几头种牛,是国家给贫困家庭送来的福祉,她一心指望着它们繁殖更多的小牛,那是这个穷困家庭未来的希望。

姨父在关键时刻亮出了他的绝活。他上山采来了一大堆谁也叫不出名字的花花草草,捣鼓了几天,三头牛在他的精心照顾下,居然抬起了病恹恹的脑袋,眼睛里也有了光彩。

姨妈看姨父的眼神变得柔和,姨父也就此在姨妈家留下来,做了上门女婿。

消息传开后,姨父成了小有名气的村医,村民们和谁家养的牲畜病了,都会找他来开药。他没有行医执照,加之找他开药的都是村里的乡里乡亲,也不太好意思开口收钱,最多就是病家给点肉干、酥油、糌粑之类的东西表表心意。所以,他实际上还是一个无业游民,基本没有什么收入。家里的生活来源,主要还是靠姨妈放牧。

姨妈和姨父生下了两个女儿,加上前面那一任丈夫留下来的一儿一女,还有她自己九十多岁高龄的老母亲,一大家子人围绕着她。身边有丈夫,膝下有孩子,尽管穷,但姨妈很知足。

三头种牛曾经很长时间怀不上胎。姨父赶着牛到村里一户一户地去试着配种,又把自己研制的草药拌在给牛吃的草里面,看着它们吃下去。后来这几头种牛都怀孕了,先后生下了七八头小牛,那是他们全家最开心的日子,也是姨父作为家里的男人,最有成就感的时候。

可是,后来不知怎么了,日子过着过着就碎了。

过去姨妈一个人扛起这个家,独立惯了,在家里说一不二。虽然她对姨父挣不来钱并无怨言,但家境的贫困,让姨父觉得生活很无趣,也很无望,自己在家里似乎也说不上话,他觉得很憋屈。久而久之,彼此便生出嫌隙。

还有一个重要的原因,姨父其实是见过一些世面的,他的生活习惯、思想观念和为人处世的方式方法等,和在村里土生土长的姨妈相去甚远。尤其是两人之间明显的文化差距,让他们实在没有共同语言,遇到问题和困难,两人不同的思维方式和解决办法,常常是他们拌嘴的导火索。

尽管他们已经有了共同的女儿英措吉和德吉卓玛,但并没有因此保住他们破裂的婚姻。

终于有一天,姨父赶着羊群头也不回地走了,他把相对值钱一些的牛,留给了两个女儿和她们的母亲。

那一年,英措吉十三岁,已经很懂事了,她拉着妹妹的手找到我,对我说:"哥哥,求求你了,你想个办法,让我爸妈和好吧!"

那时,我还在上大学,听到这个消息很吃惊,就赶回村里,找到我们当时的村支书,还有村里一位德高望重的老人,翻过山,到姨父家里劝他。

他开始一直不说话,最后说,和好也行,但是他不可能再回到直亥村了。

我们问他:"为什么不能回到直亥村?"

他又沉默了,憋了半天才吐出一句话:"直亥村太穷了!"

这回轮到我们沉默了。

他说得没错,直亥村是穷,而他们家在村里更算得上穷上加穷!他说他愿意把英措吉姐妹俩和她们的母亲接过来,这样日子就会好过多了。他在老家有四个兄弟,想做什么事情也有人帮衬。这边有盖房的宅基地,还有草场,如果英措吉的妈妈能放弃直亥的草场,搬到这边来,生活就不一样了。

话说到这个份儿上,我们都知道没法再劝了。

我将他的话带给了姨妈,自然是无功而返。

我对英措吉说:"作为你的表哥,我尽力了!局外人是没法让你们父母和好的。这件事情只有由你们做女儿的出面,才有可能真正解决!但你和德吉卓玛现在太小,说话没有什么分量。你们只有努力读书,考上大学,将来找一份好工作,有自己的收入。等到那个时候,你们再说和父母,事情也许就办成了。"

听恩贝说完姐妹俩父母的故事,我也在心里重重地叹了一口气。

姐妹俩的父亲显然并不是一个不负责任的浪子,他对这个家庭曾经有过真心实意的付出,点点滴滴都在这个家里留下了痕迹;母亲一直是这个家的定海神针,养大前后两任丈夫留下的四个孩子,却从未怨天尤人,只是默默用自己柔弱的肩膀扛起了家里所有的沧桑与苦难。

谁都想过好日子,谁都有权利追求幸福的生活!我们似乎无法评判这一对劳燕分飞的夫妻谁对谁错。说到底,真正导致他们分手的,恐怕并不是感情的完全破裂,而是直亥村的贫穷落后,熬干了彼此间曾经有过的温馨。

不能说父亲就是被家里望不到头的穷日子吓跑了。渴求变化、向往未知,恐怕是每一个人的潜意识使然,是人性使然,只不过有人守住了自己,有人放纵了自己罢了。

英措吉的母亲没有答应去往她父亲的家乡，应该说是情有可原的。她无法拖儿带女到一个陌生的村庄，况且家里还有九十多岁的老母亲，她怎么可能将一辈子生长在直亥土地上的这棵老树连根拔起？

但是，我总觉得这仅仅是一部分的理由，除此之外，会不会还有更深层的原因？

我想去寻找背后的答案。

我们去了英措吉的家。

一路上，月光向我介绍了当初她和德吉卓玛结对时的情况。

那是 2014 年夏天，我带着爱心助学团队赴直亥村。村里面又报上来一批希望结对资助的学生，这中间就有德吉卓玛。

德吉卓玛不是希望小学的学生，而且暑假过后她就要去过马营上中学了，按理说，她不符合资助条件。但是村干部特别强调，她们家真的很困难，父亲甩下这个家走了，两个女孩德吉卓玛和英措吉成绩都很优秀，她们的母亲不想放弃其中任何一个，但同时供两个孩子上学，经济条件又不允许。村里也不想她俩中的任何一个辍学，所以将妹妹德吉卓玛的名字报了上来。

"成绩都很优秀"，这句话打动了我。接下来走访新报上来的贫困孩子的家庭时，我首先去了德吉卓玛家。虽然我提醒自己，不能轻易开这个口子，否则需要被资助的孩子数量将会成倍地上升，以自己现有的财力和爱心助学团队目前的人员组成状况，是否能应对这样巨大的需求，我心里没底；但我还是和往常一样带上了现金红包、衣服及学习用品。我知道在安多藏地有不少这样的家庭，特别心疼这种家庭的孩子。我想，这次即便不能和德吉卓玛结对，也不能冷了孩子的心，要给孩子带去温暖！

可是，一走进德吉卓玛的家，我的心就痛了。

一间红土砖房里，只有一铺炕，以前全家老少四代，包括姥姥、母亲、大哥、大姐、英措吉、德吉卓玛，还有大姐的女儿、大哥的女儿，八口人全部挤在一铺炕上睡觉。后来孩子长大了，实在挤不下，也不适合睡在一铺炕上了，只好在土砖房外面搭出一间窄长的玻璃房，在墙角用木板架起一张床，可以睡两三个人。

我走进玻璃房时，透明的玻璃房顶上飘着白云，躺在床上仿佛就能把白云摘下来。

天上的美景，挡不住现实生活的艰难。低矮的木板床上连床被子都没有，只铺了一条灰突突的毛毡，上面杂乱地堆着几团粗粝的麻袋，陪我家访的村干部说，那是用来当被子御寒的。

那天英措吉和德吉卓玛都在家，我当即在爱心结对卡上写上了自己的名字。

月光说到这里拿出手机，找出了当年走访时，在德吉卓玛家门口拍下的一张照片。

照片上，英措吉和德吉卓玛穿着各自的校服，两人的表情都有点木然。一旁的母亲一手拎着月光带去的衣物、礼品，一手拿着爱心结对卡和现金红包，脸上露出了开心的笑容。

我看着照片上的德吉卓玛，想起前一晚见到她的模样，心想，读书是真的能改变人啊！

说话间，我们已经来到了德吉卓玛的家。

走进院子的时候，看见一辆白色货车停在院子中央，两个分别包着红头巾和蓝头巾的女人正和几个男人说着什么。

还没有等我们开口问话，从院子一角突然钻出两个小女孩，她们跑到我们面前，睁大眼睛上下打量着我们，那神情分明在问：你们是谁？来这儿干什么？

就在这时，正在说话的两个女人也看到了我们，那位包着蓝头巾，年纪大一些的应该就是英措吉和德吉卓玛的母亲了。她显然认出了月光，很快丢下那几个男人跑过来，一把拉住月光的手，紧紧握着，嘴里滔滔不绝地说着我听不懂的藏语，脸上满是藏不住的喜悦。

旁边那位包红头巾的肯定就是大姐了，她能说一些汉语。听月光介绍了我，了解了我们此行的来意以后，她告诉我们：院子里的那几个男人是来收购冬虫夏草的。家里现在的日子比以前好过多了，月光每年的资助，基本解决了德吉卓玛在学校的生活费，上大学的学费也可以向国家贷款，妈妈基本上没什么压力了。但两个妹妹在大城市西宁上学，花钱的地方多，作为姐姐，还是想再多挣点钱贴补她们，她现在经常上山挖冬虫夏草，可以赚点钱。

我问两个小女孩是谁，大姐说，一个是自己的女儿，叫彭毛叶忠，一个是大哥的女儿，叫仁青措毛，现在她俩都是直亥村希望小学四年级的学生。

两个孩子热情地拉我们到屋里去坐。

她们家的房子已经不是月光第一次来家访时，那一间正房加一条窄长的玻璃过廊了。现在有六间房，虽然仍然是简陋的红土砖玻璃房，但是干净、敞亮,屋里的家具和摆设,也明显比月光描述的好了许多。

德吉卓玛的母亲给我们斟上了滚烫的奶茶,她通过大姐告诉我们:"新房子是这两年刚盖的,国家补助了四万元,自己家又筹集了大约一半的钱。现在英措吉和德吉卓玛回家,也有自己的房间,日子正在一天天地好起来。"

我问月光:"村里的状况比起你2011年刚来援建希望小学的时候,已经大不一样,英措吉和德吉卓玛的家庭条件也比你2014年来走访时改善了许多,接下来你还会继续资助下去吗?"

月光说:"其实我也一直在考虑这个问题。西部经济逐渐发展,直亥村的条件也在一点点好起来,有些家庭的经济状况确实已经不需要再资助了。接下来,我打算慢慢减少一对一的结对资助方式,逐步把重心转移到提升希望小学的教育理念和教学水平上来。今年夏天的爱心之旅,我在准备带给孩子们的礼物时,也考虑了不要只是给他们送生活用品,还要为他们选择一些优质教材和教辅图书,尽可能地将我们东部,尤其是江浙一带优秀的教育资源,引进到西部来。"

月光还告诉我:"经济发达了,村民们的条件变好了,人心有时反而不像以前那样单纯朴实了,有些人还有那种资助不拿白不拿的心态,明明家里条件很好了,还想多结对拿资助。碰上这样的人,我有时候也会觉得生气和难受,产生一种挫败感,有时甚至闪过放弃的念头,但那毕竟是少数,绝大多数村民和被资助的人都是善良淳朴的,让我终究还是放不下!尤其是看到孩子们读书的劲头越来越大,成绩越来越好,我更是感到欣慰。"

月光说这话时,彭毛叶忠和仁青措毛一直扑闪着大眼睛看着我们。

月光搂过彭毛叶忠,爱抚地摸着她的头发,对我说:"这个孩子目前是和我学校的一位员工的女儿结对。在我们的爱心助学团队中,有不少人都是以孩子的名义和贫困生结对的,一方面是想让孩子了解自己和边地孩子生活上的巨大差异,学会珍惜;另一方面是希望他们能和西部的孩子交上朋友,把扶助西部偏远地区的接力棒传下去。这样的交流,我觉得对两边孩子的成长都有好处。"

一直坐在旁边默默听我们说话的英措吉的母亲,不知是听懂了月光的话,还是自己内心就有想表达的愿望,说了很长的一通话。一旁的大姐告诉我们:"妈妈说,我们周边许多村子的老百姓,都羡慕直亥村有这么好的希望小学,不仅因为学校有高大宽敞的教学楼和礼堂,有漂亮的操场和乒乓桌、篮球架,更重要的是,月光年年带着爱心助学团队来和学生们见面交流,和孩子们谈心、谈人生、谈理想,让他们见世面、长知识,知道了很多外面的事情!现在许多人都希望把自己的孩子送到直亥村的希望小学来上学呢!"

大姐翻译的这番话,有没有自己添加、整理的成分,我不敢说,但我相信,一定是她母亲的肺腑之言,她为直亥村拥有这么好的希望小学感到自豪,也为自己的孩子能得到月光的资助及其爱心助学团队的帮扶,进而学到更多文化知识而感到骄傲。

我不知道这位母亲和姐妹俩的父亲分手的原因,除了贫穷,是否也有文化上的差距和隔膜。

我们离开的时候,母亲拉着彭毛叶忠和仁青措毛的手一直送我们到路边,她依依不舍的眼神,让我感受到她是一个情感细腻的女人。她现在已经有了第三代,一定希望第三代不要像自己那样没有文化,她愿意让她们有一个好的接受教育的环境,而直亥村希望小学在她心里就是这样一个地方,这是否也是她不愿意离开直亥村的一个重要原因呢?

接下来的几天,我们一直在直亥村采访其他受资助孩子的家庭,但我心里还是惦记着英措吉姐妹。虽然通过采访她们的表哥和走访她们家,这对姐妹花成长的轨迹已经很清晰了,但有一个问题还是没有得到真正的解答。

在采访中我注意到,安多藏地的单亲家庭现象的确很普遍,这些家庭的孩子,往往不会提及父亲。

但是德吉卓玛是个例外。这朵羞涩的"藏红花",尽管寡言内向,却是第一个主动向我说到离异父亲的女孩。她说到父亲时的口吻明显带着骄傲,可以看出,这位父亲依然在女儿心中有着重要的位置。德吉卓玛如此,那么英措吉呢?

在青海的最后一天,我们去了青海大学。

这所位于西宁市中心的国家"双一流"建设高校、国家"211 工程"重点建设大学,也是全国"中西部高校提升综合实力"工程入选高校之一。

学校很气派,门卫管理异常严格。我们恳求了半天,保安也不让我们进门。无奈之下,月光只好打电话让英措吉出来。

时值黄昏,斜阳的夕晖照射在校门口一块巨大的暗红色大理石上,"青海大学"几个潇洒的毛体大字,在夕晖里闪着光。

很快,我就看到一个活力四射的女孩,飞快地从校园深处跑过来。她穿着一件天蓝色的卡通卫衣,一条黑色的西装短裤,脚上蹬着一双灰白相间的旅游鞋,脑后高高扎起的马尾随着奔跑轻快地弹跳着,完全是一个时尚的都市女孩!

这会是英措吉吗?月光给我看的 2014 年在她家里照的那张合影上,英措吉可是胖乎乎、粗啦啦的,大圆脸上长着两块高原红啊!

还没等我缓过神来，时尚女孩已经冲出校门，笑着叫着和月光搂抱在一起了。

"英措吉你真是越来越漂亮了！要是在马路上碰见，我都不一定能认出你了呢！"月光说着，将自己给英措吉带来的礼物——一条美丽的真丝围巾送给她，英措吉迫不及待地将围巾系在脖子上，脸上笑开了花。

英措吉和她妹妹性格大相径庭，一看就是一个自信开朗、情商很高的女孩。她向门口的保安解释了我们的来意，看保安还有些犹疑，又立刻给辅导员打电话，请老师给保安说明情况。经过她的一番努力，我们登记完身份信息后，顺利地进入了青海大学的校园。

校园里好美啊！就像是一个巨大的植物园，绿树参天、草坪如茵，到处开满了梨花、海棠、山茶花和紫丁香，郁郁葱葱的草地上，摇曳着白色的蒲公英、金黄色的迎春和连翘。莘莘学子漫步花丛中，徜徉林荫间，在知识的海洋里遨游，那份幸福真是让人羡慕不已！

英措吉带着我们在一处有石凳石桌的僻静处坐了下来，很善解人意地对我们说，宿舍和教室里都有人进进出出，还是这里安静，没人打扰。

她说她前几天刚刚参加完贵德县的公务员考试，成绩已经出来了，两百多人报考，她排名八十几。这次招考只录取两位，前六名才能进入面试，她差得太远了！

我鼓励她说："两百多人考，排八十几名，已经很厉害了！不要泄气，你还没有毕业，还有别的机会。"

我顺势问英措吉："你不是学化工制药的吗？考公务员，以后做的事情不一定和专业对口，毕竟前后学了五年，会不会有点可惜？"

英措吉说："也许是受父亲的影响，我从小就向往成为一名医生。但医学专业录取分数线太高了，在报考青海大学时，为了求稳，我选报了化工制药专业。国家对少数民族学生格外体恤和关照，为了让我们在升入本科学习之前加强基础知识的学习，专门设置了民族预科班。我在预科班学习了一年，回到青海大学时，才知道自己原先填报的专业这一年不招生。无奈之下，我只好改读化工工程。读了以后才知道，化工工程与制药专业完全不搭界，和医学更是八竿子打不着。很长一段时间里，我学得云里雾里的，也实在提不起兴趣。我曾经想转专业，但老师说即便转，也只能在化工圈子里。我只能作罢，慢慢适应这个自己并不喜欢的专业，通过一门一门的考试。我相信，无论学习什么，付出的努力都不会白费！"

和德吉卓玛一样，英措吉也开口提到了父亲，而且毫不掩饰父亲对自己的影响。

我问英措吉:"父亲离开你们的时候,你才十三岁,为什么他能对你的人生方向产生影响? 你愿意说说自己的父亲吗?"

英措吉没有半点迟疑,很爽快地说起了自己的父亲。

我不知道别人怎么样,在我看来,一个人最深刻的记忆,一定是儿时!

从我记事起,爸爸就是一个了不起的藏医,他会采集和制作各种藏药,不仅能治头疼脑热、腹泻、小儿风寒引起的惊厥等常见病,还会给人针灸、刮痧。

我八九岁的时候,爸爸第一次带我去山上采药。我们去了直亥雪山,攀爬一座很高的山,快到山顶的时候,我爬不动了,一屁股坐在地上不肯起来。爸爸让我在原地等,自己爬上去了。

不一会儿,我就听到爸爸在山顶大喊:"英措吉,快来看啊! 这里有蓝色的绿绒蒿!"

我听到爸爸的喊叫,像打了强心针,一下子从地上蹦起来,很快就爬上了山顶。

哇! 山顶上有不少天蓝色的花,好美啊! 它的花蕊是金黄的,绿色的茎叶上有密密的茸毛和尖细的小刺,花朵垂下脑袋时,就像活佛手里转动的铃铛。

我伸出手去要摘花,父亲拦住了我,拿出一副线手套给我戴上。

爸爸说:"你别看这些刺很小,其实很尖很硬,摘多了,会扎伤你的手。"

我问爸爸:"这是什么花? 为什么我以前从来没有见过?"

爸爸说:"它的名字叫绿绒蒿,人们也称它为'高原女神''稀世之花'。绿绒蒿多为黄色,蓝色的极少见。因为它生长在高海拔的雪山顶上,寒冷恶劣的自然环境决定了它一生只开一次花,它需要积蓄很久的能量,才有可能绽放独属于自己的美丽。对绿绒蒿来说,生长已经十分不易,开花更是艰难,你看到的每朵绿绒蒿,都是生命的绝唱,因为花开过后,绿绒蒿就会用尽全部力气结出无数颗小珠子一样的种子,然后静静地死去。"

爸爸还告诉我,正因为绿绒蒿一生只开一次花,所以它是一味很稀少、很珍贵的藏药材,能清热解毒,也能消炎,还能调理胃中反酸,治疗跌打损伤。我们的运气太好了,居然能碰上这么稀世珍贵的绿绒蒿! 有的藏医行医一辈子,恐怕都未必能摘到一朵蓝色的绿绒蒿。

那一天,我和爸爸摘了一口袋的绿绒蒿。爸爸还带我认识了另外几种藏药，但它们都不如蓝色绿绒蒿那样美丽，也没有绿绒蒿一生只开一次花的那种悲壮，所以还没等下山，我就全忘了，独独记住了绿绒蒿。

回家的路上，爸爸用他那辆总是抛锚的旧摩托车，载着我和绿绒蒿，一路哼着欢快的藏族民歌，我从来没有见他这么开心过。那是我第一次真正认识爸爸，觉得他肚子里装满了学问，不仅懂藏药，会看病，还会讲故事。

我想当医生的梦想，或许就是在那个时候种下了种子。等我长大一些，我自己也多次去爬过直亥雪山，但遗憾的是，我再也没有遇见过那种蓝色的绿绒蒿。

那以后，只要学校放假，爸爸去采藏药时，我一定会跟着一起去。回到家，爸爸总是要对采回来的藏药进行翻晒、研制、收藏，在这个过程中，我会在旁边帮忙，问这问那。

我相信，爸爸妈妈当年一定是因为爱情在一起的，否则，一个有文化、懂医术的年轻小伙子，怎么会入赘一个拖着两个孩子的女人的家？

他们两人最终为什么会离异，我不明白，那时候我太小了，搞不懂大人之间的事情。

虽然我和德吉卓玛从小在单亲家庭长大，但父母的爱我们从未缺失过。

他俩分开后，爸爸回到了他的家乡，可能因为民间土郎中不太能得到别人的信任，赚不来钱吧，爸爸不行医了，开始了他艰辛的打工生涯。他自己省吃俭用，一分一毛挣来的钱，都供我和妹妹上学用。我和妹妹在过马营镇上小学的时候，他每隔三五天就会来看我们，来的时候买一包早餐饼干、两瓶牛奶，分给我和妹妹。走的时候还会跟我俩说，好好学习，过几天再来看我们。过了四五天他真的又来了，他说到的一定会做到。每逢寒暑假，爸爸也会接我和妹妹去他家住一段时间，给我们做好吃的，陪我们玩，带我们去草原上骑马，但他最关心的，常敦促的，还是我和妹妹的学习。他常用他的人生经历教育我们，点醒我们。爸爸说的每一句话都会让我体悟到，摆脱贫穷、改变命运的最好途径，就是上学、读书。

英措吉对我们说她爸爸的时候，语气中没有一丁点怨恨，话里话外反倒尽显对父亲的爱和敬佩。在这一点上，她和德吉卓玛倒是如出一辙。

我想，英措吉之所以那么阳光、开朗、自信，看来也和她从未缺失过父爱不无关系。

我问英措吉:"你表哥告诉我,你小时候曾经求他帮忙让你父母和好,他说,只有你们自己强大了,才有可能尝试做成这件事情。现在你和德吉卓玛都长大了,上了大学,你觉得今天的你们有能力让父母重归于好吗?"

英措吉久久没有说话,眼神似乎穿过校园四周高大的绿树和雪白的梨花,飘向了很远的地方。沉默了一会儿,她突然问我:"老师,您知道绿绒蒿的花语吗?"

还没等我反应过来,英措吉就自己回答了:"绿绒蒿的花语是'顽强的生命'。这是我上高中以后才知道的,当年爸爸教我认识绿绒蒿时,并没有告诉我。也许,就连爸爸也不一定知道吧。生活中有许多事情是要自己去认识的,没有人会时时在一旁告诉你应该怎么做。"

英措吉的这一番话并没有正面回答我的问题,或许她不想回答,又或许她无法回答。

我有些后悔自己的唐突,英措吉却没有在意,她完全沉浸在自己的思绪中,继续说道。

在我心里,我和妹妹有两个妈妈,一个是月光妈妈,一个是生我们养我们的妈妈。

月光妈妈是我们生命中的贵人,她在我们家最困难的时候雪中送炭,为我们草原牧区孩子坚持求学提供了坚强的后盾。那时,家里条件一年不如一年,我和妹妹两个人在外面上学的费用让妈妈不堪重负,村里人劝她保一个放弃一个,妈妈谁都不肯放弃。这时候,她显示了一位母亲的坚韧和果敢:一方面找村干部,请求把德吉卓玛的名字报上去;另一方面又鼓起勇气自己联系月光妈妈,并说明家里的困难情况。

月光妈妈来我们家调研的时候,对我和妹妹说了一番话,对我触动很大。她说:"你不是告诉过我,你喜欢绿绒蒿吗?你妈妈就像开在雪山顶上的绿绒蒿,有着顽强的生命力!她一个人养大你们四个孩子,非常不容易。你们一定要好好学习,将来有出息了,好好报答她。"

我那爱笑的妈妈,从没有上过学,是一个平凡的家庭主妇,但她有着不平凡的生活智慧。爸爸离家以后,家里的日子更加艰难,但她从来没有愁眉苦脸。每次我和妹妹放假回来,都能看到妈妈满是笑容的脸。

2015年,我们家被纳入建档立卡贫困户,从此更加彻底地解决了我和妹妹上大学的现实问题。我考上青海大学以后,收到了贵南县教育局发的三江源补助金10000元、高中母校海南州第三民族高级中学奖励的5000元,还有月光妈妈每年给的资助。妈妈说这些钱得存下来,等毕业的时候还助学贷款。大学期间,我享受了一个学期2200元的国家助学金,还有国务院扶贫办(2021年改组为国家乡村振兴局)的雨露计划政策,第一年共有6000元,我用4000元购买了电脑,有了电脑,学习效率提高了很多,剩余的钱用作生活费,一点心理负担都没有了。第二年和第三年的钱我都给了妈妈,今年的钱还没发放,等发下来了,我还是打算都给妈妈。我和妹妹都会去勤工俭学,尽管父母不希望我们寒暑假去打工,但是妈妈从我们手里接过钱时,脸上露出的笑容,让我和妹妹都很有成就感。

我希望毕业后,可以通过自己的努力找一份稳定的工作,然后用自己挣的工资装修直亥的家,让妈妈也住进漂亮的新房子;我还要攒钱给爸爸买辆车,让他把那辆开了十几年的摩托车扔了,再给他也盖个房子,让他老有所依;如果可能的话,我想帮爸爸开个小药房,让他把自己的藏药本领重新发挥出来;然后再给我妹妹补贴点生活费,让她在学校里可以不为钱发愁……

至于爸爸妈妈能否重新走到一起,我已经不纠结了,虽然他们分开后各自都没有再成家,但这不重要,重要的是,我希望他们分开了也要各自活得开心。

人生旅途中,谁都会遇到难以解决的难题,也总有人会建议你去这样那样地解决这些难题,但最后做出选择的,应该还是当事人自己,谁也不可能左右另外一个人的人生!

绿绒蒿一生不是只开一次花吗?就开一次花不是也活得很美丽吗?

从西宁返回杭州几天以后,我收到了英措吉发来的短信:

老师,我准备报考"西部计划",它是由团中央、教育部、财政部、人力资源和社会保障部联合实施的,招募高等院校毕业生或在读研究生到西部基层开展为期1—3年的志愿服务。若是考上了,我就去当志愿者啦!

我问英措吉:"志愿者去的地方,条件可能会很艰苦,而且据我所知,这种志愿服务没有工资,补贴待遇也不高。你不想找工作挣钱,给爸爸妈妈盖房子、买车啦?"

她没有再说什么,回了我一个泪中带笑的表情,上面压了一行字:我想月光妈妈啦!

我想我明白了英措吉的心意,她想做一个像月光那样去帮助别人的人。

我在心里默默为英措吉祝福,我相信她就像一朵美丽的绿绒蒿,不管最终开在哪一座雪山顶上,都会有让人意想不到的顽强的生命力!

　　（选自《月光妈妈》,袁敏著,江苏教育出版社 2024 年 8 月出版）

在车八岭森林里

李青松

你的行动会带来改变,你需要决定带来怎样的改变。

——珍·古道尔

一个人与车八岭

岭叠着岭,山叠着山。

森林叠着森林,云雾叠着云雾。

忽隐忽现的车八岭是一个符号吗?它代表着什么?或许,著名生态学家徐燕千教授写下的八个字,道出了车八岭的价值和意义。这八个字是——"物种宝库,南岭明珠"。

置身车八岭森林中,我才深切地感受到森林的丰富性和多样性意味着什么。是的,森林不是简单的树木个体相加之和,也不是乔木和灌木独有的世界。在这里,我看到的都是细节,看不到整体,甚至连整体的影子也看不到。茂盛的藤蔓植物,攀附缠绕在高大的乔木树干上,也把周围的植物连到一起,缠成一团。乔木的底层是蕨类植物隐秘的角落,隐隐约约的暗影深处潜伏着头绪混乱的蛛网,总有大大咧咧的昆虫触网就擒,成为蜘蛛口中的美食。乔木的膝盖之下让给了灌木,灌木树枝上悬挂着苔藓织成的垂帘,幽兰之香诱得蚂蚁在腐叶上乱窜。细碎的阳光在树叶间闪烁,时不时会有噼噼啪啪爆响,由近及远,或者由远及近,那是花面狸踩在枯枝、败花、残果等东西上发出的声音。最警觉的是气根,它日夜不歇地竖着耳朵,听风听雨听鸟鸣——嘘,这一切似乎都是前奏。真正的主角——白鹇——出场了——啊嘟嘟!啊嘟嘟!啊嘟嘟!

唉,面对生命的丰沛、鲜活和繁盛,语言是那么枯涩。

我似乎悟出了点什么——是不是丰富性和多样性,以及可持续性,才能创造稳定性呢?

车八岭森林将自身的层次和复杂结构,与空气和土地之间相互作用的物理定律巧妙结合,使得物质与精神共生。那物质与精神共生的缝隙里,便生长出了故事——关于人与自然,关于保护与发展,关于未来与我们自己——对,就是这样的故事。

车八岭何意?在车八岭期间,我曾向当地朋友饶纪腾讨教。饶纪腾说,车八岭跟"车"无关,跟"八"无关。我瞪大眼睛看着他,那跟什么有关呢?饶纪腾操着浓重的客家话,并拖着长长的尾音言之,跟油茶有关,跟柏树有关。闻之,我的眼睛瞪得更大了。饶纪腾继续说,车八岭保护区里有居民一千三百人,基本都是瑶族人和客家人,瑶族人和客家人有种油茶的传统,故此,有一说,车八岭很可能就是"茶爬岭",即为种油茶要爬山上岭的意思。另有一说,因山岭上遍布油茶和柏树,车八岭也可能是由"茶柏岭"谐音演变而来的。有没有第三种说法呢?我继续追问。有的。饶纪腾笑了,说,在客家话中,"茶""车"同音,"爬""柏""八"同音,第三种可能,车八岭或许就是"茶爬岭"或者"茶柏岭"的简写。我忽然想起,刚刚在保护站看到的值班记录上把"摩托车"写成"么托车",便笑了,呃,此种说法的可能性也是存在的。

二十世纪八十年代之前,车八岭所在的广东始兴县是南方重要的木材生产基地,县里六成的财政收入靠木材生产——号称"木头财政"。当时的始兴县,是当之无愧的广东省木材产量第一大县。其间,始兴的森林资源几近达到毁灭的程度。

大自然并非永远任人宰割。

灾难降临了,墨江洪水把千年古城泡在一片汪洋之中。农田被毁,房屋倒塌,上千口人无家可归。洪水过后,连续三年干旱,全县受旱面积达八万亩,占全县耕地面积的百分之四十三。山林里虫灾肆虐,湿地松、毛竹和杉木的叶子几乎在一夜之间就被害虫吃光了。

这是怎么了?

那天夜里,一个叫刘创的人做了一个梦——始兴变成了沙漠,而他自己成了茫茫沙海中牵骆驼的人。驼铃叮咚,严酷的烈日炙烤着他和这支疲惫的驼队。没有绿洲,没有村落,除了沙漠还是沙漠。嘴唇干裂了,饥渴难挨。

"水呢?水呢?"

"水在这儿。"媳妇把他摇醒,递给他一杯清茶。刘创咕嘟咕嘟喝下去,揉了揉眼睛。

当时,刘创是始兴县委副书记,兼林业局党组书记。

刘创披衣起床,在林业局的一份有关乱砍滥伐林木情况的报告中,提笔写了这样一句话——汝要吾命吾不管,尔要吾树尔难逃。

清晨一上班,他就召开由林业局有关人员参加的紧急会议,拳头往桌面上一擂,吼道:"杀几只鸡给猴看看!"

鸡不找,自来。而且是有背景的"鸡"。

一批乱砍滥伐的大案要案,在刘创兼任县林业局党组书记刚刚几个月的时间就得到了处理。接着,在他的倡导下,始兴县人民法院林业审判庭成立,又一批乱砍滥伐分子被押上审判台。

始兴老百姓惊愕了。

遏制和打击能够奏效一时,但提高老百姓的绿色意识,把森林资源保护得更好,为子孙后代造福,才是林业发展的真正目的。

到二十世纪八十年代初期,如果说始兴的山林已经残破不堪的话,那么车八岭的樟栋水或许是最后一片净土。

"这块地方,说什么也要保住。"刘创专程赶往省城找到他的老师徐燕千,"有什么办法,老师?"

听了刘创的一番述说,徐燕千也是忧心忡忡:"没有什么高明的办法,只有建保护区了。"

当时,全国还没有几处保护区。徐燕千把保护区的概念、功能及意义和世界保护区的发展情况,像当年讲课一样给这位特殊的学生讲了整整一上午。

回到始兴,刘创提出了在车八岭一带建保护区的主张。不想,各方面哗然。

有人说:"不砍木头,钱从哪儿来?"

有人说:"生态保护是明天的事情,要紧的是今天日子怎么过。"

刘创的身份,不允许他发表什么无聊的意见,他正好也不是一个愿意说很多话的人。

但是,他把听到和看到的事,都装进了脑子里。他想,与其这样喋喋不休地争论下去,倒不如先干起来再说。他与当时的县委书记凌海洋悄悄交换了意见,凌海洋说:"我同意,就这样搞!"

次日,车八岭的公路两端,一头有了一个关卡。两个关卡就像两把锁,紧紧锁住了山门。

毕竟这是强硬的行政命令,要想让方方面面的人接受保护区这个概念和事实,还得请专家出面。命令可以压制人的行为,但不能压制人的内心。人的内心只接纳科学。

"徐老师,请您亲自到始兴讲一堂大课吧!"刘创再顾华南农业大学那栋芭蕉叶子掩映的小楼。徐燕千哈哈大笑:"我这杆老枪,决不会你给我装什么我就放什么。"他指了指自己的脑袋,"我有自己的看法。我得先去采集标本,调查研究之后才能讲这堂课。"

刘创说:"就依你。"

一个月的时间,老教授风餐露宿,历尽艰辛,足迹遍布始兴县的山山水水,写出了《扬长补短发挥优势,建立始兴良好的森林生态系统》的学术报告,洋洋万余字。

在华南农业大学的家中接受采访时,老先生说:"讲课那天的场面真令人感动。全县的行政机关停止办公一天,听报告的有五百多人。县委书记凌海洋、副书记刘创和县里的其他领导坐在第一排。我搞一辈子林学研究,讲过上万次课,只有在始兴见到了这种场面。"

老教授从书屋里找出了那份已经发黄了的讲稿,轻轻翻动着说:"当天晚上,县委召开常委扩大会议,开了整整一夜,最后意见统一了:建立车八岭保护区,停止一切林木采伐活动。"

末了,老教授叹了口气,一字一句地说:"车八岭自然保护区能有今天,刘创功不可没。"

听了老教授的一番话,我沉思良久。那种决定历史的决策往往发生在某一天或者某一时刻,但它决定性的影响却超越了时间。

杉皮寮 山蚂蟥 竹笛子

"我一辈子只干了这一件事。"饶纪腾说,"车八岭的山水草木我都很熟悉。二十世纪八十年代初期,自然保护工作是一项全新的事业,富有挑战性和探索性,没有前人的先例可循,外国的经验鉴于国情的不同,又难以照搬。我参与并见证了保护区的建设与发展。"

某日,我走访了饶纪腾。谈起车八岭保护区建立初期的一些事情,他是一个绕不过去的人。

"你看看,你看看,已经褪色了。"饶纪腾翻箱倒柜,找出了当年的几张老照片,指给我看。我接过照片,仔细端详着,那是几张黑白老照片——照片已经打卷儿了,画面不是很清晰,并且已经被岁月剥蚀得斑斑驳驳了。

我禁不住感慨万端。

我说:"讲讲当年吧!"

这几张老照片唤起了饶纪腾对当年的回忆。他说:"所谓的保护区,在当时其实是两个林场合并的产物。两个林场是指车八岭林场和樟栋水林场,合并后叫保护区管理所，牌子挂在樟栋水这边。当时，路不通、电不通，林场原有的旧房子已经坍塌一角，漏风漏雨，不能再用了。没有路没有电暂时还可以凑合，但没有办公和住宿的地方，就等于保护区管理所只是空有一块牌子。怎么办呢？先解决房屋问题。"

早年，林场时期营造的一片杉木林已经是过熟林（超过了采伐年龄）了，正好采伐下来派上用场——造杉皮寮。杉皮寮就是用杉木、杉皮、芭茅、泥土等作为材料，混合结构建造的窝棚，或者叫简易房子。饶纪腾说："我们用了很短的时间，就把杉皮寮搭建起来了。这种杉皮寮虽然是简易房子，却也遮风挡雨、冬暖夏凉。一共搭建了两栋杉皮寮，一栋住男人，一栋住女人。"

据饶纪腾回忆，初建之时，保护区管理所有七十余号人，基本都是"燃烧着激情和热血"的青年人。六成是男青年，四成是女青年。由于保护区条件艰苦，山外的青年人不愿找保护区的人处对象。一个很现实的问题饶纪腾不得不面对——这些男女青年找不到对象，怎么办？于是，饶纪腾大胆决定，鼓励保护区适龄男女之间谈恋爱；同时，报请上级有关部门，出台了一项"硬性"措施——如果一方是临时工，可以解决转正问题——入职成为保护区正式职工。好家伙，不到半年时间，这项温情的措施就使八对男女青年成家。人在哪里，家在哪里，心就在哪里。心在哪里，哪里就有生活的逻辑和意义。

当时，杉皮寮里人睡的都是通铺，中间一条窄窄的过道，晚上头对头睡觉。深夜，杉皮寮里的男人们，打呼噜的、说梦话的、咬牙磨牙的、嘟嘟放屁的，总之，各种各样奇怪的声音和异味，充斥在杉皮寮里，好不难闻，好不热闹。

遭受蚊虫的困扰就不必说了，最难防的是毒蛇。半夜里，毒蛇常常溜进被窝里，与人共眠。而天刚麻麻亮，蛇又悄悄溜出去了。

白天巡山或者野外作业时，被山蚂蟥叮咬已经司空见惯。山蚂蟥是一种喝血的毒虫，在山间行走，身体裸露的部位很容易就被它叮上，毫无知觉，等发现时，它一准已经叮出一摊血了。河畔溪边、乔木林里、灌木丛中、芒草叶子上，到处都有可能潜伏着山蚂蟥，防不胜防。

防不胜防也得防。饶纪腾请来有经验的"山里通"，教大家一些防山蚂蟥的方法——把裤管扎紧，衣服袖口扎紧，戴上有头罩的帽子，避免身体各个部位裸露，多多少少，也是起些防护作用的。而一旦被叮上，也不用太紧张，用烟头去戳，它就松口了。然而，山林里吸烟是大忌。用烟头戳，担心引发火情，于是就被禁用了。后来，无意中发现山蚂蟥怕碱性的东西，就制作了许多小碱包——布袋子里装上面碱，袋口扎紧。野外作业时，就把小碱包带在身上，遇到山蚂蟥叮咬时，就用小碱包轻轻戳一下，山蚂蟥就啪嗒一下掉地上了。

杉皮寮四周撒了许多草木灰，还有一些硫黄之类的东西，蛇和山蚂蟥等，

164

也就避而远之了。

也有断粮吃不上饭的时候。夏天,遇上了发洪灾,厨房里存放的粮食和蔬菜都给冲跑了。一下没有了食物,生活物资不能及时补充——得活下去啊!饶纪腾就发动大家挖野菜、采蘑菇。蕨菜、野韭菜、灰灰菜、苦菜、野苋菜,花菇、草菇、鸡头菇、见手青,等等,只要是能吃的,见什么采什么。可是,食用过量的野菜和蘑菇,又造成了一些人食物中毒。幸好有人采来草药,以毒解毒,才没有造成生命危险。

夜晚照明,起初用的是煤油灯。后来,就买了一台柴油发电机,每晚自己发电照明。那台柴油发电机往回运时,用的是一辆拖拉机,但拖拉机只能开到山脚下,当时进山的路没通。怎么办呢?就组织了八个小伙子,每四个人一组,轮换着抬,生生把那台柴油发电机抬进山里,抬到了保护区杉皮寮这里。

抬柴油发电机的过程中,还发生了一件意想不到的事——竹丛中突然出现一只鬣羚,看到人抬着的"怪物"不知所措,结果躲闪不及,一下摔落悬崖,造成严重骨折而毙命。那只摔死的鬣羚被制作成标本,至今还存放在车八岭自然博物馆里。

"那时你们有什么娱乐生活吗?"我拿着发黄的老照片问。

"哪有什么娱乐呀!"

忽然间,饶纪腾似乎想起了什么。接着他又翻箱倒柜,找出了一件乐器——笛子。那是一支竹笛子,表面斑驳,暗淡无光。

我不解地问:"你会吹吗?"

"当然。"饶纪腾擦去笛管上的灰尘,把一块笛膜贴在笛孔上,就吹了起来。

"可以呀!"我由衷赞叹道。

饶纪腾用手摸摸嘴角,大口喘着气说:"不行了,不行了,上年纪了,气短了。"他说,"当年,就是用这支竹笛子给大家晚上吹曲子听,算是娱乐生活了。"

"今天为何要吹《九九艳阳天》呢?"我问。

"这是《柳堡的故事》的主题曲,我非常喜欢。"饶纪腾说,"我记得当年电影队进保护区,放的仅有的一场电影就是《柳堡的故事》。放电影那天晚上,柴油发电机出了三次故障。可是,大家仍然欢天喜地,兴致不减。"

竹笛子是饶纪腾当年自己做的。尽管略显粗糙老旧,但毕竟是那个时代留下的物件呀。竹笛子见证了历史,也见证了创造历史的人。

建立车八岭保护区的第一代人,是怀着理想和使命来到这里的,他们对生态和社会的认识,自然与当下的青年人不同。在这片土地和森林中,有他们的血汗与眼泪、豪情与困苦、坚韧与茫然、追求与梦想,他们对车八岭特有的情感,是如今的年轻人所无法理解的。当年,虽然物质条件差、生活艰苦,但苦中也有快乐,也有爱情,也有幸福。

一九八八年之后,保护区路通了、电通了、电话有了,白色的办公楼和宿舍楼也有模有样地矗立在山间一块平坝上,这个挂着"国家级"牌子的单位,像个单位了。这时,饶纪腾和他的同事们,也渐渐有了底气和自信。

老虎邓传奇

在中国,著名的打虎英雄有两个,一个是武松,一个是杨子荣。武松打虎之前喝了十八碗酒,酒壮武松胆,武松用拳头生生打死了那只"害了许多人性命"的"吊睛白额大虫"。杨子荣呢,打虎之前没喝酒,打虎用的也不是拳头。杨子荣假扮胡彪去威虎山剿匪的路上,在林海雪原中偶遇老虎,于是扣动匣子枪的扳机,啪——啪——啪——三枪将老虎打死。他以打死的老虎和"先遣图"做投名状,骗得匪首"座山雕"的信任,进而,智取威虎山——同随后赶来的少剑波等战友们,将"座山雕"及众匪徒一网打尽。

然而,武松和杨子荣不过是文学作品中的打虎英雄,现实中的"打虎英雄"是什么样子的呢?二十世纪五六十年代,有一位"打虎英雄",在车八岭及粤北一带无人不知无人不晓。他的名字叫邓仕房,绰号老虎邓。随着这位"打虎英雄"的谢幕离世,车八岭是否还有华南虎栖息活动,也就成了一个谜。

我在一张旧报纸上,见过老虎邓的照片。

老虎邓个头不高,也不强壮,仅有一米六八,相貌平常。照片上的他,身穿粗布条格绒衣,站在家中窗前,双手端一杆猎枪,睁一只眼闭一只眼,正在向着前方的目标瞄准。估计这张照片,是应人要求摆拍的。不然,"打虎英雄"怎么会在家中拿出猎枪做射击状呢?抑或是对过去岁月的怀念吗?

饶纪腾告诉我,他曾去"打虎英雄"家里专门拜访过老人家,老虎邓给他讲过许多打虎的故事。

媒体报道说,一九五七年至一九六七年,十年间,老虎邓共打死一百零六只老虎、一百六十头野猪、七十只豹子。饶纪腾一直存有疑问,他当面问老虎邓:"当时的车八岭及南岭一带有那么多的老虎吗?"

老虎邓与老伴交换一下眼神,说:"其实,我只打死过四只老虎,那些都是记者乱写的。"不过,也有知情人私下悄悄告诉饶纪腾,老虎邓打死的老虎绝对不止四只。或许,老人家心底存有某种顾虑,不便说出确切的数字吧。

二十世纪五十年代,车八岭及粤北一带老虎猖獗,一只老虎先后吃掉了二十八个人,其中还有一名带枪防身的乡长。一时间,谈虎色变。当时,部队出动了一千多人搜山多日,无功而返。可是,过了几日,又有四人命丧虎口。

老虎邓受命除害。他追寻多日,搞清了那只老虎的活动规律。于是,他在山路上设下了大号的弩机关,蹲守了三天三夜,终于猎杀了那只老虎。弩,是一种致命武器,主要由弩臂、弩弓、弓弦和弩机组成,射程可达六百米,杀伤力强。然而,弩只是一个发射装置,真正要老虎命的是弩机发射出来的箭。箭头是涂了毒药的——箭毒木的毒液。暗影中,老虎邓站起身来上前观看,那只被弩射中的老虎,奄奄一息。他翻动虎头反复查看发现,此虎年老体衰,牙齿松动,锐气尽无。

随后赶来的民兵,将老虎四肢用绳索绑紧,中间用杠子穿上,四个人将老虎抬下山来。用台秤称重,这只老虎体重二百四十斤。

老虎邓心情复杂。

老虎邓说:"它已经很难再捕到野猪、麂子等猎物了。为了活下去,它不得已才把目标转向了容易捕食的人类。它都是事先埋伏好,乘人不备从后面发动袭击的。"

老虎邓深谙老虎习性和捕食规律。他对饶纪腾说:"老虎一般不主动攻击人,除非它被人类伤害过,或者年老体衰取食艰难,也会被迫成为杀手。"

原广东军区韶关军分区曾授予老虎邓"民兵英雄"称号,还送上一面"当代武松"锦旗。一九六〇年,原广东省军区授予他"特等民兵英雄"称号,奖励他一支五六式半自动步枪。不过,这支半自动步枪他从来没有用过。后来,他把这支半自动步枪上缴当地武装部。

至二十世纪八十年代初期,野外的华南虎越来越少,少到在野外已经很难看到它的身影了。一个声音说,华南虎或许灭绝了吧。这成了"打虎英雄"的心病,他为自己的打虎行为深感愧疚。

此后,"打虎英雄"彻底放下猎枪和弓弩,加入野生动物保护行列中来。他数次被华南虎科考队征调,作为科考队员,寻找华南虎。一九八六年,他来车八岭寻找华南虎时,写下十个字:八岭藏虎豹,栋水蓄山珍。这十个字至今保留在车八岭档案馆里。一九九一年三月二十三日,在车八岭天平架,老虎邓与李石周、刘爱强等科考队员发现华南虎新鲜挂爪多处。媒体报道后,引起了轰动。

随后不久,在车八岭密林里采松脂的民工何志水、何成上、周唐生等人,某晚刚要在车八岭大尾坑的蜡树园工棚睡觉时,听到不远处有动物吼叫。嗷——呜呜呜!嗷——呜呜呜!嗷——呜呜呜!一时惊吓不已。双腿发抖的何志水从工棚里探头向外边张望,只见月光下的山间小径上,蹲坐着一大一小两只动物,前面的小动物身高约有一米,后边的大动物身高约一米二,不断发出低微吼声——"是老虎吗?是老虎吗?"

惶恐中,何成上和周唐生也跟着向外张望,吓得舌头都快僵住了——"老虎老虎!老……虎虎!""老虎!老……老……老虎!"他们瞪大眼睛,不知所措。约半小时后,两只老虎隐入森林。何志水三人一夜未眠,天刚麻麻亮就逃下山了。

事后,经老虎邓辨认脚印和挂爪,那一大一小的两只动物,确为一成年华南虎和一年幼虎崽。

二〇〇六年十月起,华南濒危动物研究所派出华南虎调查队再次进入车八岭及粤北地区,寻找华南虎及其他珍稀野生动物。调查队虽然找到了豹、黑熊、短尾猴、海南虎斑鳽、鸳鸯等珍稀野生动物,神秘的华南虎却杳无踪迹。

饶纪腾告诉我说:"老虎邓已经去世十几年了。期盼王者归来,是老虎邓生前未了的心愿。后来,他的一个儿子也成了自然保护工作者。"

华南虎,处于整个食物链顶端,它是生物链条的控制器。一只华南虎的活动范围通常在四十平方公里到四百平方公里之间。百兽之王的存在,对某个地域来说,意味着森林生态系统的稳定和平衡。

"不必急于要一个结果。"饶纪腾语调缓慢地说,"自然的事情还是要由自然自己去解决。后来,保护区改变了思路,不再动用人力物力去寻找华南虎了,而是做好保护工作,创造一切条件,把森林的还给森林。只要敬畏自然、尊重自然,不折腾它、不打扰它,让自然休养生息,整个生态系统形成之后,生态链条自然就会建立起来。我坚信,华南虎的身影在车八岭重现,只是时间问题。"

野猪的故事

戴金彪,亦被唤作"彪哥",车八岭社区护林队队长。彪哥,一九七〇年九月十九日出生,是车八岭当地人。小时候,彪哥是一个霸蛮彪悍的少年,人送绰号"座山雕"。由于经常干些惹是生非的勾当,初中没毕业就辍学回家务农了。后来,有个招聘机会,就当上了村里的护林员。

他喜欢这项工作,每天看山看树看果看鸟看风景,天下哪有这样的美差呀!若干年前,由于尽职尽责,护林表现出色,他被保护区聘为社区护林队队长。彪哥手下有五名护林员,配的装备有:每人一辆摩托车、一部手持北斗巡护终端机、一个手电筒、一个打火把、一个军用水壶、一件防雨衣等等。平时,护林员各自负责本村山场护林及防火工作,每个月的月底,彪哥把大家召集到一起开一次例会，交流信息，查漏补缺，并安排下个月的重点工作。

彪哥每天都记巡护日记，诸如时间、天气、巡护方式、巡护地点和路线，以及巡护过程中发现的一些情况，都要在日记中记录下来。特别是对有无偷砍盗伐林木和非法猎捕野生动物的情况，要做重点记录。

我见到彪哥那天，他穿一身迷彩服，头戴迷彩帽，很是威武。近观之，彪哥面部黝黑，鼻梁坚挺，双目炯炯有神。

我问他："护林员的日常巡查都涉及什么事情呢？"

彪哥笑了，说："那涉及的事情可多了。"他摘下迷彩帽放在桌子上，捋捋头发，继续说，"往大里说，就是保障森林生态安全，维护生物多样性及生态系统稳定。"

我说："不往大里说，说点具体的。"

彪哥想了想，说："具体来说，我们的眼睛不是每天盯着草木鸟兽，而是盯着打草木鸟兽主意的人。通过巡查，在第一时间掌握资源动态变化情况，制止乱砍盗伐林木、滥捕乱猎野生动物、毁林开荒、乱采滥挖野生植物以及非法割采松脂等破坏行为，处置职责范围内的相关问题。"

我说："还是有点大。能不能讲点你巡查时遇到的难忘的事情？"

"难忘的事情？"彪哥一拍大腿，说，"差点忘了，那就说说老虎吧。"

彪哥说，二十世纪七十年代（那时保护区还没有成立），村里有村民还用铁夹子夹到过老虎。二十世纪九十年代初期，彪哥在山里烧炭，晚上住在窝棚里，夜里经常听到虎啸。

嗷——呜——

嗷——呜呜——

嗷——呜呜呜——

彪哥说，深夜里听到老虎的叫声，人吓得要死，他感觉地皮都在抖动，树枝树叶乱颤。白天，在小溪边，他也发现过老虎的爪印，有盘子那么大。树干上也有老虎留下的挂爪。树下有老虎捕猎水鹿的痕迹，灌木丛中一片狼藉，现场留有老虎吃剩下的水鹿四蹄，芒草秆上挂着水鹿的毛发，落叶上是一摊一摊的血渍。

那是何等惨烈的场面呀！

"除了老虎，还遇到过别的野生动物吗？"我问。

"多了，最常见的是野猪。"他说，"哈哈哈！野猪居然能爬树，我亲眼所见。"

某日巡查时，彪哥远远看到一头野猪正在偷食果园里的柑橘。那头野猪全身拥有棕色的厚而长的鬃毛，仿佛披了一层铠甲。只见那棵柑橘树摇摇晃晃,野猪前腿及前蹄搭在树丫上,后蹄紧紧蹬住树干的树瘤处,用獠牙钩住果子,不断送进嘴里,吧唧吧唧,嚼得贪婪,汁水横流,好不欢喜。

野猪继续折腾那棵柑橘树,摇摇晃晃,树干的表面被它的前蹄和獠牙划出一道一道的伤口。也有一些果子被摇落在地上,滚来滚去,有的表皮破裂,有的摔成泥,有的完好无损。

一只鸟飞来,落在旁边,翘着尾巴,跳跃着接近地上的果子。它先是打量四周,排除了危险,然后开始猛啄果子。它吃饱后,呀呀呀叫了几声,引来了另一些鸟。

于是,柑橘树下争抢果子的大战便开始上演。野猪被这些吃相难看的鸟搞得心烦意乱,便跳下柑橘树。巧的是,前蹄落地那一刻,正好踩到了一条毒蛇。当时那条毒蛇正准备偷袭啄食果子的鸟呢。野猪用獠牙一挑,三下两下,就把毒蛇吞进嘴里,嚼得嘎嘣脆。它嘴角流着口水,扬长而去。

我说:"野猪吃了毒蛇,会不会中毒而死呢?"

"不会的。"彪哥说,"野猪的胃具有解毒的功能。只要野猪的嘴巴没有伤口,毒蛇的毒液就进入不到血液里。吞下的毒蛇毒液,用不了一会儿就被野猪胃里的酶分解掉了。"

我陷入了沉思。

在车八岭,野猪的数量巨大,根本的原因恐怕还是森林生态系统趋于稳定,生物多样性的结构日趋完美吧。彪哥告诉我,野猪有三大特性。一则野猪杂食,草根、树根、浆果、坚果、花茎,基本上啥都吃,更喜欢吃腐肉,食物种类丰富。二则野猪适应能力极强,无论是高山,还是草地、灌丛、湿地,都能够生存。三则野猪繁殖能力惊人,通常一头母野猪一年产两胎。怀胎四个月,一胎可产四只至十二只小崽。算一算,一年两胎能产多少只小崽,大体就知道了。

野猪的视力远不及它的嗅觉发达。它看不了多远,但闻得相当远。相当远有多远呢?根据彪哥的经验,二三十米开外的气味,野猪肯定能闻到。对人的气味,野猪特别敏感。这就是明明知道某座山上有野猪活动,但就是看不到野猪的原因——它远远就闻到了人的气味,早早就溜走了,或者隐藏起来了。地下面一两米深处有没有东西,它闻一闻就知道。比如,积雪中的橡子果、核桃、板栗,土壤内的老鼠、地蜂、蚯蚓、蚂蚁,腐殖层下的春笋、菌子等,野猪通过闻到的气味,就能准确定位,进而用嘴巴把它们拱出来吃掉。

野猪喜欢蹭痒痒。据彪哥野外观察,野猪蹭痒痒一般选择松树树干,并且是倾斜的树干居多。选定某棵松树后,野猪先咬破树皮,使松脂流出,然后就将身体贴上去开始蹭,嚓嚓嚓——嚓嚓嚓——嚓嚓嚓,舒服极了。一方面,松树皮粗糙,舒筋活血,解痒;另一方面,野猪身上滋生了很多螨虫、蜱虫等寄生虫,松油子(松脂)的气味可以除虫驱虫。此外,蹭痒痒时,野猪把松油子也涂到了猪皮上,可以使猪皮增厚增韧、增硬增强,这是防寒需要,也是御敌避险的需要。早年,有猎人用陷阱猎得一头两百多斤重的野猪,宰杀后,抬回家煺毛处理时发现,这头野猪的猪皮上遍布弹痕,仔细数数,竟有三十三处之多。剖之,从猪皮里生生取出七粒子弹。那些子弹被肉瘤包裹着,已经同猪皮长在了一起,成为一体了。想想看,这头野猪真是历经劫难啊!或许,每一次都是因那层又厚又硬又强的皮,子弹无法击穿而使其脱险。

冬至前后,是野猪的发情期。其间,公野猪满脑子就一件事——交配。发情期的公野猪满嘴激素泡沫,智力基本降至零。它会忘记觅食,忘记蹭痒,忘记安全,直至母野猪满足它的要求,完成那项使命,它的各个方面才会恢复正常状态。

獠牙是公野猪的标志符号。獠牙是在嘴巴两侧翘着长出来的。獠牙是公野猪的利器。进攻或者打斗时,寒光闪闪的獠牙便派上用场了。挖掘及拱土取食时,獠牙相当于铲子,能掘能挖、能挑能扬。

一般而言,体重超过两百斤、独来独往的公野猪被民间称为"独公"。独公相当谨慎多疑,走路时"一听二看三慢四通过",从不走大路,从不走回头路,也不轻易靠近村庄。走路时听到响动或者闻到异常气味,就会突然转头。它时刻保持着高度的警觉和戒备。遇到柴堆、横木、反光的东西,会远远绕行。独公能预知天气——冬天,它若有叼草做窝的行为,就意味着三天后要下雪了。

独公能长到五六百斤,寿命能达三十年,甚至四五十年。它能生存下来,能躲过一次又一次的猎杀和劫难,全凭自己的谨慎多疑和生存智慧。独公遵循的原则,一曰不从众,二曰怀疑一切,三曰事缓则圆。

野猪的生态价值是不可替代的。野猪的翻拱行为增加了土壤中原生生物的多样性,提高了土壤的固氮能力。它翻滚过的泥塘渗水率下降,为旱季鸟类和小动物提供了取水地。它是豺狼虎豹的猎物,它在觅食和行走的过程中传播了大量植物的种子,说它是"播种机",一点也不为过。

三天后,在一片油茶林里,彪哥又遇见了那头野猪。这回它不是在偷食果子,而是在吭哧吭哧拱食地蜂洞里的蜂蛹。地蜂哪里肯让呢?它们疯狂地发起反击——毒刺乱箭般刺中野猪的嘴巴,痛得它嗷嗷直叫。野猪逃之,在远处的溪边找到一种植物,便在嘴里咀嚼起来。而后,它将咀嚼的糊糊用嘴巴涂抹到溪边的烂泥上,再将长嘴巴插入泥中。不多会儿,嘴巴上的红肿就消除了。接着,它一头倒下去,背部朝下,四蹄朝天,在烂泥中打滚,反反复复。好家伙,那层"铠甲"又加厚了一层啊!

"野猪咀嚼的是什么东西?"我好奇地问。

"野芋荷!"

"此物能化解蜂毒?"

"是的,它的汁液能化解蜂毒。"

"啧啧啧!"

看来,最伟大的药方不在李时珍的《本草纲目》里,而是在大自然中。

彪哥一家四口人,媳妇叫黄也英,两个人从小青梅竹马,经常一起玩过家家。彪哥管黄也英叫英子。他说,英子十八岁时,他才第一次拉她的手。白白的,绵绵的。那一刻,他紧张得呼吸急促,心差点没跳出来。婚后生的两个儿子,如今都在城里上班了。作为护林员,彪哥每个月的工资两千五百元,年底还有绩效奖金四千三百元。彪哥工资不高,要想养家糊口,过上宽裕一点的生活,还要另谋营生贴补家用。好在彪哥有酿酒的手艺。

休假期间,他就酿酒。他采用原生态的传统酿酒法——烧柴火,架铁锅,上笼蒸。劈柴填进灶口,风箱呼呼鼓吹,火就烧得旺旺的了。烧铁锅蒸米,自然发酵,生生就酿出了多种度数的白酒。从清晨到傍晚,酿酒坊里热气腾腾,酒香弥漫。

彪哥酿酒所用的粮食是旱稻米。旱稻是瑶民种植的高山农作物,处于半野生状态。从种植到收割,不用浇灌,不用施肥,不用除草,更不用杀虫。旱稻根系发达,具有耐旱耐热抗病虫的特性。

彪哥说,季节、气温和空气是影响酒发酵的重要因素。他一般在每年十月酿酒,发酵一个月时间。彪哥酿出的酒,装缸里再经过一些时日的"养性"之后,就芳香浓郁、口味诱人了。

价格呢,六十度的三十元一斤,五十度的二十元一斤,四十五度的十五元一斤,四十度的十元一斤,三十度的五元一斤。喝过的人,都说好。

"酿酒收入怎么样?"

"这个我还真说不清楚。"彪哥笑着说,"英子管账管钱。"

彪哥出去巡山时,黄也英在家负责销售。广州和韶关那边的人,经常专门开车来酿酒坊买酒。

在车八岭期间,我也探访了彪哥的酿酒坊。酿酒坊位于他家后面,青山与青山之间的三条小溪的交汇处。翠竹掩映,鸥鸟翩翩。

哎,一进门就酒香扑鼻啊!

穿山甲秘影

> 白天深藏夜里行，
> 身披铠甲背微隆。
> 强爪掘洞捉蚁虫，
> 蜷球示弱御敌攻。

在车八岭期间，我在笔记上写下这首关于穿山甲的打油诗。车八岭的森林里还有穿山甲吗？这个问题很难回答——或许有吧。不过，可以肯定的是，日常语言中，穿山甲还时不时在车八岭出现。比如："你这个家伙有一颗穿山甲的脑袋——会钻啊！"比如："听他讲话，怎么像穿山甲走路似的——空空洞洞。"再比如："好家伙，该来的全来了，简直是穿山甲下坡——大团圆啊！"

第六感告诉我，车八岭某个隐秘的角落，一定还有穿山甲活着，并且出没于林间。只不过遇到它，还需要运气和时间。

穿山甲既无辜又脆弱，性情温和，它可能是大自然中最内向的族群。它热衷深夜做自己的事情。每当受到威胁或者攻击时，它就会把自己蜷成一个球，靠铠甲般的鳞片保护自己。虽然这样可以抵御天敌，但也很容易成为盗猎者的目标，被轻而易举地捕获。

荷兰探险家林斯霍滕曾在自己的旅行笔记中写道："这种动物（穿山甲）身体覆盖着拇指宽的鳞片，比钢铁还硬。被打扰时滚成一个球，无法用武力或者工具撬开，只有它安静时，才慢慢展开，然后，惶惶然逃掉。"

然而，穿山甲几乎无处可逃。

没有买卖，就没有杀害。

穿山甲是世界上被捕杀贩卖最多的物种之一。据世界自然保护联盟统计，二〇〇四年到二〇一四年间，至少有一百万只穿山甲被捕杀贩卖。穿山甲及其附属产品用于商业和国际贸易历史悠久。二十世纪初时，合法与非法形式并存，大量穿山甲被捕杀。随着《濒危野生动植物种国际贸易公约》问世，穿山甲贸易被禁止，但走私情况仍然很严重。尽管穿山甲在主要出口国，如印度尼西亚、马来西亚和泰国是受保护的物种，但出于商业目的的走私还是屡禁不止。

走私活动极其隐秘。

走私的最终目的地是美国和墨西哥。一旦进入北美，穿山甲皮就被制成皮革制品,包括手袋、皮带、钱包和靴子,用于批发和零售。

于是,全球的穿山甲资源遭受了难以想象的毁灭性破坏。

针对穿山甲的生存困境和濒危状况,英国生物学家古道尔说:"你的行动会带来改变,你需要决定带来怎样的改变。"

十八世纪,欧洲一些书籍中描述的穿山甲,既是邪恶的,又是无辜的。一方面,它"被激怒时"张开的"可怕鳞片"和"带尖刺的爪子",能够掘开稻田和欧洲贵族房屋的地基;另一方面,它蜷缩起来,就像一枚弹道导弹,那层坚硬的"铠甲","任何箭都射不穿它"。

也许,正是基于这些特性,英国著名野生动物学家查兰德说:"穿山甲是最迷人的野生动物。它还有很多谜团有待解开,为了确保它的未来光明,我们还有很多事情要做。"

我想,在动手为穿山甲做很多事情之前,还是有必要先了解一下穿山甲。

穿山甲具有独特的生存技能,是打洞的高手。它的洞有两种,一曰栖息洞(居住洞),一曰觅食洞。穿山甲栖息的洞,一般都是在背风向阳的山坡上。洞口较干净,因为树枝树叶或者芒草之类被它拖进洞里做窝了。然而,有些东西它是无法清理干净的,那就是蚊子、苍蝇和牛虻。由于穿山甲腥气太重,蚊子、苍蝇和牛虻很容易闻到它的味道,便从四面八方飞来,成群聚集在它的洞口,享用腥气。

而有经验的护林员,往往根据这种情况来判断洞里是否有穿山甲。

穿山甲属于白天睡觉晚上出来活动的动物。它没有牙齿,舌头细长,能伸能缩,且带有黏性唾液。觅食时,它通过地下传出的声音和热度来判断蚂蚁或者白蚁的存在。它的嗅觉也极为灵敏,通过气味也能找到食物。

穿山甲的尾部肌肉发达,尾巴有时作为棍棒,有时作为绳索,用来反击捕食者。以弱示敌,是穿山甲的生存策略。车八岭老辈人讲,民国初年,车八岭土匪猖獗。某天,有土匪发现了一只穿山甲,便用土枪的枪托敲击它的头。尽管穿山甲蜷缩了起来,抱成一团,但还是被枪托敲击得昏厥过去。那土匪把昏厥过去的穿山甲像挂布袋一样挂在脖子上,准备带回据点,宰杀吃肉。谁知,那只穿山甲只是假装昏厥。当土匪在山路上行走时,它一点一点发力,不知不觉中,将尾巴缠绕到土匪的脖颈上,形成"绳索"并逐渐收紧,生生把那土匪绞死了。

在车八岭,早年也有豹猫被穿山甲绞死的事情发生。凶狠的豹猫袭击穿山甲,却被穿山甲反制。当有人发现断气的豹猫时,穿山甲的尾巴还像绳索一样盘绕在它的脖子上不肯松开。

据说,马来语中,穿山甲也有"滚成一团的东西"的意思。平时,四脚行走时,穿山甲尾巴时而笔直地伸出,与地面平行,时而落在地面上,一曳一曳,留下拖曳的痕迹。当两脚行走或攀爬时,尾巴也起支撑或者维持平衡的作用。它能爬树,也有好水性。爬树时前爪抓住树干,尾巴助力,到达一定高度了,就用尾巴缠绕树枝,把自己挂在树上,优哉游哉。下树呢,或者头朝下,滑落下来,或者干脆抱成一团,把自己摔下来。入水里呢,一般是穿山甲迫使鳞片缝隙间的蚂蚁或者白蚁出来的计策——在水中张开鳞片,蚂蚁或者白蚁就纷纷浮到水面了,继而,再用舌头唰唰唰擒之。

穿山甲前脚的爪子是打洞的利器。无论蚂蚁或者白蚁的巢穴在地下藏得多深,它都能凭借强健的前爪打洞,掘开土层,将鼻吻插入洞里,用长舌将蚂蚁或者白蚁粘出来舔食。通过掘洞,穿山甲可以影响土壤的有机物周转率、通风率和矿化率。它就像一个搅动器,能把土壤分层,也能把土壤混合,能使土壤透气,也能使土壤渗水。

"无洞不居,无洞不食"正是穿山甲的有趣之处。由于它自我调节体温的能力差,所以居住和觅食必须在洞穴里进行。洞穴为穿山甲提供了身体所需的稳定温度。

在觅食洞中吃饱后,穿山甲就会返回栖息洞里歇息睡觉,绝不贪食。也许,穿山甲知道,吃得过饱比吃得不够还难受。在自然界,穿山甲或许是最自律的野生动物了。穿山甲觅食是有自己章法的,头一天没吃完的洞穴,它次日傍晚继续来此,接着舔食剩余在蚁穴里的蚂蚁或者白蚁。

其实,穿山甲自己也不知道,它返回洞穴的过程最容易暴露行踪——它掘开蚁穴时,浑身甲片的缝隙里弄得全是泥土,返回的途中,它一颠一颠的步履,就会把甲片缝隙里新鲜的泥土不断地颠落下来。沿着那些颠落的泥土,就可以找到它栖息的洞了。

穿山甲栖息的洞穴只有一个。

觅食洞比栖息洞浅,但数量多。穿山甲觅食洞穴一般每年要打七十个至八十个。这些觅食洞穴,通往地下三四米深,甚至十余米不止。进入洞穴觅食的穿山甲往往在洞道内筑起一道土墙,起到麻痹或者阻挡捕食者的作用。而在洞穴顶部,是一定要留下一条小空隙的,那是通风用的。

通常七天到半个月,里面的蚂蚁或者白蚁吃得差不多了,洞穴就会被穿山甲废弃掉。这些废弃的洞穴具有重要的生态价值。蟒蛇会钻进去冬眠,花面狸会借宿歇脚,正好不用自己打洞,省了力气。松鼠也高兴无比,干脆把这些废弃的洞穴当成了仓库。于是,便把松果、橡子果搬进废弃的洞穴里,囤积食物。豹猫呢,就利用这些洞穴潜伏起来,等待猎物经过时,从洞穴里腾蹿出来,捕杀猎物。

穿山甲处在独特的生态位上,具有不可替代性。

穿山甲被称作"森林卫士",因为它能控制蚂蚁和白蚁的种群数量,而那些不会打洞或者打洞能力低下的动物,往往要依赖它废弃的洞穴,才得以熬过冬天。

自然界的生物,各自都在进行着自己的努力,但又无法摆脱对其他生物的依赖。没有其他生物的帮助,任何生命或者物种都没有机会生存下来。当我们试图单独分离出某一物种时,就会发现它与生态系统中的其他物种的联系是那么紧密,根本无法分离。

然而,穿山甲是孤僻的。穿山甲沉默不语,总是独来独往。即便遇天敌袭击,惊恐万状,它也从不叫唤发声,而是本能地缩成一团,以不变应万变。

它每胎通常产一崽,产两崽的情况少之又少。出行时它把小崽背在尾巴上,一颠一颠地前行。面对危险,穿山甲会将小崽蜷缩在身下或者用尾巴卷成一个卷儿,四肢紧抱,誓死不放。

非洲坦桑尼亚南部高山地区的桑古人,把穿山甲视为图腾,相信穿山甲具有超自然的能力。他们认为,在山林里遇到穿山甲是幸运的事。桑古人还利用穿山甲进行占卜,预测未来。例如,在占卜仪式上,如果穿山甲朝一堆谷物移动,就预示着来年是个丰收年;如果穿山甲一动不动,眼睛里似有泪水,或是表现出"哭泣"的状态,那就非常糟糕——将有坏事情发生。

然而,在瑶族人的祖训中,恰恰相反。早年,在车八岭深处的瑶族村曾流传着这样的谚语——狗来富,猪来穷,穿山甲来了穿麻布。

在瑶族山民看来,穿山甲是介于生死之间的野生动物——它是与死亡联系在一起的,如果穿山甲跑到谁家中,就预示着这户人家要遭受厄运了。瑶族祖先认为,穿山甲是夜里活动的动物,而夜里活动的动物是与鬼和魂灵为伍的。何况,穿山甲吃蚂蚁和白蚁。蚂蚁、白蚁哪里最多呢?当然是坟地里,腐朽的棺木最容易滋生蚂蚁和白蚁。

瑶族祖训规定,禁止女性触碰穿山甲。即使看见了穿山甲,也要回避。在瑶族祖先看来,这种神秘的精灵具有控制人的生育的能力。家里有穿山甲闯来,该怎么办呢?瑶民往往就请来巫师作法,并在穿山甲的尾巴上系一条红布,将其放生。

也许与瑶民的这些禁忌有关吧,车八岭山区曾经是南岭山脉中,穿山甲种群最重要的栖息地和分布区。

二〇〇六年至二〇〇八年间,车八岭保护区承担了一项国家林业局下达的穿山甲专项调查课题。用三年时间,课题组通过布设二十条样线,并结合红外相机拍摄及社会走访调查发现,保护区内仍有穿山甲的新鲜洞穴存在,并有三十九只穿山甲在三角塘、丹竹坑和梁桥坑一带活动。

这无疑是可喜可贺的消息。

然而,近些年,护林员在野外的确没有发现穿山甲的新鲜洞穴,更不要说遇到活体了。

什么原因呢?课题组组长、野生动物专家宋相金分析说,在保护区内,穿山甲被盗猎分子非法捕杀的可能性很小,应该主要是自身繁殖能力低下,加之生存环境的改变,以及保护区周边农事活动中大量化肥和农药的使用造成的土壤和环境污染,使得穿山甲的生存条件受到破坏。

或许,我们还不能仅用数据来描述穿山甲的现况,要知道,这个世界的许多秘密存在于数据之外。忽然,我想起了达尔文说过的那句话:"能够生存下来的物种,不是最强悍的,也不是最聪明的,而是最能适应变化的。"

同别处的森林一样,车八岭森林的演替变化真实存在着。监测数据显示,变化不是同样的,也不是均等的。有的变化是直线的,有的变化是曲线的。有的变化是周期性的,有的变化则不是。有的变化若干天就可以完成,有的变化则在相当长的时间里并不明朗。有的变化符合逻辑,有的变化令人惊喜和意外。

某些生物不得不适应变化而生存,甚至它可能就是变化的产物。然而,我们并不知道——的确,我们并不总是知道——哪种变化是致命的,哪种变化是温情的,哪种变化正是某种生物所需要的。

穿山甲不能适应自然生境的变化吗?一个值得注意的令人费解的现象是,森林里的蚂蚁和白蚁明显增多了。蚂蚁、白蚁是车八岭森林里最寻常的生物了。它们能蛀空枯木和朽木,在土壤里或者岩缝间打洞,建造巢穴。

蚂蚁和白蚁是有害生物吗?也不尽然。它们扮演着生态系统分解者的角色。它们食野果、树叶、菌子、芒秆、草茎,以及各种昆虫尸体。它们既是杂食者,也是食腐者。群居的白蚁和蚂蚁任劳任怨,劳作不歇。它们能够清除死亡的植物组织,并且通过与肠道共生的微生物,消化植物组织的主要成分——纤维素和半纤维素,实现生态系统的能量循环。它们可以部分起到地下微生物所起的作用——促进土壤的活力和呼吸。

蚂蚁和白蚁是森林里生物链条的重要组成部分。野猪、猕猴、白鹇、环颈雉等杂食类野生动物,几乎都食蚂蚁和白蚁。有生物学家说,如果没有蚂蚁和白蚁,森林生态系统就会面临崩溃。

然而,蚂蚁和白蚁的种群数量失去控制也是个问题。它们的繁殖和生存能力超强。我在车八岭行走时,视野之内的蚂蚁包和白蚁穴随处可见,只要掘开,就有滚滚如沸水般的蚁群涌出。

穿山甲不缺食物呀,它怎么就不见踪影了呢?

看来,自然界的未解之谜,永远超出我们的想象。

(原载于《人民文学》2024 年第 1 期,有删节)

蚕丛国的后人
——记"三星堆"大国工匠郭汉中

葛水平

工匠的本事是在任何地方都让美成为胜利者！

一　叩响三星堆门环

北方大雪。

此刻的广汉平原温暖如春,偶有小风吹过,三角梅零零碎碎开着,一些柑类水果成熟在树上,万物青枝绿叶。

南方没有冬天。

鸭子河流过,让平原上出现一道裂谷,不知是河流劈开,还是人工的选择。经流了无数个年月的河水,现在变得细小舒缓。广汉平原为风提供了辗转腾挪的条件,风从鸭子河一点点旋起,想把遮挡太阳的云层旋出一道裂口。起风了,风使天空的颜色旖旎魅惑。

植物腐败的气味弥漫在风中,风稀释了它的甜腻,丝缕般从行走的人们脸颊前一晃而过。嗅觉灵敏的人,似乎明显感觉季节开始走向最深邃的部分了,时光年复一年这样消逝这样呈现,一副表情,而变化的永远是人世间。

我看见三星堆博物馆出口处挤满了热腾腾的游人,这个庸常的傍晚,我用一天的时间从北方来到此处。

开车从德阳火车站接我的小孙说:"每天都有这样多的人群,此刻是闭馆时间。"

我来三星堆采访"大国工匠"郭汉中。他从事文物修复工作40年,经手修复承接项目文物高达6000余件,为三星堆博物馆创造业务收入1200多万元,是为三星堆乃至四川的文物发掘修复等事业作出卓越贡献的青铜器修复工匠。

中国古代青铜器是几千年前的历史遗物,经过地下埋藏,遭到自然界的腐蚀破坏,出土的铜器往往残缺不全。文化层考证和出土器物,既是传承悠久华夏文明的重要载体,更是一个时代科技能力、工艺水平、历史文化、社会关系、意识形态与宗教信仰的集中体现,并对后世相关工艺的发展和研究产生极其深远的影响。古代器物出土是不可再生资源,随着时间与环境的变化,青铜器在埋藏、保存与传承过程中常会经受不同程度的病害,不仅降低了文物器皿本身的艺术价值,也干扰并阻碍了获取研究工作的进行。一个完整的文物修复过程,是研究器物的时代特点、造型艺术、铸造工艺,并成为近代铸造工艺的重要借鉴,因而大多数的青铜器都经过几番修复工作,以利于它们的长期保存,更好地呈现它们在历史、艺术和科学中的价值,因而"工匠"是一项非常重要且有意义的工作。

郭汉中是一位没有学历和文凭,从事文物修复工作40年的工匠,然而三星堆新馆所有呈现出的作品几乎都出自他手。一个农民,出身苦寒家庭,16岁进入社会,为了生存而努力活着的年轻人,后来成为怀揣手艺走天下的"大师傅"。

历史就是历史,过去发生的事实无法改变,时光不可能倒流,历史就是指过去本身。

暮色来临之前,毛茸茸的尘土颗粒在不停地飞舞中也已经蜷伏了,这是一天中三星堆博物馆人流趋缓的时候,空寂得让人恍惚。站在博物馆空阔的大地上,遥想古代,万物有灵是人类祖先对大千世界的共同感受,也是对陌生而神秘世界的最初解释。在远古,我们的祖先脆弱得犹如蝼蚁。无论是酷烈的太阳、肆虐的风雨、狂暴的江河、冷漠的崇山峻岭,还是凶残的猛兽、无情的烈火、骤然而至的瘟疫疾病以及想象中的厉鬼,都对他们构成伤害,使得他们恐惧、担忧和日夜不宁。他们试图通过人神交往,请求无所不在的神灵同情、关爱、悲悯、宽恕、息怒、庇护与恩赐。

神在,人间在。

三星堆是远古的梦,一个谜!

如果说三星堆精美绝伦的文物群体,是古蜀先民精神世界的生动写照,礼敬天地的美玉、造型独特的神坛、纵目千里的面具、人鸟合一的神像、振翅翔飞的凤鸟、达地通天的神树,深藏着远古天地的神祇;那么,对自然万物的无比虔敬,则展现了古蜀先民浪漫的想象力和非凡的创造力。一段谜一样的历史,生动诗韵里再现古蜀国辉煌的从前,故事只是从发现开始,便透过广汉平原浩荡的长风,将三星堆碎落的记忆组合,将青铜文化的空白祭起。

想象一棵青铜神树任意地摇曳自己的枝叶,无须为别人遮阴,无须进行光合作用,无须接受太阳的亮度对人纤毫毕现的刺穿。即使树被岁月撞击出了无数段伤口,经由工匠细细地摩挲,它最后的呈现——青绿,是氧化反应生成碱式碳酸铜形成的绿锈;如果埋藏环境水分充足,还会有硫化铜的生成,会形成青金石一样的蓝锈;如果青铜器中锡的含量比较高,且集中在表面,就会反应生成氧化亚锡,形成炭一样的黑锈;如果在碱性的环境中,又会生成氧化亚铜,形成玫瑰一样的红锈……没有人知道,在青铜器刚刚铸造完毕时,所呈现的颜色是金色,古人将其命名为"吉金"。

古以祭祀为吉礼,故称铜铸之祭器为"吉金"。

吉金就是精纯而美好的青铜,有青铜器铭文自称"吉金",以显示其尊贵。

青铜,人类创造的第一种合金,它的出现让历史进入一个新的开端——青铜时代。

我在采访郭汉中之前,对青铜时代有了一个简单的了解:是人类技术发展的阶段中,使用青铜兵器和工具的时代。中国的青铜时代主要指夏至战国时期,战国晚期铁器技术进步,普遍用到生产、生活工具和兵器中,青铜时代落幕。中原青铜器,以夏商周核心文化圈为主体,其他如晋、燕、齐、鲁等诸侯国青铜器,虽然结合当地特色有一定创新,但文化内核仍旧是商周青铜文化,所以统归为中原青铜器。夏商周青铜时代重视礼器,因为礼器的多寡直接反映了贵族在等级制度上的尊卑贵贱。所谓"国之大事,在祀与戎",宗庙祭祀、诸侯征伐都需要大量的祭器和兵器,青铜器已然是政治地位的象征。

可以说,没有古代青铜器,就没有商周以来尊贵的圆滑制度,就没有先秦时期特有的权力表现制度。

称为"礼"器的青铜,承载了人与神之间沟通和圣化世界秩序的中心纽带。

二 历史从来没有过去

这些仅存于神话和传说中的古老文明,用青铜器记录下来的历史,让我惊叹不已。

1986年3月,四川省考古所与四川大学历史系考古实习队联合对三星堆遗址进行发掘。就在实习发掘刚刚结束,距实习地点20米开外的砖瓦厂取土过程中,两个祭祀坑突然现世:大型青铜立人、青铜神树、纵目面具、青铜神像、黄金面罩、金杖、大量玉器和象牙陆续出土。这一发现立刻将世界的目光聚焦于中国,这些奇特的文物,都代表着这里曾经有过一个文明程度十分发达的国度,尤其是它的特殊性,甚至引发了一些人关于"外星人"遗留的猜测。

时间往更远处拉。1929年春天的一个早晨,与往常并没有什么区别。但此时一个意外的发现,改变了家住四川广汉月亮湾的燕道诚与儿子燕青保后来的人生,甚至也让中国的考古文明进入了一个新的时代,尤其是它的独特性在此前的文明中未有类似性。

春天,农忙时节,一切悄无声息,风吹过,尘土和沙子从地上腾起,万物又因春天到来开始涌动。

月亮湾村民燕道诚与燕青保父子像往常一样,一同下地播种。燕青保在老爹燕道诚的指示下,正在地里卖力地挥舞着锄头,忽然间,他觉得自己碰到了什么坚硬的东西。凭直觉,燕青保感觉自己挖到了一个不寻常的物件。这时候他赶紧丢掉手中的锄头,与老爹燕道诚一起,小心翼翼地挖出一个石磨大小的"石环"。燕道诚也算有点见识,认为此石环有人工痕迹,看上去不是现代之物,尤其怀疑由于石环的出现,这附近可能还会有更多的"玉"遗存。怀着激动的心情,父子俩经过一番搜寻,找到了一个塌陷的深洞,挖开后发现里面散落着300多件文物,这让父子二人颇为心惊肉跳。

当然,那个年代,他们也没有什么觉悟将这些文物透露给上级部门,而是将这些东西私自藏了起来,琢磨着好为自己换钱度日。起先,可能一件两件被人们认为是家里的遗存,但是一位普普通通的农民怎么可能一再拿出来这么多的好东西去变卖。于是,他们的动作也逐渐引起了人们的关注。

而此时的燕家父子身上发生了一些怪事,就是两人先后都得了一场大病,甚至几乎把命给丢了。他们想:难道这是来自窃取的"诅咒"?思考再三便决定暂时不卖文物,但是这些奇怪的玉器已经引起了人们的关注,命运从此开始裹挟着并改写了他们的人生历程。

1931年春,在广汉县(今广汉市)传教的英国传教士董笃宜听到这个消息后,找到当地驻军帮忙宣传保护和调查,还将收集到的玉石器交给美国人开办的华西大学博物馆保管。根据董笃宜提供的线索,华西大学博物馆馆长葛维汉和助理林名钧于1934年春天组成考古队,由广汉县县长罗雨仓主持,在燕氏发现玉石器的附近进行了为期10天的发掘。

发掘收获颇为丰富,葛维汉在事后的报告中大胆推测,器物的年代上限为铜石并用时代,下限大约为公元前1100年,这一认知首次确认了遗址的真实存在。此时因为战乱的影响,三星堆遗址的发掘计划自然也受到一定的冲击,但对于文物本身,也无可避免地躲开了岁月的荆棘。

20世纪50年代开始,考古工作者又恢复了在三星堆的考古工作。当时还没有认识到三星堆遗址的巨大规模,所以将三星堆遗址北部的月亮湾地点和南部的三星堆地点各自当作一个遗址,分别命名为"横梁子遗址"和"三星堆遗址"。

"堆"在四川人口语中有人工垒建的意思,三星堆可以理解为人工垒建的三座土台。这三个黄土堆,位于东经104.2度,北纬31度上。它的东北方,有一道形似弯月的残破城墙,土堆和城墙隔着一条马牧河相望。于是,当地人就给这个景观起了"三星伴月"的雅称。而"三星堆"这个名字,最早的出处已无从考证。不过在清代的嘉庆年间,四川广汉的县志就记载了,当时广汉叫汉州,汉州八景之一,就是三星伴月堆。

1963年,由冯汉骥领队,四川省博物馆、四川大学历史系组成的联合考古队再次发掘了三星堆遗址的月亮湾等地点,展现了三星堆遗址和文化的基本面貌。三星堆的文物遗址如此集中,很可能这里就是古蜀国的一个中心都邑,对它的发掘必定会意义重大。

可惜,之后又因为各种各样的现实原因,这一次的发掘也被迫中止。直到1980年,三星堆才迎来国家组建的大规模正式发掘。这一次在国家的支持之下,终于将深埋于地下的精彩文物展现在世人面前。1980年11月至1981年5月,四川省文物考古研究所在陈德安先生的带领之下,启动了三星堆遗址的再一次发掘。这一次发现了18座房基以及大量的灰坑等遗迹,其中再次出土了大批的石器和陶器。这些文物的出现,都证明这里曾经有着一个文化丰富多彩的国度,甚至有着极其明显的特殊性。

三星堆文化作为古蜀文明的代表,所反映出的兼容并蓄、融合创新,更是中华文明多元一体的重要实证。那些修复文物的工匠们,是如何从古蜀文明出土的造型独特的器物碎片中,修复出一件又一件完整的器物?古蜀人鲜明的个性与创新,从三星堆出土的青铜人头像、青铜神树、青铜神坛等器物中,虽能看到中原青铜器的文化元素,但还有一部分纯粹是地域性风格。这一部分器物,往往比中原青铜器的造型更复杂,工匠操作的难度更大,那么郭汉中是怎样一位了不起的"大国工匠"呢?

中华文明源远流长、博大精深,是世界唯一自古延续至今从未中断的悠久文明,是国人文化自信的源泉。三星堆身处其中,从其上接宝墩文化,下启十二桥文化的发展脉络中,也能体会到其中的生生不息。

我从网上看到第一代修复三星堆文物专家陈德安先生对三星堆出土文物的论证,他说:"在三星堆遗址中,能够看到其延续近2000年的文化,同时还在不断地向前发展。在此期间虽受到长江流域、黄河流域文化的影响,但它始终保持连续发展,从未间断。"

陈德安还说:"从宝墩文化到三星堆文化再到十二桥文化,都从黄河流域的王朝文明和长江流域的区域文明中受到影响,且在相当长一段时间里始终保持传统,全面发展,并保持一定的统一性。"

我国最早的文献记载是商代晚期的甲骨文记录。甲骨文中多次提到了"蜀"。这个"蜀",应该就是20世纪80年代发现的"三星堆古城"。如果说三星堆文化分为四期,其中的第一期文化又称宝墩文化。这说明三星堆古城是宝墩古城的后继者。也就是说,宝墩古城也是"蜀"。宝墩文化的发现完善了古蜀文明发展演进的脉络:以成都平原史前城址群为代表的宝墩文化(公元前2700—公元前1800年);以三星堆遗址为代表的三星堆文化(公元前1800—公元前1200年);以成都金沙遗址为代表的十二桥文化(公元前1200—公元前500年);以成都商业街船棺、独木棺墓葬为代表的战国青铜文化(公元前500—公元前316年)。

此后秦灭巴蜀,辉煌壮美的古蜀文明最后融入汉文化圈,成为中华文明的重要组成部分。

考古学家陈德安先生说,受地理环境影响,成都平原就是一个背靠黄河、面向长江的一个地势,长期未出现适宜人生存的环境,古蜀先民直到距今5000年时才进入成都平原繁衍生息。

广汉平原,原本是一个内陆湖,由内陆湖变成外流湖的话,经过了几万年的变迁,到距今六七千年的时候,湖水才流出去,底部露出来。随后,成都平原出现河流,随着河流逐渐变深的时候,才出现适宜人类居住的环境。

文明,是一个百川归海的过程。成都平原的河水流出,孕育出适宜古蜀人生存的环境。

当下,考古学界一般认为,三星堆文化从宝墩文化发展而来,后接十二桥文化,而连绵两千余年的三星堆文化,又在成都平原不断受到中原文明的影响。在考古学者陈德安先生看来,在距今3800年左右,在后石家河文化的冲击之下,将宝墩文化的架构打破了一些,这是成都平原迎来了首次文化变革。

三星堆遗址出土的铜牌饰、铜铃,玉器当中的玉戈、玉璋,陶器中的深腹罐、小平底罐、高柄豆、盉、瓢形器,都是受龙山文化末期和二里头文化的影响。"到了殷墟时期,商文化进来以后,三星堆文化和古蜀文明,都受到了王朝文明的极大影响。也就是说,中原的商王朝文明,一直影响了整个三星堆青铜文化。"

广汉平原,鸭子河畔,当青铜时代的风吹过这片沧桑的土地,"三星伴月"熠熠生辉,留下独具一格的文明印记。

这里曾流传着"蚕丛及鱼凫,开国何茫然"的古老传说,金乌栖息于通天神树,在叩问苍穹间飞度千年时光。

"国之大事,在祀与戎",如果说三星堆遗址再现了古蜀国的祭祀场景,那么古礼体系作为中华民族凝聚力的组成要素,则在崇礼尚义的进程中丰富了中华文明的内涵。不论是安阳殷墟的甲骨文,还是刻有"宅兹中国"的西周何尊,不论是牛河梁遗址的"庙坛玉佩,祭祀神话",还是良渚遗址的"仪式道具,傩礼崇拜"……向历史更深处追溯,华夏文明之源真是灿若星河。

"躺了千年,盼望与你相见;看了千遍,守望古蜀桑田。"可以说,三星堆遗址每一次惊艳世人的"苏醒",都关乎文物修复与考古人员的"双向奔赴"。

三　古蜀风华需要接续传承

1988年1月,国务院批复下来,三星堆被列为国家重点文物保护单位。一纸决定等于三星堆考古拿到了尚方宝剑。

郭汉中说:"我进入考古界是从发掘三星堆1、2号坑开始,起点比一般人都高,因此也比一般人进步快,最主要的是,我遇见的老师都是全国有名的顶尖教授。"记得当时陈德安老师问郭汉中什么叫考古,他一时答不上来,陈德安老师讲:"考古出土的器物是不能开口说话的'无字天书',一个真正的考古学者肩负着透物见人、重建古史的艰巨任务。考古,通过田野考古调查或发掘获取实物资料,来研究古代社会,复原人类历史。有些考古遗址分布在偏远山区,条件比较艰苦。这样的工作性质决定了可能只有少数人愿意去搞考古。最最重要的是,考古首先要吃得苦,经得'烤'。"

考古发掘经常需要用手铲去一层一层地刮面,观察带着湿气的土质土色差异,以判断遗迹现象的范围、开口层位、叠压打破关系等,决定发掘的先后顺序。炎热的天气把遗址土层晒得又干又硬,非常不利于考古队员判断遗迹现象。考古队员只好一遍一遍洒水,而洒水必须均匀,多了容易成泥糊,少了容易造成土色斑驳,更不利于判断迹象。高温天气洒水后要马上刮面,不然会出现一层还没刮完水就干了的情况。刮面、判断遗迹现象、清理揭露、拍照、测绘、提取文物、写记录……这些都是田野考古每天进行的主要工作。遇到复杂遗迹现象或重要文物提取,则需要花费大量的时间和精力,考古队员经常顶着大太阳一蹲就是几十分钟,汗珠不断沁出。

郭汉中说:"自己不怕苦,也经得烤。"他甚至想要学习修复青铜器。

陈德安说:"吃得苦之外还需要有扎实的技术。能给三星堆考古注入朝气的年轻人,我是双手欢迎和扶持的。"

郭汉中说:"我没有文化,知识欠缺。"

陈德安说:"从有文化和有手艺的老师那里去偷艺,遇见他们你等于是走上了一条捷径。"

郭汉中说自己师从的老师太多了,前前后后跟十几位老师学习。雕塑跟着的老师有赵树桐,他可是一位雕塑大家。去过四川眉山"千古第一文人"苏东坡家乡的人都看见过,在眉山,有两座雕像是眉山的城市地标——雕像广场的三苏父子和三苏祠内的东坡盘陀像。而这两座雕塑,都出自赵树桐之手。还有任义伯,当年竖于成都水碾河的不锈钢雕塑名作《建设者》;再一处是他 20 世纪 60 年代参加大邑泥塑《收租院》群体创作中,单个泥塑作品《交粮的妇女》便是出自他的手。

如果说郭汉中后来修复三星堆青铜器是"卷起千堆雪"的壮丽,那背后他遇见的各位老师也无疑是他历经岁月沁人心脾的生命之水的补充。那温暖而醇厚、现实与真实的生命之水,波澜不惊,汪洋恣肆了他的人生。

郭汉中叙述他的老师们时,对"二陈"充满了感恩之情。陈德安、陈显丹,二位是同班同学,都是四川大学考古专业毕业。川大考古专业实力雄厚,名师云集,如林向、童恩正、马继贤等。一切缘分都因为三星堆。当年假如不是三星堆周边试掘面约 100 平方米,发掘出了不少陶片和石器,专家们认为有必要进一步发掘,才专门组织了一支发掘队,由王有鹏负责,陈德安和陈显丹都参加,郭汉中也许就远走他乡去建筑工地当小工了。

郭汉中 12 岁时,也就是 1980 年 11 月,三星堆发掘开始。当时共布了 6个探方,二陈各负责其中两个。6 年挖出来的全是些碎石烂瓦,老百姓劝他们不要再挖了,再挖要赔本的,但他们依然年年挖下去。后来在航拍和野外绘图工作结束后,面临着对考古中发现的房屋基址、墓葬是否保护的问题。领导广泛征求意见,有前辈专家提出,遗址的时间不会早于春秋,没必要过度保护,正是如此,广汉县分管领导也提出"农民要吃饭"。

郭汉中 14 岁,也就是 1982 年,月亮湾考古报告完成。陈显丹撰写遗迹部分,陈德安撰写器物部分,王有鹏负责统稿。报告写道,遗址已具备命名一种新考古文化所具备的几个条件,"如果不敢给它以应有的新名称,那就未免太保守了"(指夏鼐),因此建议将这种古文化命名为"三星堆文化"。

郭汉中 16 岁,时间进入 1984 年,他成为三星堆考古队临时工。这一年在成都召开的第一次"全国考古发掘工作会议",被认为是标志着中国考古学黄金时代的到来。在会上,陈显丹专题汇报了近年来的三星堆发掘工作,中国考古学会理事长苏秉琦认为它"成系统,有特征",说"这才是巴蜀文化",应把它作为学科生长点。

当时公众过于关注三星堆祭祀坑的视觉冲击力和轰动效应了,实际上三星堆的发掘,地层是最主要的,能确定年代分期。什么叫三星堆文化?"祭祀坑"不等于就是三星堆文化,它只是三星堆文化的一个分支。三星堆文化的本质,是长江上游的一个文明之光。这是与夏商周文明并行的另一种文明,既紧密联系,而又各不相同。"祭祀坑"就像藤蔓上结的瓜,没有藤哪有瓜?

田野考古最好采用"墨渍战术"。如同在一盆水里滴一滴墨汁,墨汁就洇开了。学术也是这样,一点点研究它,慢慢就通了。

是二陈引导郭汉中走向了考古,也可以说,是让一批农民走向了考古。考古界的老专家王有鹏,是改革开放以来第一个来三星堆的考古发掘者,还有一个是广汉文化馆文物专职馆员敖天照。他们两人在 1980 年春夏开始了三星堆遗址的首次发掘。王有鹏是在 1980 年春去新都马家公社协助发掘一座大型战国木椁(墓),在那里认识了陈德安,考古接近尾声时,三星堆被提上了发掘日程。他赶赴广汉抢救发掘三星堆遗址,临走时对陈德安说:"新都这个墓发掘完后,就来三星堆吧。"当时考古界还不怎么了解三星堆,大学油印讲义上,三星堆只有不到一节课的篇幅,老师讲西南考古,把三星堆遗址定为周代,20 分钟就讲完了,内容还是 20 世纪二三十年代发现的玉石器。

最早从三星堆遗址发掘的陶器,那么厚的壁,说明很可能是用于冶炼的坩埚,但因为全是灰尘,先要对它清理,一洗全洗掉了,就成了一个普通陶器。

到后来 1 号、2 号坑出土,世界被惊醒了,才知道这遗址价值是非常大的,接下来会发现什么谁都不可预知。

郭汉中当时还是学徒,对青铜器摸得比较少。在一次发掘过程中,摸到一点金属边缘,不敢确定是什么。陈德安和陈显丹是考古界高手,他们二人通过仅有的 6 到 7 厘米长的铜器边沿,确定那一定是"大口尊,没问题"。

两位老师喜欢用手去感受考古标本,对各个时期青铜器的不同风格比较熟,对中原和其他地方的大口尊也有研究。

郭汉中 18 岁,也就是 1986 年,三星堆出土的所有青铜器,跟着二陈老师基本每件都摸过几十遍了,每个部位都记得清清楚楚。二陈老师还讲到了每一类器物都有自己的演变轨迹,考古类型学就是抓住器物演变规律,找出它在年代序列中处于哪个阶段。要有扎实的地层学、类型学基本功,才能做好考古断代分期。

带郭汉中走上考古修复文物这条路的启蒙老师太多了,凡是来过三星堆的人都用心教过他。蔡长信、胡家喜、毛朝群等,他受到很多老师的点拨,十几位不同行业的老师,任义伯的雕塑作品则激发了郭汉中对体积和空间的表达欲望,对造型及精准把握抱有一份直觉与激情。

四 "文物外交"与世界的多次约会

1993 年,四川省博物馆展厅来了一位德国人。德国人看到展厅里沉睡千年的"天外来客",一下就被吸引了。这时距离三星堆两个祭祀坑的发掘已经过去了 7 年,尽管此时学术界已经意识到三星堆文化是一个拥有青铜器、城市、文字符号和大型礼仪建筑的灿烂古代文明,但那时的三星堆还远不像如今蜚声海内外,甚至连属于自己的博物馆都还没有。

德国人来自一个叫埃森的城市,是当地博物馆的馆长,他对三星堆青铜器喜欢得不得了。埃森市博物馆馆长和四川博物馆协商,说自己任职的博物馆太小了,没有能力承接三星堆的展览,但他认为三星堆的艺术价值一定可以征服德国其他的大博物馆,这也为后来三星堆文物到德国埃森克鲁勃山庄展出埋下一颗种子。

这位德国埃森市博物馆的馆长一直积极与德国各个大博物馆联系,希望尽快让三星堆与德国观众见面,但三星堆文物出海的第一站却不是德国。

1993 年,中国正在为申办奥运会而努力,为了助阵北京申办 2000 年奥运会,三星堆文物出展瑞士洛桑奥林匹克博物馆,这也是三星堆文物第一次走出国门,走向世界。当年,被称为"千里眼、顺风耳"的青铜纵目青铜人像作为体量最大的一件文物出展瑞士。因为是第一次海外出展,大家都非常紧张,奥组委也很紧张,保险额度买得也非常高,有 3000 万美元。展览于 1993 年 6月在瑞士洛桑新落成的奥林匹克博物馆举办。中国参展文物包括乾隆龙袍、明代皇后凤冠、中山靖王王后窦绾的金缕玉衣等,都是顶级国宝。

文物外交,中国那次真是拼了。

奥林匹克博物馆是现代化博物馆,是开放自由的,就像卢浮宫里的雕塑一样,文物摆放在那里,没有玻璃遮挡,参观的人好像可以融进文物里。

之后,三星堆青铜器在国外名声大噪。

1995 年,在埃森市博物馆馆长和各方的共同努力下,"人与神——中国古代文物精品展"在埃森克鲁勃山庄和慕尼黑市展出,三星堆大立人、青铜金面具、玉边璋与德国观众见面了。此时恰好在德国进行国事访问的国家领导人也前往参观,这是中国国家元首首次访问德国。不言而喻,这次展览不仅在民间引起德国甚至欧洲的参观热潮,也无疑是一次成功的"文物外交"。

1995 年至 1997 年期间,三星堆文物先后赴瑞士、德国、英国、丹麦展出,面对古代东方如同天外来客的青铜奇军,整个欧洲惊叹不已、莫不赞服。

文物外交是好事,文物出国总是被一种矛盾的心理笼罩着。一方面,为中国文化将被更多外国观众认识而自豪；但另一方面，又为这些文物在运输和展出途中缺乏"精心照料"而担心。文物外展是最直接最有感染力的交流，因为文化是相通的，人们对美的向往是一致的，三星堆的文物能够走出去让更多的外国朋友了解中国，也希望外国朋友能够来到三星堆，感受它的魅力。但是，每一次出国，三星堆文物修复师的心都吊在胸腔里，直到文物安全回归才长舒一口气，那种感觉无法言说。

　　三星堆的铁杆粉丝是一位叫作倪蜜·盖茨的美国人，是三星堆的狂热粉丝。为了"追星"，倪蜜从德国的展览一路追到了日本，还曾写信，希望邀请三星堆到自己的家乡美国西雅图做客。

　　倪蜜·盖茨是比尔·盖茨的继母，她还有一个重要的头衔就是西雅图艺术博物馆的馆长。1996 年，三星堆收到倪蜜馆长的一封信，她知道三星堆新出土了一批珍贵的文物，并对此表达了极大的兴趣。于是她应邀前来参观。倪蜜馆长尤其痴迷于 1 号青铜神树，她在神树前久久凝望，在即将离开三星堆的时候，又不舍地回到 1 号神树前，驻足良久。

　　"1997 年，我来到三星堆，亲眼看到这些文物，令我非常震撼，太壮观了。当我第一眼看到青铜神树，它的尺寸和精湛的工艺都给我留下了深刻的印象。"倪蜜回忆起第一次看到神树的场景时，依旧感到震撼。她很难想象，这件特殊的青铜神树是出自 3000 多年前的中国先民之手。当时倪蜜就非常希望把三星堆遗址的文物和神树带到美国，在西雅图艺术博物馆进行展览。

　　神树的魅力可以跨越山海，但去往美国展览的计划却没有那么顺利。三星堆 1 号神树的珍贵让杨晓邬和郭汉中产生了阻挠的想法，虽然它极高的艺术价值也让倪蜜馆长不愿轻易放弃，甚至在两年之内三次远渡重洋来到三星堆，还带来了青铜专家旧金山亚洲艺术博物馆馆长许杰。

　　许杰是作为那次三星堆展览的策展人前来。倪蜜馆长很明确自己的想法，那就是"希望可以让神树参展"。郭汉中被定为文物保护专家，为此三星堆制定了非常详尽的《三星堆神树保护保障方案》。

　　三星堆美国之行的波折还没有结束，就在赴美前夕，2001 年 2 月 28 日，西雅图发生了近 50 年来最大的地震。6.8 级的地震让郭汉中格外忧心文物的安全。20 多天以后，倪蜜馆长请美国地震的权威机构收集了近百年来西雅图和华盛顿州的地震情况，并预测在展览期间不可能发生大地震。考虑到 1 号青铜神树远渡重洋的运输风险，杨晓邬和郭汉中从多方面提出阻挠意见，直到最后放弃了神树走出国门，他们提着的心才有了安放之处。

　　2001 年 5 月 2 日"千古遗珍——中国四川古代文物精品展"在美国西雅图艺术博物馆展出。175 件四川文物走进了美国观众的视野，轰动整个西雅图。

"可以说是盛况空前,这是西雅图博物馆历史上规模最宏大、效应最轰动的一次展览,除了在西雅图以外,还去了纽约的大都会艺术博物馆,之后又去了加拿大的皇家安大略博物馆,三星堆的文物名扬北美。"郭汉中回忆起当年的盛况不禁感慨,"虽然出于安全考虑,1号神树没能来到美国,但我们制作了一幅一比一还原神树大小的照片,已经是让美国观众对照片叹为观止了。"

三星堆文物仿佛天外而来的震撼造型充满戏剧张力,但这些夸张的造型却和世界上很多其他文明有共通之处,比如1号神树和古代美索不达米亚平原苏美尔文明中生命之树的造型非常相似,三星堆出土的玉璋在越南北部也发现了相似造型的文物,更有趣的是,西雅图的橄榄球队的会标是一只海鹰,造型与三星堆出土的大鸟也非常神似。这种神奇的相似让西雅图的观众觉得既神秘又熟悉。

三星堆文物在世界舞台上的亮相,不仅改变了人们对古代中国局限于瓷器、长城等的理解,也让世界认识到了中国古代文明的先进,对中国古代的历史乃至世界历史都有非常重大的贡献。

郭汉中说:"修复后的文物和我之间有着特殊的感情,它们就像我拉扯大的孩子一样与我是血肉相连的,它们每一次出走都让我望眼欲穿。"

春节始于农耕时代,先民需要在年末祭祀神灵庆贺今年的丰收和祈求来年的风调雨顺。随着时间的推移,人们在过年时有了各种各样的风俗习惯。而跟家人们一起看春晚仿佛已经变成现代的一种习俗。2022年春晚,最引人注目的,是展览在舞台上的三星堆青铜面具。

让文物上综艺节目?一向视文物为生命的郭汉中十分审慎。

青铜大面具在地底已经埋藏了3000多年,珍贵而脆弱的文物怎样从四川运往北京?全程又如何保障文物安全?记者第一时间进行采访,发现三星堆青铜大面具的此次"出差",不仅惊动了国家文物局,还尊享运送三级警卫、候场有专门VIP房间、文保专家保驾护航等超级待遇……原来,众星云集的春晚上,最大的"腕"其实是它!

国宝"出差",方案先行。

2021年11月,负责三星堆祭祀区考古发掘的四川省文物考古研究院接到了央视春晚节目组电话。他们希望邀请三星堆的考古工作者登上央视春晚舞台,讲述全年爆火的三星堆考古发掘的故事,并带去一件典型文物进行现场发布。这件文物,就是最后从几件候选国宝中被挑中的青铜大面具。

为此,中央广播电视总台专门就此请示国家文物局,获得大力支持。国家文物局认为,在文博热的当下,在央视春晚上讲述文物故事,也成为推动文物"活"起来、加强考古成果传播转化的有益尝试。关键的问题,是要做好文物安全保障工作——文物出发前要修复保养,确保适合长途运输与展示;要严格按照规定,制定文物点交、包装、运输、存放以及展出全流程的安全方案和应急预案,落实安全责任;现场还要加强安全防护,确保展出场地、展柜展具符合文物保存展示的环境要求,杜绝安全隐患。在此背景下,郭汉中团队和四川相关文博机构,精心制定文物安全保障方案,从文物清理、包装、运输到卸载、布展、警卫、保护等各项工作都做到了细致入微。

国宝要和全国人民见面,不可能"蓬头垢面"。

青铜大面具出土后,其实存在着锈蚀和表面有泥土等附着物的情况,因此看上去格外"沧桑"。此外,面具左耳脱落、左脸颊后方及嘴角处稍有残缺。文物出土后,郭汉中团队在科学研究分析了面具病害后,有针对性地对表面泥渍、泥土覆盖物、硬结物、锈蚀物做了清除,确保文物状态稳定。要把这样一个梳妆打扮后的"大块头"运到北京,绝对不能出丝毫差错,否则对文物就会造成不可逆的伤害。

怎样确保万无一失?

郭汉中遵循最少干预原则,精心设计了文物的加固防护方案,采用不锈钢支架做完全物理性加固,全程确保万无一失。郭汉中和当时负责运送国宝的公司,从包装环节开始就制定了一个翔实的方案,还专门提前让他们到三星堆博物馆,使用3D打印技术制作了原比例文物复制模型,用模型进行模拟包装演练。由于面具右眼部腐蚀严重较为脆弱,左耳断裂脱落,为免磕碰,面具和左耳单独包装。包装也有讲究,根据面具尺寸定制内外两层包装盒,内盒底部垫上海绵、防滑密封条和毛毡等,既起到减震作用,也可以防止对面具造成磨损。内盒外再套外盒,中间再填减震材料,以缓解文物在运输中的冲击力。

从广汉到北京约2000公里,在一天不能抵达的情况下,夜晚文物怎样保障安全?在国家文物局协调下,博物馆和承运方制定了合理的运输路线,全程有安保人员押运,并且中途车辆过夜全部进入当地博物馆,确保万无一失。到了北京以后,文物也是搬运到符合文物存放环境和安防标准的博物馆文物库房暂存。

春晚最大的"腕",最终给了观众一个大惊喜。

40年隐身于文物背后,沉潜到以毫厘计的文物细枝末节,一个打临时工的少年成长为"大国工匠",他的人生似乎是一个"天注定"的转折,他因修复具体而微的器物,进入浩大无声的历史,也因平常的心、平常的工作态度、平常的坚持,换来了社会上的名声。

郭汉中先后荣获北京奥运火炬传递手、入围了第三届中国质量奖个人受理名单,并先后获得四川好人、德阳市技术能手示范个人、德阳英才、全国文物修复职业技能竞赛瓷器修复项目三等奖、德阳市技术能手示范个人、第二届"四川工匠"等荣誉。

　　2023 年 2 月 28 日,2022 年度"大国工匠年度人物"在南京市揭晓,郭汉中荣登榜单,成为 10 位"大国工匠年度人物"之一,也是四川唯一入选者。

　　面对荣誉,他宠辱不惊的心态,如佛家入定一般心静如水。无论是获得大国工匠荣誉还是火上央视,他都云淡风轻,依然每天泡在实验室,清理着六大祭祀坑发掘出来的文物碎片。偶尔去钓钓鱼,然后做菜和团队的人们举杯喝几盅民间酿造的粮食酒。几杯酒下肚,便有了小小的有趣故事,因酒而另生枝节,在徒弟们打趣中承诺了下一次钓鱼做菜的时间。

　　"士农工商"的"工","匠心独运"的"匠"。在时间的长河中,工匠凝神专注,他们的巧手如神,为世间的器物注入了灵魂,也传递着经年的智慧。

　　三星堆"时光匠人"郭汉中,一双"补天手",修复了古蜀国历史,也完成了与千年前匠人的古今对话。

(原载于《中国作家·纪实版》2024 年第 9 期,有删节)

难忘记忆

巴黎有片榕树林

——温州人在法国

朱晓军

引　言

"你爱法国吗?"法军营长问他的士兵。

"爱。"二等兵林加者答道。

"你爱中国吗?"

"爱。"

"假如法国与中国交战,你的枪口对准谁?"

"我投降。"他说着举起双手。

"为什么投降?"营长大为惊诧。

天底下哪有这种士兵? 一提交战就投降,难道法军在第二次世界大战投降遭受的耻辱还不够吗?

"法国是生我的母亲,中国是养我的母亲。我不能向母亲开枪,只有举手投降。"

像林加者这样的生于法国、长在中国,有一半欧洲血统、一半中国血统的人都免不了被问类似问题。

"看球赛时,你是为法国队助威,还是为中国队呐喊?"有人问张达义。

"中国。首先我是中国人,然后才是法国人。有中国队的球赛,我喊:'中国队加油!'有法国队的球赛,我喊:'法国队加油!'中国队对法国队的话,我希望中国赢。"张达义毫不回避地说。

张达义有两个父亲、三个母亲:一个中国生父,一个法国养父;一个波兰裔法国生母,一个法国养母和一个中国养母。他生于法国巴黎,9 岁回到温州丽岙,35 岁回到法国,到底是什么让他打破情感平衡,做出如此选择?

张达义说,我身上有一半欧洲血统、一半中国血统。

我认为林加者和张达义是 100% 的温州人,他们的母语是"世上最难懂方言"——温州话。他们凭着"走遍千山万水,想尽千方百计,说尽千言万语,吃尽千辛万苦"的"四千精神"在法国打出一片天地,成为有名的侨领。在他们身上有着温州人的胆大、不安分、敢为天下先;头脑灵活,有经商意识;抱团、仗义,敢为朋友两肋插刀,哪怕是竞争对手也能"胜则举杯相庆,败则拼死相救",也有温州人的孝悌忠信,以及对根——家乡和国家深深的爱。

一个"杰让"和两个"大年"的父亲

一

1945 年 9 月 2 日,人类史上规模最大的战争——第二次世界大战终于结束。

10 月 9 日,巴黎 10 区的圣路易医院传来"呜哇,呜哇"的啼哭声,哭声是那么响亮,那么理直气壮,似乎在向这刚走出苦难的世界宣布:"我来了!"

温州丽岙镇下呈村的张月富的儿子出生了。喜得贵子本来就是可喜可贺的事,何况张月富四十有二才有后人,更是大喜过望了。中国农村有一说法,庄稼收成分大年小年,大年意味丰产丰收,硕果累累。也许张月富觉得仅有一个儿子不够,希望自己的女人莱奥卡迪·格兰德像片肥沃土地,多生育几个儿子,于是给儿子取名大年,即张大年。

在巴黎温州人的后代中,张大年不是第一个"大年",在他出生的前一年已有了一个大年——邵大年,他是丽岙镇河头村邵炳柳的儿子。邵大年也许是巴黎温州人的第一个"大年",起码是温州丽岙人生在巴黎的第一个"大年"。

张大年出生半年后,1946 年 4 月 8 日,河头村林永迪的儿子出生了,这个孩子没叫"大年"。据法国巴黎警察局户籍卡记载:林扬·杰让,生母:戈凡·艾德蒙,生父:让奴。让奴是林永迪的法国名字。让奴给儿子申报户口时犯个小错误,本想给儿子取名林·杰让,却把自己中国名字的前两字的拼音填上了,还没填对,结果杰让就有了一个既不法国,也不中国的姓氏"林扬"。

在法国历史上占有统治地位的是天主教,天主教徒要为孩子选择一位教父和一位教母。假如孩子的父母发生意外,教父和教母有责任把他抚养成人。让奴和艾德蒙给杰让选择的教父是徐伯祥,他是林永迪的同乡好友,选择的教母是艾德蒙的姐姐。教父、教母或许是艾德蒙的说法,温州人把宗教世俗化了,将教父教母称为干爹干妈。

让奴——林永迪是 1937 年到法国的。那年,17 岁的林永迪怀揣借来的数百块银圆,和同村邵炳柳一起离开河头村,坐船到了上海。在上海,他们从"黄牛"手里买了护照。对温州人来说,这是既驾轻就熟又人地生疏的羊肠小道,许多亲友都是从这条小道摸出去的。买卖真假护照已是"成熟产业",卖的不会觉得有什么不对,买的也不觉得几十块或几百块银圆花得冤枉。温州"八山一水一分田",人多地少,无论多么勤奋都无法摆脱"火笼当棉袄,竹篾当灯草,番薯吃到老"的日子,农民在绝望之下,宁可债台高筑也要出国去赚钱,这是改变他们生活的唯一指望。

他们在上海十六铺码头登上开往法国马赛的轮船。河头村侨史上第 36 位和第 37 位出国者就这样离开了祖国,他们比丽岙第一拨去法国的 7 人迟了 8 年,比最早到法国的温州人——占阿有晚 49 年。他们出国那年,丽岙镇有 11 人出国,其中 10 人去法国。几人与林永迪他们同行,已不得而知。

林永迪他们买的是最廉价的船票,位于底舱,没舷窗,犹如钻进浮游瓶,里边弥漫着昏暗灯光、呕吐物和排泄物的秽气。在大洋上漂泊 40 多天后,"浮游瓶"终于抵达了马赛。

林永迪的同乡,后来成为著名爱国侨领的任岩松也是这么出去的。任岩松比林永迪年长 8 岁,是丽岙任宅村人。结婚那年,任岩松欠下 20 块银圆的债,难以还上。隔壁村的表姐夫从法国回来,西装革履,像挖到一座金矿似的说:"法兰西的钱很好赚!"这句话为穷亲戚指明了方向——去法兰西,去赚那"很好赚"的钱。任岩松借了五百块银圆,告别妻子和刚出生的女儿,跟村里的几个穷哥们儿一起乘船到上海十六铺码头,买了护照和船票,坐船到马赛。那是 1933 年 6 月,任岩松 21 岁。

据《温州华侨史》记载:1918 年至 1998 年,温州出现过三次出国潮,第一次为 1918 年至 1923 年 8 月;第二次为 1929 年至 1937 年 6 月;第三次为 1979 年至 1998 年。按此说法,林永迪和邵炳柳是在第二次出国潮的集结号下出去的。第一次出国潮前,已有一批温州人去了欧洲。1917 年,第一次世界大战期间,英法两国在中国招募 14 万名劳工,其中就有 2000 多名温州人。一战结束后,法国总统雷蒙·普恩加莱接见中国劳工时"表示愿意留在法国的,政府配赠住房,以供永久居住,如需就业就学,政府无条件协助辅导。另外,总统还颁发荣誉国民证,证上注明,如有任何困难,可直接觐见总统,可免费到政府各医院就医,可享受清贫救济"。绝大多数中国劳工选择了回国,仅 3000 余人选择了留下,其中温州人居多。

林永迪出国那年,法国财政危机,工业衰退,工业总产值降到还不及德国一半。林永迪赶上这一经济寒流,生存更加艰难。在马赛,做了几年提篮小贩的叔叔先教他辨识 1 法郎、5 法郎和 10 法郎钞票,再教他常用的法语,如"你好""先生""太太""不贵",最后,叔叔给他发了个"结业证"——装有领带、灯泡、花瓶和香水的小木箱。

林永迪背着"结业证"上路了。敲开第一户人家,他按叔叔教的第一招——把一只脚伸进门去,这样主人就关不上门了:"先生、太太,不贵,不贵。"门里一对中年法国夫妻瞪着蓝色的眼睛,一个劲地摇头摆手。叔叔教的第二招是从木箱里拿出能让对方感兴趣的东西,如领带、花瓶或香水,他却乱了阵脚,不知拿什么好……最后,收拾起失落和沮丧,又敲开第二家……

做小贩不容易,叔叔讲了个真实故事:法国人在礼拜天都想睡个懒觉,一大早就被"咚咚咚"敲门声惊醒,睡眼惺忪爬下床,打开门一看,一个小贩。他很不高兴,拒绝了。他回到卧室,爬回床上,刚入睡门又被敲响,开门一看,又来个小贩,法国人恼火地大吼一声:"不要,不要!""嘭"的一声把门关上。懒觉就这样让两个小贩搅了,他越想越来气,正憋一肚子火没地方撒呢,门又被敲响了,第三个小贩站在门外:"先生,不贵,不贵。"法国人被彻底激怒了,夺过小贩的小木箱扔下去。木箱"叽里咣啷""叽里咣啷"滚下了台阶。灯泡、花瓶和香水瓶摔碎了,变成一地碎片,小贩放声大哭起来。

对他们这些人来说,倒霉的事是经常发生的,邹韬奋在《萍踪寄语》中写道:"这种小贩教育程度当然无可言,不懂话(指当地的外国语),不识字,不知道警察所的规章,动辄被外国的警察驱逐毒打,他们受着痛苦,还莫名其妙!当然更说不到有谁出来说话,有谁出来保护!"据统计,丽岙下呈村 90 名旅欧华侨有 80% 的人被关过半个月以上,最长的被关半年之久。

他们生活条件极差,大多挤在一间废弃的昏暗潮湿的仓库或车棚里,吃的是干面包加盐水。林永迪还不错,跟八九个同乡挤住在简陋小屋。他年纪最小,资历最浅,买菜做饭自然而然成了他的事儿。他们平日吃的是最廉价的碎米,菜以捡为主,偶尔会买点土豆。

"我们今天吃点好的。"一天,叔叔掏出点法郎对林永迪说。

他上街拎回一条鱿鱼。见有鱼吃了,沉闷的小屋仿佛从干燥严冬掉进生机勃勃的春天,骤然活跃起来。

"汤,多放一点啊。"一人过来,掀开锅盖,充满期待地说。

"盐,多加一点啊。"又一人过来,转一圈儿,闻闻味儿。

菜烧好了,出锅了,一人急吼吼伸出筷子夹一大块鱿鱼。

"你吃得那么凶?大家都没吃呢,看你那没出息的样子!"有人恼恨地说。

饭还没吃就吵起来。

二

"世上有那么多城镇,城镇中有那么多酒馆,可她偏偏走进我这家。"1944年春天,法国女孩戈凡·艾德蒙就这么"偏偏"走进林永迪的皮件厂,闯进了他的视野。

第二次世界大战爆发,旅法华人纷纷回国,有52位温州丽岙人没回去,滞留在了法国。他们从法国东南部重要港口城市马赛撤到首都巴黎。20世纪,海外华人靠"三把刀"打天下——一是菜刀,开中餐馆,被称为海外华人"第一职业";二是剪刀,开服装店和皮件厂;三是剃刀,开理发店。在52位丽岙人中,有11人在巴黎3区或4区开了餐馆或皮件厂。他们的皮件厂大多是小作坊,制作皮包、腰带和西方人穿背带裤用的背带。不愿担风险的温州人为他们打工,干一天活赚一天钱。

林永迪和徐伯祥在4区租了一间阁楼,买台缝纫机、打扣机和几把剪刀,皮件厂就开张了。皮包是常销品,皮带、背带是刚需,有需求就有生意,有生意就有钱赚。林永迪凭着温州人特有的灵活头脑和吃苦耐劳的精神赚到了钱,从老板、剪裁、缝纫和销售"一担挑"变成管理三五人的小老板。工人中有华人,也有法国人。

1940年6月,欧洲第一陆军——法军在惨败中投降,德军耀武扬威开进凯旋门。巴黎变得乌烟瘴气,埃菲尔铁塔和所有建筑物上飘动着令人压抑的黑白红卐旗。物资极度匮乏,食品凭票供应,一个月巴黎每人仅供应2枚鸡蛋、1盎司食用油、2盎司人造黄油。肉更是少得可怜,有人开玩笑说,一张两指多宽的地铁票就可以把供应的肉包起来;还有人说,那张地铁票还得没检过,检过会打个孔,肉没准会从那孔中掉出去。

温州人懂得如何占有更多的资源,尤其是不那么差钱的小老板们,他们像挤柠檬似的从钞票中挤出额外价值。法国人在面包店门前像寒风中瑟瑟发抖的树枝,排着长队等候买黑面包时,温州人已买通面包房,将热气腾腾的、散发着麦香的白面包从后门拿走了;巴黎人凭票购买人造黄油和食用油时,温州人已从黑市拎回黄油、奶酪、巧克力和牛排;巴黎人为能吃到鸡蛋、鸡肉在阁楼、屋顶和放杂物的壁橱养鸡时,温州人已从乡下拎回了蛋和肉。

林永迪每个周末都会跑到郊区,高价从农民那里买鸡买鸭,有时还会跟别人合伙买头小猪,让农民给杀好,用报纸裹上塞进皮箱,乘坐地铁带回巴黎。这是有风险的,胆小懦弱的人是不敢干的,让纳粹的宪兵抓住,不仅要坐牢,还有可能丧命。有一次,不知是鸭子没包好,还是血没放尽,林永迪往回走时,血从皮包流出来,随着他的脚步一滴滴地滴在路上。一条瘦得像排骨似的狗跟在他身边舔着血迹,这可把他吓坏了,这要让纳粹宪兵看见就完了。他想把那狗轰走,狗却不屈不挠紧随其后。上了地铁,才把它甩掉。

不知法国女人是看好温州男人的精明能干,还是被他们锅里的食物所吸引,被冷落几年十几年的温州男人受到了青睐,不少法国姑娘和温州男人结婚。同一天有好几对,亲朋好友忙不开,只好让他们举办集体婚礼,十几位身穿洁白婚纱的法国新娘站成一排,争奇斗艳,身后是身着西装、头发光亮的十几位温州新郎,蔚为壮观。

丽岙任宅村的任岩松和茜梦南相爱了,茜梦南是在德军打过来时从诺曼底逃出来的女孩;河头村邵炳柳找到了雷蒙;后中村的张者洪娶了格兰德家的长女,她生于波兰偏僻落后的乡村,家乡被德军侵占,一家人逃亡到法国,没多久法国沦陷,无处可逃了,他们犹如秋天的落叶随风飘泊。张月富和张者洪是同乡,关系也不错,住得又不远,时常聚聚。张者洪的妻子见张月富人不错,把妹妹莱奥卡迪·格兰德介绍给了他。16岁的莱奥卡迪很漂亮,高鼻深目,双腿修长,妩媚动人,性格开朗,温柔又能干。年已不惑的张月富在法国漂泊了十个寒暑,最让他苦恼的是膝下无子。"不孝有三,无后为大。"还有什么比无后让温州人更加不能接受呢?

战争使得成千上万个法国家庭失去男人,女人不得不进工厂做工,养家糊口。艾德蒙家也是如此,她的到来让林永迪有机会发现法国女性的美。艾德蒙的确很美,浓密的头发,深邃的眼睛,挺拔的鼻子,圆润的下巴,线条优美的颈部,窈窕轻盈的身材。不知是"窈窕淑女,君子好逑",还是那不可抗拒的食物俘虏了艾德蒙的胃。每次从乡下回来,林永迪把买的猪肉或鸭肉放锅里煮熟,倒进缸里。吃饭时捞几块肉,或舀几勺凝在上边的白花花的荤油,分给工人。艾德蒙家难得吃到肉,她有时会把姐姐和弟弟领去解一下馋。林永迪知道她家生活的窘迫,时不时塞给她面包、黄油,甚至巴黎人难以吃到的牛排,让她带回去给家人吃。

条条大道通罗马,婚姻何尝不是如此?通往婚姻的路径比罗马要多得多,有明媒正娶的阳关道,也有像羊肠小道的私奔,还有像攀缘悬崖峭壁的生死恋,有阳谋也有阴谋,有爱得缠绵,也有强行占有。有时,爱情好似远在千山万水,遥不可及,结果山不转水转,猝不及防就出现在你面前。林永迪和艾德蒙是怎么相爱的,已没人知晓,我们只能说"他们终于走到了一起",接着有了杰让。

杰让出生半年后,传来一个男人和两个孩子的悲凄哭声,年仅19岁的格兰德过世了。这是一位整洁而要强的女性,生下女儿还没满月就边照看两个孩子,边操持家务,拎水洗衣服时导致出血,在医院抢救过来后,第二次拎水,这次没有救回来,失去性命。

张月富要去赚钱,没法照料两个孩子,何况一个刚满周岁,一个刚刚满月。他把女儿送到距巴黎 300 多公里的梅兹,让格兰德的母亲帮忙照顾;儿子怎么办?这是他的骨肉,传宗接代的希望,他咬了咬牙,送给 93 省巴尼奥雷市(Bagnolet)的一对法国夫妻收养。他们很不富裕,可是勤劳善良,丈夫 Antolnd Vigier 已 53 岁,每天推着手推车走街串巷拾废品;妻子 Renèe Vigier,38 岁,在一家工厂打工,他们有一个十几岁的女儿。

三

"回家啦,回家啦!"对羁留在法国的温州人来说,这是多么激动人心的呼喊,让人顷刻间泪流满面。

二战结束了,回家的航道通了。这些温州人出国目的明确——赚钱,赚到钱就回家买房置地,过好日子。哪怕像林永迪这样在巴黎拥有自己的工厂,有家有老婆孩子的温州人也不会忘记初心。他们背包罗伞地从法国各地赶往马赛,乘船归国。没有赚到钱的只能眼巴巴地看着同乡回去,在海外混了十几年总不能空着手回去,离家时亲友送了红包,回去总得回赠礼物吧?为出国欠债还没还清的就更不能回去了,债主盈门怎么办,怎么打发掉?

"赚点儿钱再回去吧,叶落总要归根的,不能客死他乡。"他们凄然一笑说道。

1947 年春,林永迪领着妻子艾德蒙,抱着儿子杰让,登上回国的客轮,一起回国的还有杰让的干爹徐伯祥。艾德蒙已显怀,怀孕六七个月了。

1948 年,在法国出生的第一个大年——邵大年也跟着父亲回来了,妈妈雷蒙和他的两个姐姐也跟了回来。

1954 年 9 月,巴黎进入秋天,气温像从山坡滚落下来,每况愈下,街道两边"行道树之王"——欧洲椴的树叶变黄了,不时有黄色心状的树叶打着旋儿飘落下来。

张大年的生父张月富来了,坐在客厅跟法国养父母说着话儿,他们三人的表情是 9 岁的大年描述不出来的。大年和养父母住在大巴黎 93 省的巴尼奥雷的简陋平房,房间不大,进门是客厅,左边厨房,里边卧室,穿过客厅是仓房,那是养父堆放废品的地方。仓房后边有厕所和菜地,地里的菜是养父母种的。

张月富像看庄稼长势似的过些日子就会来探望大年,逢年过节还把他接回巴黎住两天。张月富住的那条街又脏又乱,住处比巴尼奥雷的家还要简陋,一张混杂着男人气息和浓郁烟味的床,一个不太整洁的厨房,没有厕所,解手要去公共厕所，在那幢楼里每层都有一个。他烟吸得很凶，一支接一支地吸，哪怕睡觉时嘴里也叼一支。他的被子被烧了一个又一个手指大的黑洞。

张月富对大年很好，领大年下中餐馆，吃中国菜，看中国电影，去见那些法国话说得磕磕绊绊、半拉嗑叽的温州朋友。他跟别人合伙开一家礼品店，他们卖的礼品是皮包。礼品店的楼上有一家皮件厂，也是他的，做的是店里卖的"礼品"。他负责送货，今天沃尔夫，明天波尔多，后天马赛，天南海北地奔波。他的客户遍及法国，都是在各地摆摊的华人，有些可能是类似于林永迪当年做的小贩。

张月富要带大年去中国度假。中国给大年的印象不过是一把伞和两个字。那是一把油纸伞，画着鲜艳的花，很漂亮，法国是没有的，法国的伞是布做的。大年是在中国电影上看到的，好奇地问那是什么，张月富说那是伞，我们中国的伞，他记住了。父亲还说："你是中国人。"在他读书的学校没有中国人。他跟同学说："我是中国人。""你是中国人？中国字怎么写？"同学认为他在吹牛。他长着一张西方人的面孔，没有同学认为他是中国人。见张月富时，大年问他，他找了份中文报纸给大年看，还教大年两个字："中国"。大年到学校写给同学看，他说，这是"China"。"这么难写啊！"他们惊叫起来，大年在他们的惊叫中感到了自豪。

不过，大年还不想去中国，养父告诉他，中国在很远很远的东方，那里很穷很穷，吃的鱼像木头板子似的又臭又硬。养父也没去过中国，服兵役时在越南驻扎过，那儿紧挨着中国。学校马上就开学了，大年想上学，不想度假。

不久前，他度过假。张月富领他去梅兹看望外婆和妹妹，那地方很远，他们坐四五个小时火车，又坐一小时汽车才到。大姨妈很喜欢他，领着他和妹妹，还有姨妈家的表弟罗兰和罗兰的妹妹去法国西部海滨度了一次假。大姨妈嫁的也是中国人，丽岙后中村的。

养母流着泪给大年穿上过节才能穿的西服和皮鞋。他们本来不同意大年去中国，或许意识到"度假"不过是借口，大年走了就回不来了。张月富带几个同乡来家劝养父母，张月富还发誓三个月后保证把大年完好无缺地送回来。或许彼此都生存于社会底层，有着不同寻常的同情与怜悯；或许养父母知道张月富已五十有一，他就这么一个儿子，他们答应了。

养父母是办过收养手续的，大年的户籍在他们家。他们视大年如己出，领大年上街时，他们总是理直气壮，不，豪情万丈地对别人说："这是我的儿子！"八年来，大年已成了这个家不可或缺，不，是不可分割的一部分。他们对他既宠爱有加，又管教严厉。他们不在家时，不许他到外边去玩。可是，对一个孩子来说家不过是吃饭睡觉的地方，怎么有外边精彩呢，外边才是他们的天地,有着不可抵挡的诱惑。

诱惑大年的有家门前的草坪,大男孩会在那儿踢足球,马戏团偶尔也会在那儿搭棚表演。大年是个活泼、调皮的淘小子,爸爸妈妈不在家他就偷偷跑出去玩。远远看见爸爸推着废品回来,他就赶紧跑回家。或许爸爸年老眼花,或许假装不知,总是笑呵呵地夸奖他一番,让他出去玩一会儿。妈妈很忙,起早贪黑地在工厂打工,礼拜天都不休息,大年上学大多是爸爸接送。

或许答应后就后悔了,妈妈在给大年穿鞋时,把他紧紧搂在怀里,悄声说:"大年,妈妈在你的鞋里放了法郎。到马赛你就想法逃跑,买张火车票回家。"

火车"呜呜"吼叫几声,像老牛上山似的呼哧带喘地跑了将近一天,在马赛站停下。大年一上火车就开始想爸爸妈妈,想巴尼奥雷的家,想那片草坪了。终于到了马赛,可以逃跑了,他却发现鞋里的法郎不见了。在火车上,他怕法郎丢了,不时脱下鞋来看。看到了,心里踏实了,过一会儿心又悬起来,再脱鞋看,那几张法郎关系到他能不能回到巴尼奥雷的家,能不能见到养父母。他不知看了多少遍,它们像丢在储蓄罐里的零钱,老老实实藏在鞋子里,偏偏到了马赛就不见了。

丢在哪儿呢?他想不起来。

会不会被他拿走呢?他不敢问。

张月富在马赛的朋友很多,都是温州人。他们轮番请张月富吃饭,说着大年听不懂的温州话,有时说着说着就潸然泪下了,哭得一塌糊涂,也不怕大年笑话。大年不愿跟他们在一起,太不好玩了。他要出去玩,张月富的三两个朋友会紧紧跟着,似乎怕他跑掉。

他们在马赛等了数日,可以登船了,张月富长舒口气,志得意满地牵着大年的小手登上轮船。哇,这船太大了,大年叠过无数小纸船,还没见过真正的轮船。他兴奋地跑上跑下,东看看,西看看。孩子的好奇心就像大海,无风三尺浪,有风浪滔天,大年玩得开心极了,在甲板上跑着跳着,喊着叫着,终于跑累了,也喊乏了,突然想起养父母的话:"千万不要上轮船,不要坐船离开马赛,离开马赛你就找不回家了!"他慌忙寻找舷梯要下船,却发现码头的影子比指头还小,船行驶在一片汪洋之中……

决不允许任何人拿中国人的历史伤痛开玩笑！

一

2001 年 2 月 4 日,法国华侨华人会换届,林加者当选为主席。

法国华侨华人会是法国政府批准建立的第一个华人社团,是法国最大的华人侨团。其前身为旅法华侨工商互助会,1949 年成立。1964 年,中法建交后,更名为旅法华侨俱乐部,同时申请注册,1971 年获得批准,1998 年更名为法国华侨华人会。

这个社团最初的主体是老华侨,他们在海外漂泊几十年,饱受欺凌,孤独、落寞和无助。这个社团让老华侨有种找到了组织的感觉,他们踊跃参加活动。林永迪就是活跃分子,逢年过节,他会请社团的朋友聚聚,喝喝酒,叙叙旧。

一对男女结了婚,没有房子也就等于没有家,哪怕不差钱,可以天天住五星级酒店,也像被风刮得到处乱窜的蒲公英似的,找不到归宿感。社团也如此,你可以把大家约到咖啡厅或餐馆搞场活动,也可以租间会议室搞搞选举之类的事,但没有固定活动场所,也就像没房的夫妻似的。想有固定的活动场地,先要解决资金的问题,作为一个侨团想获得法国政府的扶持资金,是连想都不要想的事。因此,他们只有一个来钱的方法——会员捐款。

旅法华侨俱乐部获得注册。会员为固定的活动场所纷纷捐款,林永迪捐了 2 万法郎,也许觉得仅自己捐还不够,又劝儿子也捐些钱。林加者听了父亲的话,也捐了 6000 法郎。当年林加者在皮件厂做工时,月薪 500 法郎,6000法郎相当于他在父亲工厂打工一年的总收入。俱乐部用大家的捐款在巴黎 4区置办了一处 100 多平方米的活动场所。

"这个好啊,你可以去看看电影、打打乒乓球。"父亲对林加者说。

那时,林加者还处于"走遍千山万水"的阶段,他开着货车奔波在法国的13 个大区 94 个省,在家的时候不多,只要回来就背着女儿出现在俱乐部。林加者和女儿在俱乐部看电影《红灯记》《沙家浜》《智取威虎山》,而且百看不厌。

林加者看样板戏时,没有像大陆青年那样动不动吼一嗓子"临行喝妈一碗酒",而是像 20 世纪 70 年代末 80 年代初的大学生看英语原版电影学英语那样,边看边听边记。他在学普通话。林加者出国时,只会讲丽岙版温州话,这种方言与乐清、平阳等版本温州话有区别,不过在温州地区还是可以交流的,出了温州就没人听得懂了。作为中国人,和外国人不能交流也就罢了,跟本国人不能交流就有点说不过去了。

20世纪70年代末,中国改革开放,出国的人多起来。为购置新的活动场所,老华侨慷慨解囊,罗周姆捐款16万法郎;林昌横手里没现金,把家里8公斤黄金捐了;林永迪捐5万法郎;林加者捐3万法郎;任岩松等人亦纷纷捐款,俱乐部筹集了200多万法郎。这就是温州人,当时在法国的华侨华人生意做得不大,大多像林永迪那种开爿小作坊,起早贪黑地干,也就赚点儿辛苦钱。林加者捐的3万法郎相当于他和应爱玲的第一桶金——开一年中餐馆的所得。

俱乐部有了资金,合适的会址却没找到,他们想选华人比较集中的3区、4区,交通方便、适合做俱乐部的场所,还要够大。房子看了不少,不是这方面差一点,就是那方面差一点,好不容易不差啥了,周边邻居不同意:"你在我家旁边开俱乐部,人来人往,吵吵闹闹,我们怎么生活?"

林加者这时已有两个批发店,生意上了轨道,不必开车满法国转悠了,时间和精力逐渐转到俱乐部上来。

"爸爸,快打电话,让他们过来看看旁边的院子……"1981年末的一天,林加者到厂里看父亲时,推开门就兴奋地说。

原来父亲家隔壁的战斗报社的院落要整体出售,有500平方米。父亲住在巴黎4区庙街41号,那院落在43号。那是一块难得的风水宝地,右邻巴黎市政厅,左靠华人区,后面是蓬皮杜文化中心,位于3区、4区中国城中心地带——庙街。

林永迪一听立马放下手里的活儿,给俱乐部主席刘友煌打电话。没过多久,刘友煌回话说:"那院落已有了买家,人家交了定金。"

"我有办法,他们定金不是交到房屋中介吗?我们可以和中介沟通,让他们把定金退回去。"林加者说。

"这能行吗?"

林加者的思维肯定不是欧洲人的,是温州人的。

"能行。"

俱乐部按林加者说的尝试了一下,没想到还真就买下了那个院落。

"加者,你也出了不少钱,也要多做点儿事啊。"老华侨赞许地说。

这句话的潜台词,或许相当于"得给这位年轻人加加担子"。

于是,林加者的事情多起来,国内代表团来了,俱乐部让林加者去陪同参观考察。走遍法国千山万水的林加者,一是车技很好,二是路况很熟,三是慷慨大方。俱乐部有一条不成文的规定,谁陪同谁出钱,请客吃饭各种开销都得埋单。

林加者得到了器重,也获取了信任,他沿执委、常委、副主席、第一副主席的途径渐渐进入了核心层,最后当上了主席。

二

2000 年 11 月某天傍晚,林加者和应爱玲又出来散步了,走到巴黎内勒剧院门口时,发现剧院在演荒诞剧,广告蓝色调,右上角有把张着的中国油伞,伞面一圈蓝色花案,广告左下边画条蹲坐的狗,望月似的仰望那把伞,中间是法文:"华人与狗不得入内。"该剧改编自弗朗索瓦・齐博的同名小说。齐博是法国著名文学家学会——塞利纳学会会长,还是法国有名的律师。

林加者愤怒了,这都什么年代了,又把二十世纪三四十年代挂在上海租界外滩公园门口的牌子挂出来?中国人早已站起来了,他们还搞种族歧视,污辱我们华人!林加者给剧院打电话强烈抗议,要求撤下广告牌,停演荒诞剧。

剧院说:"我们是租赁剧场,您应该去找作者。不过,您最好看过戏再说,这出戏与你们中国人没有什么关系。这部戏在巴黎的另一剧场上演 3 个月,很成功。"

林加者又发现巴黎的休闲与文化周刊《巴黎圈内》刊登了这部剧的广告,他激愤之下,写封信寄给当地中文报纸《欧洲时报》。他在信中写道:"如今,中国强大了,海外华人也挺起了腰杆,绝不允许任何人侮辱我们中国人!"

这时,林加者已是法国华侨华人会第一副主席,他有坚定的站位——自己是中国人,再确切点说是中国温州人。

1975 年,二女儿还在吃奶的时候,林加者就在家里的批发店"半脱产"了,把主要精力投入了俱乐部。1989 年,林加者"全脱产",把两个批发店都交给妻子应爱玲去打理。

有老客户来了,应爱玲让他接待一下。他说:"这些客户都是你的客人,我就不出去了。"

然而,俱乐部开会,他凌晨两点多钟就爬起来,准备七八个人吃的喝的用的。

20 世纪 90 年代末,林加者被全国侨联聘为海外顾问,每年参加全国人大、全国政协会议,被国家领导人接见,到中国各省参观考察,出席各种各样的社交活动,在家的时间越来越少了。

有一年母亲节,店里的生意特别好,林加者回国了,店员又病了,应爱玲一人接待了 35 位客户,从早忙到晚。

"爱玲,我佩服你啊。"林加者的朋友见此情景不禁说道。

"为什么佩服我?"

"这么忙,你却没疯掉,还做得轻松自如。"

"我也就开开发票,这都是熟悉的嘛。"

林加者在侨团不仅出人出力,还要出钱,每次捐款,他都比别人捐得多。

"我到店里从早上做到晚上,赚的钱呢,他拿走了,这个我也不管的。"应爱玲说。

林加者比她还忙。有一年,他接待了106个国内代表团,有时跑到这个酒店敬两杯酒,又跑到另一个酒店敬酒。有两次酒后驾车被警察抓住,把他关在警局醒酒,第二天早晨才放出来,扣分、罚款,几个月不能开车。

有些代表团的住宿费和餐费要侨团出,法国华侨华人会就要增加会费,常委出2000法郎,林加者作为主席就出2万法郎,这还不算他平时以个人名义请客送礼的开销。好在应爱玲将批发店打理得不错,生意很好。

2000年11月8日,《欧洲时报》以读者来信的形式全文刊发了林加者的信。一石激起千层浪,无论是老华侨,还是新华侨,无不义愤填膺。

"当年殖民者把中国人看得连狗都不如,那段历史已经过去了,中国人现在不能再任人侮辱了。"

"'华人与狗不得入内'是旧中国殖民主义者对我们中国人民的侮辱,我们决不答应,中国人敢怒不敢言的时代已一去不复返了。"

《欧洲时报》记者采访林加者时,他说:"中华民族已雄伟地站在了世界民族之林,'华人与狗不得入内'这辱华文字及其广告竟然出现在巴黎,我们广大华人决不允许任何人拿中国人的历史伤痛开玩笑!"

林加者代表法国华侨华人会同法国潮州会馆等社团与剧院交涉,剧院还是一推六二五,说这是作者的事,跟他们无关。林加者联合在法国的41个华侨华人团体发表联合声明。内勒剧院票房收入剧减,票价从90法郎降至70法郎,观众仍在减少。

有许多歧视你能深深地感受到,却说不出来,说出来又没有有力证据。林加者着手跟作者和剧院打官司,联系了一位律师。

11月15日,林加者代表41个华侨华人社团向巴黎高等法院提出紧急诉讼,指控小说与剧本作者"种族歧视与煽动种族歧视",要求剧院更改剧名及相关海报,并对给华人所造成的精神损失和伤害赔偿1法郎。

中国驻法国使馆支持巴黎侨界对此事诉诸法律,并跟法国外交部主管部门和剧场交涉。中国外交部发言人表态,"华人与狗不得入内"是旧中国时代外国殖民主义者对中国人民的侮辱,法国有关话剧却以此侮辱性词语为剧名,严重伤害了中国人民及海外华人的民族感情,这是不能接受的,要求法国的作家与剧院立即改正错误。

21日下午,法国华侨华人社团状告荒诞剧作者弗朗索瓦·齐博一案,在位于巴黎市中心塞纳河岛上的巴黎高等法院开庭,林加者代表原告,弗朗索瓦·齐博作为被告出庭,媒体记者挤满法庭。经过一番辩论后,主审法官宣布于11月27日下达判决。

22日,巴黎检察院召开紧急听证会,被告方内勒剧院的代表和作者弗朗索瓦·齐博出庭。齐博说,他并不是有意要伤害中国人民感情,只是由于法国人并不认为"华人与狗不得入内"具有侮辱性,他对中国人民一直深怀敬意,毫无种族歧视的意思,还说他那部作品三年前以《去他的戒律》为名在中国翻译出版,未引起过争议。

对于判决结果有些社团信心不足,林加者说:"我们诉讼费付了1万法郎,如果通过法律无法获得正义,我们将采取行动,组织游行抗议!"

前一年,林加者他们组织过一次上千人的游行。

1999年9月29日晚,48岁的温州侨胞刘玉滔下班回家时,在巴黎第10区水塔街家门前找到一个停车位,上面却放了只垃圾桶。他下车移开垃圾桶,一辆车抢先一步停进去。刘玉滔很生气,与之理论,却遭车上的两人殴打致重伤,昏迷不醒,14天后在医院去世,留下妻子和四个子女,以及年迈父母。

旅法的华侨华人愤怒了,进入20世纪末以来,巴黎华人社区的治安状况越来越差,屡屡发生华侨华人的护照、手机、首饰和钱包被抢事件。一位到巴黎探亲的老人在美丽城华人聚居区遭到阿拉伯裔歹徒袭击与抢劫,导致腰椎严重受损,大小便失禁……让华人有种"走出家门是地狱"的感觉,晚上不敢出门,在大街上不敢打手机,随身不敢带钱物。

法国华侨华人会第一副主席林加者跟主席杨明提议,组织华侨抗议游行,强烈要求警方缉拿凶手,严惩歹徒,为刘玉滔申冤。同时改善城区的社会治安,为华人的人身安全提供应有的保障。

华侨华人会策动的示威游行得到法国华侨华人社团的积极响应,上千华侨华人聚集在巴黎市共和国广场,拉起横幅,高呼口号:

"保障华侨华人合法权益!"

"消灭暴力犯罪行为,维护社会安定!"

华人的游行示威,引来众多法国市民围观。

林加者跟围观的法国市民讲述刘玉滔的被害过程,以及华人对巴黎治安的诉求。法国华侨华人会还联合其他华人社团在《欧洲时报》发表题为《强烈谴责违法暴力行为,维护华人生命财产安全》的声明,同时他们与巴黎当局交涉。巴黎社会治安有所改善。

11 月 27 日,林加者和华人社团代表与弗朗索瓦·齐博进行了谈判,最后达成协议,齐博修改书名、更改广告。

"我们获得了胜利!"林加者兴奋地说。

三

2004 年,正值中法建交 40 周年。

1 月 24 日,中国农历正月初三,下午 1 点 30 分,巴黎凯旋门附近已是人山人海,法国华侨华人会主席林加者倡导和组织的、有 60 多个华人社团参加的春节彩妆大游行隆重开幕,上万华人身着盛装而来。一条中国巨龙出现在世界闻名的香榭丽舍大街,巨龙昂首,两条龙须高高翘起,张着大嘴,尾巴长长的,长达 120 米,围观的法国人震惊了,高喊起来:"啊,中国! 中国!"随后响起热烈的掌声。接下来有来自中国的秧歌,有划旱船,有舞狮,还有身着 56 个民族服装的方队……

两年前马年正月初五,法国华侨华人会等 12 个华人社团也举办过一次盛大联欢活动,他们在巴黎市政府广场的灯杆上挂起 120 盏喜气洋洋的大红灯笼,让整个巴黎都洋溢着浓郁的节日气氛。下午两点半钟,一面五星红旗在广场上迎风升起,锣鼓喧天,鞭炮齐鸣,金龙彩狮飞舞,活动进入高潮,成千上万法国人赶来观看。下午三点半钟,春节彩妆游行开始,在中法两国国旗引领下,华侨华人走上街头载歌载舞,身穿黑色大衣,系着领带的中国驻法大使与巴黎市长贝特朗·德拉诺埃和身穿浅米色大衣的 4 区区长贝尔提诺蒂,以及身穿紫红色唐装的林加者走在游行队伍的前边。

德拉诺埃市长感慨地说:"有这么多巴黎人来看彩妆游行,我很感动,也很惊奇。我当市长前就对中国文化感兴趣,这次深深体验到了中国文化的魅力。"

林加者说:"我们这些来自浙江省的华侨华人绝大部分从巴黎的 3 区、4 区起步,从小到大,慢慢发展起自己的事业,所以我们对这里的街道很有感情。"

那年春节,《巴黎竞赛画报中国特刊》的社论最后一句话:"今后不了解中国,就不能了解世界。"

中国驻法大使说:"法国人在重新认识中国。"

2003 年,法国华侨华人会等社团又成功举办了羊年春节游行。在巴黎市政府举办的庆祝羊年春节招待会上,林加者对德拉诺埃市长说:"市长先生,2004 年是中法建交 40 周年,要在法国举办中国文化年,我们能不能在香榭丽舍大街举办中国猴年春节彩妆游行？"

德拉诺埃市长为难了，他说："香榭丽舍大街是法国的象征，在这条大街上举办活动，必须经总统批准。"

香榭丽舍大街位于卢浮宫与凯旋门的中轴线上，又被称为凯旋大道，除庆祝法国大革命 200 周年等大型活动之外，还有每年 7 月 14 日的法国国庆大阅兵在这条大道上举行，外国侨民怎么可以在这条大街举办活动？

林加者不甘心，雅克·希拉克总统三次在总统府——爱丽舍宫接见他和中国侨领代表。在 2002 年春节时，总统还在总统府举办马年春节团拜会，接见 100 多位在法国的华侨华商代表。他在致辞中说道："马年代表着生机与活力，代表着美好的未来。我愿意与法国人民共同分享马年新春的喜悦，并希望在法国的华侨华人为法中两国的合作与沟通作出更大贡献。"他还说："旅法华侨华人通过辛勤劳动、坚韧不拔和团结互助精神，在法国获得了应有的社会地位，赢得了法国人民的承认和热爱。"最后，他给大家拜年，祝大家春节快乐，马年好运！

林加者赠送希拉克总统一个铜马。总统在回信中写道：

法国华侨华人会主席林加者先生：
　　我非常感谢您在中国新年之际对我传达的祝福。
　　此外，我对您赠送的铜马也无比珍爱。
　　我很高兴 2 月 13 日在爱丽舍宫总统府与您会见，并再次向您表示我非常珍重华裔对我国的贡献。
　　亲爱的先生，请接受我崇高的敬意

法兰西共和国总统 雅克·希拉克
2002 年 2 月于巴黎

在林加者的坚持下，德拉诺埃市长让办公室主任起草一份信函呈送给总统。

总统能批准吗？林加者没有信心，毕竟外国侨民从来没在香榭丽舍大街举办过活动。两个月过去了，三个月过去了，还没有消息，看来是没有希望了。

6 月 30 日，林加者突然接到市政府的电话："林先生，总统批准了，你们可以在香榭丽舍大街举办春节彩妆游行了！"

林加者高兴极了，他作为活动的提议者和召集人去见中国驻法国大使商量活动方案。这一活动得到国内的大力支持。林加者还专程到上海定制一条高 9 米、宽 4 米、长 120 米的巨龙，还订购了 1200 套蓝、白、红三色象征着法国国旗的唐装。

春节前夕,巴黎连续十几天阴雨绵绵,林加者睡不着觉了。入夜的雨滴仿佛打在他的心上,天气要是在正月初三下午不开晴的话就功亏一篑了。

初三早晨,巴黎的天空阴阴沉沉,绵绵细雨下个不停。

上午10点钟雨突然停了;

11点钟乌云散了;

12点半太阳出来了。

早早等候在凯旋门附近的华侨华人欢呼雀跃。身穿宝石蓝唐装的林加者和穿着红色唐装的应爱玲也笑逐颜开。

彩妆游行大获成功。游行结束后,巴黎市政府在埃菲尔铁塔二楼举办庆祝晚会时,埃菲尔铁塔打出的灯光秀是中国红。林加者拍了下来,设为他的微信头像。

2005年,已连任两届法国华侨华人会主席的林加者卸任。可是他仍然活跃在中国和法国的侨界,为中法友谊作贡献。2009年,他和妻子应爱玲为江西井冈山下的一所以他们夫妇名字命名的"加爱侨心小学"捐资20万元建校舍,还送全校学生校服和书包。

如今,林加者和应爱玲已年近八旬,身体还不错,每年都会回丽岙几次。一次,街头一位素不相识的人说:"你是林加者,你去法国第一次回来时,给我3800块钱人民币,没有你们的帮助,我现在还不知怎么样。"话没说完,眼泪就下来了。

"我们帮助过那么多朋友,有的还记着我们。今天和我先生吃早餐,有人要替我们付钱。我说:'不要,不要。'他说:'那个时候,你们常常叫我和爸爸妈妈去你家里吃饭,你还借给过我钱。'我说:'啊?我还借给过你钱?'他是村里人,也是从巴黎回来的。我们没有把钱看得太重,能帮忙我们一定帮,钱借出去后,还不还都没有关系。我先生有个朋友没赚到钱,想回国发展。几个朋友打算每一个人给他2000法郎。这样呢,他回国后还可以做点事情。我先生知道了,给他3000法郎。那几个朋友说,你给了3000,我们也给3000好了。有一年,有个人对我说:'有6瓶酒在我儿子家里,是给你们的。'我说:'谁给的啊?'他说:'我也不知道,你问你先生,他也许知道。'我问我先生,他也不知道。他过去拿回来,里边有一个信封,装有2000欧元。我们想不起来是哪位朋友,事隔30年,他的儿子替他来还钱。我们说,这个钱不是借的,是送给他的。他儿子赚到了钱,还给了我们,让我太感动了。

"有个朋友,我们帮过她的忙。她告诉儿子,你不要忘记林加者他们,我们开头靠的是他们。这个朋友真的很好,我们一周见三四次。小时候,她的妈妈对她不好，我妈对我也不好，我们俩在一起有很多话说。后来，她去世了，她的儿子经常给我们打电话，请我们吃饭。我有时会梦到她，一次梦见她跟我说：'我死了，从今天起我们要分开了。'醒后痛苦极了。"

林加者说，他很想回家乡养老，可是父亲建的那两幢房子已难以住人了。他年纪大了，没有能力重新装修。

他的两个女儿都很出色，大女儿担任过法国航空公司驻中国总经理，小女儿担任过法国国民银行派驻中国的首席执行官。

2023年10月底，我跟在巴黎的林加者通电话，他说："我下个月就回温州了，到时我去杭州看您。"

张达义说："我12月4日回温州。"

他的儿女也都很不错，大儿子在1999年创办一家服装公司，一直在做服装进出口贸易，还被选为服装会的副会长。大儿子的女儿硕士毕业，精通英文、西班牙文、法文和中文，也会讲温州话，现在在她父亲的公司，生意做得很好。小儿子高中毕业在法国服了兵役，回来后开了一家咖啡吧，他有三个女儿，大女儿在读硕士，二女儿和三女儿在国外留学。张达义的女儿硕士毕业，在法国开一家翻译公司，具有中法翻译执照。

"女儿身上的什么东西让您感到骄傲呢？"采访时我问张达义。

"她对人家态度很好，不管客户有文化没文化，是不是温州人，她都这样对待人家。有位女人对她说：'我现在生活很困难，这个钱付不起。'她说：'好，我免费给你做。'她肯帮别人忙，这很好。我很骄傲。"

一个时代如江潮，一代接一代地推上来，又一代接一代地过去了。如今活跃在法国华侨华人社团的大多是二十世纪八九十年代去法国的温州人，他们不仅生意做得风生水起，而且在法国各界也崭露了头角。

（原载于《北京文学·精彩阅读》2024年第1期，有删节）

玩儿悬

航　鹰

天津方言管铤而走险、有惊无险叫作玩儿悬。其实北京天津一带这句口语的"悬"后面也加儿化音，读作"玩儿悬儿"。考虑到南方读者不习惯，故省略。

回顾我这辈子，玩儿悬的事那就多了去啦！

1

我小时候调皮得出了圈儿，别说在女孩子当中永远是淘气大王，就是和男孩子们相比也不让须眉，再说那个时候他们还没长胡子呢！

我的顽劣不驯，妈妈埋怨是姥姥宠的。姥爷姥姥年轻时从山东到天津谋生，后因儿女们都去当八路军了，回到山东解放区避居。我虽出生于天津，幼时是跟着姥爷姥姥在临清大运河畔生活的。六岁时见到妈妈我不认识她，那种生疏感跟了我一辈子，所以她管不了我。

不知为什么，作家、诗人都有个会讲故事的祖母、外祖母或保姆，我姥姥就特别会讲故事。别看她老人家不识字，但山东有孔孟之道、众位圣人，《聊斋志异》呀，《水浒》呀，还盛产各种吓人的鬼故事，每天黑晌掐了油灯捻儿她都有说不完的典故。我特爱听鬼故事，黑影儿里又吓得搂紧了姥姥。姥姥总是拍打着我说："俺行婴福大命大，什么都不用怕！有天爷爷地奶奶护着呢，多少回玩儿悬，都大难不死。猫有九命，俺行婴比猫还多一命呢！长大了必定大富大贵！"

行婴是我的乳名，父母都赴太行山参加八路军，取"太行山的婴儿"之意。关于我多少回"玩儿悬"的历险，姥姥已经讲了无数回，我早已熟记于心，但还是央求姥姥复述。

殊不知我刚初生就玩儿悬了！我是头生女，个头儿太大，荣幸地成为难产儿。人之初，我就颇具反抗精神。当我被医生用产钳强行夹到这个陌生世界时,我决定不吭声不喘气儿以沉默抗议此种暴力。不料,医生却非得以新生儿啼哭为快,竟然倒提着人家脚丫子打人家脊背,刚出生还没犯错误先挨一顿打,我愤怒地大喊大叫……

2

仅隔一个多月,我又第二次玩儿悬了。

母亲生我时只有二十岁,她从太行山偷偷潜回天津生孩子。一出月子她就抱着我回太行山,还带去了舅舅和姨妈。途中日本飞机轰炸火车头,火车被迫停下来,敌机猛烈地向列车扫射。旅客们纷纷逃出车厢往玉米地里跑,妈妈拉着舅舅、姨妈跑进庄稼地里,这才想起孩子还在车上!那时的舅舅才十七八岁,大城市娇生惯养的少爷,但他按住我妈妈,冒着枪林弹雨跑回车厢。正在睡觉被爆炸声惊醒,我躺在座椅上自认为有褟褓作为盔甲,高腔大嗓地向日本人提出抗议。舅舅冲进来抱起我就跳下车厢,子弹嗖嗖地在他身边呼啸。

姥姥讲起那些往事时,从来不说舅舅勇敢,总是说我命大福大造化大。

到了太行山解放区,我仍然爱玩儿悬,和狼有过两次亲密接触,那时候山西的狼特别多。我们居住在一孔分成里外间的窑洞里,有一天,妈妈、姨妈和几个战友在里间炕上包饺子,我在外间炕上睡觉。妈妈怕我醒了爬到炕边摔着,把我放到尽里头还用几个枕头挡住。他们把包好的饺子一板一板送到外间炕上。显然那时候我只吃奶不吃饺子,也就对此毫无兴趣呼呼大睡。

一个战士端起一板饺子刚要往外屋送,一掀门帘吓呆了——不知何时来了一匹狼,正扒着炕沿吃饺子呢!突如其来的大祸让里屋的人们屏住呼吸不敢出声儿,小战士轻轻掀起门帘朝外看,真真切切那不是村里的土狗,是一匹狼,它的大尾巴拖在地下!人们后悔没关门,后悔枪支都立在了外屋,后悔把孩子搁在了外屋,但后悔啥都来不及了!因为担心正面冲突时狼会把我叼走,人们不敢冲出来,一时毫无计策眼睁睁地盯着狼吃饺子。狼吃饱了,睬也不睬我,心满意足地走了。

姥姥是几年以后听我妈妈说的那桩悬事儿,但是到了姥姥口中说着说着就变了版本,那也是在山东大运河畔夜晌掐了油灯捻儿黑影儿里我听不厌的故事:"……那土狼是地妖,俺行婴是天上的文曲星下界,它怎么敢伤你呢?"

至于我怎么成了天上的文曲星,莫非姥姥会相面吗?姥姥说:"不用相面,相屁股蛋子就行。你屁股蛋子上在坐杌子的地方长了一颗瘊子,哪儿那么巧瘊子挨着杌子?长大了必是干坐杌子工作的,不是官爷便是秀才,那不就是文曲星下凡吗?"

山东方言管凳子叫杌子,管痣叫痦子。后来的事实证明果然我就成了作家,不信服姥姥行吗?

有了姥姥给予我的自信,那段毫无记忆的惊险场面刻入了我的脑瓜,自诩那天我有大将风度,全然不把恶狼放在眼里。我才懒得理它呢!依然睡觉,置若罔闻。它不知我为何方神圣,拖着大尾巴诺诺而退。

3

然而后来的又一次玩儿悬却打脸露馅啦!

当年太行军区某纵队司令部设在一所原先某军阀或财阀的宅院里,前院办公,后院作为军人宿舍。司令部大门外有一棵又粗又矮的柿子树,军人的孩子们常在树底下玩耍。我喜欢坐到树杈上,哨兵叔叔就把我抱了上去。不料他刚回到大门口站岗,忽然发现山路上窜来一匹狼,大概狼饿极了朝着我们三个孩子直扑而来。哨兵叔叔慌忙返回树下一手抱起一个孩子跑进大院,从肩上拿下步枪拉开枪栓。

外面只剩下我留在树杈上了,这回我再也摆不出大将风度了,吓得哇哇大哭。大灰狼来到树下朝我龇牙,树很矮,它一蹿高儿就能叼住我。哨兵叔叔拉开枪栓正要开枪,说时迟那时快只见我惊慌得从树上掉了下来,"叭叽"一声正落在狼的面前,哨兵叔叔想开枪又怕伤着我。惨剧本来已成定局了。千钧一发之际,岂料狼性最是多疑、胆小、机警,它看到我呼号着威风凛凛自天而降,以为我定有治狼法术,吃惊地掉头就跑,跑出不远扭头满腹狐疑地打量我。哨兵叔叔趁机开了枪,慌乱中没有打中狼,但也把它吓跑了。他急忙冲到树下,抱起我跑回大院关上了铁门……

姥姥讲故事时一遍又一遍地念着:"阿弥陀佛!菩萨保佑!俺说什么来着?要不是俺行婴福大命大造化大,怎么能一回回遇难呈祥?日后必成大器!"

4

回到天津上小学我是寄宿生,是全校出了名的顽劣丫头、小野马、惹祸精,班主任和宿舍阿姨都管不了。十岁那年又玩儿悬啦,险些丢了小命!

我热爱体育,想跟男生们一块儿踢足球,可人家不带我玩,我就当啦啦队为好汉们助阵。班级比赛,我攀上单杠观看,操场边上那单杠特高,得跳起来双手抓住铁杠再前前后后悠动身体才能攀上去。居高临下看球赛，看得入迷可就忘了自己只是坐在一根铁杠上了。我们班进球啦！我兴奋地又喊又叫又鼓掌，本来抓着单杠立柱的手松开了，一时坐不稳倒栽葱摔了下来。

观看比赛的同学们都惊叫起来，当时我的右半张脸都是血了。老师带我到医务室清洗敷药，医生说幸亏是往前栽下来的，若是后仰坠下脑震荡小命就完啦！我吵着回去看球赛，郭阿姨气得让我照镜子，我这才发现自己半边脸青紫青紫的鼓成了大包，右眼已经封住了，鼻血还在流个不止。医生给我包扎后，班主任和郭阿姨商量要不要通知家属，我坚决反对说我姥爷有心脏病，姥姥血压高有糖尿病，绝对不能让他们知道。那年头儿的人皮实，没有家长为了自己的宝贝儿告学校的，老师和阿姨也就同意了。

一个多月没回家，姥姥让妈妈到学校来接我，这才发现我半拉脸青紫肿胀着，我只好从实招来。或许因姥姥没看见我挂花惨状，没太当回事，笑道："俺早就说过，俺孩儿有地奶奶接着呢！"

我暗自苦笑，有这么当"地奶奶"的吗？"接"了个血流满面。

那次倒栽葱给我留下了终身遗憾，两只眼睛不对称了，右颧骨高出一块，一笑时嘴巴还歪着，算是破了半拉相貌，但我仍然没记性、没改性，继续爬房上树没个拾闲儿。

5

放暑假了，我爱到妈妈的"机关"去玩，"机关"叫天津市劳动局，听说那座豪华大楼曾经是颜惠庆公馆，不仅每一层都有阳台还有楼顶露台，每到暑期就成了干部子弟们捉迷藏的乐园。大楼的墙体是一种特殊烧制的"钢砖"，砖上有突出的疙瘩。天津号称"九国租界"，洋楼林立，只有两座这种"疙瘩楼"，很适合踩上去攀爬。有一天我带着一群孩子爬上楼顶，顺着雨水沟儿绕着楼玩儿。机关干部们见状急得去喊我妈妈："快看你家老大又爬房啦，摔下来就没命啦！"

四五十年以后我热心于历史建筑保护工作，去拍摄那座颜惠庆旧宅。仰望高高的楼顶不免有些后怕，真不明白当年自己怎敢踩着那条窄窄的雨水沟儿玩耍，太玩儿悬啦！

我十五岁初中毕业时自作主张考上了天津人民艺术剧院舞台美术班，班主任两次去家里动员我妈妈让我继续求学，妈妈说拿这孩子没办法。到了人艺就算走向社会自由飞翔了，心更野了。剧院里分"大同志""小同志"，大同志指结婚有家的，小同志指住集体宿舍的。业余时间大院里只剩下我们一群半大孩子,精力旺盛变着法子调皮捣蛋。放着平地不走,我们爱爬到院墙上绕着大院跑步,那多刺激呀!围墙上有许多尖顶垛子支撑着,跑几步就得蹦到垛子上再往前跳,一旦被垛子绊倒了掉下去,摔不死也得骨折了。大伙还是乐此不疲,谁叫咱爱玩儿悬呢!

6

小时候顽皮的"玩儿悬"总算闯过来了,成年以后又遭遇了不少性命攸关的玩儿悬。

"三年困难时期"(1960 年至 1962 年)我的双腿肿了,膝关节疼痛,没当回事,也没告诉家里人,天暖和了就好多了。到了秋天忽然胸部疼痛,室友说是"岔气儿"了,我自恃身强力壮仍然没当一回事,耽搁了十几天越疼越厉害,直到动弹不了了才去医院。

医生不但立即让我住院,还下了病危通知书。当我见到妈妈把生父都喊来的时候,便知道这回自己真的玩儿悬啦,父母离婚后已有十几年不见面了,这是"遗体告别"来了。

住院好几个月,不只诊断出胸膜炎积水,还确诊了风湿性心脏病,主动脉闭锁不全,二尖瓣狭窄,也不知道这么多病何时找上门来的。一度很消沉,万念俱灰,自己才十八岁,如何度过余生……医生们来查房时都埋怨我为何不早治,说心脏瓣膜是不可逆转的机械性病变,无药可医,说不能干体力劳动,不能感冒,不能大喜大悲,不能生孩子……生孩子还很遥远,我还不懂得对于女人来说意味着什么。

出院以后,我难以适应需在高梯上爬上爬下的绘景工作了,剧院领导调我去当服装设计助理。我很喜欢为各种各样的剧中人物设计服装,生活又阳光灿烂啦!

7

我和先生是经人介绍认识的,没浪漫过。根据医嘱我有言在先不能生孩子,他表示不介意。日后回想起来似乎我俩都是嘴上说说而已,都没往心里去,结果就怀孕啦!

产期临近我才害怕了,担心过不了这道关。阵痛发作我就忙慌慌地要去医院,妈妈说不忙,煮了六个鸡蛋,又拿出六块槽子糕,说:"六六大顺!生孩子说不定要耗费好长时间,多吃点有劲儿。"

我一股脑都吞了下去,临走妈妈又塞给我一大板巧克力,让我到产床上再增加一下能量。

那年头儿没有出租车更没有私家车。先生骑自行车驮着我去产院。路上阵痛发作,蹲在马路牙子上歇一会儿再上车,就这么走走停停,到了产院急诊室医生一检查立即高呼:"骨缝开全——立刻接生——风心病产妇——"

"风心病产妇——""风心病产妇——"护士们一位传一位向里面喊话,就像电视剧里太监们一个个高喊"老佛爷驾到"似的。她们用床车把我推到产房时,只见有人在开氧气管子,有人给心脏科医生打电话要求支援,那阵势真把我吓坏了。这回玩儿悬的不止我一个人,还有孩子……一股前所未有的母性的悲伤击倒了我,不由得落下泪来。助产士训斥:"哭什么,使劲儿呀!别怕疼,使劲儿!"

一阵又一阵剧烈的腰酸袭来,我龇牙咧嘴地喊叫:"不疼呀,腰酸,酸……"

助产士宽慰道:"知足吧!腰酸太幸运啦,几百个产妇里也赶不上一个不喊疼,只是腰酸的!"

顺顺当当生下来个七斤重的胖闺女,我这才想起来忘了吃巧克力啦!临下产床时我向助产士们表示感谢,回身去枕头底下找出巧克力。她们笑道:"这还风心病产妇呢!"

到了产后病房住下来,刚才平复的焦虑又被打破了。就在我的邻床,一位风心病产妇因心力衰竭死在了我身旁,吓得我魂飞魄散。

我们夫妻二人决定只此一回下不为例了,千万不能再玩儿悬了。不料,女儿才七个月尚在哺乳期我又意外怀孕了,当机立断去做掉。

紧接着在我身上发生了第二次"灵异事件"。

决定做人工流产的那天正巧是中秋节。婆婆抹着眼泪说:"今儿过个团圆节,明天再去……吧!"

月圆之夜我做了个梦,清清楚楚看见一个男婴躺在床上小脚丫又蹬又踹……天亮了去医院,事情却发生了逆转。当年的医护人员责任心强,做手术前又做了一次检验,化验单子却显示的是阴性,没有怀孕。我们夫妻俩喜出望外回了家。那年我已是剧院编剧,正跟随创作组在农村体验生活收集素材,尽快回了农村。国庆节以后我却发生了妊娠呕吐,但此时我已有了上次分娩经验,决定再一次玩儿悬,因为忘不了中秋节之夜"来"家的那个男婴。

果然又一次有惊无险,我仅凭腰酸就生了个七斤八两的胖小子。取名悦,与月同音。

人们相信命运,因为有些事永远也无法解释。我怎么也闹不明白,当年为什么第一次做孕检明明是阳性,怎么临到手术了又变成阴性了呢?还是姥姥有先见之明:俺行婴福大命大造化大,什么都不用怕,有天爷爷地奶奶接着呢!

每当看到影视剧里产妇要死要活的表演我就想笑,谁说生孩子一定会疼呀?就是疼也疼不到那种夸张的地步呀!自远古以来,女人生孩子若都是那么九死一生的,人类早就灭绝了。下崽是雌性动物的本能,照我看老辈子传下来的"鬼门关上走一遭"之说对孕妇形成的心理暗示,才加重了产妇分娩时的疼痛感。又哭又闹大喊大叫,分散了精力,哪还有力气生孩子呢,分娩过程那不就更困难了吗?

8

心脏病成了我人生的旅伴,两个坏了的瓣膜时常消极怠工。人体的心脏好比汽车的发动机,我这辆破车里发动机的主要零件坏了,却还能蹒跚爬行,全仗着少年时热爱体育,身体底子好。再加上我这人大大咧咧没心没肺的,胃口又好,吃嘛嘛香。我的工作相对轻松,自打一九七五年当编剧时就没坐班,写作概因有兴趣,不觉得是苦活,从来不熬夜。倘若没有上述因素,很多风湿性心脏病人都能长寿。

光阴似箭,到了二〇〇九年冬天,我这辆开了六十五年的破车终于抛锚了——心力衰竭。市委宣传部肖部长请来天津所有的心脏科专家会诊,一致诊断为必须立刻做手术。医学发展得真快呀,四十多年前心脏手术还是禁区,多亏了我能够熬到现在,医生都说这已经是"很成熟"的手术了。

不过对我来说这毕竟是开胸剖心啊!这回可不只是玩儿悬啊,是真悬啦!最初几天吓得我寝食难安,很快地就心存侥幸了。因为三家医院的大专家都抢着给我做手术,我便知道他们有把握,为了他们自己在医学界的专业声誉,他们也不会叫我死在手术台上。

不知医生施了什么魔法,手术前夜晚饭后我就迷糊了,对于后来发生的事情全无记忆。术后住院康复期间我问主刀医生:"听说得把我的肋骨锯开?"

"是啊,不打开肋骨怎么摸到心脏呢?"

"听说您还把我的心脏给拿到外面来了?"

"是啊,不拿出来怎么换上两个人工瓣膜呢?"

"那好几个钟头我怎么活呀?"

"靠血液循环机、呼吸机、氧气机……"

"心脏放回去以后要是不跳动怎么办呢？"

"电击，有起搏器，各种保障设备。"

"电击？天哪——"

虽说这已是事后聊天了，但我久久难消后怕，心想这回可不只是玩儿悬，真的是鬼门关上走一遭了。

9

打二十世纪六十年代去医院看病，医生用听诊器检查了我的心脏以后就问："你是怎么来的呀？"我回答骑自行车来的，医生惊讶："你还能骑车呀？"后来的医生听说我生了两个孩子，也都露出不可思议的神情。假如他们知道了我还有各式各样的玩儿悬，一定会惊掉下巴。

八十年代，我参加了中国青年出版社《青年文学》在旅顺举办的笔会，不是玩玩闹闹那种，而是会期一个月真刀真枪写作品。中途举办方带领大家去大连老虎滩游玩。海边有个石洞，进入里面往外一看，那真是别有洞天，一波又一波海浪亲吻着形态各异的礁石，景色太美啦！我发现浅滩上有一串石头，踏过去即可站到对面崖壁跟前照相留念，便把相机交予会友请他给我拍照。

我跳过一块块石头来到对面，右手扶着崖壁左手叉腰，挺胸收腹摆好姿势，会友举起照相机刚要拍照，忽然一阵滔天巨浪扑了过来，把我砸在了下面。

石洞里的人们一齐惊叫起来，以为这下子我一定会被巨浪卷走了。岂料恶浪退走后，被浇成落汤鸡的我仍然站在崖壁跟前摆着神气的姿势呢！不仅岿然不动，我还朝会友喊："拍上没有哇？"

会友们个个面色如土，招手叫我回去。回到山洞再往刚才的方向仔细观察，待到又一波大浪扑来时发现水墙砸向崖壁上方，又被岩壁弹回了大海，只在我站立之处短暂形成孙悟空住的水帘洞式的空间，所以并未把我卷走。我正巧属猴，这回算是领略了什么是水帘洞了。

在返回旅顺的汽车上，中青社的编辑们仍感后怕：悬，太悬啦！我却只是惋惜，惊慌之下会友没按镜头快门。

10

我这个不会游泳的人还和海水有过一次亲密接触，那一回也够玩儿悬的。有一年我跟着一个作家采风团去海南某海军基地体验生活，大家听说要登上军舰都很兴奋。哪知到了海边一看,军舰停泊在很远的海面上,必须搭乘几条小木船才能靠近军舰。那天风浪不小,每条木船上都有两个渔民驾驶,他俩连扶带拽地帮我们上了船。

刚一上船我就后悔了,船身剧烈地颠簸着,从来没坐过海船的我一下子就撑不住了,头昏脑涨直想呕吐,死死地抓住船帮不敢动弹。小船在海浪中行驶不仅左右摇晃,还迎着波涌上下起伏,把你忽而抛向空中忽而摔下深渊。虽说咱自幼胆儿大,可那都是在旱地儿上呀,因有心脏病又从未学过游泳,吓得只顾哆嗦了。

好容易到了军舰跟前一看就傻眼了——船舷上垂下来一挂用绳子扎的软梯!仰望足有三层楼高的舰体,凭我这颗破损的小心脏要攀着软梯爬上去?别说是我了,那些男作家也面露怯色。

两位海军战士顺着软梯猴子似的跳到小木船上,接过了我的衣物、挎包和照相机,悉心指导:"先仔细观察海浪,等浪头低下去的时候渔船会靠近大船,那时您要准确地抓住软梯。注意!浪头高起来的时候两船就会分开,假如此时起跳就会掉海里了,即使会游泳,浪头下降两船合拢也会挤死人!"

啊?!掉下去就没命啦……我绝望地想着,尝试了几次都不敢去抓那软梯。这时从舰上又下来一位战士,攀在绳子上向我伸出了手:"我喊上,您就上!别低头,别看海水,看着我,上!"

神差鬼使我自己都不知道怎么上的软梯,小战士有力的大手拉住我,我双手死死抓着绳索,腿脚打战不敢动弹,贴近了仰望舰顶显得更高了……那一刻我想起了自己小时候爬房上树的光荣历史,长大了怎么成熊包了?反正是没有退路了,爬!

可能因为军舰分量重,舰身只是轻微摇晃,参观、座谈都很顺利,但我心里一直忐忑不安,愁头如何下船。

果然,从军舰上回到小渔船的方式更可怕了,虽然还有那几位海军战士护驾,但他们教给的办法太吓人了。送行的舰长接过我的挎包和照相机,像抛篮球似的抛给攀在梯绳上的战士,那位战士又选择"海浪低头两船靠拢"之际传给在渔船上接应的战士。当我硬着头皮溜下软梯时,战士又教我怎么跳。

跳?跳海?!

可能他觉得我朽木不可雕,干脆又说:"还跟上来时一样啊,我说跳,您就跳。口令:跳!"

他下了两次口令,我都不敢跳。直到小船上的战士像接小孩子似的张开双臂:"有我接着,跳!"

撒手闭眼,竟不偏不倚落到渔船上……当小船终于送我们上岸时,我瘫在了海滩上,继而俯下身把脸贴近沙土。亲吻土地,原先我以为那只是影视剧里才会出现的镜头。

我又想起了小时候姥姥的名言:什么都不用怕,有天爷爷地奶奶护着呢!敢情这龙王爷爷可不是善茬儿,如此这般护着你可太玩儿悬啦!

11

我的冒险生涯不仅在国内玩儿悬,也玩到了国外。

一九八八年我这个不懂外语的人独自坐火车从德国赴奥地利,维也纳那边会有汉学家接站。我已带足了吃的喝的,途中不用与人打交道,这还有什么问题呢?在慕尼黑送站的华人朋友仍然不放心,向月台上一位铁路职员询问这趟车是否直达维也纳,答曰:"到了边境这节车厢要被甩下,往前走两节车厢才能到维也纳。"

我赶忙向前方转移了两节车厢,一路无话。列车到达萨尔斯堡时旅客们都走光了,我也没在意,这里是边境,估计下车的全是德国人。中午时分,我把长椅拉开躺倒休息。这一站停车时间特别长,我心里正觉奇怪,忽有警察叩门,客气地咕噜了一串德语。我一句也听不懂,只好拿出车票,他摇头示意我下车。我当然不肯,出示护照,他仍然比画下车的手势,我生气地嚷嚷:"维也纳! 维也纳!"

他不由分说提起我的箱子就走,我只好抓起零散物品随他下车。来到月台上,他一溜儿小跑就往前奔,我感到莫明其妙,只好追着他跑。来到一节车厢跟前,他把箱子送上车厢,跳下车往里一指:"维也纳!"此时火车已缓缓启动,我急忙上了车,这才明白是我坐错车厢了,谢谢! 不对,桑可油! 也不对,德语的谢谢怎么说来着? 当 K! 当 K……

坐下后凭窗而望,我发现那台来自慕尼黑的火车头正在另一条铁轨上往回开,这才知道刚才真悬了。在慕尼黑车站月台上我就见过那位金发司机,估计在边境换了奥地利的火车头,也就是说慕尼黑车站那位职工给我们指错了方向,害得我险些误了行程。一旦在边境滞留,维也纳汉学家接不到我,我一个人语言不通流落边境山区小站,那可就惨了。

12

一九九六年,我找市政府申请到一笔不多的经费,带着三位年轻作家出访,计划途经香港赴新加坡、马来西亚,最后抵达澳大利亚。以前我都是跟着中国作家协会出访，北京有人给办理护照签证诸事，自己从来没操过心。这一次靠我们自己办理，几个人都不识英文，拿到签证时也未细看。前半程旅途很顺利，在吉隆坡机场登机飞澳大利亚时却出了意料不到的事——出境时行李都搬到传送带上运进去了，又被退了回来。航空公司职员验看我们的护照以后扔到柜台上："几位的签证过期了。"

"怎么会过期了？"我吃惊地表示，"我们出国时新办理的手续呀！"

那位华人职员打开一本护照说："您看看上面的日子！"

护照上的英文我也不认识呀，端详了好一会儿才看懂几个从右向左排列的阿拉伯数字，按照上面限定的日期我们早该离开澳大利亚回国了。毛病出在哪里呢？莫非天津相关方面写错了？我只好央求那位先生："您就放我们上飞机吧，到了悉尼我们再补办。"

他回答得斩钉截铁："那怎么可能呢？即使我们放行，澳大利亚也不许你们入境呀！可能您还不清楚你们的危险处境，几位已经在我们马来西亚超期滞留了，法律规定现在我就应该通知警局，送你们去坐移民监狱的！看样子你们不是故意的，快去想想办法吧！"

我千恩万谢地告别他，退到大厅中央手足无措。三位年轻作家哪里经历过这种事，听说要去坐移民监狱，个个面色如土。傻站着也不是法子呀，我只好叮嘱他们看好行李，自己找个地方想想对策，漫无目的地走出航站楼溜达，望着陌生的热带风光一筹莫展。

忽然，我发现停车场上一辆黑色小轿车前窗旁边飘着一面小小的五星红旗，立刻穿过马路凑了过去。只见驾驶座上坐着一位衣衫整洁戴着白手套的司机，打开车门乘凉，肯定是中国大使馆的车，来接客人或者送客人的。我便上前搭讪："您是北京来的吗？"

在异国他乡听到北方口音他很高兴："是啊！您也是北京人？"

"我是天津人。"

"那您的普通话说得怎么这么好呢？"

"天津在党政机关文化单位工作的人都说普通话。"

我便自报家门，不仅出示护照，还拿出了全国人大代表证，说了我们的遭遇，询问他咱们使馆的地址、文化处的电话、文化参赞的姓名等等，他一五一十说了个详细。我做了记录又拜托他回去把我们的事情向使馆负责人汇报，明天上午我们去使馆拜访……

我们四个人乘坐出租车又回到告别不久的旅馆，旅馆老板惊讶万分。转天一早我们就去了大使馆，文化处的同志倒是很热情，但是对于尽快帮忙去马方和澳方相关部门办理延长签证日期这种事面呈难色。此时我想起了老朋友李肇星,急忙翻阅电话本,找到了他的电话号码。那年头儿人类尚未发明手机只有座机电话,我只好向文化处同志求助:"能借用一下您这儿的电话吗?我给李肇星打个电话。"

"谁?我们部长?"

"是啊,我们是老朋友。"

"打吧!请——"

拨了电话号码你猜怎么着,恰巧是李肇星本人接的。他可是个满世界飞的人呀,恰巧此时在北京,恰巧没出去参加外交活动,恰巧没去客厅会议室什么的,而是坐在办公室等着我的电话呢!这还没算上两地相隔的时间差!真要感恩苍天保佑!

我说了自己身处险境之后,李肇星幽默地说:"你的意思是叫我飞过去救你?"

我笑道:"部长大人就甭来了,给贵部下打个电话就行啦!"

后面的故事当然是喜剧结局啦!大使馆发出外交照会,派出汽车和文化官员,冒着倾盆大雨带着我们找马方和澳方协商,跑了一个衙门又一个衙门。影视剧里不是"戏不够风雨凑"嘛,谁想到热带的暴风雨真的这么会凑热闹!

第三天上午,阳光明媚,我们坐在澳航机舱里冲上云霄奔向悉尼。仰望蔚蓝的天空,再俯瞰蔚蓝的大海,我忽然又回忆起幼时姥姥说的话:俺行婴福大命大造化大,什么都不用怕,有天爷爷地奶奶护着呢……

13

凭着这股自信与达观,二〇〇五年,六十一岁的我又去闯荡美利坚了。采访目的是寻找曾在天津生活的老侨民或其后代,请他们讲述在中国的亲身经历。如今那些高龄老人散居于美国各地,寻找起来十分困难。我一直想完成这个文化抢救项目,经费拮据一拖再拖。

机会终于来了,中国作家协会组织了作家访美团,可以帮我节省国际往返机票费用。经过提前策划,儿子刘悦赶在作家访问团回国那天飞抵洛杉矶。吃一堑,长一智,这一次我再三拜托中国作协外事处帮我延长了签证日期。刘悦是学英语的,提前办理了国际驾照,到了美国租了一辆越野吉普车接上我,我们母子日夜兼程在美国跑了一万多公里。

一路虽艰险,比起丰富的收获来自不在话下。辗转十几个州都无甚大磕绊,不料到了最后一站纽约,却玩儿悬啦!

我们从康奈尔大学驱车去纽约,雪后山路十分难走,到了纽约天色已晚。

不巧那天是周末,越接近市区汽车越拥挤,堵成了瞎疙瘩。在我们中国人还没敢做"小汽车梦"的时候,美国人就早已经是"汽车上的民族"了,这一回我算是领教了什么是真正的"上下班高峰"了,六车道的宽马路塞了个水泄不通。当我们随着车流上了著名的白石桥时可不得了了,双向车龙竟然都在桥上动弹不得了。密密匝匝的汽车挤成沙丁鱼罐头,马达轰鸣,震耳欲聋,车身抖动,铁桥震颤,我这颗小心脏顿时跟着房颤(即病症"心房颤动")厉害了。我问儿子:"这桥经得住这么多汽车同频共振吗?"

儿子一脸坦然:"放心吧,这桥一百多年了,从来没听说被汽车压塌过。"

"一百年前设计承重极限时,有这么多汽车吗?"

"您就甭替人家美国人操心啦!看这个堵法儿,一时半会儿通不了,睡一会儿吧!"

"睡觉?咱这是悬在海上呢……"

当我们终于随着车河下桥后,却发现被挤在"河心"根本无法左拐或右拐,刘悦想和纽约的朋友联系也无法停车,只能"顺流狂奔",奔向哪里全然不知。好容易来到了一片开阔地,车流分散了,他靠边停车,这才能够和纽约的朋友联系,朋友说我们离他家已经很远了。听说我们没有预订旅馆,朋友说纽约正在举办一个什么大型国际活动,市区旅馆都客满了,只能去郊区寻找。

刘悦原想到了纽约再买地图的,这下子盲人骑瞎马了。我们不预订旅馆是出于采访的需要,那些被采访的老侨民常常介绍新的人脉线索,收集史料会像滚雪球一般扩大,因此不断改变行程。跑遍全美我们都是昼行夜宿,随机在高速公路旁找一家汽车旅馆栖身。从康奈尔大学冒雪下山,早已饥肠辘辘,先找个饭馆填饱肚子吧……

用罢晚餐回到车上,我们又本着随遇而安的心态驱车驶向郊区寻找旅馆,不料新的危险在前方蛰伏。

夜深了,街上空无一人,只见路旁房舍越来越低矮,灯光越来越暗。几家门窗里有人影晃动,也有人趴在窗口瞅我们。我小声提醒儿子:"有人……"

"我已经发现了。"刘悦提高车速,离开了那片贫民区。

越怕事儿越来事儿,油箱里没油了!可不嘛,跑了好几百公里了,原计划就是到纽约来加油的。我们只好又循着灯光找加油站,夜里加油站永远是最亮的地方。好容易找到了,加满油,刘悦发现有两辆汽车分别从两个入口同时驶入加油站,车上坐着好几个黑人。幸亏后门方向还有一个出口,他迅速上车关上门就冲了出去,吓了我一跳。我问怎么啦,他让我朝后看,我看到那几个黑人停留在原地,便说:"他们没追上来,不一定有恶意。"

刘悦仍未减速:"咱租的这辆车好,他们那破车追不上,也就不追了。大半夜的两辆车同时堵住两边口儿,这可是在黑人社区,不能不防。要是我一个人还好说,带着老娘,不得不小心,真要出了事我顾哪一头儿?"

经他这么一说,我这才觉出刚才还真有点玩儿悬了。要是还没加油,要是我下车散步,那可就完啦!刚才我想下车看看周围的夜景,被儿子制止,还叫我锁上后车门,看来我欠缺安全意识。

汽车盲目地飞驰,前方越来越空旷。我打开车窗透透气,嗅出右侧脸颊吹来的风中有一股腥味,便提醒儿子:"海腥味儿!这是海边大道哇,不能再往前走了,纽约在身后。"

工夫不大,遇见两个人倚在汽车旁聊天,刘悦这才敢下车问路。两人很客气,从车里拿来地图铺在车头上,做了详细讲解和指引。我们按照他俩指引的方向终于找到一家旅馆,此地离纽约已有二三十公里了。

14

说起沾老外的往事,还有两回挺玩儿悬的,而且还都有些"灵异"色彩。

当年刘悦曾在旅行社做英语业务,有一回接待了四位德国客人,其中一位老先生很早就梦想去新疆,所以他们的旅行目的地是喀什。刘悦作为"主接"陪他们在北京玩了几天,送他们登上了飞往新疆的航班。新疆那边有"地接"去机场迎接他们,这是有合作关系的异地旅行社接待小批游客的惯常方式。儿子从北京回来时只当说闲话儿跟我提了一句,说有四位德国游客去喀什了。听说客人并不来天津,我也没当一回事。

几天后的夜里我做了个梦,梦见那四个老外当中有一个人死在喀什了。跟老伴念叨,老伴讥笑道:"你这不是瞎操心吗?"

转天上午我出去办事,回家发现爷儿俩的脸色都黄黄的不吭声,便问怎么啦。儿子说:"喀什那边来信儿了,真有一位老先生去世了,心肌梗塞,拉到医院没抢救过来……"

啊?!这是怎么一回事呢?那几个老外我见都没见过,怎么会做如此准确的梦呢……

我问:"客人提什么条件了吗?你需要担责任吗?"

儿子说:"德国人挺通情达理的。听说通知死者家属了,家属说他早就有心脏病,早就想去新疆,或许他去寻找自己的归宿了。"

我不由得想到自己的小心脏,那两个人工瓣膜已经工作了快十五年了,过了"保质期",归宿……转念一想,能做这种"大仙"似的梦,看来我还真有点儿"仙气儿"呢,还未到"归宿"时刻!

15

说到"仙气儿",我还办了一件"仙"事。

二十多年前我创办了"近代天津博物馆",以研究陈列旧"九国租界"历史文化遗存为特色,又称"天津小洋楼大全"。布置展览时我们遇上了一大难题:一般博物馆没有窗子,全靠灯光效果营造历史氛围,但小馆展厅有许多窗户,阳光照射贼亮贼亮的,这可怎么办呢?怎么处理这些窗子呢?用板子封上?太可惜了。挂帘子?冒穷气还容易失火。万般无奈中我忽有"仙来之笔"——想起西方古老教堂的花玻璃窗,如果把天津各式各样的小洋楼用彩色玻璃人工镶嵌工艺镶到窗子上,那可太棒啦!

实施过程的艰难,那就甭提了!如今成为小馆一大亮点,这是一门由阳光参加创作的艺术,只靠自然光照就绚丽多彩、美轮美奂。

小馆的展陈内容和艺术特色很受老外们欢迎,经常有外国人来参观,因此也和北京的国际学校建立了合作关系,几乎每年国际学校师生都来参观。他们提出了一个要求,希望让外国孩子尝到真正有中国民间家常味儿的饺子。

这个小小要求看似简单,实现起来却很难。刘悦先去找了天津著名的"百饺园"饭庄,人家一听六七十个外国孩子占了中午的餐桌,只吃饺子不上酒菜,不接这种利润低还耽误大买卖的订餐。他又找了几家餐馆,人家也都不愿意接。再说,就是接,馆子里的饺子油太大,靠味精、鸡精,也做不出"真正民间家常味儿"来呀!

我这人一向胆儿肥,一拍胸脯大包大揽:"不就是包饺子嘛,看咱们的!"

我找了几位爱干净的麻利大妈,每人自带围裙、擀面棍儿、饺子板儿。让馆里司机提前去菜市预订好菜好肉,让馆里大学生们择菜洗菜切菜剁馅,让炊事员头一天下午就和好了面……听说小客人中有穆斯林,我们还特意去天津西北角回民社区买来上好的牛肉馅羊肉馅。为了保证肉的质量,都是买了整块的肉看着卖家当场绞成肉馅……听说客人中有素食主义者,我们还特意准备了素馅……

一切顺利进行。不料,当二楼展厅响起外国孩子们的欢声笑语时,我在楼下却遭到了晴天霹雳——有人报信,天然气公司通知今天因检修设备停气半日,十一点半准时供气。

大家都相信天然气公司,没有当一回事,只有我让一口"仙气儿"梗住了。不行,绝对不能玩儿悬!万一到了钟点不来气儿,让六七十个外国师生饿肚子,现租大轿子车拉着客人们出去找饭店也来不及呀!外事无小事,那可就闹大笑话了!

我竭力冷静下来寻思应对措施,忽然想起后胡同僻静无人,馆里有砖和废木头,可以搭建临时灶台备用。大家都讥笑我的担忧,但我倚老卖老执意独断专行,他们本着尊老的态度不情愿地去搬砖抱木柴,搭起两座灶台。

还有一道难题无法解决,从楼里出了院子拐进一条前面的胡同才能到达后胡同,在那里煮熟了的饺子绕那么一大圈儿端到二楼不都凉透了吗?此时我想到厨房餐厅和后胡同仅有一墙之隔,只是窗子上的不锈钢护栏给封死了。我便让电工取来气焊机把护栏给切开……

大家都用异样的眼神瞅着我,暗地里一定觉得这老太太疯了……

你猜怎么着,还真叫我这乌鸦嘴给说中了!六种馅的饺子都包完了,楼上的外国孩子学习中国画也下课了,时钟到了十一点半,没来气儿!十二点钟,还没来气儿!等到十二点半,仍旧没气儿!后来的事情是那天一直到下午一点半,供气才姗姗来迟。

幸亏我早就让炊事员刷干净两口大蒸锅,在后胡同土灶台上烧开了两大锅水候着了。馆里所有的男职工都去后胡同当火头军了,少爷们哪里会烧灶火呀,有人还烫伤了手指头。

煮饺子啦——

一盘一盘热气腾腾的饺子从窗口递进来,每盘边上都有纸条写着是什么馅儿的。女孩子们端到二楼大厅。翻译们一一报了哪种馅儿的,爱吃的孩子谁举手就送到谁桌前……

好吃!真好吃!汉语的谢谢!英语的谢谢!法语的谢谢!德语的谢谢!阿拉伯语的谢谢……

圆满成功。

小客人们走后,大家对我算是服了:"要不是您坚持,今儿个这件事真玩儿悬啦!"

儿子问我:"莫非您真能料事如神?"

我说:"这就叫老马识途,出于对国有垄断企业的了解,我知道必须有备无患。人生在世,有些悬儿玩儿得,有些悬儿玩儿不得!这种失误的责任咱担不起,想要万无一失不能靠别人,只能靠自己。"

16

人生苦短,白驹过隙,眨眼间我已经 80 岁了。

女儿、儿子早就像鸟儿一般飞出去了,我们成了一对"空巢老人"。多亏有老伴相伴说说话儿,不过那些陈芝麻烂谷子的老话儿复述多少遍了,没新词儿了。

有一天我忽然说道:"姥姥说她不想我,叫我别急着去找她……"

老伴听了这句没头没尾的话,疑惑地问:"你是说……海伦的姥姥?"

孙女名叫海伦,三年前就飞去德国了。天津风俗爱比着孩子称呼其长辈,例如应该称"孩子的爷爷",却省略了前三个字,只称呼"爷爷"。所以,海伦的姥姥即是我们的亲家太太。姻亲只是一种法律关系,提人家亲家母干啥?

我正儿八经地纠正道:"我的姥姥!"

"你姥姥?若是活着应该一百二十多岁了吧?"老伴投来异样的眼神,"又做你那'大仙儿'梦儿了吧?"

"没做梦。只是寻思着,姥姥一定会这么说……"

老伴挖苦道:"我看你住在城市太屈才啦!应该到大兴安岭深处,北极村呀,伊图里河呀,鄂伦春呀,鄂温克呀,去那里跳大神儿!"

遭到讥讽,不知为何我突然想起来楼下那块非洲木雕好久没擦拭了,忙不迭地转身就下楼。

老伴追到楼梯口叮嘱:"下楼小心,拽着扶手,看准了脚底台阶……可不敢再玩儿悬啦!"

我信誓旦旦:"不敢了,不敢了,再也不敢啦……"

(原载于《中国作家·纪实版》2024 年第 5 期)

成昆线上（节选）

陈　果

利子依达之殇

除了车站,成昆线全程一股道。相对而行的列车,在就近的车站会让。

1981 年 7 月 9 日,由成都开往金江站(1991 年扩能改造后更名为攀枝花站)的 211 次列车通过后,位于甘洛县的尼日车站值班员陈朝富向由格里坪站(属攀枝花,2008 年停止办理客运业务)开往成都的 442 次列车发出通行信号。

凌晨 1 时 41 分,442 次列车正点发出。回到运转室,陈朝富向前方站乌斯河报点。然而,他刚拿起话筒,头顶上的白炽灯,突然熄了。

"442"走的是下坡路。右侧山高且陡,左侧路基下方,大渡河汹涌澎湃。陈朝富心中,隐隐生起不安。

"211"刚刚还毫发无损地开过去了。虽是如此安慰自己,陈朝富仍将情况向西昌分局行车调度做了报告。

瓢泼大雨说来就来,442 次列车本务司机王明儒的手,本能地握紧闸把。这天闹肚子,他揣着病假条出乘。客观上的风险,须用主观上的警觉化解。

列车呼啸着钻进曲线半径一千米的乃乃包隧道。每到汛期,隧道出口,垂直于成昆铁路的利子依达沟,看起来总不怀好意。王明儒的手,将闸把握得更紧。

西昌铁路分局运转室资料库中,运行记录簿上记载着王明儒 1971 年的五次撂闸。6 月 30 日,王明儒驾车牵引一千六百吨货物驶往成都方向。通过夹江站,按信号驶入正线时,发现一老一少两个人立于道心,王明儒紧急采取制动措施,避免了伤亡发生。两个月后,沙河堡,当火车停稳在两米开外,在道心玩耍的四个小孩已是魂飞魄散。11 月 24 日、12 月 14 日、12 月 27 日,王明儒又是三次撂下闸把,三次化险为夷。

再过一分钟,列车就将经过利子依达大桥。前照灯射出的光柱狠狠撞击洞壁,似乎想凿出洞来,使车身由蜷曲变得舒展。注定是徒劳,王明儒的目光和弯曲在车灯下的铁轨一样,被压缩成动态更新的三四十米。

十三节车厢,前两节是行李车和邮政车,11 号到 2 号车厢搭载旅客,尾部的 1 号车厢是宿营车。手里掌控着一千多个人的安危,王明儒不敢有丝毫懈怠。

离出洞还有八秒钟,王明儒一把撅下死闸!

撅闸,相当于汽车刹车。撅下死闸,就是将刹车一踩到底。

睡梦中的运转车长吴光寿,听到尖厉哨声的同时被掀倒在地上。嘈杂的哭喊声中,吴光寿回过神来,推他下床的不是手,是车轮对撅闸的反抗,哨声也不是哨声,是被削掉一层皮肉的铁轨,在歇斯底里地嚎叫!

时针指向 1 时 49 分。吴光寿忍痛起身下车,提着信号灯赶往车头方向。

一股咸腥味从洞口扑进吴光寿的鼻腔。担心的事果然发生了:暴雨引发的泥石流,冲出了利子依达沟!

桥肯定是撞上了。车撞上没?吴光寿不敢多想。

临出隧道,眼前一幕,惊得吴光寿合不拢嘴。一百二十六米长的利子依达桥,2 号墩不见了,路枕、铁轨不见了。一起消失的,还有机车、补机、行李车、邮政车!

灾难的面目如此狰狞:11 号车厢掉进大渡河,一半车身没入水中;10 号、9 号车厢趴在护坡上面,8 号车厢一半搭在路基,一半悬空。

哭喊声,如蒸腾的水汽从四周升起。三十三岁的吴光寿脑子一片空白,直到列车长米发荣冲他大喊:"救人要紧,快去请求支援!"

通话柱在过不去的河对岸,吴光寿只能沿着铁道线跑去尼日站。成都电话打不通,又打到西昌,再从昆明、西安、郑州绕了一大圈,消息才传到成都,传到北京。

10 号、9 号车厢救援难度最大。窗帘、被褥、枕头、菜油、箩筐、高粱扫把燃起的火光中,米发荣组织十六名轮班列车员立即展开救援。

事发三十分钟后,乌斯河电务领工区七名职工和大渡河乌斯河铁路桥南岸八名守桥战士不令而行,赶到现场。眼见 11 号车厢被河水包围,他们争先恐后钻了进去。车体变形,河水漫灌,寻找、转运伤员窒碍难行。成功营救出五个旅客后,救援不得不告一段落——车厢被激流推入河心,消失不见。

更多救援力量从南北两路向利子依达挺进。成都铁路局、西昌铁路分局的救援车全速前进,甘洛驻军和当地群众一千多人连夜赶来。

战斗持续到天亮,灾难才像浮出水面的鳄鱼,暴露出可怖的面目。利子依达桥已成一具残骸,淤积的泥石抬高河床不下五米。巨石躺满沟谷、河滩、块头最大者两层楼高。一名列车长、四名司机,行李车上的两名行李员,11 号车厢上的两名列车员、上百名旅客同车体一同失踪,加上 9 号、10 号车厢死亡、失踪人员,泥石流夺走的生命,在二百四十人以上!

这是高悬于成昆铁路上方的达摩克利斯之剑最为凶残的一次出击。

这是中国铁路史上黑暗的一页。

在成昆线上干工务、管工务,天长日久,无论人在哪里,天上一打雷,睡眠的鸭子就算到了手,还是会被惊飞。时任西昌铁路分局副局长的施成效怕的不是雷,是雨。他怕暴雨和山体沆瀣一气,形成泥石流,怕假寐的孤石危岩睁眼,怕疯涨的河水暴露了得势不饶人的本性。

"十面埋伏,一触即发,不发则已,一发惊人。"成昆铁路建成之初,面对北段九十条泥石流沟,成昆人忧心忡忡。建成通车二十年间,无序采矿、过度采伐林木和未经审核的山地开垦,使这段路上的泥石流沟发展到三百一十五条,占全国铁路泥石流沟的三分之一。此外,北段有滑坡九十一处,危岩落石区段一百五十三个,河岸冲刷等病害八十七处。平均不到两公里,成昆线就有一处灾害隐患。

天空滑翔的鹰,早晚会俯冲偷袭。1971 年至 1989 年,西昌铁路分局管内被泥石流冲毁桥梁两座,淤埋车站九座,发生灾害二百五十五处、三百二十三次,颠覆列车五列。

在别人,数字就是数字,没有声音,没有画面感。而对施成效而言,是泥石流震耳欲聋的咆哮,是洪流过处的满目疮痍,是面目全非的路基、扭曲变形的钢轨,是前一秒谈笑风生、后一秒不复存在的生命。

1973 年,埃岱车站在泥石流中沦陷,站房被冲垮,线路被掩埋,两人不幸丧生。

次年,青杠站附近发生滑坡,列车颠覆,机车大破一台。

1980 年,沉睡的瓦底沟古滑坡突然苏醒,连发二十一次大滑坡,塌方两百万方,掩埋线路深达十四米,中断行车一千零七十一小时。同年,老虎嘴出口处,看守房被落石击中,五名看守工受伤,关村坝车站被巨石击穿房顶。

1985 年,冕山新铁村,崩塌的山体砸向铁道线,颠覆 953 次列车,机车大破一台,车厢大破八节、中破三节。

1987 年,勒古洛夺沟,六十万方泥石流掠过数道挡坝,淹没铁道,卷走多名道班工人。

……

每每向人讲起这些,施成效虽是语气凝重,倒也算得平静。毕竟过去了那么久,该激动的,都激动过了。他的平静却很难保持到最后,如同一个启动之前的滑坡体,虽然能保持一时平稳,终究经不起暴雨裹挟。

1988 年 7 月 20 日,那个惊心动魄的不眠之夜,就是这样一场突如其来的暴雨。

头晚就开始了。闪电在天空劈开一个又一个裂口,无法无天的雨,没完没了地下。

强光再次照彻天地。距离成都站二百二十六公里、昆明站八百七十四公里,地处乐山市峨边彝族自治县共和乡江峨村 2 组的共和车站运转室里,“轰隆隆”的雷声,持续震撼着值班员黄林元的耳膜。

共和原名“万玄”,背后是高山,面前是大河,左面是隧道,右面还是隧道。一到汛期,这个四等小站便腹背受敌,北侧后背的太平沟,一到雨季,老想惹是生非。

以往的无数次行动都被防守住了,这一晚,太平沟磨刀霍霍,却没轻举妄动。奔涌而下的洪水是它派出的小股“部队”,也是它掩饰下一步行动的伪装。出其不意,重拳出击,将“太平”二字砸得粉碎,才是它的真实意图。

下行的 541 次客车和上行的 1128 次货车将在共和站交会。准备工作就绪,墙上挂钟指向凌晨 2 时 9 分。

黄林元目送秒针走了两步,停电了。运转室连同车站信号灯,完全被夜色吞噬。

此时此刻,从杨漩站和峨边站开往共和站的 541 次客车和 1128 次货车正在区间行进。火车钻进鸭子池隧道,541 次客车司机刘正碧摇摇头,叹了一声:“这鬼天气!”

鸭子池隧道全长一千九百六十一米,隧道出口与车站相距一千九百零六米。刘正碧不知道,诡计多端的“敌人”,正在前方设伏。

“一道先引导 541 进站,二道后引导 1128 进站!”接到黄林元下达的指令,一号扳道员丁传敏的回复,声音里透着紧张:“线路上,流水很大,列车是不是可以进站?”

“有石头没?”黄林元也很谨慎。

“没。”

“有泥浆没?”

“没。”

“进站!”黄林元想,站里再怎么也要安全一些。

“敌人”大举进攻,大约就是此时。一时间,泥石俱下,草木皆兵,浩浩荡荡杀向成昆线,杀向共和站,杀向正向共和站靠近的客货列车!

泥石流的"先头部队"不费吹灰之力就堵死了泄洪涵洞,翻上铁道线路。桥隧工区工长罗怀水恰好巡线至此,他向同行的唐正芳发出指令:"用红灯把541拦在区间,不准进站!"

这时,黄林元也从闻声出查的助手尹明德那里得知险情,用对讲机呼叫刘正碧:"541不要进站,不要进站!"

雨幕和隧道曲线对无线信号都是巨大干扰,黄林元当然清楚。但是,万一听到了呢?哪怕只有万分之一的可能,他也不能放弃。

刘正碧那边,对讲机里的声音溃散了。机车灯光已抵近洞口,两分钟后,541次列车就要冲出隧道。

打着进站黄色信号的丁传敏在雨中狂奔。他哪知道,运转室下达的指令,从"进站"改为了"叫停"!

丁传敏还在狂奔,还在不停晃动黄色信号。风声、雷声、雨声和自己的脚步声、喘息声,淹没了身后追赶的唐正芳的喊声:"叫停,叫停!"

唐正芳的喊声,"三检"人员张万志听到了。张万志打亮红灯,也是边追边喊。

又一位"三检"人员陈树平,果断亮起红灯。

三个人追赶一个人,三盏红灯追赶一盏黄灯。如果现场可以回放,暴风雨中的共和站,四个人的赛跑,比世界上任何一场速度的比拼都要扣人心弦。

陈树平追上了丁传敏,红灯超过了黄灯。541次列车从隧道里探出头来的第三秒,眼疾手快的刘正碧果断按下"非常"!

一长串耀眼火花,盛放在骤然升温的钢轨上,盛放在冷雨腥风的夜里。

太平沟恼羞成怒,把怨气撒在了车站。

看守工江开芝这晚睡得沉,当一股不知来处的力量把她从床上高高抬起又重重抛下时,她以为地震来了。

泥石流冲垮了她的小屋,卷走了小屋里的她。

黑夜被闪电击穿,大地在战栗中怒吼。江开芝的身体不停翻滚,不受控制。洪峰越过道心,碾过一溜玉米地,直奔大渡河的歹心全无遮掩。身上衣物被全部卷走,江开芝接受了命运的安排,却被幸运之手推向一块巨石。暴雨如注,冲刷着紧紧抱着巨石的江开芝,冲走了不远处的库房和成堆木料。

死里逃生的还有三名工人、七名职工家属。太平沟倾泻的十万方泥石流,约一点五万方堆在进站口的三股铁道上。沟边两排住房全部被淤埋,这十个人,从屋顶凿出的通道里逃生。

石头被石头撞痛的哀鸣,不断从太平沟里传出。541必须马上后退,却又寸步难行——峨边至乌斯河已是暴雨带，泥石流沟、滑坡体围追堵截，到处亮起红灯。542、92、94 三列客车分别被困柏村、峨边、乌斯河，包括被及时拦停在共和站外的 1128 在内的数列货车，也在人工引导下临时停靠。

勉力退行至鸭子池隧道便无路可退的 541，面临着新的考验。两端隧道口成了水帘洞，新鲜空气进不来，机车的油烟、茶炉车的煤烟、车厢里的废气排不出，车厢成了蒸笼，成了一点就着的火药桶。时间推移，有老人呼吸困难，有婴儿"哇哇"大哭，有旅客破窗跳车……

黎明时分，搭载着成都铁路局党委书记刘德枢，西昌铁路分局党委书记吉史里土、副局长施成效的抢险指挥车一路疾驰驶向共和。在此之前，铁路职工和附近农民组成的上千人的队伍，展开了抢险救灾。

压上路面的泥石流长约一百二十米，宽八十多米，最厚处不下四米。阴沉沉的天空下，房屋的残骸，变形的铁轨，高耸的沙堆，高大的山石，腥膻中带着辛辣的气味，因水土流失变了颜色、变得深切的沟槽，无一不是赤裸裸的挑衅。

"有你老实的时候，不要得意太早！"这句话，施成效没有说出来。

雄心如酒，封得严整才好，才有劲道。

上下齐心，其利断金。

就说利子依达沟特大泥石流吧，事情发生的第二天消息就见诸新闻，当时距成昆铁路正式通车刚好十一年。

成昆铁路的守护者们，不服这口气。

抢险救援工作紧张而有序地展开。抢通利子依达便桥的方案也很快出来了。桥墩开挖第五天，半山上传来枪声。那些天降雨不断，气象台连发暴雨预警。枪声就是信号，信号准确及时，工人果断撤退，人员没有伤亡。然而，通宵达旦的心血，被洪水洗劫一空。

一而再的打击，可以破碎弱者的意志，也能铸牢强者的自尊。

电化工程段副段长黄克己收到老家传来的女儿溺亡的消息，一时肝肠寸断。施成效让他回去看上一眼，年过半百的他流着泪说："人死不能复生，但是倒下的桥迟一天站起，外国人就要多看我们一天笑话！"

钢排架只有十三米高，连接起来却有六公里长。置锥之地上，焊点多如牛毛，焊工们时而白鹤亮翅，时而金鸡独立，时而海底捞月，时而倒挂金钩，个个成了杂技演员。

利子依达便桥十五天通车，共和站抢通，比原计划提前五个小时。成昆人用钢铁般的意志写下誓言："我在成昆在，成昆在，我在！"

慷慨之下亦有隐忧。成昆线的忧患不仅是一个利子依达沟的问题,也不仅是一个太平沟的问题。1971 年至 1989 年,西昌铁路分局所辖线路共发生水害三百三十二次,中断行车三千六百四十小时。没有一整套科学严密的防御体系,各种灾害带来的威胁就无法从根本上破解。

　　干将、莫邪为楚王作剑,三年乃成。锻造足堪铲削达摩克利斯之剑的利刃,亦非一日之功。

　　立足于防,成昆铁路建成通车伊始,就成立了全路绝无仅有的特别工区,整治严重威胁铁路安全运行的孤石危岩。此外,还在沿线数百处滑坡、泥石流高风险地段设立看守点,以防来往列车撞在山体滑坡或是泥石流的枪口上。双管齐下的防御体系屡建奇功,施成效却也知道,面对更多风险隐患点,只有反守为攻,才能掌握主动权。

　　1987 年,铁道部工务局总工程师游进发率专家组深度考察了成昆线上十数条泥石流沟。一份强力整治成昆铁路泥石流沟的报告迅速出炉,“七五”期间,铁道部每年下拨二千万元整治专款。

　　首先开刀的是位于甘洛县境、沟口穿过凉红隧道成都端的勒古洛夺泥石流沟。勒古洛夺沟长十公里,支沟十九条。主沟穿过多处断层,岩石破碎,风化十分严重,崩塌、滑坡、岩堆、错落等不良地质现象不下二十处,沟内巨砾砾径最大十五米,松散固体物质总储量三点一二亿方。主沟沟岸陡峻,总落差一千四百五十米,每小时降雨量达到四十毫米,极易形成泥石流,严重威胁沟口铁路桥。甘洛县年降雨量最高达一千零四十三毫米,八成集中在雨季,勒古洛夺沟的泥石流多发频发且体量大。

　　在这之前,1983 年 3 月,西昌分局投资三十九点一万元,在桥位上游二百零五米处和四百零五米处建起两道拦渣坝。1985 年 12 月,分局再次投入三十九点五七万元,加固并增高 1 号、2 号坝,并在上游一千零六十米和一千五百五十三米处建起 3 号、4 号拦渣坝,在 4 号坝前二十米处增设一道四点六米的副坝,总计灌注混凝土四千五百方。

　　主打防守的拦渣坝功效如何,从它和对手的几次较量中不难窥见:1984 年 7 月 1 日,一场大规模泥石流被大坝拦截,淤满大坝;1986 年汛期,泥石流两次冲破围堵,冲入牛日河的泥石抬高了沟口河床;1987 年 6 月 5 日,六十多万方泥石流将牛日河拦腰斩断,殃及对面公路……

　　克敌制胜,需要一剑封喉。

　　何以为“剑”?

　　大型渡槽。

　　渡,让渡、引渡。槽,两边高起、中间凹下的流通渠道。借鉴李冰“遇湾截角,逢正抽心"的治水原理,在勒古洛夺沟临近沟底处、铁路桥上方兴建大型渡槽,将突破围堵的来犯之敌引入牛日河,思路早已有之,却一直因资金所限,停留于纸上谈兵。勒古洛夺沟治理被列入铁道部重点工程,施成效悬着的心终于放下。投资七百余万元,预定三年工期,由明洞、渡槽、导流槽、堵口坝及泄水涵洞五个部分组成的治理工程,提前一年完工。长三十五点一八米、宽四十五米、高十一米、槽底为两米厚钢轨钢筋防渗混凝土的勒古洛夺大型渡槽横空出世,任凭雨打雷劈,兀自岿然不动。

勒古洛夺大型渡槽,并非高倚擎天一剑孤。仅 1989 年,西昌铁路分局管内启动防洪工程一百五十七个,累计投资二千六百三十五万元。

利刃所指,恶龙降伏。

黑区沟沟口,铁路桥上方岩层风化,一块三百多方的鹰嘴形巨石,对七十米长的桥身虎视眈眈。乌斯河工务段工程队在岩壁上凿孔打桩,用钢筋混凝土铸起擎天柱,"老鹰"不再有机可乘。

白熊沟口,铁路桥上方拉起坚不可摧的钢筋网。距沟口数百米处,集疏、堵功能于一身的两道大坝如同铜墙铁壁,曾经岌岌可危的桥梁固若金汤。

尼日站附近,一座新建的百米棚洞,为经常遭受落石击打的铁道线戴起安全帽。

喜德站旁的马厂沟,工程技术人员经过十五个月施工,建起长四百四十七米、穿越泥石流沟底的隧道明洞和两个新桥墩。原线路从喜德2号大桥中部开始,以"S"形绕山脚铺设,行经马厂沟小桥。改建后,弃用马厂沟小桥,喜德2号大桥截弯取直,与新建成的隧道相连,隧道另一端——一百四十七米长的旧线横向拨移六米,与新线嫁接在了一起。"惹不起,躲得起",这一全国铁路史上罕见的避险工程,让马厂沟的泥石流,从此徒唤奈何。

咯嗦沟、布曲洛沟、瓦起洛沟、腊鹅沟、瓦洪沟……一个个暗藏危险的沟口,收敛戾气,不敢声张了。

管石头的人

戴启宽报名到成昆线,一开始没让妻子知道。女儿三岁,儿子一岁,他怕她不答应。

就要从内江拖家带口去尼日了。瞒不住了。

妻:"尼日在哪儿?"

夫:"成昆线上。"

妻:"去了干啥?"

夫:"和石头打交道,跟这里一样。"

妻:"既然一样,何必舍近求远?"

夫:"都不去,成昆线就会像外国人说的,成为一堆废铁。人不能只图安逸,要有事业心。"

那是1970年的事了。与成昆铁路开通运营同步,西昌铁路分局乌斯河工务段成立了孤石危岩工区,负责治理共和到南尔岗一百七十公里铁路沿线高山峡谷的危岩孤石。听说那里要招人,内江工务段的戴启宽报了名。

山之志在高,石之志在孤,岩之志在险。戴启宽之志,在登高、"托孤"、排险。

尼日是个夹皮沟,站房尚且摆得艰难,没法给职工安家留空间。一家四口总得有个落脚的地儿,戴启宽在斜坡上铲出一块平地,搭起一顶席棚。席棚小又矮,夏天是蒸笼,冬天是冰窟,遇雨秒变水帘洞,遇上刮大风,棚顶会"放了风筝"。风筝还可居高望远,窝在棚中,一年到头能见到的人,把站上二三十个加起来也难凑上半百。生活上的落差,味蕾体会也深。内江别称"甜城",不缺蔬菜水果。尼日除了土豆,不产别的蔬菜,干酸菜煮的土豆汤年头喝到年尾,漂在汤面的油星,一粒粒数得清。

群山阔,像海。孤石危岩多,像海里的鱼。多归多,海里的鱼,特别是深海里的,轻易不能抓到。尤其体积又大、攻击性又强的鲨鱼,和它斗,耗时无穷,费力也无穷。白清芝参加过抗美援朝,戴启宽跟着他干。没有路,背着上百斤工具、材料上山,要扯着茅草山藤,要抠着岩缝或外凸的石包,有时在临时掏出的石窝子上下脚。山上植被稀疏,星星点点的绿,是不知名的草,是长不大的树,是满身带刺的灌木。脚上劲不够,需要手来凑时,明知会抓到刺,也要果断出手。被蛇咬了,或者石头擦破皮,消毒,一泡尿的事。

人巡山,山上石头也在寻机会。一块石头往下跑,唤醒另一块,跟着往下跑。尼日站的道岔、信号机几番挨砸,站房门窗数次受伤。戴启宽家的席棚也曾被砸,幸好没伤到人。

生米煮成熟饭,妻子还在巴巴地想,熟饭能不能变回生米。

说时迟,是真的迟了。不安分的石头,早已让戴启宽安下了心。

席棚被掀那晚,妻子哭着嚷着,要他调回内江。

山上石头够硬了,戴启宽的话还要硬些:"我是交了申请来的。你见过谁吐出口水再舔回去?"

妻子定定看着他:"米箩跳入糠箩里,到底图啥?"

"我八岁成了孤儿,吃百家饭长大。政府供我读书,给我安排工作。我的命是国家给的,不能只为自己着想。"戴启宽答得干脆。

"难道你是光棍汉？为啥、凭啥，两个娃娃跟着你受罪？"

戴启宽不吭声了。他的目光，落到泪汪汪看着父母的女儿脸上，移到熟睡中的儿子眉心。

就算为儿为女，他也要回心转意。妻子如此想，他却这么说："我们工区，有婆娘娃娃的，不止我一个。"

妻子泣不成声："别人……跳岩，你……也跳岩？"

沉默良久，戴启宽下了决心："非走不可的话，你们走吧！"

第二天，妻子没有走，没有搭理丈夫。

第三天，戴启宽收工回家，妻子的话迎了上来："饭在锅里，趁热。"

戴启宽他们管石头，要防着石头"越狱"，了解它们、熟悉它们，盯谁防谁，才能有的放矢。

每座山、每道坡、每条沟都要走遍。路是"一次性"的，住的地方，往往也是。就近有岩洞是最理想的，找个平坦的地方，围上席子也能凑合一宿。啃馒头、吃咸菜是家常便饭，戴启宽从不觉得憋屈——心里软，硬馒头也是软的；心里甜，咸萝卜也是甜的。

憋屈，不是没有。比方说，啃个干粮，小憩片刻，还得把钢钎插在石缝，把自己和钢钎捆在一块儿。要是钢钎没地方生根，旁边恰好有树，人便捆在树上。

防石头下山，主要有四招。块头不大的孤石，挖坑深埋。石头大到没地方埋，拿钢钎、二锤分化瓦解。技术含量高一些的支撑、浆砌，是对付钢钎、二锤解决不了的"顽固派"的。拿钢绳把石头整个套牢固定，这是第一步。第二步是挖出基脚，用水泥、沙子砌起墩、台、柱甚至挡墙，或撑，或顶，或拦。浆砌都还不行，就得爆破了。这招却不能随便用，因为得封锁区间，影响列车运行。此外，动用火药，本意只是猎"狼"，惊了"老虎"，麻烦更大。

浆砌用的石头就地取材，水泥、沙子靠人力背运。戴启宽他们每人每趟要背一包水泥，每包水泥一百斤，走在似有似无的路上，一颗心劈成两瓣。作业前要搭架子，方便行走操作。有一次，在尼日，不经意抬头，戴启宽见一块石头朝他俯冲下来。若在平地上，跳一下或者打个滚，便可化险为夷。这是几百米高的陡坡，一脚踩空，命就没了。戴启宽脑袋一偏，一股风贴着脸刮了过去。尖锐又响亮的"哧"的一声响过，戴启宽的左肩现出醒目豁口。有那么两秒钟，戴启宽忘了自己穿着棉衣。当时他还在想：血呢，肉呢？怎么只剩下白花花的骨头？

戴启宽遭遇过的危险，其他工友多半也曾遇到。只是，运气不会总是与人为善，姚朝根、肖文光、关尚贵、魏忠祥碰到的石头，都是起了杀心的。前两位挂了彩，关尚贵的安全帽被打飞，人被打到崖下，幸亏挂在树上，命才得以捡回。

一次浆砌作业，遇上掉石头，二十出头的魏忠祥躲避不及，从几百米高处滚到道床。听说有人从山上跌下，摔得面目全非，家属们想去现场，一个个都软着腿。看到戴启宽好手好脚回家，妻子散掉的魂魄依然没有聚拢。这一次她铁了心：一家老小，必须回内江去。

戴启宽当然知道自己是在血盆里面抓饭吃，他也知道，自己为的不只是一口吃食。心里有底气，中气便足："成昆线有多重要，你也知道。"

妻子话没出口泪先流："成昆线重要，婆娘娃娃不重要？其他人还有个星期天，你一年停不了五天工，害得我一年里有三百六十天提心吊胆。"

戴启宽赔笑道："你看我这不是好好的？"

妻子才不看他，而是看着门洞："每天出门，走个路都是冒险。今天好好的，明天是不是好好的，天知道。"

戴启宽的目光和声音，一起柔软下来："就凭两个娃娃这么逗人爱，老天爷也不忍心收我。"

妻子的哭声汹涌起来："还晓得你有两个娃娃？老天爷真要晓得心软，就不会收走魏忠祥。人家那样年轻，人又好！"

说着说着又扯到离婚。尼日三年，这话她说了不下十回，每次都"说话算数"。这一回，她没有说那四个字，他却真真切切听到了。语气、声调、眼神，她第一次把离婚这件事说得比纸轻薄时他感受到的沉重，都是在死心塌地走向一个不可逆转的事实。

那是一个无眠夜，是席棚里的一家四口，最后一次共处。

妻子就要离开尼日，离开他了。一起离开的还有儿子。此去再无归期，儿子哭了，戴启宽也在流泪。模糊的身影越来越显得遥远，戴启宽想追上去，脚下却生了根。

好像没有比老昌沟两侧施工难度更高的山了。

巉岩上明晃晃挂着九块孤石。石头下方，是一线天桥。任何一块巨石脱落，对这座国内最大跨度空腹式铁路石拱桥，都是灭顶之灾。

撬，容易打草惊蛇。

炸，一声炮响过后，只怕有一串惊雷。

那就撑吧，硬撑。在石头下打出深孔，嵌入钢轨，再用混凝土，把钢轨、石头、山岩凝为一体。

桥两端是绝壁,人没长翅膀,石子、河沙、水泥没长腿。工区一般不会为一次作业修一条路,但是这里情况不一般,没有路这个"1",后面都是"0"。

一条羊肠小道从相邻的长河坝站修过去。路长两公里,还剩最后三十米时,又是一道绝壁。

越过绝壁,只能搭云栈,在岩石上凿出孔穴,横插木桩,平铺板材。

支撑架是钢轨裁切成段,每段长六七米,重三百多斤。推、拉、扛、背,长河坝到老昌沟,每根钢轨运过去,都要闯过八十一道难关,使出九牛二虎之力。没有人怯场惜力,掌心里的钢轨,肩膀上的钢轨,一米米向前挺进。

九块孤石被镇住,离预定工期还有二十五天。

离开老昌沟,来到赵坪山。初来乍到,戴启宽想起、理解、接受了这句话:山外有山。

赵坪山海拔接近三千米,山顶到山脚,落差两千多米。

山上滚落的石头着实不少。旅客受伤、经行列车叫停的情况不时遇上,站安全哨的工作人员屡次遇险。

白清芝也曾愁肠百结。尼日一带虽说无路可走,攀爬也好,绕道也好,临时挖个踮脚坑也好,横下心总可以闯一闯。到了这里,却是一身闯劲没处使。就好比一个人无船、无筏、无桥,却要横渡长江。

一线天桥上方,曾经与世隔绝的古路村,村民脚下的路由岩窝、山藤进化为嵌在绝壁上的道道天梯。征服赵坪山,只有发扬成昆精神,只能取法古路村。

隔三岔五有工友遇险。有人失足摔断肋骨,有人被猴子拿石头揭开头皮,有人刚在云栈上拴好安全带,木板就被落石击断……这类事情,他们不对家人讲。讲不完是次要的,主要是怕家人担心,怕"常在河边走"和这句话的下一句,猛兽般奔跑出来。

四位工友永远留在了赵坪山上,包括张德敏,包括白清芝。

1984 年,工区启动半机械化作业,部分区域可以通过架在半山的索道运送沙石水泥。也是这年秋天,外号"飞虎"的小刘正操作绞盘,猴子朝他扔来石块。情急之下,小刘本能地扔掉绞棒,快速躲到一边。这一来,悬在钢绳下的吊斗和吊斗里的石子开始自由落体,正常绞动时比秒针转得还慢的绞棒瞬间提速,转成一个飞盘。千辛万苦架起来的架空索道即将毁于一旦,比这严重百倍的是,索道下方有工人,有铁轨,吊斗、索道砸下去,后果不堪设想。

对着高速旋转的绞棒,白清芝猛扑上去!他想用胸膛护住绞架,他想以一己之力阻挡悲剧发生,他想用行动再跟工友们说上一次:"什么叫工作?工作就是斗争!"

这是白清芝同孤石危岩最后的斗争。

"没有凿子凿不进的石头。"白清芝生前爱说这句话。料理完他的后事，有人说赵坪山是埋人场，说队伍应该解散，戴启宽搬出这句话，后面还加了一句："世上无难事，只要肯登攀。"

赵坪山打了翻身仗，"老虎山"变为"绵羊山"。此后，乌斯河孤石危岩工区变革为三个工区，戴启宽担任三工区工长。

三工区负责的乌斯河到南尔岗，线长五十三公里。

利子依达大桥就在三工区内。这一带高山连绵，沟谷纵横，稍有懈怠，管石头的人就可能在无时不在、无处不在的"斗争"中处于被动。

当了工长，戴启宽还是啥都干，干啥都冲在最前面。

1988 年 8 月 19 日这天，在戴启宽眼睛里是四个颜色。早上到中午为蓝白相间，蓝的是天，白的是云。上午 11 时，戴启宽去一块岩石下作业，踩了马蜂窝。蓝、白消失了，一大片黄褐色飞行物如一把突然撑开的大伞，将他笼罩起来。知道不能跑，实际上也无处可逃，他抱头蹲在地上，任由马蜂的螫针刺进脑袋、颈窝、后背、胳膊、大腿。钻心的痛制造出无边的黑，戴启宽栽倒在地，不省人事。

工友把戴启宽背下山，工务段派出轨道车，全速驶向金口河。入院第二天，戴启宽眼前由黑变白，由混沌变得刺目。十多天后，戴启宽出院了。浑身被螫的大包小包，这时候已变形为深陷在脑袋、颈窝、后背、胳膊、大腿，终其一生也无法填补的大坑小坑。

那么多的坑，容不下妻子的泪。把脸埋在他的胸前，她哭了整整一夜。

戴启宽还是原来的戴启宽，妻子已不是原来的妻子。她叫阿呷沙加，甘洛县乌史大桥乡乃乃包村人。戴启宽这个人怎么样，工区的人有多清楚，村里的人就有多了解。最先看好这门亲事的是阿呷沙加的父亲南呷阿木。南呷阿木说："如果只是人在这里，老婆儿子走时，他就走了。拖着几岁大的女儿留下来，那是他的心生了根。什么东西最值钱？山缝里的崖柏最可贵！"

组建起这个小家的十二年间，当妻子的从没拖过男人后腿，而是起早贪黑，把家畜喂养得膘肥体壮，把责任田打理得井井有条，把孩子们收拾得漂漂亮亮，让男人无牵无挂工作，不因牵挂而分心，不因心神不稳而脚下不稳。就连秋收时，戴启宽想割几把水稻，阿呷沙加也不给机会。妻子说："你管石头，我管庄稼。这边忙不过来，还有我爹，还有左邻右舍。你好歹也是一个火车头，火车头不冒烟，后面的车皮都要跟着停下。"

阿呷沙加不是想把眼泪变成石头，挡住男人的路。拦是拦不住的，她也没想去拦。但阿呷沙加还是希望自己的眼泪变成什么。对了,晓得惜命是一面鼓,这些泪就是鼓槌。

小至脸盆大、大至高过一层楼的石头,戴启宽都能把方量目测个八九不离十,"出入平安"几斤几两,他当然心中有数。不过,自那以后,工友们感觉得到,对于安全作业,戴启宽抓得更紧更细。拿安全绳来说,如果谁像张德敏那样拴在分枝上,而不是系在足够粗壮的树根上,他会拉下脸骂人,而且骂得凶猛。谁要是铤而走险,抱了侥幸心理,他则不仅骂,还要动手打人。骂是真骂,打是假打,个中深意不难体会。遇到情况复杂、操作困难、风险系数大的孤石危岩,戴启宽不会轻举妄动,而是一一编号,上报段里,望闻问切,精准施策。医院里的病人康复一个出院一个,孤石危岩图上的斗争对象,也是清除一个销号一个。戴启宽他们先后编过号又销过号的石头有一万多个,这个过程中难免有走火有擦伤,但是重伤和死亡,再也不曾发生。

与成昆线做伴二十八年,从悬崖绝壁上走过数万公里,支撑管区连续七千余天安全行车后,戴启宽走到了职业生涯的尽头。

他的名字替他留了下来,直到如今。

——就在戴启宽退休前不久,乌斯河孤石危岩工区,以他的名字重新命名。

(选自《大成昆》,天地出版社 2024 年 1 月出版)

焦
点
热
点

青春的方向（节选）

李春雷

2024 年 1 月底，我来到新疆维吾尔自治区且末县第一中学。

采访对象，是 10 多位 24 年前毕业的大学生。

2000 年 8 月，他们从河北省保定市的保定学院（当时名为保定师范专科学校）出发，来到这个万里之外的"天边小城"教书育人。而后，在此成家立业，开枝散叶。

哦，这些当年的大学生，现在都已成为大学生的父母。他们的青春、他们的人生、他们的信念，早已与这座小城融为一体。他们的生活、他们的习惯、他们的口音，甚至他们的肢体语言，大都已经本地化。谈笑间，他们会不自觉地说"我们新疆""我们巴州""我们且末"……

他们，过去是河北人，现在是新疆人！

第一天见面，是在学校会议室。工作人员把办公桌擦得光光亮亮，一尘不染。

第二天继续采访。当我再一次踏入会议室时，意外地发现桌面一片灰黄，厚厚一层灰尘，可以记电话号码，可以写采访纪要。

哦，浮尘。

且末县地处塔里木盆地东南缘，县城犹如一个孤岛，被浩瀚的塔克拉玛干沙漠从三面紧紧地包围。全县沙漠面积有多大呢？约 5.38 万平方公里。而沙漠距离县城中心，只有一河之隔，短短 2 公里。东北风一年四季卷起黄沙，冲击县城，沙漠以每年 10—12 米的速度向县城方向推移。

这些年来，当地政府动员群众，在县城和沙漠之间大规模地植绿治沙，生态环境发生了巨大变化，但由于自然条件所限，这里依然是新疆乃至全国风沙最严重的地区之一。

最新数据显示：且末县年均降水量仅仅 28.51 毫米，年均沙暴 11 天，年均浮尘 98 天。

当地曾经有一句民谣："且末人民苦，一天半斤土。白天吃不够，晚上接着补。"

本质上说,人类吃些土、受些苦,没有什么,这原本就是我们的宿命和生活啊。且末百姓,或者说与且末环境相同的人们,也早已习以为常。但人类的行进方向是文明,现代文明中的我们,本能地习惯于越来越舒服,越来越洁净,也越来越挑剔。

试问,生活在城市里的白领丽人、俊朗小伙们,你们会选择长期在这样的环境中生活吗?

别说你们,就是我,也会摇头。

现在不会,过去也不会。

因为,我只是一个普通人。

其实,我与我的采访对象们,有着诸多共同点:

都生活在那个年代;都出身贫寒农村;学校更是一样——师专,我只是比他们早毕业10多年。但那时候,更有条件或更有时代环境选择边疆啊!

事实是,我没有。

1987年7月,我从邯郸师专英语系毕业。在此之前,学校曾经倡导同学们前往青海省教书。刚开始,不少同学热血沸腾,但冷静过后,纷纷归于沉默。我们班有两个学生,信誓旦旦地高调报名,几天后却又偷偷地撤出了。最后,全校只有一名团干部昂然成行。

出发那一天,学校敲锣打鼓,列队欢送。

但是,几年后,我却在邯郸街头遇见了这位同学。原来,他已经悄然调回内地了。

所以,想到自己,想起过往,比照这些坚守在沙漠深处的同学们,我只有震撼,只有敬佩,只配老老实实、认认真真地写作这一本小书。

哦,走向西部,扎根边疆,这是一个多么激昂的口号,但又是一次多么沉重的行动啊。

它意味着什么?

万里之外,青春、热血、艰辛、迷惘、青年、中年、父母、孩子、未来……

这些扎扎实实的字眼儿,难道仅仅是文文静静的词语吗,仅仅是方方正正的概念吗?

不是!

绝对不是!

每一个词语的背后,都是一个沉甸甸的人生!

红与青

辛忠起:男,1976 年 11 月生,保定市涞源县人。高中期间加入中国共产党。2000 年毕业于保定学院中文系,随即赴新疆执教。现为且末县第一中学教务处主任。曾多次荣获且末县优秀班主任、优秀教师等称号。

浓眉大眼,魁梧健壮,言行沉稳,性情随和。

如果仅仅看这些,辛忠起的确是一个标准的美男子和魅力男。

只是,只是他的脸上,布满了红色素,像是扑了红粉,化了"红妆"。

谈起这一切,他感叹着,也微笑着……

家里兄妹五个,他排行老三。

虽然是老三,却扮演着老大的角色。因为家里太贫穷,大哥早早就入赘外地,二哥身患残疾。

一盘土坯炕,三间砖瓦房。窗外是贫瘠的田地、高低的群山和说不出名字的野花野草,再远处便是迷离的雾气了。他自幼就随父母上山劳作,默默地随着春种秋收生活着,像田垄边一株自然开合的打碗碗花。

上学之余,辛忠起掌握了全套农活儿。照理说,他这样的家庭,未来的出路,就是踩着父亲的脚窝,终老山间。

但,他是一个顽强的生命啊,他也有着自己的思想啊。

生在太行山革命老区,辛忠起从小就受狼牙山五壮士、王二小等英雄人物的影响,因为这些人物故事,就发生在家乡周围。特别是,小村的山那边,就是中国"希望工程"主要发起地之一的桃木疙瘩村,而"希望工程"受助第一人张胜利的年龄,与他相差无几。

辛忠起读高中时,获得了学校的困难补助。虽然每年只有几十元,但足以温暖他的内心。所以,除了加倍刻苦学习之外,他特别喜欢参加集体活动,热心帮助别人。正是这些品学兼优的表现,使他受到学校重视,成为极少数高中期间能够入党的学生。他更感谢组织了。

高考填报志愿时,他果断地选择了师范院校。

我要当老师,我要去帮助那些穷孩子,志愿去一个更艰苦的地方,一个国家最需要的地方!

年轻人,总有一种英雄主义情结,总想一种不平凡的生活,干一番轰轰烈烈的事业。于是,就想着去远方,去边疆。就想,只要我们努力,一切都能改变,沙漠也能变成绿洲。

当且末二中前来招聘时,他第一个签下协议。

这个小伙子,虽然身材瘦削,内心却壮实呢。

父亲得知后,只是点上一根烟,猛吸一口,叹息道:"出去就出去吧……"

辛忠起知道,他这一走,对家里来说极不负责任。母亲身体瘦弱,多年来被糖尿病、肺心病纠缠。老两口儿好不容易把儿子培养出来了,没想到又指望不上。

然而,自古忠孝不能两全。辛忠起的"忠"里,似乎就蕴含着一种特殊信念。

初到且末,干燥的气候,导致喉咙肿痛,皮肤也变得越来越粗糙。

有一段时间,因为教学任务重,学生又调皮捣蛋,他操心上火,牙疼发作了,半张脸肿得像一个大寿桃。后槽牙火辣辣地疼——见凉疼,遇热疼,碰硬的东西疼,吃软的东西也疼,一疼一头汗,一疼两眼泪,真要命!

夜里疼得不能合眼,便跪在被窝里,头拱着枕头。仍是忍受不了,只好在校园里来回转圈。这时候,他想起了远方的父母,他多想向二老诉诉苦,哪怕在电话里呻吟几声,这样,疼痛或可减轻几许……

当然,最难熬的还是精神上的寂寞和思乡之情。

每当月明之夜,耳边总会响起那首著名的歌曲《想家的时候》:

> 夜深人静的时候
> 是想家的时候
> 想家的时候很甜蜜
> 家乡月就抚摩我的头
> 想家的时候很美好
> 家乡柳就拉着我的手
> 想家的时候有泪水
> 泪水却伴着那微笑流
> ……

为了充实内心,更为了实现自身价值,辛忠起主动请缨,担当班主任。

从初一到初三,一轮又一轮。由于教学成绩突出,他被调整为高中教师。仍是从头儿做起,从高一到高三,周而复始。

他全心全意地钻研教学,语文课讲得绘声绘色、引人入胜。

维吾尔族孩子们汉语基础普遍相对薄弱,对文言文的理解颇为吃力。每每这时,他就讲得特别慢,特别细,并且用各种肢体语言去表达,去演示。比如:讲到一壶浊酒,他就做一个饮酒的动作。讲到礼仪,他就模仿古人各种各样的行礼姿式,把讲台变成舞台。

不用说,此时的课堂,就变成了一个欢乐池塘,而孩子们则变成了一条条欢蹦乱跳的鱼儿。

他备课有一个习惯,喜用红笔和黑笔。黑笔书写正稿和主体,是关键点和知识链;红笔进行修改和补充,是延展和花絮。黑红相间,工工整整,既有枝有干,又有叶有蔓。上课呢,多采用快乐教学法和激励教学法。整个课堂,时而蓝天丽日,时而杏雨霏霏,时而鱼翔浅底,时而鹰击长空……

孩子们目不转睛地盯着他,满眼闪烁着小星星。

春园芳草,日日见长;秋蚕食桑,夜夜育肥。

班里有一位维吾尔族学生赛买江,偏科严重,对理科一点儿也不感兴趣。

有一次期中考试,赛买江数理化都没有及格。爸爸看到成绩单后,特别失望,对他劈头盖脸便是一顿痛骂。

那些言语极大地伤害了赛买江的自尊心,导致他产生了厌学情绪。于是,他每天早上背着书包出门,看似去上学,其实整天在外面游荡。

辛忠起发现这一情况后,迅即和赛买江的妈妈联系,询问原因。没想到赛买江中午回家后,爸爸再次狠狠地教训了他。这次,彻底熄灭了赛买江上学的念头。当天傍晚,他收拾东西,执意辍学。

赛买江提着书包,已经走出了学校门口。辛忠起听说后,赶紧追上去,抓住他的手:"你这是准备去哪儿啊?不上学以后打算干什么?"

赛买江眨巴着眼睛说:"我学习不好,在班里总是拖后腿,回到家父母又失望,反正也考不上大学,还不如早点儿出去打工呢。"

辛忠起摸摸他的头说:"孩子,你还是未成年人,什么技术都不会,能打什么工?"

赛买江沉默无语。

"在学校,你就没有感兴趣的课程吗?"

"我只喜欢上体育课,打篮球。"

辛忠起把他带到运动场上,指着篮球架,语重心长地说:"是啊,你平时最喜欢打篮球了,而且每次校园篮球赛中,你的表现最好,又有很好的组织能力。我们班级在各种文体活动中获得的荣誉,都有你的一份功劳。"

接着又说:"谁说你在班里拖后腿了?一次成绩不好不代表永远不好。

离高考还有一年半的时间,把你在赛场上的那股拼劲儿用到学习上,并不是没有机会。我相信你从现在开始下定决心,集中精力好好学,就算考不上名牌大学,普通大学还是没有问题的。"

听了这些话,赛买江忍不住放声大哭起来,不仅仅因为暖心,更因为他得到了老师认可。

从此,赛买江发奋学习,顺利考上了大学。

毕业后,他回乡任教。如今,已经成为且末县东方红乡小学副校长。

其实啊,每一块顽石里,都沉睡着一个精美的维纳斯。只有热爱、智慧和耐心的钎锤,才能将她唤醒。

2011年,母亲突发脑梗。父亲犹豫再三,拨通了他的电话:"忠起,你妈妈生病了,能不能再备一些钱,5000元就够了。"

平时,他总是按时给父母汇款,这是父亲第一次主动开口求援。他立刻把省吃俭用攒下的10000元汇过去。

父亲得知后,竟有些不好意思地问:"这钱以后还要不要还你?"

"爸,你说啥呢!"

放下电话,失声痛哭。

经过抢救,母亲虽然保住了性命,却瘫痪在床,生活不能自理,也丧失了语言能力,再加上多年的高血压、糖尿病,身体状况异常糟糕。

那段时间,格外漫长,每一天都是煎熬。

作为儿子,他多么想守在母亲身边端水喂药,可远在新疆,注定这是一种奢望。

2013年暑假,辛忠起回家探亲,正赶上母亲住院。这个远方游子跪在床边,看着说不出话的母亲,再也控制不住自己的泪水……

人生欢愉,如此短暂。

母亲弥留之际,正值高考冲刺阶段。

辛忠起想,再坚持半个月,就回老家去。近百名学生,拼搏了三年,未来前途在此一搏,耽误不得啊!

几天后,弟弟打来电话,只是哭。

辛忠起知道,天塌了,自己已经错失与母亲最后见面的机会。

放下电话后,他疯狂地跑出学校,在大路边,朝着家乡的方向,双膝跪下,以头叩地,号啕大哭……

幸福往往可以分享,痛苦常常只能隐藏。

这就是男人。

男人的世界,别人不懂!

2014 年秋,由于工作压力大,心情悲痛,再加上气候干燥,辛忠起的免疫力开始下降,竟然患上了一种罕见的皮肤病——毛发红糠疹。

该病类似于牛皮癣和干性脂溢性皮炎,患者头皮先出现较厚的灰白色糠样鳞屑,随后面部出现红色干性细薄鳞屑,继而蔓延全身,痛痒难耐。

彼时,且末县医院没有皮肤科,治疗必须去乌鲁木齐或更远的大城市,一来一回不知要耗费多少天。为了不耽误学生学业,他每天冲洗头皮四五遍,坚持上课。身上痒了,就走到僻静处,用劲儿抓挠。他的身上,经常是血迹斑斑。为了保持教师仪表,即使是夏天,他也是长衣长裤,穿戴整齐。

第二年暑假,辛忠起回了一趟老家。内地较为湿润的气候,明显缓解了部分病痛。

有一位当医生的朋友告诉他,如果长期在老家或者南方生活,再辅以适当的药物治疗,这种病就会慢慢痊愈。

于是,家人纷纷劝说他借机调回内地工作。

可是,他哪里能离开且末呢?

就这样治疗着、发作着,发作着、治疗着,治治停停,停停治治。转眼,10年过去了。

如今,辛忠起已经习惯了,习惯了新疆的生活,习惯了身上的病痛,也习惯了隐忍。

"隐忍"一词,最早出自《史记》,意思是将事情藏在内心,不动声色地面对任何现实。现在,有时又表示一种特殊人格或人生境界。

谈起辛忠起,大家都说他是一个默默隐忍的铁汉。

辛忠起说:"我哪里算得上是铁汉,更没达到隐忍这一境界。我只是坚守着自己的选择,既然选择了西部,既然选择了且末,既然已在这里扎根,那就坚持到底吧。"

"你真是一棵红柳。"有人半开玩笑地说。

"是啊,我喜欢红柳,虽然朴朴实实、土头土脑,却扎扎实实、真真切切,是这片土地最好的朋友!"他认真地说。

说着,作为语文老师的他,也开起了玩笑:"我就是一棵红柳,我们的颜色都是红色的,是一个家族。而且,我退休的时候,比它还要红。"

说到这里,他自豪地哈哈大笑。

只是别人,笑着笑着,便沉默了……

每年春天，辛忠起都要带着学生去沙漠边缘的治沙站植树。这，也是且末县所有学校的传统。

在且末种树，最开始，他想可能是像在保定时一样，扛着树苗、拿上铁锹，到郊外挖坑栽树。可到了沙漠里面一看，种下的都是梭梭、红柳之类的灌木。栽下去，地面上只有十几厘米的一个纤细小枝条，周围用干芦苇围出防风墙。种下后，还要不断地浇水、施肥。即使这样，成活率依然非常低。到了秋冬和第二年春季，更要多次补种。

就这样，不厌其烦、反反复复地积累。几年之后，才能收获一片片绿色。

教书和种树，一个道理。

在陪伴一届届学生走过中学时代的过程里，辛忠起的育人理念也在发生变化。

前些年，因为地处偏远、自然条件恶劣、交通落后，他总会鼓励学生要勇于走出沙漠，到外面更广阔的世界去发展。过了几年，他慢慢地意识到，培养学生对家乡建设的使命感同样重要，或更加重要。

是啊，这些年，且末等边疆地区发展很快。为此，国家一直在接续实施"西部计划"，招揽人才。作为本地大学生，在外面学业有成之后，更有责任建设自己的家乡。

2012届毕业生阿巴斯江·吐尔孙，大学毕业后回归故乡，现在是且末县第二中学英语老师。

2016年，杨芳从新疆师范大学毕业，毅然放弃更优越的就业条件，选择回到且末任教。她的理由很简单："我在老师身上，看到了人生的价值。"

魏晓雅毕业于且末中学，大学毕业后返回家乡。她说："老师是我的榜样，老师在且末，就是我回来的理由！"

……

如今，走在且末县城的大街上，经常会有人热情地与辛忠起打招呼。

这些人，大都是他教过的学生。

这些人，就是他最大的幸福！

的确，辛忠起与红柳，与且末，已经融为一体。

他的妻子，就是一位本土出生的且末女子。而他们的女儿，更是一个地道的新疆姑娘了。他们居住在一个名叫楼兰花苑的小区里，幸福而平静地生活着。

说到这里，我不得不写一写最新发生的故事。

刚刚过去的2024年大年初一，辛忠起突然接到弟弟电话：父亲病危！

十万火急,百万火急,万万火急!辛忠起即刻带领全家,开车返程。一路上,夫妻两人轮流驾驶,昼夜不停,连续开车62个小时,直达老家,行程3650公里。

81岁的父亲已经奄奄一息,但看着天边归来的儿子,泪光中闪动着欣慰。

辛忠起更是日夜守护,竭力尽孝。

父亲去世之后,辛忠起对人生、对故乡有了更深沉的叹喟和思考。

不仅他,他们一起来到且末的15人中,已有5人失去双亲。他们经常聚在一起,感叹自己成了无父无母的孤儿。

的确,父母走了,家乡的概念也发生了变化。

以前,河北是家,新疆也是家。现在,父母没有了,自己却成了下一代的父母,原来的家乡正在渐渐淡远,而新疆,已经变成唯一的真正意义上的家了。

哦,新疆,我们亲爱的家乡!

寻找自己

井慧芳:1979年9月生,保定市徐水区人,2000年毕业于保定学院中文系,随即赴新疆且末任教。现为且末县第一中学教师,曾获巴州五四青年奖章、先进工作者等称号。

文文弱弱,娇小玲珑。虽然面色憔悴,依然气质优雅。

当这个小女生模样的中年女人静静地坐在我面前时,很难想象她不仅是两个孩子的母亲,还是曾经创造且末县历史上最好高考成绩的班主任。

聊起过往,井慧芳先是沉默。而后,慢慢地却是深深地点点头,似乎是已经做出了一个重要决定。于是,她向笔者讲述了那一段不堪回首的少女记忆。

从记事起,父亲务农之余,就是赶着毛驴车,在十里八乡收购麦秸秆,送往造纸厂。风里雨里,吭吭哧哧,虽然收入微薄,却也可以支撑起五口之家。

然而,1992年左右,由于各级政府执行新的更为严格的排放标准,当地造纸业遭遇重大危机,订单量急剧下滑。这样,工厂减少原料需求,导致麦秸秆无处销售。

生意不好做了,聪明人见风使舵,另起炉灶,东方不亮西方亮,可老实内向的父亲找不到其他出路,忧心忡忡、烦躁不安,整天躺在床上唉声叹气。

屋内烟雾缭绕,床下满地烟头。

彼时,社会上对抑郁症还认识不够。

那一年,井慧芳只有14岁,下面尚有一个妹妹和一个弟弟。弟弟最小,只有两岁。

据井慧芳事后分析，其实造成父亲抑郁的最深层原因，还在于农村浓厚的重男轻女思想。原来，家里只有她和妹妹两个女儿，经常被人指指点点，骂作"绝户"。母亲直到40多岁时，才诞下一个男孩儿，但那个年月，年过60便是老者，指望不上啊，仍是被人嘲笑。每每想到这里，敏感的父亲自卑自失、内心郁结。再加上小生意的失势和坍塌，更造成了他的绝望，直至崩溃。

井慧芳清楚地记着父亲出事那一天的枝枝叶叶。

那是1993年8月的一个早晨，秋雨绵绵，已经下了6天6夜。天地混混沌沌，内心更是沉闷难耐。母亲在厨房里做饭，井慧芳帮忙烧火。柴火异常潮湿，费尽力气也点不着，浓烟滚滚，呛得眼酸鼻辣。母亲急得满头大汗，就向躺在床上的父亲吼道："你一个大老爷们儿，不能过来搭把手吗?!"

父亲瞪着血红的眼睛，暴躁地指天骂地。

争吵中，母亲又说了几句过激的话。父亲愈加狂躁，气冲冲摔门而出。

不一会儿，父亲又凶巴巴地回屋，钻进被子里，一股浓烈的农药味儿扑鼻而来。

敏感的井慧芳最先闻到了，大叫："妈，我爸喝药了，快点儿救他!"

同时，冲出院子，大喊："快来人啊——快来人啊——"

街坊邻居闻讯赶来，欲把井慧芳父亲摁到排子车上，拉去医院。谁知父亲去意已决，竭力挣脱，怎么也不肯就范。折腾了半天，好不容易才启动车子。刚走到村口，父亲口吐白沫、气息全无……

父亲去世的全过程，井慧芳眼睁睁地看着。可想而知，这对她造成了怎样的刺激和伤害。

那时候，她正读初二。原本优异的成绩迅速坠落谷底，夜里常常梦见父亲的身影和呐喊。醒来一声长叹，两眼泪花。

家里更是雪上加霜。母亲一人照顾庄稼，还要看护年幼的妹妹、弟弟。

俗话说，"寡妇门前是非多"。那些年，母亲不知遭受了多少冷言冷语。

有一次房子漏雨了，需要翻修。母亲只好跟着拖拉机，到100多里外的地方去拉白灰。野风打肿了脸，白灰灼红了眼。需要木料，无人可以求助，她只好又跑到50里外的县城，一根根地从圆木堆里挑拣出来，手指都磨破了……

每当看到母亲一人苦撑的样子，井慧芳就莫名地难受，感觉自己真是没用，经常惭愧和自责。

在老师的鼓励下，她及时调整情绪，努力迎接中考。

通过自我加压，井慧芳在学习上终于找到了感觉。特别是英语，她用最短时间，恶补初中课程。对于每一篇课文和习题，全部复习多遍，倒背如流。

每天凌晨,她就开始背靠一棵大树,高声朗读,直至天光大亮,而后走进教室,再与大家一起晨读;中午,她从来没有午休;晚上,学校熄灯后,点亮一根蜡烛,孤灯奋战,直到夜半。

没有白天黑夜,没有日升月沉,没有伙伴,没有零食,她最大的开销就是母亲为她批发的一摞摞演算本和一根根圆珠笔。

不几天,一个个演算本就爬满了黑压压的蚂蚁,一根根圆珠笔就变成了白花花的皮囊。

春天来了,下起了细雨。心发芽了,叶瓣吐出来了,虽说很柔弱,然而每一株小苗,天生具备向上的力量,即使头顶上覆压着一块石头,它也能侧着身子,顽强地生长,一点又一点……

终于,她的成绩迅速好转,考上了县重点高中。

高中阶段,井慧芳表现优异,本来可以免试保送河北大学或河北师范大学,但心气儿颇高的她主动放弃了,她的梦想是北京大学或北京师范大学。没想到,高考时发挥失常,最终来到了保定学院中文系。

内心,又一次遭受沉重打击。

大学生活按部就班,波澜不惊。说实话,直到毕业那年,她也没有设想过自己的未来。

她,实在是还没有从阴影中走出来。

且末二中来保定学院招聘的那一天,她鬼使神差地就报名了。

梦魇被摁压在心底,太久太久,孤僻、黑暗、缺氧。但现在,仿佛是遇到氧气的火星儿,一下子就腾起了又红又亮的火苗。

或许,她只是想走出父亲的阴影,走出熟悉的一切,走得更远一些,更远一些……

刚到且末时,同行的校友不少人当上了班主任。校领导可能看她太过瘦小,又偏于木讷,就只是让她担任语文教师,甚至连课程量也有意减少了一些。

为了证明自己,她暗暗攒足了劲儿,白天一有空儿就去听老教师讲课;晚上回到宿舍,把饭桌当讲桌,底下摆上几把椅子当学生,一遍遍模仿、一次次练习。

第二年,她脱颖而出,如愿以偿地担任了班主任。

传统的应试教育,老师教学并没有多少自主权,必须在最短时间内把所有考试的知识点一个不落地传授给学生,似乎只有这样才是唯一的正途。

在教学实践中,井慧芳发现,填鸭式教学的效果并不好,学了忘,忘了学,事倍功半。

比如"诗歌鉴赏"复习展开后，她起初按传统方式进行，先是讲中考知识点、题型、解题技巧和答题思路，接下来是一大堆的习题讲解，马不停蹄、密不透风。一节课辛辛苦苦讲下来，学生们个个疲惫不堪、愁眉苦脸。有些人听着听着，干脆打起了呼噜。

如何使教学轻松起来，让学生在愉悦中高效地掌握知识呢？

井慧芳心急如焚，决定实行改革，把课堂还给学生，让他们成为真正的学习主体。

经过摸索、研究，井慧芳调整了课堂结构：每节课只用10分钟讲解一个知识点，用15分钟让学生就此考点进行巩固练习，再用10分钟讲解。关键是后10分钟讲解，以学生为主，让他们讲解自己的思路并公布答案。如果在某道题上产生了分歧，她就交给大家共同讨论；若讨论仍然解决不了，她再参与进来，点拨分析，引出正确答案。

在学生做题过程中，井慧芳也并非袖手旁观，而是逐一巡视，观察记录学生做题期间出现的各种状况。如遇到共性问题，就在讲题时重点提出来，供大家讨论，再讲解分析；如遇到个性问题，就单独点拨，直至学生彻底领悟。课下呢，还要布置相关作业，分门别类，加以巩固。

几节课后，死气沉沉的课堂活跃了起来。

学生们参与讨论、回答问题的积极性明显增加，有时还会为一个问题反复剖析、争论不休。课下作业不仅完成得及时，而且正确率大大提高。

这在以前，完全是不敢设想的事情。

很多同事说她胆子大，居然敢在初三课堂上做尝试。

井慧芳反而觉得，学生时间越宝贵，越应该提高学习效率。作为老师，应该改变观念，探索出能让课堂发挥最大功效的教学方法。

另外，她还开发出一种特效的陪伴教学法。

学生们在学校，最主要的依靠还是班主任。班主任，恰似一家之长。平时，除了教课，最有效的办法就是陪伴，让孩子们在心理上得到安慰。

课间、饭后、早晚自习课，一定要多多坐在教室里；早操、运动会、集体活动，更是要时时与学生在一起。一句真挚的问候，一个暖心的眼神，都是巨大的鼓舞。

教学业务稳定了，个人感情却依然处于悬空状态。

是的，来到且末两年多了，同事们在一起时，她总是沉默寡言，似乎只有教学才能弥补内心的伤痛。

她真的没有追求者吗？

当然不是。

比如那个与她一起到来的陈荣明同学。

在开往且末的火车和汽车上,井慧芳晕车,陈荣明一路呵护。到且末之后,他总是特别关心她。他平时爱抽烟,但每次只要接近井慧芳,就按压烟瘾,"忍气吞声"。井慧芳孤独的时候,他也是主动跑前跑后,大献殷勤。

其实,井慧芳的痛苦和孤独,他都看在眼里,记在心里。

他的缺点就是眼睛小、面孔黑、个头儿低,貌相低于平均值。不仅如此,还有点儿老相。

说到老相,还曾闹过一次笑话。

一个周末,陈荣明主动陪着井慧芳在县城里游逛大巴扎。井慧芳看中了一件衣服,陈荣明为了显示殷勤和能力,挺身上前砍价,可他哪里是摊主的对手啊,最后也没有成交。摊主见井慧芳恋恋不舍的样子,就嘲笑着对陈荣明说:"丫头想要就给她买呗,你这当父亲的,不要太吝啬啊!"

此事一出,同事们每次见到他俩,总要调侃一番。

然而男女感情的事情,就是这么奇妙。每一次调侃,似乎又都是一次促进与黏合。

渐渐地,两颗漂泊的心,有了感应。

每个周末,陈荣明都要去探望井慧芳,并听她讲课。有一次,因为他在听课,她有些紧张,竟然结巴了。她也常听他的课。他口若悬河,板书漂亮,话语在教室里像蝴蝶一样飘舞,粉笔在黑板上似马蹄一般奔腾。

自从有了他,犹如绿叶遇到了阳光,她变得青翠和明亮了。

那一年春节,大家相约回家,井慧芳终于决定带陈荣明去见母亲。

初见面,看外貌,母亲脸色铁青。

场面,有些尴尬。

母亲冷冷地问:"你多大年纪了?"

"25岁,比慧芳大半年。"

"不可能,你肯定没说实话!"

气氛,顿时石化。

沉默了一会儿,母亲又拿出一张纸,让陈荣明在上面写出一个字。

他不明就里,随手写了一个"无"字。

母亲只看了一眼,就断言:"没有上进心!"

说着,转身走出屋子,来到了院里。

院里有一棵老榆树,已经伐倒,歪在地上,还没有来得及剥皮。

母亲拿过一个斧头,扔给陈荣明,似乎是让他干干活儿。而后,就懊恼地到邻居家去了。

陈荣明拾起斧头,开始为榆树剥皮。

榆树皮,最难剥,需要蛮力,又需要巧劲儿。不一会儿,物理老师陈荣明就摸索到了窍门。但毕竟是一个力气活儿,越干越燥热。后来,他干脆把棉袄甩掉了,直干得满头大汗,气喘吁吁。

大约半个小时后,井慧芳母亲从外面回来,态度似乎有些平缓了。看到这个情景,更加心有所动,就连忙招呼他停下:"傻孩子,天太冷,快坐下喝口热水吧。"

陈荣明嘿嘿一笑:"没事,没事,已经干了一半了。"说着,并不停手,直到把树皮剥得干干净净。

应该说,正是剥树皮事件,彻底扭转了母亲对陈荣明的态度。

年后,两个年轻人终于牵手走进了婚姻殿堂。

阿里木是一个阳光开朗的维吾尔族少年,特别喜欢打篮球。

井慧芳看到他这一特长后,指定他为体育委员。

然而不久,井慧芳发现这孩子喜欢随性而为,经常在自习课时带着几名同学去操场打球。

井慧芳阻止了几次,他还有些理直气壮,认为老师不应该打扰他们的体育活动。

后来,井慧芳与阿里木的母亲沟通,才知道他很早就失去了父亲,母亲因为工作忙碌,没有时间管教他,孩子就这样我行我素地长到了现在。

以后的日子里,井慧芳便有意多与阿里木聊天,聊球星、聊未来,也聊亲情与生活。渐渐地,两人成为好朋友。

井慧芳与他约定:"只要你能够专心学习,成绩稳定上升,我就会每周给你一节自习课,去篮球场上尽情挥洒。"

"一言为定!"

"好,说到做到!"

阿里木很守约,井慧芳也践行诺言,让他学就学个踏实,玩也玩个痛快。

最终,这个曾经的问题少年考取了理想中的大学,并在大学里担任校篮球队队长。

类似阿里木这样的学生,还有很多。

许多维吾尔族男生看起来有些调皮,其实早已把井慧芳当成了知心姐姐。

有一天,她像往常一样,上完课后在办公室里批改作业。

突然,一个名叫托合提的学生慌慌张张地跑进来,急火火地说道:"老师,咱们班里有人打架了!"

井慧芳一听,赶忙扔下手中的笔,向教室飞奔而去。

刚到后门,就被学生们簇拥着推了进去。

教室里一片昏黑,窗户好像都被什么东西遮蔽了。井慧芳正要发火,这时,"祝你生日快乐"的歌声骤然响起,烛光也跟着亮了起来。

只见学生们围成半圆,班长海伊提和阿依姆罕两人托举着一个大大的生日蛋糕,向她缓缓走来。

烛光绰绰中,一张张笑灿灿的脸庞、一双双亮晶晶的眼睛,围绕在井慧芳的周围。

"老师,生日快乐!"

"祝井老师健康快乐!"

祝福声此起彼伏。

原来,学生们使出这一个怪招儿,竟然是为了给自己过生日。哦,今天是自己的生日,自己却忘记了。

吹蜡烛,许心愿。井慧芳饱含着泪水,按照学生们的指令,乖乖地一一照做。

此时的她,仿佛变成了一个听话的学生。

天地无言,却有心。大自然的计算器,最终是准确无误。只要努力,必有回报!

2010 年夏天,井慧芳班上的 29 名学生,全部考入本科院校,其中 18 人进入重点大学,创造了且末县历史上最好的高考成绩。

之后,巴州劳模、巴州五四青年奖章等荣誉,陆续到来。

2021 年,井慧芳被评为正高级教师,成为且末县仅有的 6 名之一。

大家都说,这是实至名归。

的确,孩子、老公和自己的生日,她经常忘记,但班级里大大小小的事情,她从来都记得清清楚楚;孩子病了,她手足无措,可无论再乱的班,只要经她调理一番,总能在全县名列前茅。与学生们在一起,思考着班级里角角落落的事情,她仿佛上瘾着魔似的,永远也琢磨不够。只有在过年时,窗外的鞭炮声稠密了,她才能安稳地躺下,紧紧关闭小屋,揿灭灯,甜甜地睡一觉。因为,这是她一年中最安静、最放心的时候……

多少年了,这就是她的生活。

"教书,是我一生的使命和归宿。只有在这个世界里,才能找到真正的我。"面对笔者,井慧芳认真地说。

是的,昔日那个内向、忧郁、悲伤的女孩,带着复杂情绪远走他乡,终于寻找到了阳光和价值,也寻找到了简单快乐、丰盈饱满的自己!

举家搬迁

赵艳菊:女,1977年3月生,保定市容城县人。2002年毕业于保定学院中文系,随即赴新疆任教。现为且末县第二中学教师。曾获且末县优秀班主任等称号。

一个人在外地做生意发财后,家族亲人前来投奔的现象,时有发生。
一个人在偏远地区教书,带动父母亲人全家搬迁的事情,举世罕见。
赵艳菊的故事,就属于后者。

说起来,她的行动,完全是受学哥学姐们的影响。
2000年8月,保定学院第一批15名毕业生落户且末之后,他们的事迹传遍全市。2002年3月,学院又邀请从且末归来探亲的苏普作了一场报告,使这种气氛再度升温。所以,4月中旬,当新疆巴州方面再次来到保定学院招聘教师时,赵艳菊直接报名了。
第二天,开始感到不踏实。毕竟属于自作主张,还没有与父母商量呢。
是啊,赵艳菊在家是老大,下面还有两个正在上学的弟弟。如果她远走,二老身上的负担不是更重了吗?
思来想去,还是如实告诉了父母。
本以为会引来雷霆之怒,没想到父亲沉默了一会儿,低语道:"想去就去吧,在哪里工作都一样,何况这是响应国家号召,支援大西北光荣……"

到了且末,生活上的各种困难,接踵而至。
干燥的气候再加上饮食不习惯,嘴唇开裂、流鼻血成了家常便饭。尤其是到了冬天,不仅风沙大,蔬菜供应还时时中断。
学哥学姐们早有提醒,赵艳菊在秋天的时候就做了准备。她买了不少辣椒、茄子和长豆角,煮熟后晾晒在房顶,准备冬天食用。可是,谁也没想到,一夜大风,化为乌有。
第二年开春,她干脆在门口挖了一个地窖,既能储存夏天的西瓜,又能储备冬天的白菜。
与当地学生接触了一段时间,赵艳菊发现他们非常可爱,但同时也不得不面对一个现实:学习底子薄,基础差。

对此,她决定调整初始设计的教学目标和教学方法。有时候,一个很简单的问题,也要讲解许多遍,甚至必须引出与之相关的早已学过的知识才行。

也就是说,她在课堂上不仅要讲新课,还要随时展开复习。

但赵艳菊并不感觉麻烦。通过一遍又一遍的讲解,当她听到同学们异口同声地回答"明白了"时,别提心里多高兴了。

为了帮助孩子们尽快把成绩提上来,赵艳菊想了很多办法,比如组建文学社,将自己的上百本名著贡献出来,供大家阅读。

她深知,喜欢阅读的孩子一般来说都会变得越来越好,因为书本润物无声的滋养,比起说教更深入人心。

鼓励大家阅读的同时,她也常常走到学生中间,和他们讨论书中人物的命运,进而讨论字词的用法、造句行文的技巧,引导大家渐渐喜欢上语文课,特别是维吾尔族的孩子们,有了提高汉语听说读写能力的主动性。

9月底,学校开展勤工俭学活动,组织师生,帮助棉农摘棉花。

那正是"早穿棉袄午穿纱,抱着火炉吃西瓜"的季节。大家早上穿得多,在地里越干越热,再加上太阳在头顶暴晒,一会儿便大汗淋漓、嘴巴冒烟。

新疆的棉花和内地不一样,棉株低矮,摘棉花必须弯腰。时间长了,又酸又疼,站不起来。

好不容易,坚持到午饭时间,大家纷纷把棉包背到地头儿。赵艳菊帮着学生过秤,也顺便称量了一下自己的劳动成果。别看自己是老师,知识比孩子们多一些,可摘棉花,自己可是小学生呢。幸亏摘棉花只是劳动,不用考试。哈哈一笑,赶紧吃饭。

她发现,此时的饭菜,格外香甜。

这样的勤工俭学活动,赵艳菊连续参加了多年。

她和学生们同吃、同住、同劳动,一起锻炼,共同成长。记得读书时,听保定学院老师讲校史,老校友、两院院士师昌绪先生曾再三强调,求学阶段的劳动课,至关重要。

一张一弛,文武之道。

的确如此。

2005年7月,赵艳菊的小弟赵国宝也从保定学院政教系毕业了。

赵艳菊并不知道他已在保定某集团应聘成功,随手打了一个电话:"小宝,我们这边缺老师,你愿不愿意过来?"

或许是赵艳菊经常与弟弟联系,使他渐渐认识了新疆,对这块土地产生了好感。赵国宝只考虑了一天,就下定了决心。

　　当时,赵艳菊的大弟弟在广西,如果小弟弟再来新疆,父母身边一个孩子也没有了,怎么办呢?

　　接到赵国宝的电话后,赵艳菊突然陷入了矛盾,像3年前自己刚来时一样,说不清楚是高兴还是担忧。

　　这年8月,赵国宝辗转万里来到且末。通过考试,在且末县中学担任政治教师,与姐姐成为同事。

　　那一段时间,赵艳菊可神气了,带着弟弟到处走到处看,让他熟悉工作和生活环境,遇到熟人便一一介绍,收获了不少赞誉和祝福。

　　经过3年磨炼,赵艳菊的工作早已干得风生水起。作为姐姐,除了在生活方面给予关心和爱护,在教学上也想帮弟弟出点子。赵国宝不仅努力,而且很有灵性,比姐姐当年适应得还要迅速,不久就进入了状态。

　　几乎没做任何缓冲,赵国宝报到一周后便接受了教学任务,成为初二4个班和初一3个班的政治教师,同时还兼任初二1个班的班主任。

　　任务繁重,压力巨大。

　　为了把课上好,他购买了大量相关书籍,每天晚上雷打不动地到办公室备课,一坐就是两三个小时,最早来最晚走。窗口的灯光,犹如校园的眼睛。

　　功夫不负有心人,正是因为他准备的内容丰富,又对教案进行了精心设计,所以相对枯燥的政治课被他讲得深入浅出、生动形象,颇受学生们欢迎。

　　工作第一年,赵国宝便取得了开门红:年终考核成绩,名列第二。

　　说实话,作为新教师,这个成绩,十分亮眼。

　　同事们纷纷过来取经,赵国宝知无不言,言无不尽。

　　他说:"其实,任何一门学科,乃至任何一堂课,都有难度,都有密码,都是一个小宇宙。只是很多人不知道、不揣摩,所以,许多密径就没进入,许多成长也就没经历。"

　　原来刚担任班主任时,他也感觉班里调皮学生太多,管理起来不是很顺手。

　　怎么办呢?

　　经过深思熟虑,他充分利用课余时间,把班里学生一个个找来谈话,通过交流,了解每个学生的性格和思想动态,也间接掌握了整个班级的情况。知道哪个学生经常爱搞恶作剧、哪个学生在班里威信高、哪个学生是文体活动骨干……

　　为了营造良好的班风,他根据每个人的实际情况组成了班委会,发挥学生特长,协助班主任管理班级。

很快,之前混乱的班风得到扭转,全班学习劲头儿明显上升。

在课堂上,赵国宝与学生们是师生关系,课下则是无话不谈的好朋友。学生们在私下的谈笑中,都称呼他"宝哥"。

是的,他喜欢学生,喜欢新疆,喜欢沙漠的苍茫,更喜欢戈壁的朝阳。

每当面对冉冉升起的红日,赵国宝都觉得浑身充满力量。他的心在和太阳对话,他默默地告诉太阳,青春其实也可以用光明和温暖来诠释,虽然自己不够强大,但依然可以毫无保留地献出所有的能量。

不久,赵国宝与一位出生在新疆的四川姑娘喜结连理。

人间最伟大的,莫过于父母之爱。父母全力支撑我们寻找更好的未来,看尽世间的繁华。父母的世界很小,小到只装得下我们;我们的世界很大,大到经常忽略他们。

赵艳菊和赵国宝在新疆教书的日子里,时时牵挂着父母。3个儿女没有一个陪伴身边,万一老人病了,怎么办?

2008年11月,母亲突患严重疾病,所有的中医西医都看遍了,依然没有好转。姐弟俩得知这一消息时,已经耽搁1个多月了,因为父母怕影响儿女工作,一直瞒着他们。

如果请假回去,就会耽误学生;不回去,又挂念母亲。

万里之外,姐弟俩一筹莫展。

这时候,父亲打来电话,坚决不同意他和姐姐请假回去。

"你身边没人帮忙,妈怎么办呢?"

"你俩不用管,我已经和一个亲戚商量好了,准备带你妈到北京的大医院就医。"

挂掉电话,姐弟俩抱头痛哭。

当年寒假,赵艳菊和赵国宝一起回家探亲。看着父母两鬓白发、脸上道道皱纹,不禁鼻子一酸,双双落泪。

父亲大概明白了他们的心情,笑道:"傻孩子,都过去的事儿了,还想那些干什么。"

假期即将结束的时候,父亲突然对他们说:"我和你妈一年比一年老了,为了不让你俩担心,我们决定今年把老家的房子卖了,跟你们一起去新疆生活。"

姐弟俩一听,瞬间呆住了。

几年来,他们曾试着提出过这样的建议,二老根本不予理会。父亲更是明言叶落归根,人老恋家,怎么能离开生活了一辈子的故土呢?

没想到,他这次竟然主动提出,不知内心经历了多少挣扎。

"爸,妈,这哪行啊,我俩怎么能让你们卖掉房子去新疆呢?实在不行,我们想办法调回来吧……"

"别担心我们,我和你妈想开了,只要我们在一起,走到哪里都是家,哪里的黄土都埋人。再说新疆也挺好的,只要你们能安心工作就行。"

年后,那几间父母住了一辈子的大瓦房,更名改姓了。

2009 年 5 月,两位老人深情地望了一眼祖宅,抛下积攒了多少年的箱箱柜柜、瓶瓶罐罐,背起行囊,踏上了前往新疆的火车。

花甲之年,生活转向,几多离愁,几多不舍!

那年春节,大弟弟也从广西专程赶到且末,一家人在新疆团圆了。

除夕,鞭炮震天响,笑声特别多,饭菜格外香。

母亲的病一直没有痊愈,也没查出具体原因,但说来奇怪,到新疆后,竟然一次都没有发作过。

姐弟俩开玩笑说:"这病分明是想我们想的啊!"

此话一出,引来阵阵笑声。

父母都是闲不住的人,挂在嘴边的话是:"你们尽管去忙吧,不用操心家里和孩子。"

偶尔谈及故乡,两位老人仍然会唏嘘感叹。

"还想回去吗?"

"当然,那毕竟是生活了几十年的地方,但我们更愿意跟着孩子们,看他们建设且末的未来。"

是的,姐弟俩是且末的现在。

且末的现在,正在构筑着且末的未来!

好儿女志在四方,有志者青春无悔。

有志者,要到祖国最需要的地方。

祖国最需要的地方,就是基层、西部和边疆!

西部边疆,乃国家的围墙,地处偏远。在那里,生活着众多少数民族同胞,物质条件相对简陋,文化水平相对较低,生活条件相对艰苦。正是因此,才更需要有理想、有热情、有智慧的青年人去建设、去改造。只有那里美丽起来、强健起来,我们的祖国才能整体美丽、整体强健。

24 年来,这群来自保定学院的毕业生们,像一棵棵红柳、一株株格桑花,扎根西部、扎根边疆,书写着各自的人生精彩。和他们一起成长的,不仅仅是当地的教育事业,还有经济社会发展、民族团结和谐、生态环境改善等等。

截至目前,保定学院已有 370 多名毕业生扎根新疆、西藏、贵州、重庆、四川等西部地区,为当地带去了新的生机和活力。

2014 年五四青年节前夕,中共中央总书记、国家主席、中央军委主席习近平给他们回信,肯定他们的选择"是当代中国青年的正确方向"。

在回信十周年前夕,我特意奔赴新疆,对这一群河北新疆人或新疆河北人进行了现场采访。

看着一张张朴实的脸,我知道他们虽已不再年轻,但他们的心,仍然年轻,永远年轻!

是的,他们和全国数十万扎根边疆的青年一起,用青春、热血和智慧,建设边疆、美丽边疆,从而把自己都建设成了美丽边疆!

（选自《青春的方向》,花山文艺出版社 2024 年 6 月出版）

有风自南：湾区工人的思与想

丁 燕

前 言

不知怎的，"工厂"这个词总给人一种迷迷糊糊的感觉。

然而实际上，我们每个人的生活都和工厂紧密绞缠，根本无法分割。

现在，手机、汽车、电脑、电视和运动鞋等工业产品，已成为现代生活的标配；现在，作为世界上最大的制造业之国，中国有近一半的劳动力受雇于工业。然而，我们中的大多数人却从未走进过工厂，既不知道车间是什么模样，也不知道工人是如何生活的。虽然我们不断地感受着工厂那神奇的生产力，但却从未认真地思考过它。事实上，工厂不仅带来了一系列的工业产品，还带来了一种全新的生产方式，这种方式对人类生活产生了极为深刻的影响。

然而，人们对工厂的认识并非一成不变。

从第一座工厂诞生至今已过去了三百年，人们对工厂的认识随时代的不同而发生着改变。在工厂诞生之初，多数人着迷于纺织厂和炼钢厂所爆发的创造力。然而很快，人们便发现工厂不仅给人类生活带来方便，同时也带来了教训和伤痛——那些站在福特汽车厂流水线旁的工人，比以往任何时候都更像机器的附属物；那些生产各类产品的工厂，虽然提高了人类的生活水平，但也对地球资源进行了大肆掠夺。经过反思、挣扎和顿悟，人们对工厂的态度从狂热变得冷静，继而心平气和。

2011 年，中国经济总量首次超过日本，成为世界第二经济大国，两百多种工业品的产量居世界首位，这标志着经过数代人的艰苦努力，中国由农业大国向工业大国转变的目标已初步达成。现在的中国，不仅拥有最大规模和相对完备的工业体系，且在全球经济格局中扮演着越来越重要的角色。而这个奇迹的诞生和改革开放是分不开的——家庭联产承包政策，将农民从土地中解放了出来；户籍制度的松动，允许农民进行有条件的流动；东南沿海形成的电子信息、装备制造、家用电器、纺织服装、通信设备、汽车等产业集群，吸引着全国各地的农民来打工。在20世纪90年代中期，中国农民工的数量大约是五千万至七千万人。到2014年，则为两点七亿人。

时间的指针瞄准了2017年。这一年，"粤港澳大湾区"正式成为国家级战略。

事实上，大湾区中的这十一个城市——香港、澳门、广州、深圳、东莞、珠海、佛山、中山、肇庆、江门、惠州——都是岭南项链中最耀眼的明珠。大湾区不等同于中国，但它却藏着中国潜在的可能性。

事实上，并非所有的地方都适宜文学表达——文学绝不会无缘无故地冷落一座城，也不会无缘无故地热爱一座城。只有当那座城与生活其中的人发生了紧密的精神联系后，它才会成为文学的描写对象。湾区工人的思与想，不仅牵动着当代中国，还影响着全世界。

有风自南，有容乃大。

从"五妹"到"主管"

一

那一刻，她被这家大厂的景象和声响给吓住了。

那一刻，她看见车间像个迷宫，到处都盘旋着迷宫管道，到处都转动着迷宫机器，到处都弥漫着迷宫色调，到处都制造着迷宫产品。

那一刻，她看见拉线两侧干活的女工都一模一样——她们穿着一模一样的土黄工装，戴着一模一样的土黄工帽，有着一模一样的土黄面庞。然而，她居然在那群一模一样的身影里辨认出了四姐。啊，像母亲一样的四姐！四姐和母亲就像是同一个模子刻出来的，只是，四姐比母亲显得更结实、更强壮。那个瞬刻——对视的瞬刻——她们的眼神似乎一动不动。

然而，改变已经发生了。

其实，四姐早在她看到自己之前就已看到了她。可是，四姐不能做出任何反应。她只能笃定地坐在拉线旁，双手忙碌地干着活，而眼睛的余光却异常灵巧。当两个女孩的眼神在空中实施了成功对接后，五妹的泪水像触电般淌了下来。

这一幕发生在 1994 年的春天。

那时,阿平才十三岁。十三岁的乡村女孩能走进这家位于珠海的台资大鞋厂,是因为她拿着大姐的身份证。虽然五妹和大姐长得确实很像,但她到底是个胳膊细瘦、胸部扁平的小女生。然而,招工的人并没有盘问她的年龄,而是提出了另一个问题:"厂里有没有你的亲戚?"她老老实实地回答:"有我四姐。""哦,在哪个部门?""裁断部。""哦,那你也去那里吧。"

于是,这个小女工便在车间里看到了正在干活的四姐。

下班后,五妹拉起亲人的手,肩膀忍不住耸动起来:"四姐,我想老妈!"听到五妹的声音里带着哭腔,四姐的嘴角挂出母亲般的笑容:"才出来就想回去啊!"

"原来工厂是这个样子的!"这是阿平来到这个大厂后一再重复的一句话。

那一天,裁料员领着她从办公室走到了电梯口。电梯十分陈旧,既运货又乘客。电梯里的轿厢上,有被重物撞损的痕迹。电梯带着他们来到了三楼。穿过一道铁门后,她看到了车间——那是一个敞开的巨大房间。当冲压机发出"咔哒"一声闷响后,小女工浑身上下的血液都凝住了。

"其实,这个活也不难做!"裁料员粗声粗气地说。

这个中年男人有着一张没有刮胡子的黑黄脸庞,一口黑黄的牙齿,一双黑黄的大手。他像一尊铁塔,浑身上下都散发着铁塔味,连看人的眼神也是一股铁塔味。

虽然这个小女工无须了解鞋子制作的全部过程,但她却需要了解自己要干的那个工序。她看到冲压机用强壮的螺杆往下一冲后,便造出些形状不等的散件。其实,它们就是组成一对鞋底的四个部分:上件、下件、左件、右件。她干的是数字员的工作——将四种散件归类后,一一点数清楚,以同等数量装入袋中。

刻不容缓,她必须投入这个工作中。

当她试图将散件归拢时,咽喉深处有一种因紧张而产生的压迫感。她担心自己的节奏跟不上机器的节奏。半个小时后,她已总结出了经验:快了要等货,慢了要堆货,所以要将节奏调整到不快也不慢;干活时要集中精力,不能四处张望,否则很容易出错,而纠错的过程更痛苦。

两个小时过去后,她已干得十分顺手。她发现这不过是件机械、刻板而单调的工作,根本没什么技术含量。于是,她的手指便有了懈怠的倾向。有那么一个瞬间,她的节奏慢了一点。就是那么一点,却被铁塔男人抓了个正着。

"怎么这么慢!"他嘶吼了起来,"快点!快点!"

他赤裸裸地教训着助手:"你不要耽误我挣钱!"

当吼声撞到耳膜时,她像从梦里醒来般,赶忙屏住呼吸,让动作变得更快一点。快!快!快!要让快变成更快,要让更快变成更更快!最后,整个人都变得轻飘飘,像要飞起来似的。

下班后,她感觉肌肉酸痛,像是被人暴打了一顿。可给老妈打电话时,她却轻声说:"一切都好,您放心吧。"

她渐渐地习惯了工厂生活。

和单调的工作相比,她更讨厌的是那种毫无隐私的集体生活。

八个女工挤在一间屋里,干什么都要抢——白天洗脸要抢,晚上冲凉也要抢。

一旦有了"离厂"的念头,她的脚趾便开始抽动,一心想着往外走。她根本无法阻止自己的脚趾。三个月,她便被脚趾带到了厂门外。

她一直忘不了那里的早餐:油条、包子、烙饼、面条、面包、肠粉……想吃啥有啥。

二

阿平的家乡是江西萍乡的一个小村庄。

她从小就知道那个公开的秘密:虽然她家被称为"五朵金花",但这个词充满了嘲弄和贬低——这个家只有五个女儿没有一个儿子。所以,每当听到别人喊她"五妹"时,她都感觉浑身别扭。不,她一点也不想引人瞩目。她只想安静地跟在母亲身后,当一条白色的小尾巴。如果她必须说话,那她发出的声音就像蚊子叫。

在父亲的口中,井下是一个可怕的黑色世界。听父亲这样唠叨时,五妹是心疼他的;然而,这个最小的女儿最心疼的人是母亲。母亲既要做一日三餐、打扫卫生、浆洗衣衫,还要插秧、种地、拔草、半夜放水浇地。然而,五妹知道,让老妈蒙着被子大哭的原因却不是劳累,而是屈辱。除了要忍受邻居们的冷嘲热讽,老妈还要忍受大伯母的明枪暗刀。这位生了三个儿子三个女儿的大功臣,总是看弟媳不顺眼。

好在五个女儿都很能干——大姐二姐帮母亲种地,三姐四姐做鞭炮引线挣钱。就连刚上小学的小女儿,每天也要做两千根引线补贴家用。

1992年,当四姐离家到珠海鞋厂打工后,常给家里寄来汇款单。四姐打工的第二年,母亲就决定用攒下来的钱盖栋新房子。那些堆在工地上的建筑材料晚上不安全,需要有人守,而"守房子"的事便落在了父亲和五妹头上。从老房子走到新房子,要翻好几座山头。若是白天,这些山路并不难走;可一入夜,那些黝黑的道路便让脚步踉踉跄跄。看着前面那个摇摇晃晃的身影,十二岁的女孩悲从心头起:自己若是男孩就好了。

1994年,十三岁的五妹拿着大姐的身份证进入鞋厂打工。三个月后,她又变成了母亲身后的小尾巴。五妹就这样跟在母亲身后长大了。她的变化是肉眼可见的——她从一个瘦弱的女孩变成了一个苗条的少女。她的外貌越来越像母亲,甚至举止也像。但是,她又比母亲更机敏更灵活。

五妹成了村里的香饽饽。那些小花炮厂的老板都知道她做活又快又好,一个人顶三个人。五妹做活不挑工厂,但她却有个条件:一定要坐在一楼门口的工位上干活。她知道,虽然她做的是鞭炮引线,可她周围放着的都是做鞭炮的材料。有一天上午十点,五妹听到二楼发出"咚咚"的声音后,即刻判断"出事了"。那个瞬间,她拔腿就往门外跑。因为她跑得快,所以没受伤。

三

1999年下半年,通过劳动局的介绍,阿平来到东莞的一家台资科技厂。

由于有大厂打工经验,所以她很快便适应了工厂生活。和当年的那个女孩相比,现在的她变得更加客观。显然,和家乡那些手工作坊相比,这个台资大厂不仅环境舒适,且厂规完善,十分正规。她的工作是为电脑托盘做垫片。上班的第一天,她做了八十个垫片;第二天,她做了一百六十个;后来,她能做到八百个。

她做事的秘诀是——"不说话,专心做"。

虽然厂里规定上午和下午各有十分钟上厕所的时间,但只要一开工,她便埋头苦干,从不起身。因为她一分一秒都不偷懒,所以她做得又快又多。那时,她的工资每月都在五百元以上。春节前,她给母亲打电话时许诺:"老妈,我一定要给您买对金耳环!"

然而,在2000年元旦后的一个晚上,她做了一个奇怪的梦。

在恍恍惚惚中,她看到有人死了。然而,她离那个地方实在太远,怎么看都看不清。她想找人问一下,但看到的都是恍恍惚惚的影子。她在恍恍惚惚中醒来后,因为要赶着去上班,便没把这个梦当回事。晚上下夜班回到宿舍,她看到床上多了张纸条——你、妈、死、了。她的身子抖了一下。她知道母亲患有冠心病,但却怎么都不相信,老妈会走得这么快。她闭上眼睛,想让自己变得更镇定一些。她希望这个场景是一个梦。可等睁开眼皮后,她又看到了那张纸条——你、妈、死、了。

她的太阳穴突突地跳着,眼睛像两粒碎石子。陡然间,一阵热风吹来,呼啦啦的,让她变得清醒过来。她意识到自己现在要做的第一件事就是请假。

"我要请十五天假。"她怯生生地说。

主管是个瘦瘦高高的女人,年近四十尚未出嫁。其实她的长相还算清秀——如果她紧闭嘴唇。可是,只要她一张嘴,便露出了一口黄牙。

黄牙冷冰冰地拒绝:"不行。"

女工带着哭腔嚷道:"我妈死了……"

当黄牙一丝不苟地说"厂里有规定,批不了那么长的假"时,女工却从她的瞳孔中读到了另一句话"你骗谁呢"。于是,她便窘迫地解释起来:"我说的是真的,我妈真的死了。"

"哦!"黄牙努力抑住着揶揄说:"厂里的规定也是真的。"

女工提高嗓门喊了起来:"一个人怎么能拿父母的生死做挡箭牌! 我一句话都不骗你,我妈确实死了! 我知道厂里只能批一周假,但我回家要做的事一周不够……"

黄牙被激怒了:"批不了就是批不了!"

陡然间,这位女工的身上一阵疼痛,就像被烈火烧着那般;陡然间,她闭上嘴巴,不再说话;陡然间,她转身就走,不愿停留一秒钟。回到宿舍后,她的脑袋是一张空白的打印纸。怎么办? 怎么办? 怎么办? 一秒钟之后是另一秒,一分钟之后是另一分钟。她的脸色越来越白,白得像一张打印纸。当"找经理"的念头出现后,她陡然站起身,快步走了出去。

当她陈述了整个请假过程后,那个有着鹰眼的男人点点头,从舌尖弹出一句话:"我批准了!"看女工还愣着,男人便补充道,"办完事后再回来!"

事实上,她从来没有一个人坐过火车。可现在,她却一个人站在了车站。

听到有人说的是萍乡话,她便凑了过去。她胆怯地用家乡话说:"我跟你们一起坐车好吗?"

火车轰隆隆向前驶去,一下子就离开了城市。第二天上午,她走在了回家的山路上。

在路口看到父亲时,她从他的眼神里已确定了那件事——老妈真的走了。

五妹知道母亲总是哭——她不会在人前流泪,而是在夜里蒙着被子号啕。

母亲为自己生下的五个孩子都是女性而倍感羞耻,母亲还为大女儿生下的第一个孩子是女儿而倍感焦虑。她四处打听,替大姐收养了一个男婴。可大姐要忙地里的活,根本没时间照顾。于是,她便把这个孩子养在身旁。在一日三餐、打理田地之外,母亲又多了喂奶、换尿布、哄睡觉等杂事。由于山区的夏夜格外闷热,母亲便在水泥地上铺了层席子睡觉。当她进入梦乡后,她的躯体显得无遮无拦。她感觉似乎有阵微风吹过,但不知道那就是死神的脚步。死神一旦开启了它的行程,便不会中途停止。

四

看到桌上供着的照片后,五妹身子一软,泪水滂沱而出。

老妈原本是个秀气的女子。可她在连续生育了五个孩子后,身体里的水分被挤干了。她变成了一根枯木——她是由枯木面孔、枯木腰肢和枯木脚趾组成的枯木人形。现在,她成了一张枯木照片,被囚禁在枯木相框中。现在,她的头发是枯木,皱纹是枯木,眼神也是枯木。

那座山出现了——那座十二岁的她跟在父亲身后走过的山,那座模样狰狞、能唤起恐惧感的山。如今,虽然那座山的形体变小了,但树依然是绿色的,天依旧是蓝色的。那座山张开一张黑嘴,吞噬了母亲的身躯后,马上就闭合了起来,像什么都没有发生。然而,改变已经发生了。现在,在五妹的眼中,这座山不再狰狞,反而有了种亲切之感。

从山上下来,五妹感觉自己身体的某个部分被撕扯了下来,也埋进了大山深处。有个声音响在耳畔:离开!离开!离开!现在,她一点也不想待在家里;现在,她只想待在一个陌生城市的陌生房间里。收拾行囊时,父亲的眼神像蝙蝠的翅膀,裹挟着黑影落在了她的手臂上。按照这个小村的规矩,家里的男主人老了,必须有女人来照顾。如果老婆不在了,那就得女儿做出牺牲。可五妹的心里却翻腾着一锅滚水——她只想待在一个陌生城市的陌生房间里。

"你为啥要走?"父亲将喊声提得很高,使这句话在它问号的地方爆炸开来。

为啥?!她不回答并非因为她不知道答案。

十二岁走山路时,她是个担惊受怕的孩子;十三岁时离家打工时,她是个懵懵懂懂的孩子;十八岁再次离家打工时,她是个充满幻想的少女;此时此刻选择再次离家,她已是个心智成熟的女性。她知道自己的出走不仅仅是为了自己,还为了母亲。

"别走行吗?"父亲低声恳求。

他已经是个老人了,牙龈呈现出一种古怪的粉红色,发际线也退得很后。当他的臂膀交叉在胸前时,两手可以抓住两个腋窝。其实,那双手更想抓住别的什么东西。

"那么,"父亲的声音尖锐而粗糙,带着一股生铁味,"你走了就不要再回来!"

当五妹用沉默的背影作为回答时,这个男人的眼神便彻底黯淡了下来。离开!离开!离开!当女儿不再想做母亲的翻版时,那个古老的故事便开始瓦解。

　　就在这个空当,一个拿着可乐的男人走了过来。

　　她的个人生活发生了巨大改变:她恋爱了。那次发生在溜冰场的奇遇像一个巧合,可后来她才意识到,事情并非如此。当时,偌大的场子里挤满了流动的人和流动的音乐。陡然间,一个男人滑翔到她的身旁,手里捏着瓶饮料。

　　"喝可乐吗?"

　　由于不确定这句话的动机何在,所以女人以沉默的眼神和冰冷的面孔作为回答。

　　事情看起来相当简单:年轻男子想请年轻女子喝可乐,可是那女子拒绝了那男子。事实上,那女子拒绝的不是饮料,而是所有走向她的异性。母亲过早离世令她愤懑、愧疚和感伤,所以她将自己变成一颗玻璃珠,一直滚入暗黑的洞底;所以她把自己囚在牢房中,既焦躁不安,又郁郁寡欢。为了排解郁闷,她便到工厂附近的溜冰场滑冰。她虽然形单影只,但却姿态优美,宛如天鹅。

　　老罗的朋友和他打赌:"那个女的滑得真好!你能追上吗?"

　　于是,男人便拿着可乐凑了过来。不,她并不想喝他递来的可乐,也不想和他讲话。然而,冷若冰霜并没有让这个追求者退缩。他们总能在溜冰场偶遇,而他总是拎着一瓶可乐。她发现,他拘谨的行为和他兴奋的眼神完全不搭调。其实,他的眼睛比他的双手更会说话。当偶遇变成期待后,两个人便都在冰鞋的鼓励下飞了起来。

　　渐渐地,沉默的眼神和冰冷的面孔都发生了异变。渐渐地,她不仅了解了这个男人的身世,甚至还同情起了他。这位来自四川达县乡村的男子不仅家境贫寒,且父亲在四十多岁时就已去世。虽然家有三兄弟,但他们的母亲依旧改嫁他人。现在,他是孤孤单单的一个人,既不需要回老家顶门立户,也不需要照顾老人;现在,当他拥抱她时,就像在拥抱一份上苍恩赐的礼物。

　　那一天她记得很清楚:2003年3月9日。

　　她和老罗就在那天结的婚。

五

2018年年初,阿平来到东莞沙田镇的一家大型内衣厂。

那时,她刚生完女儿,还处在哺乳期中。

当母亲俯下身子轻吻女儿时,她的吻是清澈透明的吻,是不求回吻的吻。

所以,当她对夏总提出"我不上夜班"的要求时,那个内衣厂的老板有些惊诧。打工的人若想拿高工资,就要挣加班费。正常上班(一天八小时)的工资,只是一个平均数。夏总是个五十来岁的细长男人。他有着细长的脖颈和细长的手臂,细长的双腿和细长的双脚;他的普通话是通过细长的剪刀裁剪出来的,每一个字都带着细长的尾音。

当他用细长的眼神打量这个求职者时,整个人有些僵硬。然而很快,他便变得柔和起来。那张简历显示,这个女工可是个熟手。

于是,夏总微笑着点点头。

阿平是以临时工的身份进入包装部的。可是,这个临时工干起活来又快又好。她似乎根本不在意加班费——干够八小时,她即刻离厂。

一个月后,当定型部缺人时,她便主动请缨。那个部的工资虽然高一点,但要天天拉货,每个人每天都是大汗淋漓。阿平干了两个月后,体重从一百三十斤降到一百一十斤。听说定型部要上夜班后,她便找到夏总。她还是那句话:"我不上夜班。"

看到老板困惑的表情,她被迫说出了那个理由:"我女儿还小,我要照顾她。"

看到老板一声不吭,她的语气居然强硬起来:"实在不行,我就辞工。"

可老板说的话却令她吃了一惊:"包装部的主管要辞工回老家,你来当主管吧?"

临时工摇摇头:"我不会啊。"

但老板那细长的眼神异常坚定。他说话的语调像一位亲切的中学老师:"不会可以学嘛!你可以的!"

眼神对着眼神,定定地对峙了几秒钟。临时工决定让出一条路:"我试一试。"

于是,阿平变成了夏总身后的一条白色的尾巴——老板走到哪,她就跟到哪。看着眼前那个晃动的细长身影,女人常会想起自己十二岁时跟在父亲身后的情形。

跟着夏总走进样板间后,她的眼前出现了一个硕大的花团——由上百种样品组成的花团。她必须仔细辨认,才能分清那些花瓣和叶片的构成。原来,女人的内衣面料有布面的,也有硅胶的,而硅胶又分为常温胶和生物胶;原来,女人的内衣有纯色的,也有花色的,还有波点的;原来,女人的内衣有正圆形的,还有花瓣形的、瓢虫形的、手掌形的、嘴唇形的、五角星形的、芒果形的。

她犯愁起来。

这一百多个型号的产品,她只熟悉其中的两三种,绝大多数都需要重新认识。现在,她需要掌握不同的冷色和暖色、不同的曲线和直线、不同的柔软和坚硬。正是这些细微的差别,让这个大花团争奇斗艳,千姿百态。

阿平难以忘记第一次戴乳贴的感觉——胸前的乳房好像不见了。

那对沉甸甸的凸起物,原本要通过肩带、衬布、钢圈、搭扣等配料把它们紧紧地裹起来。可突然之间,那种沉甸甸的感觉不见了;随后,整个躯体也变得轻松起来。现在,只有视觉上的证据能让人相信那凸起物依旧和身体相连,依旧属于这具身躯,但事实上,它俩已像两条鱼般游走了。

当女人在穿露背装、深V装、裸肩装、透视装时,尤其需要乳贴的加持。那时的女性躯体,有着一种若隐若现的朦胧美。这种美就像一朵花在盛开,你可以观看,但不能采摘。原来,女人可以这样活——穿着优雅的衣衫,迈着优雅的步伐,说着优雅的话语,露着优雅的笑容。

可母亲的一生从未优雅过。

她总是忙忙碌碌地干着活,像钟表般一刻都不停歇。当她的乳房在哺育过五个孩子后,乳头已起皱、变硬、发黑,成为两粒桑葚干。青春像微风般从她身上漫过,没有停留一分钟。

通过不断学习和历练,阿平从临时工蜕变成包装部主管。

她终于弄懂了内衣产业链是如何架构的。

原来,内衣和其他产品的制作流程都大同小异——面料、设计、制造、仓储、物流、销售。在这个环环相扣的链条中,每一个环节都很重要;原来,内衣行业的销售模式已发生了巨大变化。过去的代理商制(厂家生产出产品后开始招全国代理,全国代理再招各省代理)已被线上线下同时销售所取代;原来,乳贴本身并不值钱,值钱的是包装。一对乳贴的出厂大货价是四元,但如果配上包装,在网上就能卖到二十元。

包装部的重要性是逐渐显现出来的。

现在,虽然机器人、机械臂已替代了很多人工操作,但包装部所涉及的那些动作——搓开、卡上、扣住、塞入——则必须由人的手指完成。因为这些动作很难流程化,也就很难让机器来完成。

于是,包装部便成了内衣厂中工人最集中的地方。

六

2018年10月,内衣厂要搬到道滘镇的南丫工业区。

对别的部门来说,搬厂是件麻烦的事;可对包装部来说,搬厂是件可怕的事。

这个部门不仅没有男工,且三十多个女工都五六十岁。阿平尊称她们为"大姐"。这些"大姐"要么是在周边厂干了多年的老普工,要么是住在周围平房种菜的农民。她们虽然手脚不灵光,但心思却很灵光。她们的眼神是尺子,总在衡量主管的行为是否公平。

阿平领着这些"大姐"对机器和产品进行分类、整理、打包和装箱。等大包小包运到新厂后,她们又用叉车把它们拖进车间,再按原来的样子安装完毕。

现在,阿平的一天是这样度过的。

早上七点,她已来到一楼办公室打单,看货够不够;一个小时后,她来到三楼车间,看包装部的进度如何。虽然前一天,她已在微信群里安排了每位大姐的具体工作,虽然部里有两位监督员,但她还是要亲自过来看一看。

包装部的车间是个硕大的房间,天花板很低,房顶的白炽灯似乎不足以照亮全部空间。车间里有股热烘烘的味道——是机油、皮革、胶箱和布料混合在一起的味道。在这个敞开之地,除了摆着两条长长的拉线,还有两台如黑熊般的冲压机。墙角处塞满了一排排用透明胶带粘起的黄色纸箱,每排箱子间的过道只有不足半米。阿平就是从普工干上来的,所以大姐们的心思瞒不过她。她知道一碗水怎样端平,也知道什么时候需要整顿军纪。若发现哪位大姐干活磨磨蹭蹭,她便会亮出嗓门催促。若连喊了四五次,大姐还是不动,她便会让那尊雕塑把工位腾出来。若大姐不愿挪窝,她会拍着桌子大声说:"你可以去别的部门,这个部门容不下你!"

中午十二点,她走进饭厅,拿起餐盘打饭。把米饭、蔬菜和汤全都咽下去的过程,只需要二十分钟。虽然离上班还有一个半小时,可她并没有回宿舍休息,反而转身到一楼办公室。她还有一堆杂事需要处理。两点是下午上班时间。她来到三楼包装部后,先看货做得怎么样,再开始做报表。这个时候,她最害怕的就是来急单。

任何一个急单,都预示着重新布置。

有的人要红色的包装,有的人要黑色的包装;有的人要简易的包装,有的人要豪华的包装;有的人一周内要拿五万对货,有的人三天内要拿两万对货。厂里虽然有三百多号人,但大家都是一个萝卜一个坑。现在,要打乱了重排,人人都会感觉不满意。为了排班,她和别的主管争吵,还和夏总争吵。有时,她连续两天不和夏总说一句话。

工厂之家的全部节奏,都要围绕着订单宝宝来展开。

要给订单宝宝铺上干净的床单,要让订单宝宝喝上高质量的牛奶,要把订单宝宝放在温水里沐浴,要让订单宝宝在摇篮曲中安眠。所有的人的所有的忙碌,都是为了让订单宝宝健康长大。在订单宝宝的世界里,不能有一丝一毫脏的、臭的、烂的东西出现。

下午三点之前,她要打系统单;四点到五点,她要看货备到哪里。到六点吃完晚饭时,她的电话少了很多。现在,她终于可以做自己的事——打标、做报表、发货。到深夜十一点,她将电脑关闭后回到宿舍。洗漱完毕,躺在床上后,她还有最后一项工作要干——看订单,看各个部门的进度。虽然此时的脑袋像铅球,但她还是咬牙看完。丈夫抱怨:"工厂给你啥了?你何必这么拼!"妻子反抗道:"不是老板命令我干的,是我自己想要干好。"

已经十二点了。她终于关闭手机,合上眼皮,陷入昏睡。在最后的清醒时刻她还做了总结:这一天虽然忙碌,但总算平平稳稳,没有出啥差错。

在阿平所生活的那个小村里,有一条千百年来固定下来的律法——母亲就是母亲,女儿就是女儿,女儿长大以后就变成了母亲。

然而,阿平成了一个逾越者。

和传统的乡村庄园不同,工厂是一个簇新的钢铁帝国。

这个帝国有一整套新的名词、新的系统、新的标准和新的分工。改变不会发生在一夜之间。日积月累,年复一年,当阿平的生活被车间、胶箱、仓库、货车、打单、出柜等词汇填满后,她看待世界的眼神也发生了改变。

原来,她是个说话像蚊子叫的羞涩女孩,现在,她不仅声音洪亮,且举止干练;原来,她是个初中生,只马马虎虎地认识些汉字,现在,她不仅能熟练使用电脑,还会自己编程;原来,她对生活的要求是吃饱穿暖有房住,现在,她希望自己不仅要活着,而且要优雅地活着。

她一直都忘不了那一刻。

那一刻,她看见车间像个迷宫,到处都盘旋着迷宫管道,到处都转动着迷宫机器,到处都弥漫着迷宫色调,到处都制造着迷宫产品。

工厂之外的"泥土生活"

一

人们生活在这个世界上很艰难,但又不断地创造着奇迹。

阿国的样子看起来很普通——个子不高不矮,体形不胖不瘦,皮肤不黑不白,五官是平常的细长眼、厚嘴唇、高鼻梁,口音是略带贵州味的普通话——除了那头黑发。

那头黑发过于浓密,就像刺猬身上直愣愣的刺般炸开在脑袋上。

下班后,阿国顶着他的黑发王冠来到了一个小菜园。那块地有篮球场的二分之一大,四周环绕着高大的榕树,树下覆盖着由落叶、藤蔓和茅草编织成的绿网。侧旁的河流是东江。当这条江即将穿过虎门跃入南海时,已变得心平气和。

站在菜园里的阿国,像国王般检阅着他的领地。

在这里,有股植物和泥土混合而成的味道,能让人神清气爽。在这里,榕树之外是一栋挨着一栋的厂房。那些房子硕大而威严,透露着不可侵犯的气息。这块小小的菜地,简直就是一个小小的奇迹。阿国在这里种菜、养蜂和喂鸡。他做这些并非为了挣钱——很明显,他的投入和产出不成正比——然而,他却沉湎其中,不能自拔。

到 2023 年时,阿国已年满三十五岁。

这是个既不年轻也不衰老的年龄。

现在,阿国每天下班后,都到那个小菜园里去劳作。

当他还是个小男孩时,总想把自己藏起来:他不是钻在桌子底下,就是钻在柜子里头;长大后,他发现自己无处可藏,便给自己搞了个小菜园。一下班,他就让自己钻在这里。

虽然打工多年,但他却一直都没有忘记泥土的味道——那种野蛮而强烈的味道。那是从热烈的西红柿、金黄的玉米、蓝黑的茄子及绿色的豇豆中散发出来的混合味。其实,这个菜地的尺幅并不大,但他却乐此不疲地干着活。他找来很多根竹竿,裁成一样的长度后,给豇豆搭起了架子;他喂养那十几只母鸡时,不厌其烦地照看它们;他把网购来的五个蜂箱安在地埂旁,时不时地打开查看。

在这个弥漫着绿色热气的工业园里,他的行为像个地地道道的农夫。然而,他却是电子厂里受人尊敬的工程师。他既负责维修机械,又负责研发新产品。

1988 年年初,阿国出生在贵州毕节市的一个小乡村里。

那个村子的四周都围绕着大山,而山沟的深处却流淌着一条河。虽然人们在河边建起了一栋栋瓦房,但却找不到一块适合耕作的平坦之地。于是,人们便把玉米、茄子和豇豆的种子撒在了山坡上、河岸边、高坡处。

初中毕业后,阿国虽然考上了高中,但只读了半年便退学了。他觉得既然高考无望,不如趁早出门打工。事实上,他是个相当有天赋的学生。在学校里,他不仅学习了光学、力学、水力学和板块构造学,还掌握了基本电路。他知道如何修理坏掉的电线和开关,如何给电线打结,如何检查电阻。当他在小商店里搜寻到一些零件后,又遵循着一套复杂的指令和一张破旧的电路图,用机架、电容器、各种电阻和扬声器装配成一个收音机。

其实,他并非什么天才,而只是善于思考。当他在思考一个问题时,使用的是全部的热情。他不仅将思想高度集中,且让全身的每一个细胞都高度集中起来。

2006年春节后,阿国出门打工时刚满十八岁。

当历史的车轮轰隆隆地往前迈进时,这个年轻人也跟随着车轮一起往前走。离开家时,在他的身后是一片嘲弄的哄笑声,然而,他依旧跳上了那辆中巴。

阿国成为深圳福永一家港资电子厂的普工。

毋庸置疑,现代性以史无前例的姿态掀起了全球性的社会变迁;毋庸置疑,中国追赶现代性的步伐、规模和方式,始终令世界人民瞩目。在短短半个世纪中,中国经历了空前的巨变。而阿国的打工史,不过是这片海洋中的一朵浪花。

深圳像一把大菜刀,陡然间斩断了他和故乡的联系。

他不仅脱离了所有的根系,还脱离了滋养这些根系的那片土地。

从此之后,再也没人能帮得了他;从此之后,父母和妹妹彻彻底底地成了局外人;从此之后,他成了一个孤独的旅行者,只能自行摸索应对问题的办法。

二

深圳是豪华的,而东莞是朴素的。

在深圳,他度过了自己的青年时代;而在东莞,他迎来了自己的中年时代。

2006年在深圳时,他只是个职场菜鸟;2018年到东莞时,他已是工厂能人。

在深圳,他学会了如何在城市生活。他发现水不再需要从水井或水渠里提取,他发现工装和西装是两个阶层的标志。工装的样式大多是夹克衫,颜色以土黄色或深蓝色为主,而西装最特别的,便是那挺阔的领子。如果有个穿西装的人出现在车间,那他不是董事长就是总经理,或者是财务总监。但事实上,即便工人穿上了西装也会很别扭——不仅仅因为姿态,更因为常年劳作的人,面皮黝黑,手掌粗糙。

在深圳,他学会了焊锡、组装等电子厂里的那些活。当他从一名普工被提拔为拉长助理后,又担任过物料员。他感觉不仅生活质量提高了——底薪五百八十元,加班费一个小时两块五。一个月干下来,能有八百多元,比在老家强多了——而且,他的眼界和格局都得到了提高。现在的他,再也不是那个两眼低垂、浑身轻颤的小学徒。甚至，通过在工厂工作，他还慢慢知晓了一些关于城市、国家和世界的知识，虽然这些知识并不深刻。

到 2023 年，阿国已在东莞居住了五年之久。

那个感慨时常冒出他的脑海：深圳是豪华的，而东莞是朴素的。

现在，当阿国走进电子厂后，看到工人们正在给香薰机套上塑料袋，再把它们放入黄色的纸箱中。看起来，这个活十分简单。然而，一旦这种动作重复一千次一万次之后，手指就会被磨得生疼。于是，有人戴着手套干活，有人将右手大拇指用黄胶带裹起来；现在，在那条拉线的顶头，挂着张"作业指导书"，上面明确地标注出产品型号、生效时间、文件版本、文件页码、工序时间、工位名称等字样。在指导书的最下方，还标明了制作是谁、审核是谁、批准是谁。而阿国的名字，则出现在了审核那一栏。

事实上，当阿国第一次走进电子厂时，没有一点和机器打交道的经验。他是后来才慢慢知晓那个秘密的——进入工厂便意味着工人要和机器融为一体。在工厂，工人要么能操作机器，完成某个单一产品的生产；要么能监控机器的运行，及时处理机器出现的差错；要么能成为机器的助手，完成机器无法完成的那部分工作。否则，他便毫无价值。

阿国发现，深圳的工业园是个神奇的地方。

在这里，拥挤着一堆大大小小的工厂，它们或者制造电子产品，或者制造玩具、食品和内衣等产品。在这里，有三个时间段行人稀少：早上八点至中午十二点、中午两点至晚上六点、晚上八点至晚上十一点。在这里，只有到了深夜十二点之后，才能迎来真正的安静。那些躺在宿舍里的工人睡得很死，即便脑袋被踢上一脚都不可能醒来。那从窗户中泻进来的扇面光芒是青白色的，当它一寸寸挪移时，能照到阳台上的长衫短裤，也能照到床上的被褥枕头。

当第一缕晨光抚摸到这些水泥楼房时，它们慢慢地恢复了血色。几分钟后，整个工业园又活了过来。到处都是声音——翻身下床的声音、刷牙洗脸的声音、吆喝孩子快点的声音。八点之前，人们甩着手，快速朝厂房走去。进入车间大门后，工人们像溪水般流向拉线，又像溪水里的石头般各就各位。

八点一到，正式开工！

在抬起手指的那个瞬间，他们变成了一个和此前完全不同的人。现在，他们要全身心地投入工作中去。一个小时之后是另一个小时。在他们心底，一直反刍着那个问题：这种无休无止的劳作，何时是个头？不知道。谁也不知道。事实上，每一个投入工作的人，都是一个混沌的人，因为他只想把手头上的这件事干完，根本没有精力想其他。

阿国发现，在工业园里的这些大小工厂中，电子厂最为神秘。

通常，电子厂的车间都是那种敞开式的单层厂棚，里面堆着黄色纸箱、蓝色胶箱、各种机器、挂钩、说明书和塑料袋。看起来，这个空间有些凌乱，但又有种乱中有序的感觉。通常，在一个大车间里会安装四五条拉线（那种能流动的装配线被称为流水线，也叫拉线，负责管理拉线的人则被称为拉长）；通常，在一条拉线旁会站着（或坐着）几十个或者上百个工人，他们各干各的，不能聊天，不能随意走动；通常，工人从慢慢移动的皮带上拿起电子板进行装配后再放下去的动作，是十分简单的。他们就像螺丝钉，对整个机器的样貌一无所知。

阿国发现，在工厂，大自然的力量会变得十分屠弱。由工厂主制定的时间表，是一切行动的指南。这个表格，不仅对工人的工作时间做了详细安排，还包括休息时间。这个表格是严厉的。若不按它行事，便会遭到重罚——扣工资、扣奖金、炒鱿鱼（被辞退）。

阿国发现，工人工作的节奏和农民耕种的节奏完全不同——车间里实行的是全封闭管理，所以工人不能随意支配自己的时间。虽然《劳动法》规定"职工每日工作八小时，每周工作四十小时"，但加班可拿到双倍工资。所以，大多数工人是愿意加班的；所以，工业园的街道除了周日的夜晚有些喧嚣外，其余夜晚都岑寂无人。

三

他在深圳的这个电子厂干了一年就选择了离职。

第二年春节后，他来到深圳的一家五金厂上班。虽然工资有一千多元，但他却只干了一个月——上夜班实在太难熬。2007年4月，他跟着堂叔到福建泉州的一家大理石厂当学徒。那个厂的规模相当大，有十几个机台。堂叔让他"边干边学对刀"。从这位长辈的口气中他能听出来，这是一门十分重要的技术。

事实上，他只用了一周时间便掌握了对刀的秘密。

普通的学徒，要学一个月；有些人比较笨，要学三个月；还一些人，学了半年还不能上岗。事实上，对刀这项技术的核心机密差不多都掌握在贵州人手里。通常，他们用口口相传的办法教给自己的亲戚或老乡。由于贵州石材的质量不算好，所以他们便到福建去发展。福建不仅有好石材，而且很多人喜欢用大理石铺地贴墙。那时的大理石，一个平方米的出厂价是七十元，而瓷砖也要六十元，但大理石装出来的房子要更高档。

对刀有什么机密？

原来，机台是固定的，台车下面有两个钢丝轮，可以让它滚动起来。原来,刀分大刀和小刀,大刀切出来后小刀再切,相互反复。原来,刀片调好后,一次切三毫米或五毫米,每一次都会下降,这样才能反复切。等刀停止后,操作员要把石头的片分好后再对刀。原来,要把刀片对在刀缝里才能反复地切。若对不准,要么会把板切坏,要么会把刀头打掉。

其实,阿国的聪明并非天生,而是他善于思考,总能在反复推敲和苦思冥想后,琢磨出其中的玄机。

在泉州工作的那六个月是美滋滋的——每个月的工资都在四千元以上(那时深圳的普工每月不过两千元)。可后来,这个日子并没有持续下去——由于设备出了问题,他的手被刀弄伤了。

那个瞬间他终身难忘——在那个由钢铁和石头组成的世界里,一切似乎都在旋转着,一切似乎都在发出声响。但不知道系统的哪个地方出了错,那刀头的利齿便咬到了人的手掌。

错误就这样发生了。

在那个错误的瞬间,那个错误的刀口碰到了人的肉体后,人才发现自己有多么脆弱。

那一刻,时间停滞了下来;那一刻,人像一片白色的羽毛,或一个空空的纸盒子,一下子就变得空虚了起来。

那一刻,血液涌向脑颅,尖锐的疼痛让全身变得湿漉漉的。

他听到自己大叫了一声,一股浓浓的血腥味便堵住了鼻孔。

拿着老板赔偿的两万元和自己攒下来的两万元,他回到了老家。趁着养伤的工夫,他干了一件大事。他用自己的钱将家里的老房子翻修了一遍。那栋爷爷盖起来的泥土房只有里套外两间,屋顶上盖着瓦片,阁楼里放着粮食和杂物,既逼仄又阴暗。翻修后,整栋屋子变得结实而敞亮。

这栋屋子是他的成人礼——他的青春便结束在屋子建成之时。

2008年7月,当阿国再次来到深圳后,整个人都变得不一样了:稳重了,成熟了,也沉默了。当他进入一家电子厂当普工后,很快就当上了拉长。连他自己都没有想到,他在这家电子厂干了五年。深圳啊深圳。深圳实在太大了,太新了。这座陡然崛起的南方大城,以勃然的活力引起全世界的瞩目。然而,关于这座城的内里——它的政治、经济、历史、地理、传说、文学——阿国根本不可能知道。他所知道的,只是他自己在这里品尝到的滋味。

2013年10月,他在"人走账清"后,直接奔赴福建漳州的一家大理石厂。

一切都和以前一样,他干的还是开采大理石的活;一切都和以前一样,他对刀对得又准又快;然而,一切又都和以前不一样。在他的身旁,多了个女友。

这位女子像个白雪公主,手臂细瘦,胸部扁平,肌肤白皙,长眼薄唇。她总是扎着一束马尾,抿着嘴唇,不爱说话。虽然性情有些冷淡,但她到底是个年轻姑娘,很有吸引力。他们是在深圳认识的。谈了一个多月,两个人便住在了一起。现在,他们又一起来到了漳州。他们的感觉十分愉快:这里的工资比深圳高一倍。

2014年的春节后,两个年轻人又来到了福建福州市的一家大理石厂。虽然他在这里干了半年,每个月的工资都有一万多元,但他却并不开心。他发现白雪公主的外表虽然很讨喜,但她其实是个坏脾气的任性鬼。她是留守儿童出身,在父母缺席、无人引导的状态下长大,所以做事任性而鲁莽。阿国每天的活都排得很满,等晚上回到宿舍后,人已累得像根面条。他希望女友能洗衣做饭,能温言软语,能让枯燥的日子好过一点。

可是突然的某一天,女友却不告而别。

陡然间,她的衣服、鞋子、手袋、洗面奶和牙刷都通通地不见了,好像那些东西从来都没有出现过。那种赤裸裸的空白让他十分难受。她拿走了"属于"她的东西,而把"不属于"她的东西都留下了。显然,他也被归纳到"不属于"的行列。一个月后,当他接到和解电话时,只是淡淡地回了一句:"我们不合适。"

分开了就分开了。

他感觉白雪公主想要的太多,而大理石厂的生活实在是太过单调。他甚至感谢她的不告而别,这总比结婚后再离婚强。然而,那种赤裸裸的空白却像风一样,时不时地吹过来。他感觉自己没法在这间屋里再住下去,便选择了离职。

这一次,他去了山东日照。

他惊诧地发现,在福州切割大理石,一平方米是六毛钱,而日照则是一块二。啊哈!翻了一倍!然而,山东的石头很不好切,对技术的要求很高。但这对他来说并非难事。于是,他便全身心地投入工作中。啊,那时挣钱真的很快——上一个十二小时的班,即刻有五六百元到账。

在忙碌的工作中,他逐渐忘记了自己的伤痛。

四

2015年春节后,他再次返回日照。

一切都和以前一样,他干的还是开采大理石的活;一切都和以前一样,他对刀对得又准又快;然而,一切又都和以前不一样。在他的身旁,多了个未婚妻。

就在刚刚过去的这个春节,他订了婚。这个圆脸女孩显得很安静。她有一双安静的眼睛,安静的嘴角挂着安静的笑容。她安静地看着他,就像一棵安静的树。安静女对他的工作及收入并没有表现出过多的好奇。她在低头喝茶时,双手捧着玻璃杯的姿态让他怜爱。那种姿态似乎在说,在这个世界上,我只占据一点小小的位置,不会要得更多。陡然间,他便做出了那个决定:和她在一起。那年的彩礼行情是四万元(到2023年时,已涨到八万八千元)。事实上,这个价格对于南方乡村来说,是相对便宜的(有的地方是十万元、二十万元乃至三十万元)。

这年的正月二十日,他和安静女一起出门打工。

4月,两个年轻人从日照来到辽宁的葫芦岛市(此处离山海关很近)。他在这里干了将近半年,每个月的收入都在一万三千元以上。然而此地天寒地冻,厂子到10月就已停工。可那时距离春节尚早,他便和未婚妻一起来到深圳福永,进了电子厂当普工。

在2016年春节前的腊月,他和安静女结了婚。

在贵州的乡村,大事情一般都放在正月之前的腊月办,因为打工的人一般要在正月初五后陆续离家,所以正月不办事。而腊月的那些天,村里则热闹异常——结婚、乔迁、满月、升学——到处都是喝酒的人。作为新郎的他,已从一个懵懂少年变成了强壮男人。当那些留在村里的年轻人向他微笑时,眼里充满了微妙的、紫色的嫉妒。

婚后,这对新人再次返回深圳福永的电子厂工作。

从表面上看,妻子干的是普工,而丈夫则是工程师,负责生产维修、品质管理、样品制作、售后服务等工作。但从实质上说,丈夫的责任要比妻子更重。他必须兢兢业业地工作,将差错率减少到最低程度。在这个规模不大的电子厂中,他是个不可或缺的人:电坏了修电,机器坏了修机器,开发新项目也少不了他。

他总是用赞许的眼光凝视着新婚妻子。果然,她和自己想象中一样,是个勤俭持家、朴素内敛的女子。即便是在最简陋的环境里,她也能像变魔术般让屋子温暖起来。

2018年年初,这家电子厂从深圳福永搬迁到东莞道滘镇南丫工业园。从此,东莞这座城便和他的命运紧密相连在一起。东莞啊东莞。东莞的外表没有深圳那么时髦,但东莞高速路上的每一辆货车都和世界经济紧密相连。

阿国的家,就位于工业园的一栋宿舍楼中。那是一间(只有一间)长方形的屋子,一道布帘将屋内空间分为前后两部分。在前部靠墙的两侧,分别摆着两张高低床(一张给两个孩子住,另一张堆着纸箱、塑料袋、电线等杂物),床沿边挂着长长短短的衣衫;后部靠墙处摆着张双人床,床对面摆着小木桌和小圆桌(小木桌写作业,小圆桌吃饭),墙上挂着液晶电视、拼音挂图和两张奖状。

他将宿舍顶头的阳台开辟成一个小厨房:墙上挂着锅铲、漏勺、筷子筒、辣椒干和调料罐。面对腊肉、排骨、鸡蛋和西红柿,他满怀激情。他是个天生的好厨子——煮米饭时总会加些小米,让饭变得又白又黄;炒腊肉时要把肉切得很薄很薄,再用油榨干,和胡萝卜一起煸,味道浓香;鸡蛋炒西红柿的滋味盖过任何一家餐厅,因为鸡蛋是自己养的鸡下的;剁椒鱼头则是他的拿手菜:先将胖头鱼腌制两小时,再辅以剁椒、葱、姜、蒜烹饪,热烈的滋味能让老婆一口气吃下三碗白米饭。

这样的小日子已趋于完美。然而,他却总觉得少了点什么。

开垦个小菜园的想法,是搬到道滘后不久产生的。

最初,他只是感觉自己的睡眠质量陡然下降——夜里总是处于似睡非睡的状态。早晨起床后,头发蓬松,皮肤粗糙,眼布血丝。然而每天深夜,他都瞪大眼睛睡不着,直挺挺地躺在床上。难道是病了吗?他感觉身体好像被什么东西压住了,做事无法集中精力,越想快越是乱。难道自己得了偏执症、妄想症或神经衰弱?可他并不打算去医院——一进去就要花上千元,他舍不得。后来,他变得瘦骨嶙峋,说话声音很轻,走路像在飘。

问题出在哪里?

他想起了那个瞬间——那个错误的瞬间。在那个错误的瞬间,那个错误的刀口碰到了他的手掌后,他才知道自己的肉体有多么脆弱。那一刻,他听到自己大叫了一声,一股浓浓的血腥味堵住了鼻孔。而那股血腥味,一直、一直都没有散去。

从广东到福建,从福建到山东,从山东到辽宁,从辽宁到广东,那些工厂生活在他的记忆深处留下了冷冰冰的印象。连他自己都感到惊讶——我居然将如此多的变故塞在了青春这个短暂的时期!我居然度过了如此艰难、如此艰辛的生活!而他的父亲、他的祖父、他祖父的父亲,自始至终过的都是单一的生活,既没有飞黄腾达,也没有颠沛流离。他们延续着日出而作的古老传统,日子虽然清贫,但也安逸平静。他们出生在那个山里的小村,最后也将安眠在那个小村。外面世界的变化,都是别人口中的传说。而他,却饱尝了那种传说的滋味。

他发现了自己身体的一个秘密——原来,他是个嗅觉格外敏锐的人;原来,他对隐藏在空气里的变化异常敏感;原来,他能忍受那些灰色的、没有任何装饰的楼房,却无法忍受那种化学品与潮湿和血腥混在一起的味道。

正是那种不健康的味道让他无法入眠。

有一天夜里,他推开宿舍的门,站在榕树下大口大口地喘气。奇迹发生在最不可能的时间和地点。在那棵榕树下,他非但没有呕吐出来,反而在闻到一股清香味之后,脆弱的神经得到了舒缓,心里的海浪也逐渐平息。

就在那时,这个男人冒出了一个狂想——如果能有一片小菜园就好了。

五

这个他也是他——只不过,是另一个版本的他。

现在,他过的是两栖人的生活。上班时,他走向车间;下班后,他走向菜园。

他在泥土中体会到了一种经久不衰的力量。他发现蝉在嗡嗡地叫着,那泥土的气息挥之不去,犹如自己的呼吸。这一切看起来平淡而朴素,但却让他有种充实感——好像这里不是外部世界,而是他内心世界的某个地方。这里的一切都具有疗愈功能。在这里,他可以忘记争吵、怨恨和悲伤,可以忘记钢铁、塑料和玻璃。

在故乡时,他对植物并没有表现出过度的热情;是搬到道滘后,那种和植物亲密的想法才强烈了起来。现在,他喜欢鼻翼间缭绕着青草、花香和泥土混在一起的甜滋滋的味道,喜欢用脚踩在松软泥土上的感觉,喜欢干除草、浇水、采摘这些琐碎的农活。现在,他拔掉榕树下的蕨草、三叶草和蒲公英,种上豇豆、茄子、胡萝卜和西红柿。

他知道,菜园子如果照料得好,永远都不会属于别人。

他在地埂边的茅草丛里放了五个蜂箱。他发现,蜜蜂的翅膀会让空气颤抖起来,那是一种淡淡的、轻微的、扑簌簌的颤抖。那种颤抖让他有种触电的感觉。有一次,一只蜜蜂蜇到了他,让他的嘴唇肿得又厚又大;有一次,一窝养了两个月的蜜蜂全都跑了。他反思,原来是那段时间天天下雨,蜜蜂没有吃食便飞走了。后来,每次取蜜时他都要留一点。

他养了十几只鸡仔。他给鸡喂的食是附近饭堂的剩饭剩菜。每天,他都把楼上的潲水桶提下来,倒空后再把桶子提上去。他咚咚咚地下楼,再咚咚咚地上楼,像飞一般,脚步轻盈。有时,他还会给鸡仔们加餐。当他抓起一把玉米用力一扬后,那些小鸡便咕咕地四处寻找起来。

有了这块菜地后,他甚至改变了对工厂的看法。

他知道自己不能怨恨工厂——如果没有工厂,他便没有工资;如果没有工资,他现在所有的生活都将会垮塌下来。所以,白天工作时他总是尽心尽力;而到了夜晚,当他走进菜园后,则全身心地享受着泥土带来的愉悦。深夜,当他躺到床上后,他的脑袋——那台精密而运转快速的仪器——能很快摆脱烦躁而进入休眠状态。

通过这种钟摆式的生活节奏,他和自己达成了某种程度的和解。

<h2 style="text-align:center">六</h2>

他工资卡上的钱是不动的,日常花销用的是微信里的钱——他兼职赚来的钱。

这个能人,总能拓展出更多的生存空间。

他的堂哥是学电子专业的,在深圳开了个家电维修部。从 2016 年开始,堂哥便邀他一起干。于是,他的每个周日都和工作日一样忙。看起来,这件事好像是个不起眼的插曲,可只有那些拿死工资的人才知道,手上有活钱是多么快活的一件事。

原本,他在上学时就修过收音机、随身听、音响之类的东西;后来,他在电子厂又积累了不少经验,所以,现在的他几乎是个全能选手——能修电路板,也能修空调、电视和微波炉,还能修水管和电路。每个周末开车去深圳时,他还会发个顺风车的车单,以车养车。他是个灵活的人,总能想出更好的办法,将各个领域的资源嫁接在一起。

夏天挣钱,全靠装空调。看起来,这个活很简单,可铜管要怎么出去,怎么弯,都有一定的技术含量。绝不能使蛮劲,那样容易把铜管搞废,会让空调不制冷。装一台空调的费用是一百五十元,加上高空费,共三百元。如果他和堂哥配合得好,十几分钟就能装好一台。有一次,他一个上午就装了十五台。虽然装空调来钱快,但他并不想干全职——这个活不仅辛苦,还有季节性。

2022 年,阿国在村里又干了一件大事。

他将原来的老房子拆掉后建起了一栋两层半的小楼房。那房子有十几间屋,共三百六十平方米,总花费二十多万元。虽然他有个亲妹妹,但已经出嫁,所以建房的钱是他一个人出的。让村里人瞪大眼睛的是——这栋房子是他自己设计的。其实,关于客厅、饭厅、厨房和卫生间的位置及大小,他早就在脑海里想了很多遍。后来,他把这些想法画在了图纸上。事实上,他根本没学过建筑学,但根据平时的观察和思考,他便无师自通。当他把图纸交给建筑队后,便开车返回东莞上班。他才不会死守在工地上——那得少挣多少工资啊。

他感觉这栋楼房必须要建——他的儿子和女儿分别出生在 2017 年年初和 2018 年年底。眼瞅着孩子们一天天长大,回老家没地方住可是个大事情。

2023 年春节是个值得铭记的时刻。

现在,阿国已是村里有出息、有见识的男人;现在,他已从一个逾越者蜕变为成功者。

邻居大哥和他握手时,紧紧地捏着不放松:"我家也要建房,你帮我也设计个图纸吧?"当他们的目光交织在一起时,返乡者看到对方眼里没有一丝嘲讽,反而是满满的崇拜。

"没问题!"他的口气像一位建筑学院的教授。

（原载于《鄂尔多斯》2024 年第 7 期,有删节）

2024 年中国报告文学作品存目

李朝全 （整理）

作品名称	作者	发表或出版单位	发表或出版时间
脉动大湾	赵 川	人民文学	2024 年第 1 期
稻香	傅炜如	人民文学	2024 年第 2 期
穿越"地心"的营救	李 辉	人民文学	2024 年第 5 期
齐风淄火	厉彦林	人民文学	2024 年第 6 期
又是茶子花开时	余 艳	人民文学	2024 年第 7 期
丰收引	景凤鸣	人民文学	2024 年第 7 期
传经者顾锦屏	康 岩	人民文学	2024 年第 10 期
在车八岭森林里	李青松	人民文学	2024 年第 10 期
寻找蒋宗英	丁晓平	人民文学	2024 年第 11 期
一路惊"芯"	何建明	中国作家·纪实版	2024 年第 1 期
可可西里	陈启文	中国作家·纪实版	2024 年第 1 期
朱鹮归来	长 江	中国作家·纪实版	2024 年第 1 期
铁路 12306 密码——中国铁路互联网系统探秘	王 雄	中国作家·纪实版	2024 年第 2 期
总朦胧——记我的父亲峻青	孙康青	中国作家·纪实版	2024 年第 2 期
江如练	任林举	中国作家·纪实版	2024 年第 3 期
热血:东北抗联	李发锁	中国作家·纪实版	2024 年第 3 期
自然笔记:三北防护林与河西走廊	徐 刚	中国作家·纪实版	2024 年第 3 期
胡风日本留学记	陈喜儒	中国作家·纪实版	2024 年第 3 期
奔腾的深圳河	杨黎光	中国作家·纪实版	2024 年第 4 期
风起胶济——胶济铁路百年纪实	李玉梅	中国作家·纪实版	2024 年第 4 期

城市春晖	陈 新	北岳文艺出版社	2024 年 2 月
海上花木兰	刘国强	大连出版社	2024 年 2 月
星火接力	刘笑伟、樊卓婧	宁波出版社	2024 年 3 月
热血:东北抗联	李发锁	时代文艺出版社	2024 年 3 月
有书香的地方——中国全民阅读纪事	聂震宁	安徽教育出版社	2024 年 3 月
大江大河系列丛书·滚滚长江	陈松平	黄山书社	2024 年 3 月
黔村行记	欧阳黔森	贵州人民出版社	2024 年 3 月
大道	李玉梅	漓江出版社、广西教育出版社	2024 年 3 月
赤色初心	李延青、黄军峰	北京联合出版公司	2024 年 3 月
江如练	任林举	广西师范大学出版社	2024 年 3 月
创作之伞——中国文字著作权保护纪事	李燕燕、张洪波	重庆出版社	2024 年 3 月
山这边,山那边	劳 罕等	安徽人民出版社	2024 年 4 月
神山星火	劳 罕等	浙江人民出版社	2024 年 4 月
新声	杨仕芳	广西教育出版社	2024 年 4 月
大成昆	陈 果	天地出版社	2024 年 4 月
青春的方向	李春雷	花山文艺出版社	2024 年 4 月
去北川	刘大先	上海文艺出版社	2024 年 4 月
脉动大湾——国家超级地下调水工程纪实	赵 川	花城出版社	2024 年 4 月
强国记——中国知识产权的力量	徐剑、李玉梅	海燕出版社	2024 年 4 月
"八百壮士"今何在——我们时代的哈工大	陈 聪	天津人民出版社	2024 年 4 月
远方的山水:中国式现代化的浙江广元东西协作实践	陈崎嵘	四川人民出版社	2024 年 5 月
援疆志	卢一萍	浙江人民出版社	2024 年 5 月
雪线上的奔布拉:我给孔繁森当翻译	阿旺曲尼	山东教育出版社	2024 年 5 月
大地英雄——国测一大队纪事	高 鸿	西安地图出版社	2024 年 5 月
奠基路上	商国华	沈阳出版社	2024 年 5 月
齐风淄火	厉彦林	作家出版社、山东文艺出版社	2024 年 5 月

经典鉴赏
聆听获奖小说，进入文学世界。

作家往事
跟随纪录片，探寻作家的故乡。

文学发展
穿越时间长河，纵览文学的演变。

随心书摘
记录你的阅读感悟和写作灵感。

扫码探索

中国文学脉络

在文学的棱镜里，发现生活的千面。